Druck von Robert Nischkowsky in Breslau.

Joseph Heinrich Friedlieb

Prolegomena zur biblischen Hermeneutik

Erstes Heft

SALZWASSER
VERLAG

Joseph Heinrich Friedlieb

Prolegomena zur biblischen Hermeneutik
Erstes Heft

1. Auflage | ISBN: 978-3-75251-422-3

Erscheinungsort: Frankfurt am Main, Deutschland

Erscheinungsjahr: 2020

Salzwasser Verlag GmbH, Deutschland.

Nachdruck des Originals von 1868.

Prolegomena

zur

biblischen Hermeneutik.

———

Erstes Heft.

———

Nebst einem Anhang,

enthaltend

Abhandlungen größtentheils aus dem Gebiete der biblischen Exegese,

von

Dr. J. H. Friedlieb,

ordentl. Professor der Theologie an der Universität in Breslau.

———

Mit hoher Fürstbischöflicher Approbation.

———

Breslau, 1868.
G. P. Aderholz' Buchhandlung
(G. Porsch).

Vorwort.

Die Abhandlungen, welche ich hiermit als Anhang zu einer Abtheilung der biblischen Hermeneutik veröffentliche, sind in einem längeren Zeitraum allmählich entstanden und zu ihrer Zeit in einigen Zeitschriften zur Oeffentlichkeit gelangt: Nämlich I—V. in den Jahren 1862—67 in der österreichischen Vierteljahresschrift für katholische Theologie; VI. in den Jahren 1838, 1846 und 1847 in der Bonner Zeitschrift für Philosophie und katholische Theologie. Zu einem Abdruck als Sammlung und mit nur leichten Aenderungen habe ich mich entschlossen in der Hoffnung, dieselben einem größeren Leserkreise leicht zugänglich und nutzbar zu machen. Ob der Inhalt dieser Abhandlungen zeitgemäß sei und verdiene abermals an's Tageslicht gezogen zu werden, mögen die geneigten Leser entscheiden.

Die Schrift, zu welcher diese Abhandlungen den Anhang bilden, steht in Bezug auf ihren Umfang in keinem rechten Verhältniß. Um dieses äußerlichen Mangels willen wollte ich jedoch den Titel des Buches nicht ändern. Der Theil der biblischen Hermeneutik, welcher hier als erstes Heft veröffentlicht wird, enthält die zum Aufbau dieser Disciplin nothwendigen Prinzipien und bildet ein für sich abgeschlossenes Ganzes. Die Behandlung der biblischen Hermeneutik sowohl seitens der katholischen Bearbeitungen neuerer Zeit, wie sie in den Schriften von Riegler, Ranolder, Löhnis, Reichel, Patritius, Wilke, Hoffmann, . Lomb und Güntner; als protestantischer Seits in den Schriften von

Schleiermacher und Klausen vorliegt, leidet unseres Erachtens am Meisten daran, daß die Prinzipien der Schriftauslegung nicht aus= reichend untersucht worden sind; woher es denn gekommen, daß Vieles fremdartige in die biblische Hermeneutik aufgenommen worden ist; Anderes dagegen darin fehlt, was recht eigentlich ein Bestandtheil der Hermeneutik sein soll: Nämlich die höhere Schriftauslegung, und zwar nicht so, daß dieselbe mit Heraushebung einiger Grundsätze der katholi= schen Exegese, wie dies z. B. bei Wilke geschieht, erledigt wird. Vielmehr ist die höhere Schriftauslegung als solche durch die Entwickelung ihrer Quelle, welche zu den Quellen der historisch=grammatischen Auslegung als vollberechtigt hinzutritt, zu begründen und sodann durch Aufstellung der hieraus zu entwickelnden Grundsätze und Regeln aufzubauen. Nur so kommt unseres Erachtens die volle Klarheit in diese Disciplin und es zeigt sich von selbst, wie wenig die seit Ernesti gewöhnlich gewordene Behandlung der biblischen Hermeneutik genügt, um aus der heil. Schrift den Offenbarungs=Inhalt durch die Auslegung mit Sicherheit zu erhalten.

Die übrigen Theile der Prolegomena und der ganzen biblischen Hermeneutik gedenke ich ebenfalls heftweise zu veröffentlichen.

Breslau, im August 1868.

Der Verfasser.

I. Begriff und Aufgabe der biblischen Hermeneutik.

§. 1.

Die heiligen Schriften des Alten und Neuen Testamentes unterscheiden sich in ihrem Inhalte wesentlich dadurch von jeder anderen Literatur, daß in denselben von heiligen und durch den Geist Gottes geleiteten und erleuchteten Männern Offenbarungen Gottes an die Menschen mitgetheilt sind. Aus diesem Grunde bilden sie eine Quelle zur Erkenntniß der christlichen Heilswahrheit und sind für uns Schriften von der größten Wichtigkeit. Sie enthalten die Geschichte der Weltschöpfung durch das Wort Gottes; die Erklärung, wie das Uebel in die Welt kam, die Geschichte der göttlichen Veranstaltung zur Erlösung der Menschen und der durch den Sohn Gottes vollbrachten Erlösung. Durch diese Schriften lernen wir Gott, sein Wesen und seine Eigenschaften, sein Verhältniß zur Welt und zum Menschen in einer Vollständigkeit und mit einer Sicherheit kennen, wie dies weder der sich überlassene Menschengeist, noch irgend ein Gebiet des rein menschlichen Wissens zu gewähren vermag. Auch über die Natur des Menschen, seinen Urzustand und den nachher gewordenen, über seine Kräfte und Fähigkeiten, seine Aufgabe auf Erden und über das zu erstrebende Ziel des Daseins geben diese Schriften Aufschluß. Endlich offenbaren sie auch den Willen Gottes, welcher und wie er von den Menschen zur Ehre Gottes und zur eigenen Beseligung zu erfüllen ist[1]).

---

1) Ueber die Bedeutung der heil. Schriften als einer Quelle der göttlichen Offenbarung vgl. Conc. Trid. Sess. IV. Decret. de can. script.: ... perspiciensque hanc veritatem et disciplinam contineri in libris scriptis et sine scripto traditionibus, quae ipsius Christi ore ab apostolis acceptae, aut ab ipsis apostolis, Spiritu sancto dictante, quasi per manus traditae ad nos usque pervenerunt; orthodoxorum Patrum exempla secuta, omnes libros tam veteris quam novi Testamenti, quum utriusque unus Deus sit auctor, nec non traditiones ipsas, tum ad fidem tum ad mores pertinentes tanquam vel oretenus a Christo, vel a Spiritu s. dictatas et continua successione in ecclesia catholica conservatas, pari pietatis affectu et reverentia suscipit et veneratur.

1

Was die heil. Schriften des A. T., der vorchristlichen Sammlung, betrifft, so sind diese, obgleich sich Gott auch in seinen Werken, in der Natur und im Gewissen der Menschen von Anfang an für die Erkenntniß offenbar gemacht hat[1]), doch bis zur Zeit der Erscheinung des Erlösers auf der Erde die einzige historische und schriftliche Quelle zur Erkenntniß der Gottesoffenbarung an die Menschen gewesen. Hieraus ergiebt sich der Werth und die Bedeutung dieser vorchristlichen heiligen Literatur für Jeden, der nach der Heils-Erkenntniß strebt. Kein rein menschliches Erfahren, Wissen und Denken vermag uns die göttliche Offenbarungslehre in irgend einem Theile so zu ersetzen, daß diese dadurch überflüssig würde[2]). Abgesehen von diesem für uns hier vorzugsweise wichtigen Inhalt enthalten die Schriften des A. T. auch noch andere historische Mittheilungen, geographische, ethnologische, anthropologische u. a., welche für die einzelnen Zweige des menschlichen Wissens von Interesse sind. Jedoch erscheinen auch diese nicht zur Befriedigung der Neugier oder zur Anregung des Forschungstriebes aufgezeichnet; vielmehr stehen sie mit dem oben genannten Haupt-Inhalte in enger Verbindung, um über das Walten Gottes in der Welt und in der Menschengeschichte Aufschluß zu geben. Diese Mittheilungen für sich betrachtet sind um so werthvoller, als sie bis in die ältesten Zeiten hinaufreichen und von glaubwürdigen, heiligen Männern der Vorzeit aufgezeichnet sind.

Sind in dieser letzteren auf das empirische menschliche Wissen abzielenden Richtung die Schriften des N. T. auch nicht von ganz gleichem Interesse, so sind sie doch darum von der größten Bedeutung, als in ihnen die Gottesthat, auf welche die alttestamentlichen Verheißungen und Erwartungen hinweisen, nämlich das Erlösungswerk, das Leben Jesu,

---

[1]) Vgl. Röm. 1, 19—21.

[2]) Obgleich die Naturwissenschaften in unseren Tagen unleugbar große Fortschritte gemacht und werthvolle Resultate erzielt haben; so enthalten doch die drei ersten Kapitel der Genesis für sie eine Reihe noch ungelöster Gegenstände und Fragen, deren Beantwortung in dem Maße schwer ist, als die Empirie sich von den Wegen christlicher Erkenntniß entfernt und auch über Dinge und Verhältnisse des Geisteslebens ohne die nöthigen Grundlagen und selbst Vorbildung zu urtheilen sich gestattet. Vgl. Dr. F. Fabri, Briefe gegen den Materialismus, Stuttgart 1864. Dr. H. Reusch, Bibel und Natur, Freiburg 1866. Dr. J. B. Baltzer, biblische Schöpfungsgeschichte 1. Thl. Leipzig 1867.

des Weltheilandes, sein Wirken und Lehren, seine Himmelfahrt, die Sen=
dung des heil. Geistes und die Gründung der christlichen Kirche verzeich=
net sind. Sie enthalten zwar nicht die ganze christliche Offenbarungs=
wahrheit, aber doch einen bedeutenden Theil derselben [1]).

Da die in der heil. Schrift enthaltene göttliche Offenbarung um der
Menschen willen gegeben und mit dem Wohl und Wehe derselben auf's
Engste verbunden ist; so ist die Kenntniß derselben zur Beherzigung für
Jeden, der nach dem Besitze des ewigen Lebens strebt, unabweisliche
Pflicht. Die außer der Offenbarungslehre in der heil. Schrift enthalte=
nen Mittheilungen participiren hieran wegen des innigen Verbandes der=
selben mit der Offenbarungslehre. Auf Beides wird auch von den Pro=
pheten des A. T., ferner von Christus selbst und von seinen Aposteln aus=
drücklich hingewiesen: Ps. 1 V. 2 wird derjenige selig gepriesen, welcher
Tag und Nacht über das Gesetz nachsinnt. Luk. 16, 29. 31. heißt es:
„Sie haben Moses und die Propheten, diese sollen sie hören. Wenn sie
Moses und die Propheten nicht hören, so werden sie auch nicht gehorchen,
wenn Jemand von den Todten aufersteht." — Joh. 5, 46 f. sagt der
Herr zu den Juden: „Wenn ihr Moses glaubtet, so würdet ihr auch mir
glauben; denn dieser hat von mir geschrieben. Wenn ihr aber seinen
Schriften nicht glaubet, wie werdet ihr meinen Worten glauben?"

So wird die eifrige Kenntnißnahme des im A. T. geoffenbarten Wor=
tes Gottes zur Beobachtung als Pflicht und als Bedingung des heilbrin=
genden Glaubens an Christus erklärt. Die christliche Offenbarung hat
die alttestamentliche zur nothwendigen Voraussetzung. Auf dieser Grund=
lage predigten die Apostel das Evangelium, und der heil. Paulus schreibt
von ihnen an Timotheus (2. Timoth. 3, 15—17.), daß sie unterweisen
können zur Seligkeit mittelst des Glaubens in Christus Jesus. Jegliche
Schrift (des A. T.) sei von Gott eingegeben und nützlich zur Lehre, zur
Rüge, zur Zurechtweisung, zur Zucht in der Gerechtigkeit, auf daß voll=
kommen werde der gottgeweihte Mensch, und geschickt zu jeglichem guten
Werke. Ebenso ermahnt der Apostel Petrus (2. Petr. 1, 19 f.) zu achten
auf das prophetische Wort, als auf eine Leuchte, und zu bedenken, daß
vom heiligen Geiste getrieben, heilige Männer Gottes geredet haben.

---

[1]) Conc. Trid. Sess. IV. Decret. de canon. script. loc. cit.

Da die Schriften des N. T. Offenbarungslehren Christi des Welt=
heilandes enthalten, so ist die Kenntnißnahme derselben in gleicher Weise
eine pflichtmäßige. Luk. 11, 28 werden die selig gepriesen, welche Gottes
Wort hören und beobachten. In den Schriften des N. T. ist ein bedeu=
tender Theil des Wortes Gottes schriftlich niedergelegt. Darum sehen
wir, daß die Apostel auf deren Lesung, so weit solche Schriften schon vor=
handen waren, hinweisen. Paulus befiehlt den Christen in Thessalonich,
festzustehen und festzuhalten die Ueberlieferung, in welcher sie mündlich,
oder durch seinen Brief unterrichtet worden seien (2. Thessal. 2, 15). An
die Christen zu Colossä schreibt derselbe Apostel, daß sie den von ihm
erhaltenen Brief der Gemeinde zu Laodicäa mittheilen und daß sie den
an die Laodicäer geschriebenen Brief lesen sollten (Col. 4, 16). Im ersten
Corintherbriefe 11, 2 beruft er sich auf den Inhalt eines früheren Briefes
der Apostel. Petrus beruft sich in seinem Sendschreiben (2. Petr. 3, 15 f.)
auf Briefe des Apostels Paulus, in welchen dasselbe gelehrt werde, was
auch er seinen Lesern mitgetheilt habe, und setzt dabei die Schriften dieses
Apostels mit den Schriften des A. T. auf gleiche Linie [1]).

§. 2.

Die richtige und vollständige Erkenntniß des Inhaltes der heil. Schrift,
sowohl des geoffenbarten als auch des übrigen damit verbundenen Theiles,
ist abhängig von ihrer Auslegung. Da diese Schriften in alter Zeit und
in alten nicht mehr lebenden Sprachen verfaßt sind und außerdem
auch noch andere durch Zeit= und Ortsverhältnisse bedingte Schwierig=
keiten bieten; so ist ihre Auslegung selbst nicht ohne Schwierigkeit und
darum nicht Jedermanns Sache, wie sehr auch die Kenntnißnahme des
in der heil. Schrift enthaltenen Wortes Gottes für Jedermann Pflicht ist [2]).

---

[1]) Vgl. meine Schrift: Schrift, Tradition und kirchl. Schriftauslegung. Breslau 1854. S. 7 u. f.

[2]) Vgl. Möhler, Symbolik. Mainz 1843. S. 354 f. — Schon aus diesem
Grunde ist es verfehlt, nach Art protestantischer Missionsgesellschaften die Heiden
bekehren zu wollen, indem man sie reichlich mit Bibeln versorgt. Beherzigenswerth
ist in dieser Beziehung Apostelgesch. 8, 30 f., wo Philippus den in der heil. Schrift
lesenden Aethiopier fragt: „Verstehst Du auch, was Du lesest?" und dieser antwortet:
„Wie könnte ich es, ohne daß Jemand mich anweiset." Daß die Auslegung
der heil. Schrift nicht Sache für Jedermann sei, folgt auch aus den Worten des heil.
Petrus (2. Petr. 1, 20. 21).

Vor Allem aber kommt es darauf an, daß die heil. Schrift, als eine Quelle der göttlichen Offenbarungswahrheit, richtig ausgelegt werde, und daß Jeder, welcher sie liest, eine sichere Garantie für die richtige Auffassung, welche ihm geboten wird, besitze. Eine unrichtige, falsche Schriftauslegung hat stäts zu Irrthümern geführt, welche die von der Heilserkenntniß abhängige Erreichung des höchsten Lebenszweckes in Frage stellen. War auch zur Zeit, als Christus der Herr auf Erden lebte und wirkte, der Unglaube der Juden zum großen Theile in ihrem Stolze und auf die äußere Form vorwiegend gerichteten Werkheiligkeit gegründet; so ist es doch nicht zu leugnen, daß die jüdischen Gesetzesgelehrten mittelst einer unrichtigen Schriftauslegung eine falsche Vorstellung von dem zu erwartenden Messias und dem messianischen Reiche förderten und so sich und ihre Volksgenossen um die Früchte des Erlösungswerkes brachten. Und wenn auch der Unglaube, welchen die Heidenwelt den Bemühungen der christlichen Sendboten hartnäckig entgegensetzte, hauptsächlich in ihrer Ueppigkeit und moralischen Versunkenheit wurzelte; so trug doch auch bei denjenigen von ihnen, welche das Evangelium kennen lernten, die theils oberflächliche, theils irrige Erkenntniß der in der heil. Schrift enthaltenen Offenbarungswahrheit dazu bei, daß sie zum Besitze der vollen Wahrheit entweder gar nicht kamen, oder bald derselben verlustig gingen. Auch ist es Thatsache, daß alle Häresien, welche im Laufe der Zeit innerhalb der christlichen Kirche zu Tage traten, in einer willkürlichen, einseitigen und falschen Schriftauslegung ihre Stütze und theilweise ihre Entstehung hatten [1]).

Zeigt so der geschichtliche Verlauf im Christenthum, daß die heiligen Schriften verschieden ausgelegt worden sind, und ist dabei unbezweifelbar, daß es doch nur Eine richtige Auslegung der Schrift geben könne und daß diese richtige Auslegung ein Gegenstand von größter Wichtigkeit ist; so erhebt sich naturgemäß die Frage: Wie ist die richtige Auslegung der heil. Schrift zu gewinnen, und welche Garantie ist hierfür zu bieten?

Die Disciplin, worin die in der Beantwortung dieser Frage gelegene

---

1) Vgl. Iren. adv. Haeres. III. c. 2. n. 4. Vincent. Lirin. Commonit. I. c. 2. u. Schrift, Tradition u. kirchl. Schriftauslegung S. 196 f.

Aufgabe gelöst wird, ist die **biblische Hermeneutik**, oder die Lehre von der Auslegung der heil. Schrift [1]).

Das Auslegen einer Schrift setzt das Auffinden des Sinnes der Schrift, die Heuristik, voraus. Darum ist der Ausdruck Hermeneutik nur ein allgemeiner, zur Bezeichnung der betreffenden Disciplin. Wie aus der Geschichte der biblischen Hermeneutik zu ersehen, bezeichnete man übrigens diese Disciplin in früherer Zeit verschieden, bald als clavis, introductio und mit anderen den Inhalt bezeichnenden Ausdrücken. Der Name Hermeneutik ist späteren Ursprungs.

§. 3.

Die Möglichkeit und Realität der biblischen Hermeneutik hängt davon ab, ob sich wissenschaftlich Kriterien, Grundsätze und Regeln aufstellen und begründen lassen, wodurch die richtige Schriftauslegung gesichert und der Gefahr des Irrens in der Auslegung bei richtiger Anwendung jener vorgebeugt wird?

Für gewöhnliche Schriften, sowohl alte als neue, welche reine Erzeugnisse des denkenden Menschengeistes sind, lassen sich Grundsätze und Regeln für deren Auslegung wohl aufstellen. Diese Schriften sind nämlich inhaltlich Resultate des menschlichen Denkens und als solche nach gemeinsamen, festen und nachweisbaren Denkgesetzen entstanden. Ihre formale, sprachliche Fassung beruht auf nicht minder festen und nachweisbaren Gesetzen und Regeln der Sprache, worin sie verfaßt sind. Das Verstehen einer Rede oder Schrift ist dadurch bedingt; daß die Denkgesetze eine gemeinsame Grundlage für das gesammte vernünftige menschliche Denken sind, und daß jede Sprache feste Normen ihrer Gestalt und Bildung aufweist. Unter Voraussetzung der Kenntniß der Sprache wird durch die

---

[1]) Anm. Die Wortbedeutung des Ausdrucks Hermeneutik entspricht dem Begriffe dieser Disciplin im Allgemeinen: denn ἑρμηνευτική (τέχνη) von ἑρμηνεύειν auslegen, erklären, dollmetschen, aus einer fremden Sprache in eine bekannte übertragen, ist Auslegungskunst, d. i. die Kunst oder Geschicklichkeit, eine Rede oder Schrift dadurch zu erklären, daß Sinn und Bedeutung derselben erkannt werden. So wird der Ausdruck bei Plato Polit. 260 d. und als ἑρμηνευτική δύναμις von Luc. hist. conscr. 34 gebraucht. Im Griechischen ungebräuchlich ist das Wort Exegetik, womit man die Kunst der Auslegung mit Ausschluß der Heuristik bezeichnet.

Analyse der Gedanken nach den Gesetzen des Denkens der Inhalt einer Schrift erkannt, verstanden und ausgelegt.

Da solche Operationen auf festen Normen beruhen, so schließen sie die Willkür aus. Darum läßt sich auch das ganze hierbei nothwendige Verfahren genau untersuchen und eine Theorie für dasselbe in richtiger Ordnung und vollständig zusammenstellen, womit die Möglichkeit einer Hermeneutik gegeben ist. Eine solche Theorie hat dann allgemeine Giltigkeit. Wird sie aber nach der Eigenthümlichkeit gewisser Schriften bemessen, so gestaltet sie sich zu einer besonderen Hermeneutik.

§. 4.

Die heiligen Schriften des A. und N. T. sind aber in einem wesentlichen Bestandtheile von den Schriften verschieden, welche wir so eben betrachtet und von denen wir eine Theorie der Auslegung aus dem Grunde als möglich erwiesen haben, weil sie reine Produkte des denkenden Menschengeistes sind. Der Haupt= und wichtigste Inhalt der heil. Schriften weist eine andere Ursache seines Daseins auf, verschieden von jener, wodurch der Inhalt anderer Schriften gewonnen wird. Der Inhalt der gesammten profanen Literatur in allen Gebieten des menschlichen Wissens wird durch den vernünftig denkenden Menschen, durch sein eigenes Beobachten, Forschen und Nachdenken zusammengebracht. Der Offenbarungs=Inhalt in den heil. Schriften weist dagegen auf Gott als seinen Urheber zurück, von Gott und nicht von Menschen stammt die göttliche Offenbarung. Gott selbst hat durch die Propheten geredet (Hebr. 1, 1). Durch den Geist Gottes getrieben redeten die Propheten, heißt es 2. Petr. 1, 21. — Das Gesetz des A. Bundes ist nach Hebr. 2, 2 das durch Engel verkündigte Wort, und die Israeliten empfingen dasselbe als Engels=Befehle (Apostelgesch. 7, 53). Die heil. Schrift ist von Gott eingegeben, sagt Paulus 2. Timoth. 3, 16. — Die Propheten des A. Bundes traten als solche nicht nach eigener Wahl und Belieben auf; sondern sie hatten eine göttliche Berufung und Mission und gaben ihre Aussprüche als göttliche, ihnen in den Mund gelegte Aussprüche und als ihnen befohlene Mittheilungen Gottes [1]. Selbst auch da, wo sie nicht ausdrücklich das Wort

---

[1] Vgl. Exod. c. 3, 10; c. 4, 12 :c. Num. c. 22, 35. 38. Dt. c. 18, 20. Jes. c. 6. Jerem. c. 1, 5—10. Ezech. c. 1, 37. Dan. c. 2, 19 :c.

Gottes an die Menschen als solches lehrten, thaten sie dies doch nur kraft ihrer göttlichen Sendung, und ihr Geist war durch den Beistand des Geistes Gottes zur Erkenntniß der Wahrheit erleuchtet und gekräftigt, wie dies für profane Schriftsteller in keiner Weise nachweisbar ist.

Von dem Inhalte der Schriften des N. Bundes gilt ganz dasselbe, wie von den Schriften des A. Bundes. In den heil. Evangelien stehen Aussprüche, Belehrungen, Gebote und Ermahnungen Christi, des Sohnes Gottes, welcher seine Lehre als eine übermenschliche, vom Himmel stammende ausdrücklich bezeichnet und ihre Wahrheit auch besonders für die ungläubigen Menschen durch Wunder bewiesen hat [1]).

Die übrigen Schriften des N. T. sind Schriften theils der Apostel, theils ihrer Mitarbeiter und enthalten christliche, im Auftrage des Herrn mitgetheilte Lehren. Die Apostel selbst stehen zu ihren mündlichen und schriftlichen Mittheilungen ganz in demselben Verhältnisse, wie die Propheten des A. T. zu den ihrigen. Sie waren Gesandte Gottes, als solche beglaubigt, beauftragt und bekräftigt das Evangelium zu lehren (Matth. 28, 10. Marc. 16, 15). Vorher waren sie Jünger und Schüler des Herrn, von ihm selbst unterrichtet. Von ihm hatten sie wie ihre Mission, so auch die Verheißung erhalten, daß sie den heil. Geist erhalten sollten, um sie in alle Wahrheit einzuführen [2]). Nachdem diese Verheißung eingetroffen war, begannen sie ihr öffentliches Lehramt und betrachteten sich folgerichtig als Gesandte Gottes in Mittheilung ihrer Lehren, Unterweisungen und Anordnungen. Darum erklärt der Apostel Paulus Gal. 1, 8, daß kein Engel vom Himmel ein anderes Evangelium verkündigen könne, als er. Im 1. Corintherbriefe unterscheidet er K. 7, V. 10. 12. 25. 40 zwar seine eigene Ansicht von einem ausdrücklichen Gebote des Herrn; doch aber bemerkt er in Bezug auf erstere, daß er sie gebe als der vom Herrn begnadigte treue Diener desselben, welcher auch den Geist Gottes habe. Als eine Anordnung des Apostels Petrus in der Christengemeinde zu Jerusalem betrüglich von Ananias und Sapphira umgangen wurde, sagte der Apostel zu Ananias: „Du hast nicht Menschen, sondern Gott belogen" (Act. 5, 4). Zur Bestätigung ihrer Lehren

---

[1]) Joh. 5, 18 f.; 7, 16.
[2]) Joh. 14, 16; 17, 26; 16, 13.

waren sie mit Wunderkraft ausgerüstet zum Beweise, daß ihre Lehren als in göttlichem Auftrage gelehrt seien. Und ganz so wie die Propheten des A. Bundes galten sie in ihrem gesammten Lehren und Wirken als vom heil. Geiste erleuchtete Gesandte und Beauftragte Christi [1]).

Die Schriftsteller des N. T., welche nicht selbst Apostel waren, ebenso wie die Schriftsteller des A. T., welche keine Propheten waren, hatten den göttlichen Beistand zu ihrem Werke so weit, daß die göttliche Heilslehre von ihnen richtig, ohne Irrthum in ihren Schriften mitgetheilt ist. Hierfür zeugt die von der Kirche Christi vollzogene Aufnahme ihrer Schriften in den Schriftcanon, ebenso wie die ausdrückliche Erklärung der Kirche [2]).

§. 5.

Da sich dem Obigen gemäß die heil. Schriften beider Testamente in ihrem wichtigsten Bestandtheile wesentlich von der Profan-Literatur unterscheiden, indem die letztere als ein reines Produkt des menschlichen Denkens und Beobachtens anzusehen ist; so erhebt sich die Frage, ob dieser Unterschied für die Auslegung der heil. Schrift von solcher Bedeutung ist, daß die Theorie der Auslegung, d. i. die biblische Hermeneutik, mit der allgemeinen Hermeneutik nicht zusammenfällt, daß vielmehr ganz oder theilweise andere Grundsätze und Regeln für die biblische Schriftauslegung nothwendig werden?

Sehen wir zur Beantwortung dieser Frage zunächst auf den Zweck der göttlichen geoffenbarten Lehre, so ist die heil. Schrift als eine Zuschrift Gottes an die Menschen zu betrachten; ihre Lehre ist für die Menschen gegeben, daß sie von ihnen erkannt und beherzigt werde. Die Möglichkeit eines richtigen Verstehens derselben seitens der Menschen ist hierbei die nothwendige Voraussetzung.

Die sprachliche Form jener Offenbarungslehren ist auch wesentlich nicht verschieden von der, worin in denselben Schriften Mittheilungen, welche nicht Offenbarungslehren enthalten, gemacht sind. Die Erforschung

---

[1]) Conc. Trid. Sess. IV. decret. de canon. script. Sess. V. de peccato origin. c. 2. Sess. VI. de iustific. Prooem. c. 8. Clem. Rom. 1. Cor. c. 44. Augustin. ep. 28 ad Hieron. c. 3.

[2]) Conc. Trid. Sess. IV. de canon. script.

beider ist bedingt durch die grammatische und lexikalische Kenntniß der betreffenden Sprache.

Betrachten wir ferner den Inhalt der Offenbarungslehren, so enthalten sie theilweise Lehren, welche für den beschränkten Menschengeist in ihrem tieferen Wesen unerforschliche, geoffenbarte Mysterien sind. Diese göttlichen Mittheilungen beruhen auf derselben Auktorität des Mittheilenden, wie die übrigen durch den Menschengeist mehr oder weniger leicht erfaßbaren. Jene höheren Offenbarungslehren haben darum denselben Anspruch auf Wahrheit, wie diese, sie sind als Geheimnisse des Glaubens Gegenstand des Glaubens; so die im A. T. öfters, aber noch verhüllt angedeutete, im N. T. dagegen unverhüllt gelehrte Trinitätslehre; ferner das Geheimniß der Incarnation, der Menschwerdung des göttlichen Logos, die Abendmahlslehre, die Prädestinationslehre (Conc. Trid. VI, c. 12), die Lehre von der Auferstehung des Fleisches. Andere, die sogenannten reinen, die Vernunft übersteigenden Dogmen, sind ebenfalls nur aus der göttlichen Offenbarung bekannt, obgleich sie, nachdem sie geoffenbart worden, vom Menschengeiste auch in ihrem Wesen begriffen werden können[1].

Ein anderer Theil der göttlichen Offenbarungslehren beansprucht zur richtigen Erfassung ein Hinausgehen über den einfachen Wortsinn und somit eine besondere Auslegung, wie wir dieselbe von Christus und seinen Aposteln in Betreff alttestamentlicher Prophetien, historischer Ereignisse und Einrichtungen ausgeübt finden. In dieser Beziehung stehen die beiden Testamente in einer eigenthümlichen Beziehung zu einander, welche der heil. Augustinus treffend in die Worte gefaßt hat: „In Vetere Testamento Novum latet, in Novo Vetus patet[2].“

Der Inhalt einer Schrift, welche reines Produkt des denkenden Menschengeistes ist, kann weder unerfaßbare Mysterien, noch auch die Vernunft

---

1) Vgl. über den Unterschied und das Verhältniß von Philosophie und Theologie die Zeitschrift Katholik 1863, S. 298: „Die Vernunft muß also bei ihrer Thätigkeit auf dem übernatürlichen Gebiete ihre Begriffe innerlich verklären und heben lassen, damit sie zur Auffassung der Gegenstände dienen können. Denn eben so wenig, als sie durch ihre Begriffe die übernatürlichen Dinge ohne Weiteres vorstellen kann und noch weniger, kann sie durch ihre natürlichen Prinzipien über dasjenige urtheilen, was außerhalb ihrer Tragweite liegt.“

2) Quaest. in Exod. Qu. 73. vergl. Iren. adv. Haeres. (P. I. pg. 650. 651. 666 f. ed. Stieren.)

des Menschen übersteigende Lehren enthalten; eben so wenig kann eine solche Schrift Prophetien enthalten, welche ein Hinausgehen über den einfachen Wortsinn rechtfertigen.

Hiermit ist ein wesentlicher Unterschied der Auslegung der heil. Schrift im Verhältniß zu der Auslegung anderer Schriften gegeben, und es folgt hieraus, daß die biblische Hermeneutik, um die geoffenbarte Lehre zu erforschen, Grundsätze und Regeln aufstellen muß, welche für gewöhnliche Schriften weder nöthig noch möglich, für jene aber darum nothwendig sind, weil sie die Aufgabe hat, die Auslegung des Wortes Gottes als solchen, in dem von dem göttlichen Urheber gewollten Sinne, herbeizuführen.

Die Möglichkeit einer biblischen Hermeneutik in diesem Sinne hängt davon ab, ob neben den Quellen der Auslegung, welche dem Menschengeiste für die Auslegung von Menschenwerk zu Gebote stehen, noch eine andere Quelle vorhanden ist, aus welcher das göttliche Wort, die göttliche Offenbarung, ihre Auslegung gewinnen kann: denn die Kriterien, Grundsätze und Regeln der Auslegung sind bedingt durch die Quellen der Auslegung, sie müssen aus ihnen und nach ihnen gebildet werden.

II. Quellen der Auslegung überhaupt und der biblischen Schriftauslegung insbesondere.

§. 6.

Betrachten wir die Schriftauslegung im Allgemeinen, so ergiebt sich als ihre Aufgabe, den Sinn einer Schrift aufzufinden und zu erklären. Dieser Schriftsinn kann nur durch die Lesung und die Analyse der zu erklärenden Schrift gewonnen werden. Die Schrift besteht aber aus Worten, von denen jedes einzelne für sich eine oder auch mehrere Bedeutungen hat, die aber in ihrer grammatischen Verbindung einen bestimmten Sinn geben. Hieraus folgt, daß die Worte und der Zusammenhang Quellen für die Auslegung einer Schrift sind.

Aus diesen beiden Quellen kann der Sinn einer Stelle und auch sämmtlicher, aus welchen eine Schrift besteht, von einem geübten Forscher entweder leicht und einfach, oder nur schwer und unvollständig ermittelt werden. Es hängt dies ab theils von der leichteren, oder schwereren Gedankenverbindung und Satzbildung des Schriftstellers, theils von dem behandelten Gegenstande, theils aber von den verschiedenen Bedeutungen einzelner Worte und der größeren oder geringeren Bestimmtheit des Zusammenhanges derselben.

Nicht selten reichen bei der Schrifterforschung die beiden Quellen der Auslegung, Worte und Zusammenhang, nicht aus, um mit Sicherheit die Bedeutung einzelner Worte an einer bestimmten Stelle und so den Gedanken des Schriftstellers zu entnehmen. In diesen Fällen ist oft aus vorhandenen Parallelstellen, d. i. aus Schriftstellen desselben oder auch eines anderen Schriftstellers, worin dieselben Worte, ähnliche Gedanken und Formen sich finden, noch der Sinn einer gegebenen Stelle zu ermitteln.

Darum sind auch die Parallelstellen eine Quelle der Schriftauslegung, eine Quelle, die zwar nicht immer zugängig ist, die jedoch im eintretenden Falle den Charakter einer wahren Quelle der Auslegung besitzt.

Aus diesen Quellen wird die Auslegung jeder Schrift, welche als ein reines Produkt des menschlichen Geistes anzusehen ist, gewonnen. Eine weitere Quelle ist für dieselbe nicht vorhanden [1]).

Die biblische Schriftauslegung ist zunächst auf dieselben Quellen, Worte, Zusammenhang und Parallelstellen, hingewiesen. Aus ihnen ist der einfache Wort- und Schriftsinn ganz ebenso wie bei den nicht biblischen Schriften zu entnehmen, und wo es sich blos um diesen handelt, da giebt es auch für die biblische Schriftauslegung keine andere Quelle der Auslegung.

Da jedoch die biblischen Schriften, wie wir oben nachgewiesen, ihrem Hauptbestandtheile nach, indem sie die göttliche Offenbarungslehre enthalten, nicht Produkte des Menschengeistes sind wie andere Schriften, und da in der heil. Schrift Lehren vorkommen, deren Auslegung über den

---

[1]) Zwar könnte möglicher Weise der Schriftsteller selbst, dessen Schrift auszulegen, noch als eine Quelle der Auslegung gedacht werden, wenn nicht das Geschäft der Auslegung sich hauptsächlich auf ältere oder doch auf solche Schriften bezöge, über deren Sinn der Schriftsteller selbst nicht vernommen werden kann. Außerdem aber würde ein solcher Schriftsteller doch immer nur auf die Erinnerung hingewiesen sein; auch er hätte aus den Quellen der Auslegung den Sinn seiner eigenen Schrift zu erforschen. Eine eigene Quelle der Auslegung böte er nicht, wenn es ihm auch zweifelsohne leichter sein würde, den Sinn dessen, was er geschrieben, zu finden und auszulegen.

einfachen Wortsinn hinausgeht, die darum besondere Grundsätze und Regeln der Auslegung erfordern; so fragt es sich, ob diese gleichfalls aus den obengenannten Quellen, den Worten, dem Zusammenhang und den Parallelstellen, gewonnen werden können, oder ob noch eine andere Quelle für die biblische Auslegung nöthig und vorhanden ist?

Daß aus den drei Quellen für die allgemeine Auslegung nur der buchstäbliche Wort- und Schriftsinn zu erhalten ist, dies ergiebt sich aus der Betrachtung dieser Quellen sofort. Welche Bedeutung den einzelnen Worten an der gegebenen Stelle zukommt und was die Verbindung der Worte für einen Sinn darstellen soll, dies ist das einzige Geschäft der Erforschung des Sinnes auf Grund jener drei Quellen. Da der menschliche Geist nur menschliche Gedanken produciren kann, so kann auch bei diesem Geschäfte der Forschung nichts Anderes gesucht werden. Alle Regeln für die Auslegung, die auf Grund dieser drei Quellen gebildet werden, beziehen sich nur auf Menschenwerk und sind eine Anweisung, um den einfachen Schriftsinn durch Lesung und Analyse einer Schrift zu ermitteln.

Darum ist die Auslegung des geoffenbarten Wortes Gottes, mindestens für jene Lehren, welche wir oben als Geheimnißlehren, als die Vernunft des Menschen übersteigende, oder als in besonderer Anwendung und Beziehung vorkommende Lehren charakterisirten, allein aus den obigen Quellen der Auslegung nicht mit Sicherheit zu gewinnen. Am schlagendsten tritt dies hervor bei jenen Schriftstellen, welche, im einfachen Wortsinn erfaßt, ihre weitere Bedeutung nicht erkennen lassen, d. i. bei den prophetischen Typen des A. Bundes.

In der heil. Schrift besitzen wir Auslegungen des geoffenbarten Wortes Gottes durch Christus und die Apostel. In diesen Auslegungen findet sich ein Hinausgehen über den einfachen Wortsinn. Schriftstellen bei den Propheten wird eine typische oder symbolische Beziehung gegeben, historische Ereignisse und Einrichtungen werden allegorisch aufgefaßt; so wird Matth. 1, 22. 23 die Geburt Christi aus der Jungfrau als Erfüllung der Prophetenstelle Jes. 7, 14 erklärt. Das historische Ereigniß 4. Mos. 21, 8. 9 von der Aufrichtung der kupfernen Schlange in der Wüste wird Joh. 3, 13 durch Christus selbst als geschichtlicher Typus auf die Erhöhung Christi am Kreuze gedeutet. Nach der Auslegung des Herrn

Joh. 13, 18 war der Verrath des Judas Ischkariot die Erfüllung einer Pf. 41, 10 ausgesprochenen Weissagung. Nach der Prophetie war dieser Judas der Sohn des Verderbens (Joh. 17, 12), dessen Behausung wüste sein, in welcher kein Bewohner sein und dessen Amt ein Anderer erhalten solle (Apostelgesch. 1, 20. vergl. Pf. 69, 26; 109, 3). Das bei dem Auszug aus Egypten geschlachtete Passahlamm war in solchen Einzel= heiten ein Typus auf Christus, daß nach der Erklärung des Apostels Johannes (Joh. 19, 36) die Gesetzesstelle 2. Mos. 12, 46: „Es soll kein Bein an ihm (dem Passahlamme) zerbrochen werden," sich auf einen ganz speziellen Vorgang mit Christus am Kreuze bezog, wie in gleicher Weise durch die Durchstechung der Seite Christi eine Erfüllung der Propheten= stelle Zachar. 12, 10 war, welche lautet: „Sie werden hinblicken auf den, welchen sie gestochen haben." Selbst die Vertheilung der Kleider Jesu und die Verloosung des Obergewandes faßt dieser Apostel (Joh. 19, 24) als die genaue Erfüllung der Pfalmstelle 22, 19: „Sie theilten meine Kleider unter sich, und über mein Gewand warfen sie das Loos."

Nach der Auslegung der Apostels Paulus im Galaterbriefe 4, 24 f. hatte die biblische Geschichte von Sara und Hagar und Abrahams zwei Söhnen einen bildlichen Sinn und bedeutete den doppelten Bund, den der Knechtschaft und den der Freiheit. Wie es in der Schrift heißt Gen. 21, 10: „Treibe die Magd aus und ihren Sohn; denn nicht erben soll der Sohn der Magd mit dem Sohne der Freien;" so sollte der alte Bund dem neuen, das alte Jerusalem dem höheren freien Jerusalem weichen.

Nach 1. Cor. 10, 1 ff. enthält das A. T. Vorbilder, die sich im N. T. erfüllten. Der Fels, aus dessen Quelle die Israeliten tranken, war Christus. Anderes war Vorbild zur Ermahnung, daf. K. 10, 11.

Diese Schriftauslegung ist, da sie von Christus dem Herrn selbst und von seinen Aposteln geübt wurde, eine berechtigte und darum für den Exegeten zur Erfassung des Wortes Gottes nothwendige. Das Gesetz und die Propheten enthielten Aussagen, welche sich auf Christus, auf sein Erscheinen in der Welt, auf sein Lehren und Wirken, auf seinen Tod und Auferstehung und auf die Gründung der christlichen Kirche bezogen. Um dieses Alles aber zu erkennen, mußte seinen Jüngern, ähnlich wie den

nach Emmaus gehenden Jüngern, das Verständniß der Schrift geöffnet
werden. Darum auch wurde ihnen der heil. Geist verliehen, der sie in
alle Wahrheit führen und das Verborgene ihnen offenbaren sollte.
(Joh. 14, 26; 16, 13 f.)

Da nun das geoffenbarte Wort Gottes für die Menschen nothwendig
ist und deßhalb auch erfaßbar sein muß [1]), und da die obengenannten drei
Quellen der Auslegung für diese Erkenntniß nicht ausreichen; so folgt
daraus die Nothwendigkeit einer weiteren Quelle der Schriftauslegung,
aus welcher der richtige und volle Sinn des geoffenbarten Wortes Gottes
zu erkennen und auszulegen ist. Wäre eine solche Quelle als vorhanden
nicht nachzuweisen, so wäre das richtige Verständniß eines bedeutenden
Theiles der göttlichen Offenbarung theils nicht zu erreichen, theils ohne
alle Garantie dem bloßen Zufalle anheim gegeben. Denn daß die in der
heil. Schrift selbst vorhandenen Auslegungen nicht die ganze Offen=
barungswahrheit enthalten, ist theils mit Rücksicht auf die nur gelegent=
lich und aphoristisch vorkommenden Auslegungen darin nicht zu verkennen,
theils auch ausdrücklich in der Schrift ausgedeutet. Aus der Unterredung
des auferstandenen Christus mit den nach Emmaus gehenden Jüngern
ergiebt sich, daß von Moses und allen Propheten geweissagt war, daß
Christus Alles das leiden mußte, was sich vor wenigen Tagen mit ihm zu=
getragen hatte und daß er so in seine Herrlichkeit eingehen sollte, und doch
sind diese Auslegungen selbst nicht mitgetheilt, wenn auch bei den Aposteln
Einzelnes davon vorkommt. Außerdem lehrt Petrus 2. Petr. 1, 20. 21,
daß keine Weissagung der Schrift Sache eigener, d. i. subjektiver, Auf=
lösung ist, indem nie aus menschlicher Willkür eine Weissagung gegeben
wurde, sondern jede Prophetie vom heil. Geiste stammt. 1. Petr. 1, 11
fordert er auf, in den Propheten zu forschen, auf welche und welcherlei
Zeit hindeute der den Propheten inwohnende Geist Christi, welche die
Christo bevorstehenden Leiden und die darauf folgende Herrlichkeit voraus=
bezeugten für die spätere Gnadenzeit.

---

[1]) Vgl. Hilar. de Trinit. VIII. c. 43: Ac primum cognosci oportet, Deum
non sibi sed nobis locutum et in tantum ad intelligentiam nostram eloquii
sui temperasse sermonem, quantum comprehendere ad sentiendum naturae
nostrae possit infirmitas.

§. 7.

Der vorhandenen Nothwendigkeit einer Quelle zur richtigen Erkennt=
niß der göttlichen Offenbarungslehre ist durch göttliche Fürsorge in der
christlichen Kirche entsprochen worden.   Wie die Apostel von Gott begna=
digte und mit dem heil. Geiste ausgerüstete Lehrer waren, wodurch sie
Alles gelehrt und an Alles erinnert wurden, was Christus der Herr ihnen
gesagt hatte (Joh. 14, 26), wodurch sie auf den Weg zur ganzen Wahr=
heit geleitet werden sollten (Joh. 16, 19); so ist auch in der Kirche Christi
ein unfehlbares mündliches Lehramt eingerichtet.   Christus vertraute
seine Lehre und das richtige Verständniß derselben nicht dem geschriebenen,
vieler Auslegung fähigen Buchstaben; sondern Beides, Lehre und Ver=
ständniß, voll und wahr, übergab er seiner Kirche und hinterlegte es
darin als unter seinem Beistand zu bewahrendes Depositum.   Diese
Uebergabe und Hinterlegung erfolgte an die Kirche nicht als an einen
Begriff, der bald so, bald anders zu fassen; auch nicht an eine Congrega=
tion von Individuen, die sich ihren Glauben selbst bilden; sondern sie
geschah an die von ihm gestiftete und in fester Form gegründete Kirche
und an die Congregation der von Anfang an berufenen Lehrer, wir mei=
nen das unfehlbare mündliche Lehramt in der Kirche, welches gleich den
ersten Aposteln im Stande ist, die volle evangelische Wahrheit zu verkün=
digen und den christlichen Glauben rein zu bewahren.   Was bei einer
alten Schrift, die bloßes Menschenwerk ist, nicht möglich ist, nämlich ein
Zurückgehen auf ihren Urheber, um so eine sichere Auslegung zu erhalten,
das ist für die heil. Schriften dadurch geboten, daß Christus die ersten
christlichen Lehrer, seine Apostel, mit der richtigen Auslegung der Schrift
begabte und in der Kirche ein Lehramt einrichtete, welches im Vollbesitze
der christlichen Wahrheit von den Aposteln an ist und bleibt, und welches
als unfehlbare Auktorität den Sinn der Schrift richtig auslegt.   Bis
zum Ende der Welt soll nach Christi Wort gelehrt, getauft und in den
Geboten Gottes unterwiesen werden und zwar unter dem Beistande
Christi (Matth. 28, 19, 20) [1]).

---

[1]) Richtig schreibt in dieser Beziehung Döllinger: „Solche Worte sind nur
Einmal zu Menschen gesprochen worden und sie tönen nun seit achtzehn Jahr=
hunderten wieder in der Seele jedes Gläubigen.   Er, der Besitzer göttlicher Welt=

§. 8.

In der Institution des unfehlbaren mündlichen Lehramtes ist eine Quelle für die Auslegung der heil. Schriften gegeben, aus welcher das Wort Gottes als solches mit Sicherheit zu erheben und die richtige christliche Lehre zu gewinnen ist. Diese Quelle hat auch in der wahren von Christus gestifteten Kirche stets ihre Geltung gehabt. Als beweisende Momente rechnen wir hierher:

1. das muratorische Fragment, jenes alte Verzeichniß des Schriftcanons der römischen Kirche, worin außer einer Aufzählung kanonischer Schriften auch prinzipiell und in Form eines geltenden Grundsatzes angegeben wird, welche Schriften als solche zu betrachten und welche auf Grund ihres Inhaltes von der kirchlichen Lesung fern zu halten seien.

---

herrschaft, will seine Kirche nie preisgeben, kein Feind soll sie überwältigen, kein Verfolger sie vertilgen, kein Irrthum sie verfinstern; gerade für ihre lehrende Thätigkeit, für ihre Aufgabe, die geoffenbarte Wahrheit rein und unverfälscht allen Völkern, allen Geschlechtern zu überliefern, hat er ihr für immer seine Gegenwart, seinen allmächtigen Beistand zugesagt. Er hat die Art und Weise dieses Beistandes näher erklärt: während er zum Vater geht, steigt von dort der von ihm gesendete Paraklet herab, der Geist der Wahrheit, um für immer in der Kirche zu wohnen. Sein Geschäft ist, „in alle Wahrheit zu führen," an Alles zu erinnern, was Christus geredet hat, die Lehre Christi zu verkündigen. So hat die Kirche seit dem ersten Pfingstfeste einen göttlichen Lehrer und Führer, und sie ist das Organ, durch welches der heil. Geist die Gläubigen lehrt."

„Ueberall außer dieser Kirche Lüge und Täuschung, oder schutzlose, mit Irrthum vermengte, der menschlichen Willkür, der Entstellung und Alterirung preisgegebene Wahrheit; sie aber, die Eine Kirche und unter allen irdischen Einrichtungen nur sie allein, ist das schirmende Gefäß, in welchem die Wahrheit immerbar unverfälscht bewahrt wird: denn Christus ist ihr untrennbares Haupt, und der heil. Geist, der Geist der Wahrheit, ist der sie belebende, erleuchtende und beherrschende Geist. So fließt denn in der Kirche ein immerwährender Strom der Wahrheit wie der Gnade. Die Substanz dessen, was Christus gelehrt, was die Apostel verkündigt, ist zu einer stäten Erleuchtung, zu einem nie von der Kirche weichenden, nie in Finsterniß sich verkehrenden Lichte geworden. Nur außer der Kirche, nicht innerhalb derselben, bildet sich jener von Paulus geschilderte Zustand, wo die Menschen „herumgetrieben werden von jedem Winde der Lehre" (Eph. 4, 14) und preisgegeben sind „menschlichem Trug und arglistiger Verführung." In der Kirche dagegen hat Christus ein Lehramt eingesetzt zur Erbauung des Leibes Christi, „damit Alle zur Einheit des Glaubens und der Erkenntniß des Gottessohnes, zu männlicher Reife und zum Maße des christlichen Vollalters gelangen." (Christenthum und Kirche. Regensburg 1868. S. 227 f.)

2. Die Erklärungen der ältesten Kirchenlehrer und Schriftsteller, worin sie aussprechen, nicht nur, daß die wahre Auslegung der Schrift sich in der Kirche Christi befinde, sondern auch, daß das kirchliche Lehramt die Norm für die Auslegung sei; ferner, daß die Kirche, wie sie allein nur erklären könne, welches heilige Schriften seien, so auch allein mit Sicherheit anzugeben vermöge, welche Lehren darin enthalten und wie sie zu verstehen seien.

So beruft sich der heil. Irenäus auf die Schriftauslegung älterer Lehrer mit der Bemerkung, diese Nachfolger der Apostel seien im Stande, die Schrift ohne Gefahr auszulegen und den Glauben zu bewahren (adv. Haer. IV. c. 26. n. 5). Außerdem weist er wiederholt darauf hin, wie die Schriftauslegung nur dann vor Irrthum sicher sei, wenn man sich an die kirchliche Auslegung halte: denn die Kirche sei im Besitze der Wahrheit und in Verbindung mit dem Geiste Gottes. So wie Justin der Märtyrer und dessen älterer Zeitgenosse, nämlich der Verfasser des Briefes an Diognet, die Tradition als Glaubensquelle benutzten, um hierdurch die richtige Schriftauslegung zu sichern; so verfährt auch der heil. Irenäus und hebt in seiner Polemik gegen die Häretiker besonders hervor, daß durch den Besitz dieser Quelle, sowie durch göttliche Einrichtung, die Kirche im Stande sei, den Glauben zu bewahren und die Schrift richtig auszulegen [1]).

Die Grundsätze des alexandrinischen Clemens über die Auslegung der Schrift stimmen mit denen des heil. Irenäus überein: Die Schrift, bemerkt er, ist schwer zu verstehen. Der christliche Lehrer erhält aber die richtige Auslegung von der Kirche; wie die wahre Lehre, so hat sich auch die richtige Erkenntniß derselben in der Ueberlieferung der katholischen Kirche erhalten [2]).

Nach Tertullian ist in der katholischen Kirche das richtige Verständniß der heil. Schrift zu suchen, weil sie allein im Besitze der Wahrheit ist [3]).

Der heil. Theophilus von Antiochien erklärt die Kirche für die Inhaberin der wahren Lehre und die berechtigte Lehrerin [4]).

---

[1]) Vergl. Schrift, Trad. u. k. Schriftausl. die Artikel: Irenäus u. Justin.
[2]) Das. Art. Clem. Alexandr.
[3]) Das. Art. Tertullian.
[4]) Das. Art. Theophilus v. Antioch.

Die Verfasser der Clementinen und Recognitionen, beide der ebioni=
tischen Sekte angehörig, stehen doch, was die Grundsätze der Schriftaus=
legung und die Auktorität des kirchlichen Lehramts in dieser Beziehung
betrifft, auf kirchlichem Boden und in Uebereinstimmung mit den oben
aufgeführten orthodoxen Lehrern [1]).

Origenes erklärt die überlieferte kirchliche Schriftauslegung für die
einzig wahre und nothwendige, um die Erkenntniß des christlichen Glau=
bens zu erhalten [2]).

In der Schrift des Bischofs Archelaus gegen Manes bemerkt der Pres=
byter Dioborus über Manes: „Et quidem erant quaedam in his, quae
ab eo dicebantur, nostrae fidei; quaedam vero asserebat longe
diversa ab iis, quae a nostra paterna traditione descendunt.
Interpretabatur enim quaedam aliene, quibus etiam ex propriis
addebat, quae mihi valde peregrina visa sunt et infida. Itaque
post haec, quae semel ab apostolis tradita sunt, ultra non oportet
quicquam aliud suscipere discipulum Christi [3]).“

In diesem ganzen Zeitraume bis in's dritte christliche Jahrhundert
sind die Beweise für die katholische Lehre vorhanden, daß die kirchliche
Schriftauslegung eine überlieferte, und daß die Kirche als berechtigte
Lehrerin und Auslegerin der h. Schrift anzusehen sei.

Aus dem vierten Jahrhundert erwähnen wir noch

1. des heil. Athanasius, welcher contra Arianos Orat. I. c 8 und
contra Apollin. l. c. 20. 22 erklärt, die Probe, ob etwas christliche
Lehre sei oder nicht, bestehe in der Lehre der Kirche und in der Ueberlie=
ferung der Väter; darum sei es nicht nothwendig, sich den Häreti=
kern gegenüber auf Schriftbeweise einzulassen. Vgl. auch epist. ad
Adelph. c. 6.

2. Rufin's Hist. eccl. lib. II. c. 9, wo er von Basilius und Gregor
von Nazianz sagt: „Solis divinae scripturae voluminibus operam
dabant, eorumque intelligentiam non ex propria praesumptione,
sed ex majorum scriptis et auctoritate sequebantur, quos et ipsos

---

[1]) Vgl. Schrift, Trad. u. k. Schriftausl. Art. Die Clementinen.
[2]) Περὶ ἀρχῶν lib. IV. c. 9; Praef. c. 2 ad lib. I. Tract. XXIX. in Matth.
[3]) Routh Reliq. sacr. T. IV. p. 231.

ex apostolica successione intelligendi regulam suscepisse constabat."

3. Des h. Augustinus lib. III. de doctrina christ. c. 2: „Sed cum verba propria faciunt ambiguam scripturam, primo videndum est, ne male distinxerimus aut pronuntiaverimus. Cum ergo adhibita intentio incertum esse perviderit quomodo distinguendum aut quomodo pronuntiandum sit, consulat regulam fidei, quam de scripturarum planioribus locis et ecclesiae auctoritate percepit."

4. Des h. Hieronymus Comment. in Jes. c. 6, 2: „Duces ecclesiae ingrediuntur portas mysteriorum Dei et scripturarum sacramenta cognoscunt, habentes clavem scientiae, ut aperiant eas creditis sibi populis. Unde praecipitur, ut magistri aperiant, et discipuli ingrediantur."

Comment. in Matth. lib. IV. c. 26, 26 - 28: „Pecunia ergo et argentum praedicatio evangelii est, et sermo divinus, qui dari debuit nummulariis et trapezitis, id est vel ceteris doctoribus (quod fecerunt et apostoli, per singulas provincias presbyteros et episcopos ordinantes,) vel cunctis credentibus, qui possunt pecuniam duplicare et cum usuris reddere, ut quidquid sermone didicerant opere explerent."

Gehen wir weiter zu den Concilien, so finden wir hier dieselbe Lehre ausgesprochen:

In dem Canon 17 des Concil. Lateran. vom Jahre 649 unter Papst Martin I. wird Derjenige anathematisirt, welcher sich nicht aufrichtig zu Allem bekennt, was von der Kirche überliefert und von ihr, sowie von den heil. Vätern und den fünf allgemeinen Concilien gelehrt ist[1]).

Dem von den Vätern des 6ten allgemeinen Concils einstimmig angenommenen Synodalschreiben des Papstes Agatho, worin er sich über den zweifachen Willen und die zweifachen Wirkungen in Christus aus=

---

1) Si quis secundum Sanctos Patres non confitetur proprie et secundum veritatem omnia, quae tradita sunt et praedicata Sanctae catholicae et apostolicae Dei ecclesiae, perindeque a Sanctis Patribus et venerandis universalibus quinque Conciliis usque ad unum apicem verbo et mente, condemnatus sit.

spricht, wird hinzugefügt: „Quia hoc nos apostolica et evangelica traditio, sanctorumque Patrum magisterium, quos sancta apostolica atque catholica ecclesia et venerabiles synodi suscipiunt, instituisse monstratur."

Hierhin gehört auch eine Stelle aus dem 2ten Nicänischen Concil vom Jahr 787: „His ita se habentibus regiae quasi continuati semitae, sequentesque divinitus inspiratum Sanctorum Patrum nostrorum magisterium, et catholicae traditionem ecclesiae (nam Spiritus sancti hanc esse novimus, qui in ipsa inhabitat) definimus in omni certitudine ac diligentia cet."

In gleicher Weise sagen die auf dem Concil von Valence im Jahre 855 versammelten Väter Can. 6: „Certa et vera fide, quod a Sanctis Patribus de his et similibus sufficienter prosecutum est, amplectatur," und Can. 1: „Indubitanter autem doctoribus pie et recte tractantibus verbum veritatis, ipsisque sacrae scripturae lucidissimis expositoribus, id est Cypriano, Hilario, Ambrosio, Hieronymo, Augustino, ceterisque in catholica pietate quiescentibus, reverenter auditum, et obtemperanter intellectum submittimus, et pro viribus, quae ad salutem nostram scripserunt, amplectimur. Nam de praescientia Dei, et de praedestinatione, et de quaestionibus aliis, in quibus fratrum animi non parum scandalizati probantur, illud tantum firmissime tenendum esse credimus, quod ex maternis ecclesiae visceribus nos hausisse gaudemus."

Das vierte Lateran=Concil im J. 1215 verdammte eine Schrift des Florentinischen Abtes Joachim de unitate seu essentia Trinitatis, indem es dessen falsche Schriftauslegung im Einzelnen verwirft, dabei aber die rechtgläubige Gesinnung des Abtes Joachim in dem Stücke anerkennt, daß er erklärt habe: „se illam fidem tenere, quam Romana tenet ecclesia, quae disponente Deo cunctorum fidelium mater est et magistra."

Das Concil von Trient Sess. IV. decret. de edit. et usu sacrorum libr. erklärt von der christlichen Kirche, daß ihr das Urtheil über den wahren Sinn und die Auslegung der h. Schrift zukomme.

In der von Papst Urban VIII. und Benedikt XIV. für die orientalische Kirche vorgeschriebenen professio fidei heißt es: „Apostolicas

et ecclesiasticas traditiones suscipiendas esse et venerandas ....
quae de sacrorum librorum, tam Veteris quam Novi Testamenti
indice et interpretatione in praefata Tridentina Synodo definita
sunt, accipio et profiteor."

Zu diesen ausdrücklichen Zeugnissen über das Magisterium ecclesiae,
als der vollberechtigten Auslegerin der h. Schrift, gesellt sich die durch
alle Jahrhunderte nachweisbare Praxis der Kirche, wornach dieselbe zur
Sicherung und näheren Explikation ihrer Lehre bald Schriftstellen aus=
legte, bald Auslegungen derselben als richtig bestätigte, oder andere als
unrichtig verwarf.

III. Abschluß, Definition und Eintheilung.

§. 9.

Da wir oben erkannt haben, daß für die kirchliche Schriftauslegung
die allgemeinen Quellen, Worte, Context und Parallelstellen, nicht aus=
reichen, daß vielmehr eine weitere Quelle der Auslegung nothwendig sei,
und da wir eine solche Quelle in dem unfehlbaren kirchlichen Lehramte
aufgewiesen und als solche auch geschichtlich begründet haben; so tritt
diese Quelle, wodurch die Schriftauslegung erst den Charakter der christ=
lichen enthält, zu den drei obigen Quellen hinzu, womit die Realität einer
biblischen Hermeneutik erwiesen ist: denn es giebt eine sichere Auslegung
des geoffenbarten Wortes Gottes, eine Auslegung, die nicht auf sub=
jektivem Ermessen, nicht auf Willkür; sondern auf Nothwendigkeit beruht,
und wobei es lediglich darauf ankommt, sichere Kriterien, Grundsätze und
Regeln aus diesen Quellen für die Auslegung zu entwickeln, damit sich
das Geschäft der Auslegung in den richtigen Grenzen bewege und in der
richtigen Weise geschehe.

Ihren Inhalt gewinnt aber die biblische Hermeneutik durch Unter=
suchung der Quellen für die Auslegung und durch Aufstellung der Requi=
site, welche nothwendig sind um die wahre Auslegung richtig und sicher
zu erhalten. Geschieht dies in formaler Beziehung unter Beobachtung
der für die Wissenschaft nothwendigen Anforderungen, der Vollständigkeit,
Gründlichkeit und Ordnung, so erhält die Hermeneutik zugleich auch den
für sie nothwendigen wissenschaftlichen Charakter.

Nach diesen Erörterungen ergiebt sich folgende Definition der biblischen Hermeneutik:

Die biblische Hermeneutik ist die aus den Quellen der biblischen Auslegung geschöpfte wissenschaftliche Darstellung der Grundsätze und Regeln, wornach der Inhalt der h. Schrift richtig zu verstehen und auszulegen ist.

Hiervon ausgehend sind Gegenstand dieser Disciplin sämmtliche Unterweisungen, welche die Auslegung der h. Schrift direkt angehen. Die Mittheilung der zur Auslegung nothwendigen Sprachkenntnisse, der biblischen Archäologie, der geschichtlichen Kenntniß der einzelnen h. Schriften, ist davon auszuschließen, da sie als Hilfswissenschaften für die Auslegung besonderen Disciplinen angehören.

Das Ziel jeder Auslegung einer Schrift ist die Auffindung und die Darlegung des Sinnes der einzelnen und gesammten Mittheilungen, welche in einer auszulegenden Schrift enthalten sind. Dies gilt auch für die biblische Schriftauslegung. Auffindung des Schriftsinnes und Darlegung desselben sind nicht identisch, sondern zwei für sich getrennte Gegenstände.

Hierdurch rechtfertigt sich die Zerlegung der ganzen Disciplin in die Lehre von der Auffindung des Schriftsinnes (Heuristik) und die Darstellung des aufgefundenen Schriftsinnes (Exegetik), welche letztere wiederum in verschiedenen Formen, als mündliche und schriftliche, als populäre und wissenschaftliche erfolgen kann.

Die Lehren der biblischen Hermeneutik sind zunächst Grundsätze und Regeln zum Zwecke der Auslegung. Doch setzen diese vorausgehende begriffliche Bestimmungen, Definitionen und auch geschichtliche Erörterungen voraus. Durch die Betrachtung der Quellen der Auslegung, ihrer Natur und Eigenthümlichkeit, der Art und Weise, wie aus ihnen die Auslegung zu erheben, wird das Material für den Aufbau der Hermeneutik gewonnen. Daraus ergeben sich auch die Arten der Auslegung, und die Bestimmung der Grenzen, in welchen sich die Schriftauslegung bewegen muß.

Im Allgemeinen und zur richtigen Zerlegung des Stoffes lassen sich hier schon verschiedene Arten der Schriftauslegung mit Rücksicht auf die Quellen der Auslegung unterscheiden. Wir haben oben nachgewiesen, daß in der biblischen Schriftauslegung zu den allgemeinen Quellen der

Hermeneutik, den Worten, dem Context und den Parallelstellen noch eine vierte Quelle hinzutritt, wodurch die biblische Schriftauslegung in Betreff der darin enthaltenen Offenbarungsmittheilungen einen spezifischen Charakter, den einer christlichen und kirchlichen Schriftauslegung, erhält.

Wo in der h. Schrift nicht geoffenbarte Lehren und Mittheilungen, geschichtliche u. a. auszulegen sind, da bewegt sich die Auslegung im Gebiete der drei ersten Quellen, vorbehaltlich der Einbeziehung dieser Mittheilungen in den höhern Schriftcharakter nach der göttlichen Heils= ökonomie, worüber aus diesen drei Quellen natürlich nicht entschieden werden kann.

Wo es sich dagegen um Auslegung von Offenbarungslehren und solchen Lehren und Mittheilungen handelt, welche mit jenen in wesent= licher Verbindung stehen; da tritt der Gebrauch der vierten Quelle ein. Jedoch ist auch hier der Gebrauch der drei ersten Quellen keineswegs über= flüssig; vielmehr wird deren Benutzung als eine nothwendige voraus= gesetzt, und während so zunächst der Wort= und einfache Schriftsinn ermittelt wird, ist auf Grund der vierten Quelle neben diesem Sinne der Schrift noch der höhere Schriftsinn zu erheben [1]).

Wir unterscheiden demnach eine niedere und eine höhere Schrift= auslegung.

Die niedere Schriftauslegung erfolgt auf der Grundlage der drei ersten Quellen der Auslegung. Sie betrachtet die Worte, den Context und die Parallelstellen zum Zwecke der Auslegung. Nachdem die Worte kritisch festgestellt sind, folgt auf historisch=grammatischem Wege die Unter= suchung der Bedeutung der Worte, an und für sich, in ihrem Zusammen= hange und auf Grund vorhandener Parallelstellen, um so den Schrift= sinn zu ermitteln.

---

[1]) Dr. J. Kuhn, kathol. Dogmatik I. S. 210 (2. Aufl. Tübingen 1859) erklärt, daß der dogmatische Schriftbeweis die geschichtliche Auslegung zu seinem Prinzip habe, und bemerkt S. 214: „Was die Auslegung der Schrift an und für sich selbst betrifft, welche das dogmatische Beweisverfahren zur Richtschnur nehmen muß, so kann sie nur die geschichtliche (die sog. grammatisch historische) sein, weil diese allein die wissenschaftliche ist." Er geht dabei von der Voraussetzung aus, daß die Bibel, um das Dogma aus derselben zu beweisen, nicht im Lichte dieses Dogma zu betrachten sei. Diese Ansicht bedarf unsers Erachtens in sofern einer Rectification, als die vierte Quelle der Auslegung als solche bei dem wissen= schaftlichen Schriftbeweise zur Geltung kommen muß.

In dieser Beziehung zerfällt die biblische Hermeneutik, als Lehre von der niedern Schriftauslegung,

1. in die Lehre von der Kritik des Textes der h. Schrift.
2. in die Lehre von der historisch-grammatischen Auslegung.

Als Lehre von der höhern Schriftauslegung ist es die Aufgabe der biblischen Hermeneutik, festzustellen, wann, in welchem Umfange und in welchen Grenzen der Gebrauch der vierten Quelle der Auslegung eintritt und wie dieselbe anzuwenden ist.

Da ferner die höhere Schriftauslegung wiederum verschiedene Arten der Auslegung in sich begreift, z. B. eine typische, mystische und anagogische, eine moralische und allegorische; so hat die biblische Hermeneutik in der Lehre von der Auffindung des höhern Schriftsinnes diese verschiedenen Arten der Auslegung zu einer festen und sichern Erkenntniß zu bringen, näher zu bestimmen und die Kriterien derselben, die Grundsätze und Regeln, festzustellen [1]).

IV. Zur Geschichte der Schriftauslegung.

§. 10.

Eine Theorie der Schriftauslegung bildet sich naturgemäß erst auf Grund von Erfahrungen und Reflexionen, welche bei dem Geschäfte der Auslegung gemacht werden. Darum ist die Hermeneutik jüngern Ursprungs als die Auslegung. Dem steht jedoch nicht entgegen, daß jede Auslegung, wenn sie eine rationelle und nicht willkürliche sein soll, von dem Exegeten, außer der allgemeinen Anforderung der Befähigung in Bezug auf Sprachkenntniß, geistige Reife und sachliche Bildung, auch ein Verfahren nach richtigen Prinzipien verlangt.

In dieser Beziehung war die Exegese, noch bevor von einer Hermeneutik Rede sein konnte, bei den gebildeten Völkern des Alterthums eine

---

[1]) Andere im Laufe der Zeit zu Tage getretene Auslegungs-Arten, wie die rationalistische, pietistische, mythische, negativ-kritische, beziehen sich weniger auf die Behandlungsweise der drei ersten Quellen der Auslegung, als auf die Nichtanerkennung, oder die unrichtige Würdigung der vierten Quelle. Sie haben darum als solche keine Berechtigung, und finden nicht in der Hermeneutik, sondern in der Geschichte der Auslegung eine Stelle.

Kunst und die, welche im Besitze derselben waren, nannte man Exegeten. Nach Pausanius hießen in mehreren hellenischen Staaten, in Argos, Messena und Sicyon diejenigen Exegeten, welche im Stande waren über vaterländische Einrichtungen, Alter und Entstehung der Völker, so wie über anderes Wissenswerthe die Fremden zu belehren[1]). Bei den Athenern waren die Dolmetscher des Religionswesens Exegeten. Sie erklärten die heiligen Gebräuche, und legten die orphischen Gesänge aus, insofern sie religiöse Einrichtungen betrafen[2]). In den philosophischen Schulen befaßten sich Exegeten mit der Auslegung der homerischen Gesänge nach gewissen Prinzipien, wornach Einzelne in denselben sogar Mysterien fanden, weshalb Aristarch diese Auslegungsweise tadelte und auf das Festhalten am einfachen Wortsinne drang.

Während in dieser Weise im Alterthume an mehreren Orten, später besonders in Alexandrien und Rom, die Kunst der Auslegung an den menschlichen Institutionen und Erzeugnissen des menschlichen Geistes sich übte und entwickelte, besaßen die Israeliten, das Volk der Verheißung, von den Tagen des Moses an eine heilige Literatur, deren Kenntniß für jeden Israeliten Pflicht, deren Auslegung darum eine nothwendige war.

Dieselbe war von Anfang an und verblieb auch beständig im Dienste der Religion und wurde von Gesetzeskundigen geübt, wie es Jes. Sir. 45, 17 ff. heißt: („Aaron und seine Nachkommen sind die von Moses eingesetzten) über die Satzungen des Rechts, um Jakob die Verordnungen zu lehren und durch sein Gesetz Israel zu erleuchten;" und K. 24, 32 ff. („Das Buch des Bundes) fließt von Weisheit über und gießt Belehrung aus wie der Nil. Es hat sie der Erste nicht ausgelernt und also erforscht sie nicht der Letzte. Denn voller als das Meer ist ihr Gedanke, und ihr Rath tiefer als der große Abgrund." Ferner Sap. 8, 8 („Die Weisheit) weiß das Vergangene und erräth das Zukünftige, sie versteht der Reden verborgenen Sinn und der Räthsel Lösung; Zeichen und Wunder erkennt sie im Voraus und die Ausgänge der Zustände und Zeiten."

Diese Auslegung der Schrift war eine überlieferte in dem Maße, daß die Juden, als Christus der Herr unter ihnen auftrat und Gesetz und

---

[1]) Pausan. I. p. 98. IV. c. 38. vgl. Artemidor. Oneiroct. II. p. 161.
[2]) Pollux VIII, 124. Plut. Thes. p. 11. vgl. Dion. Hal. II. c. 73.

Propheten auslegte, daran Anstoß nahmen, weil er die Auslegung nicht erlernt habe (Joh. 7, 15) und weil ihm die Auktorität dazu mangele (Mtth. 13, 54. f. Luk. 4, 22).

In den Clementinen wird diese durch Ueberlieferung fortgepflanzte Schriftauslegung ebenfalls auf eine von Moses getroffene Einrichtung, zum Zwecke die Lehreinheit zu bewahren, zurückgeführt. Demnach solle Jeder, bevor er selbst lehre, die Auslegung und den richtigen Gebrauch der Schrift erlernen, um im Stande zu sein dieselbe nach dem überlieferten Canon zu erklären und nicht durch die Schrift selbst, welche Vielerlei aus= sage, irregeführt zu werden [1]).

Die jüdische Schriftauslegung beruhte sonach prinzipiell auf den zwei Momenten, der Auktorität und der Ueberlieferung. Außerdem war sie der Hauptsache nach höhere Auslegung und bezog sich auf die Auslegung der Prophetien und den verborgenen Sinn der Schrift, worüber auch Pro= pheten nachforschten, z. B. Daniel 9, 2. vgl. 1 Petr. 1, 10—12. Jedoch war sie vor Fehlern nicht sicher. So hatten sich zur Zeit Christi unter den Schriftgelehrten irrige Ansichten über den Messias gebildet, ferner über den Vorläufer des Messias. Selbst das Gesetz wurde unrichtig aus= gedeutet, wie der Messias in der Bergpredigt an mehreren Beispielen nachwies, und weshalb er auch das Volk mit einer Herde ohne Hirten verglich (Mtth. 9, 36; 11, 13).

§ 11.

Die christliche Schriftauslegung beginnt mit Christus dem Herrn selbst. Von den Juden hatte er seine Auslegung nicht erlernt, was diese ausdrücklich bezeugen (Joh. 7, 15). Seine Schriftauslegung war, wo es sich um den Geist des Gesetzes und um Prophetien handelte, ausschließlich die höhere Auslegung. Als unfehlbarer göttlicher Lehrer war er selbst die Quelle der Auslegung, indem er aus seinem göttlichen Wissen schöpfte, woraus er auch neue Offenbarungen, Lehren und Vorschriften, gab. Seine Auslegung bestätigte Gesetz und Propheten und war im vollen Sinne des Wortes authentische Auslegung.

Dieselbe umfaßte eines Theils die unmittelbaren Prophetien des

---

[1]) Homil. ep. Petri ad Jac. c. 1. vgl. Recognit. lib. X. c. 42.

A. B., worin das Erscheinen des Messias in der Welt und die Gründung des Gottesreiches vorausgesagt war; ferner sein Lehren und Wirken, Leiden, Tod, Auferstehung, Himmelfahrt und seine Wiederkunft zum Gerichte. Anderntheils auch die mittelbare, in den historischen und pro= phetischen Typen verborgene, Prophetie.

Als göttlicher Lehrer bestätigte er durch seine Auktorität Gesetz und Propheten. Das Gesetz erklärte er für Gottes Wort, welches zu erfüllen er gekommen sei. Bei verschiedenen Veranlassungen gab er Auskunft über Geist, Bedeutung und richtige Auslegung des Gesetzes [1]).

Ebenso bestätigte er die Propheten und erklärte, daß Alles erfüllt werden müsse, was durch sie über Christus geweissagt worden sei. Welche Bedeutung Moses und den Propheten gebühre, sprach er in der Parabel Luk. 16, 29 aus, indem er den verstorbenen Lazarus zu dem in die Hölle gestürzten Reichen sagen läßt: „Sie haben Moses und die Propheten, die sollen sie hören."

In der Auslegung selbst bezog er bald eine oder mehrere Weissagungen direkt und allgemein auf sich; bald rechtfertigte er seine göttliche Sendung und die Kraft derselben vorgenommenen Handlungen und seine Lehren durch Berufung auf Schriftstellen, selbst seine Lehrweise, die Vornahme gewisser Handlungen, die Erfolge und verschiedenen Wirkungen seines Erscheinens. Wie er Geist und Bedeutung des Gesetzes erklärte, so eröff= nete er auch den wahren Sinn der prophetischen Aussprüche.

Auch den in alttestamentlichen Typen verborgenen Sinn der Schrift deckte er bei gegebener Veranlassung auf; so z. B. Joh. 3, 14 die Bedeu= tung der Aufrichtung der kupfernen Schlange in der Wüste; ferner das Manna, welches die Israeliten aßen, die Bedeutung dessen was das Buch Jona erzähle, und was bei Maleachi über Elias geweissagt sei.

§. 12.

Daß Christus seinen Jüngern außerdem Unterweisungen gegeben habe, welche sich auf das Schriftverständniß bezogen, die aber in den Evangelien nicht aufbewahrt sind, dies ist eine in diesen Schriften selbst

---

[1]) Mtth. 15, 4; 22, 31. Luk. 18, 31.

wiederholt angedeutete [1]) und in der Ueberlieferung der nachapostolischen Zeit vorhandene Thatsache. Nachdem aber die Apostel ihre Mission und am Pfingstfeste auch deren Bestätigung nebst der Ausrüstung mit der Kraft des h. Geistes erhalten hatten; da traten dieselben als vollberechtigte Leh= rer des göttlichen Wortes auf und wir finden darum auch bei ihnen eine. authentische Schriftauslegung. So bei Matthäus in seinem Evan= gelium. Ausgehend von dem Prinzipe, daß Gesetz und Propheten auf Christus hinweisen, erklärt er die Schrift bei Gelegenheit der Berichte über das Lehren und Wirken des Herrn, indem er im Einzelnen nachweist, wie sich die Weissagungen der Propheten in Christus erfüllten. Seine auf die Bekehrung der Juden und Belehrung der Judenchristen berechnete Lehrweise führte ihn besonders zu dieser Auslegung, welche mit der vom Messias selbst geübten ganz und gar übereinstimmt. Demgemäß bezieht er K. 1, 22 f. die Stelle aus Jes. 7, 14 auf die Geburt des Messias aus der seligsten Jungfrau Maria, und erwähnt K. 2, 5 wie auch die jüdischen Schriftgelehrten aus Micha 5, 1 die Folgerung zogen, daß Beth= lehem der Geburtsort des Messias sein werde. Für die Flucht des Jesu= kindes nach Egypten citirt er als Typus Hos. 11, 1, desgleichen als Weissagung auf den Bethlehemitischen Kindermord Jerem. 31, 15. Selbst das Wohnen Jesu in Nazareth und seine Benennung Nazaräer beruht auf Prophetensprüchen, indem der Messias daselbst bald als נֵצֶר Sproß, bald als der Schmerzbeladene, aram. נָצַרְיָא, geschildert wird. Das Auftreten des Täufers Johannes stützt er in Uebereinstimmung mit dessen eigener Aussage auf Jes. 40, 3. Als Jesus seinen Aufenthalt zu Kapharnaum nahm, im Grenzgebiete von Sebulon und Naphthali, erklärt der Evangelist, hierdurch sei der Ausspruch des Jesaia 8, 23 und 9, 1 erfüllt worden, wornach das Land Sebulon und Naphthali, der Strich am See jenseits des Jordan, das Galiläa der Heiden, das in der Finster= niß wohnende Volk, ein großes Licht schauen solle. In den Heilwirkungen Jesu findet er die Erfüllung des Ausspruchs Jes. 53, 4: „Er nahm unsere Krankheiten hin und trug unsere Gebrechen." Als Jesus dem in die Einöde ihm nachfolgenden Volke einschärfte, ihn nicht bekannt zu

---

[1]) Mark. 4, 34. Luk. 24, 27.

machen, bemerkt Matth. 12, 17—20, dadurch sei erfüllt worden Jes. 52, 1—4 von dem helfenden Messias, der still, ohne Geräusch, ohne Zank und Lärm wirke, der das geknickte Rohr nicht zerbreche und den glimmenden Docht nicht auslösche, bis er sieghaft das Recht verbreitet, auf dessen Namen die Völker hoffen.

Zu Jesu Gleichnißreden bemerkt er K. 13, 34. 35: Dies sei geschehen um den Prophetenspruch Ps. 78, 2 zu erfüllen: „Ich will meinen Mund öffnen zu Gleichnissen, was seit Gründung der Welt verborgen, will ich verkündigen." Als Jesus von Bethphage aus Befehl gab zu seinem feierlichen Einzuge in Jerusalem, fügt der Evangelist erläuternd hinzu: Dies alles sei geschehen zur Erfüllung der Prophetie (Jes. 62. 11. Zach. 9, 9): „Sprechet zur Tochter Zions: Siehe dein König kommt zu dir, sanftmüthig und reitend auf einem Esel, und auf einem Füllen, der Eselin Sohn."

§. 13.

Die Evangelisten Markus und Lukas theilen zwar viele Stellen aus den Reden Christi mit, woraus zu entnehmen, wie der Herr selbst Gesetz und Propheten auslegte; sie selbst aber geben nur selten eine Schriftauslegung als eigenes Urtheil. So finden sich bei Markus nur zwei Stellen in dieser Beziehung. Nämlich: K. 1, 1—4 u. K. 15, 28. In der ersteren erklärt er: Johannes der Täufer sei aufgetreten nach der Prophetie des Jesaias. Dabei verbindet er Jes. 40, 3 mit Maleachi 3, 1; wornach Johannes der Vorläufer des Messias und die Stimme des Rufenden in der Wüste ist. An der anderen Stelle bemerkt er zu der Mittheilung, daß mit Jesus zugleich zwei Räuber gekreuzigt worden: so sei die Schrift erfüllt worden Jes. 53, 12: „und zu den Uebelthätern ward er gezählt."

Bei Lukas 3, 4—6 wird die Prophetenstelle Jes. 40, 3. 4 als Weissagung auf Johannes, dessen Erscheinen am Jordan, seine Taufe und Bußpredigt bezogen. Eine weitere eigene Anwendung alttestamentlicher Prophetien ist bei Lukas nicht vorhanden.

Dagegen bezieht der vierte Evangelist Schriftstellen des A. T. häufig auf Christus, dessen Lehren, Wirken und Leiden, und giebt so bald eigene Ausdeutung der Schrift, bald der Worte Jesu. Dabei läßt er uns Blicke in die jüdische Schriftauslegung thun und führt selbst in einigen neutestamentlichen Personen Beispiele für die Schriftauslegung vor. So

beruft sich K. 1, 23. 29. 36 der Täufer Johannes zum Beweise seiner
göttlichen Sendung auf Jes. 40, 3 und erklärt nach Jes. 53 Jesus als
das Lamm Gottes, welches die Sünde der Welt auf sich und hinweg=
nimmt. K. 1, 45 erklärt Philippus, daß Jesus von Nazareth der Messias
sei, von welchem die Propheten geredet haben. K. 2, 17 erkennen die
Jünger Jesu an einer von ihm vorgenommenen Handlung die Erfüllung
der prophetischen Stelle Ps. 69, 10. In Worten des Hohenpriesters
Kaiphas erkennt Johannes 11, 51. 52 eine Weissagung, betreffend den
Zweck des Todes Jesu. Er giebt diese Auslegung aus seiner apostolischen
Erkenntniß[1]), wie er denn auch wiederholt andeutet, daß die Bedeutung
von Handlungen, welche die Feinde Jesu vornahmen, oder die Jesus
selbst vollzog, den Aposteln erst später als Erfüllung von Prophetien zum
Bewußtsein gekommen seien. Den Einzug Jesu in Jerusalem erklärt der
Evangelist K. 12, 14—16 als die Erfüllung der Schrift Zachar. 9, 9
mit der Bemerkung, erst nach der Verherrlichung Christi hätten seine
Jünger dieses erkannt.

Den Unglauben, welchem Jesus ungeachtet der vielen Wunderzeichen
begegnete, findet Johannes K. 12, 38 f. geweissagt bei Jes. 53, 1. u. 6, 10.

Die Theilung der Kleider Jesu und die Verloosung seines Ober=
gewandes, das Tränken mit Essig und die Durchstechung der Seite statt
des an Jesus nicht vollzogenen Crurifragiums, erklärt der Evangelist als
Erfüllung der Schriftstellen Ps. 22, 19; 69, 22. Zach. 12, 10 u. Exod.
12, 46; ebenso auch seine Auferstehung von den Todten.

§. 14.

Dieselbe Schriftauslegung findet sich auch in den didaktischen Schrif=
ten der Apostel.

Nach 1. Petr. 1, 10 f. haben die Propheten über das Ziel des Glau=
bens, die Seelen=Seligkeit, nachgeforscht und von der durch Christus ge=
kommenen Gnade geweissagt, indem der Geist Christi durch sie die Christo
bevorstehenden Leiden und die darauf folgende Herrlichkeit vorausbezeugte.

2. Petr. 1, 19 f. wird die Lehre der Propheten zur Beachtung
empfohlen, als eine Leuchte in der Finsterniß bis zum Tage des Lichtes.

---

[1]) Eine jüdische Ueberlieferung anzunehmen ist zweifelhaft, vgl. Lightfoot hor.
hebr. et talm. z. d. St.

Angeregt vom heil. Geiste haben die Propheten als heilige Männer Gottes geweissagt, weshalb auch keine Weissagung der Schrift Sache eigener Auf=lösung sein darf.   Damit wird die willkürliche subjective Ausbeutung der Propheten als eine nicht christliche vorworfen. — K. 3, 2 ermahnt der Apostel, zu gedenken der von den heil. Propheten vorhergesagten Worte und des Gebotes unserer Apostel des Herrn und Heilandes.

1. Petr. 2, 6. 7 werden zwei Schriftstellen, Jes. 28, 16 u. Pf. 118, 22 typisch auf Christus bezogen zum Erweise, daß dieser der von den Bau=leuten verworfene, von Gott aber auserwählte Eckstein sei.   Derselbe sei aber auch der Stein des Anstoßes und der Fels des Strauchelns (vgl. Jes. 8, 14).

Beispiele aus der Schrift, als Vorbilder zur Warnung und Belehrung, finden sich außerdem vielfach in sämmtlichen katholischen Briefen.

Dieselbe einfache Anwendung der Schrift findet sich bei Paulus in den Pastoralbriefen, ferner in den Briefen an die Thessalonicher, Philip=per, Colosser und Epheser.   Im Colosserbriefe 2, 16 dagegen auch die tiefere Beziehung alttestamentlicher Gesetze und Einrichtungen als Schat=ten des Zukünftigen; das Wesen aber sei Christus.   Eine allgemeine Regel über Ansehen und Gebrauch der Schrift steht 2. Timoth. 3, 15. 16. Im Epheserbriefe 5, 31. 32 wird die Stelle Gen. 2, 24 in mystischer Ausdeutung als Geheimniß auf Christus und seine Kirche bezogen.

In den Briefen an die Römer, Corinther, Galater und Hebräer redet der Apostel nicht nur vielfach in Sentenzen des A. B., gebraucht die Schriftstellen zur Ermahnung, Zurechtweisung und Belehrung; sondern er spricht sich auch über die Bedeutung des Gesetzes und der Propheten in Beziehung auf das Evangelium, die Kirche und die Person Christi aus.   Die Lehre wird auf Gesetzes= und Prophetenstellen gestützt, aus Schriftstellen als Worten der Verheißung werden Folgerungen gezogen, Geschichtliches, Einrichtungen und Vorschriften des A. T., werden als Vorbilder auf das Christenthum gefaßt, und dabei Schriftstellen typisch, mystisch und allegorisch ausgedeutet.

Ueber die Bedeutung der h. Schriften des A. T. und deren Stellung zum N. B. äußert er sich in folgender Weise:

Gott hat in der Vorzeit durch die Propheten geredet, später durch seinen Sohn, Hebr. 1, 1.

Das Evangelium ist durch die Propheten vorher verkündigt worden, Röm. 1, 2.

Das Gesetz des A. B. ist durch Engel verkündigt, Hebr. 2, 2. Die Aussprüche des Gesetzes sind höher als menschliche Argumentation, 1. Cor. 9, 8. Gesetz und Propheten geben Zeugniß von der geoffenbarten Gerechtigkeit Gottes, Röm. 3, 21. Die prophetischen Schriften dienen zur Offenbarung der in Christus erfüllten Geheimnisse, Röm. 16, 26. Was vorher geschrieben worden, ist zu unserer Belehrung geschrieben, Röm. 15, 4. Was über Abraham geschrieben, ist um unseretwillen geschrieben, Röm. 4, 23. Im A. T. sind allgemein giltige Wahrheiten enthalten, 1. Cor. 10, 26; 11, 8. Die Prophezeiung weiß die Geheimnisse der Erkenntniß, 1. Cor. 14, 23.

Die Schrift sah voraus, daß Gott durch den Glauben die Heiden rechtfertigt, Gal. 3, 6. 8. Christus ist die Vollendung der alttestamentlichen Verheißungen, Hebr. 7, 11. Er ist das Ende des Gesetzes, hat gelebt und gewirkt, um die Verheißungen der Väter zu bestätigen, Röm. 10, 4. 5; 15, 9.

Das A. T. ist Vorbild Christi, Hebr. 13, 11. In der Geschichte des Volkes Israel sind Typen und Vorbilder auf Christus, 1. Cor. 10, 1 f. Röm. 11, 2 ff.

Das alttestamentliche Hohepriesterthum, Melchisedek und das Passah sind Vorbilder auf Christus, Hebr. 5, 7; 1. Cor. 5, 7.

Der Bund mit Abraham war auf Christus hin gegeben, Gal. 3, 17. Das A. T. ist Abbild und Schatten des Zukünftigen, Hebr. 8, 5. Es enthält Abbilder der himmlischen Dinge, Hebr. 9, 23. Das Gesetz ist ein Schatten der zukünftigen Güter, Hebr. 10, 1. Die A. T. Einrichtungen sind unvollkommen und weisen hin auf Christus den Vollender, Hebr. 7, 21. Der alte Bund ist unvollkommen und von Gott für veraltet erklärt worden, Hebr. 8, 7. Der h. Geist deutet in alttestamentlichen Einrichtungen an, daß der Weg zum Heiligthum noch nicht geoffenbart war, Hebr. 9, 8.

Auf diesen grundlegenden Gedanken beruht der Gebrauch, die Anwendung und Auslegung der Schriftstellen des A. T. Darum erklärt er 1. Cor. 15, 3 f. Christus sei gestorben, begraben und auferweckt worden nach der Schrift. In demselben Sinne citirt er Röm. 15, 3 die Schrift

ſtelle Pſ. 96, 10; ferner Gal. 3, 13 die Geſetzesſtelle Deut. 21, 23, bezieht
Hebr. 1, 5. 6 f. die Stelle Pſ. 2, 7 und das hiſtoriſche Ereigniß 2. Sam.
7, 14 auf den Meſſias; ebenſo die Pſalmſtellen 45, 7. 8; 102, 26 f.;
110, 1; 8, 5; 22, 23; 95, 7; ferner Hebr. 10, 5 die Stellen Pſ. 10, 15
u. Jerem. 31, 33.

Durch die Predigt des Evangeliums und deſſen Ausbreitung findet
der Apoſtel 1. Cor. 2, 9 und 1, 16 f. die Schriftſtellen Jeſ. 64, 4; 29, 14
und Jerem. 9, 23 erfüllt. In dem Wirken des Apoſtels Paulus ſelbſt
iſt die Stelle Jeſ. 52, 15 erfüllt. Vgl. Röm. 15, 21.

Geſetzes =Einrichtungen dienen ihm zur Begründung chriſtlicher Ein=
richtungen, 1. Cor. 9, 13. Auf die Zukunft Iſraels bezieht er Röm.
11, 26 die Prophetenſtelle Jeſ. 59, 20. 21 u. 27, 9.

In weiterer Anwendung und Berufung, bald zur Beſtätigung ſeiner
Lehre, bald zur Beweisführung, Folgerung und Ermahnung gebraucht
er die Schriftſtellen, vgl. 1. Cor. 3, 19. 23; 15, 24. Gal. 4, 27. Röm.
1, 17; 9, 7. 2. Cor. 3, 7 f.

Beiſpiele myſtiſcher, allegoriſcher und anagogiſcher Auslegung ſtehen
Röm. 9, 25 ff. 1. Cor. 15, 54. 55. Gal. 4, 24. 27. Hebr. 12, 26.

Außerdem bedient er ſich der Schriftſtellen auch in weiterer Anwen=
dung als Parallelen, oder um ſeine Worte durch einen zutreffenden Ge=
danken in der h. Schrift zu erläutern.

§. 15.

In der Apoſtelgeſchichte begegnen wir Reden, Belehrungen und Aus=
ſprüchen von Apoſteln und anderen kirchlichen Perſonen, welche über deren
Auffaſſung und Auslegung der h. Schrift Aufſchluß geben.

Petrus erklärt K. 1, 16, daß der h. Geiſt aus Davids Munde über
den Verräther Judas geweiſſagt habe. Er deutet dabei auf Pſ. 41, 9,
ohne die Stelle zu citiren; ſodann aber beruft er ſich in Betreff der vor=
zunehmenden Erſatzwahl auf Pſ. 69, 26 u. 109, 8.

Von demſelben Apoſtel wird die Stelle Joel 3, 1—5 als Prophetie
auf das Pfingſtwunder aufgefaßt, ähnlich wie Paulus 1. Cor. 14, 21 das
Zungenreden durch Jeſ. 28, 11 ff. erklärt.

K. 3, 24 ſpricht Petrus: „Alle Propheten, von Samuel und den fol=

genden an, haben diese Tage verkündigt;" ferner K. 3, 18: „Gott hat
durch den Mund aller seiner Propheten voraus verkündigt, daß Christus
leiden und daß ihn der Himmel aufnehmen mußte bis zur Wiederherstel=
lung aller Dinge, wovon Gott durch die Propheten geredet," u. K. 10, 43
„von Christus zeugen alle Propheten, daß alle, die an ihn glauben, Ver=
gebung erhalten durch seinen Namen."

K. 2, 25 beweist er die Auferstehung Jesu durch Pf. 16, 8—11 mit
der Bemerkung: David habe Pf. 110, 1 als Prophet von Christi Auf=
erstehung und von seiner Erhöhung zur Rechten Gottes geredet.

K. 4, 11: Christus der Auferstandene ist der von den Juden ver=
worfene Stein und zum Eckstein geworden, nach Pf. 118, 22. Ebenso
äußert er sich 1. Petr. 2, 6. 7.

Der Apostel Paulus erklärt K. 24, 14. 15, er glaube an Alles, was
im Gesetze und den Propheten geschrieben sei, auch in Betreff der Auf=
erstehung Christi von den Todten; ferner K. 26, 22. 23: Die Propheten
und Moses reden von Christus dem Leidenden und Auferstandenen,
welcher Juden und Heiden das Licht verkündige. K. 13, 23: Gott ließ
aus Davids Samen nach der Verheißung Israel zum Retter Jesus
kommen. K. 13, 27 ff.: Die Juden haben durch Jesu Verurtheilung
die Aussprüche der Propheten erfüllt. Der Prophet Habakuk 1, 5 dient
als Warnung, daß nicht der Propheten Verheißung über sie komme.
Jesu Auferstehung ist prophezeit Pf. 2, 7 u. Jes. 55, 3; Pf. 16, 11.

In Beröa erklärt Paulus die Schrift zum Beweise, daß Christus
leiden und auferstehen mußte. Die Juden daselbst forschten demgemäß
in der Schrift, ob es sich also verhalte und Viele wurden gläubig, K. 17,
3—12. Auch der Unglaube der Juden ist durch Jes. 6, 9. 10 bezeugt,
Apostelgesch. 28, 25.

Der Apostel Jakobus, Bischof von Jerusalem citirt auf dem Apostel=
concil K. 15, 15—18 eine Stelle aus Amos 9, 11 zum Beweise, daß
auch die Heiden berufen seien.

K. 7, 51 erklärt Stephanus, die Propheten haben die Ankunft
Christi vorher verkündigt.

Nach K. 18, 28 bewies der Alexandriner Apollos aus der Schrift,
daß Jesus der Messias sei.

K. 8, 32 f. knüpft der Diakon Philippus an die Prophetenstelle Jes. 53, 7 f. an, um den königlichen Kämmerer aus Aethiopien vom Evangelium Christi zu unterrichten.

§. 16.

Aus dem Bisherigen ergiebt sich in Bezug auf Auffassung und Gebrauch der h. Schriften des A. T. bei den Aposteln und anderen neutestamentlichen Lehrern Folgendes:

1. Zu Grunde liegt die vom h. Paulus 2. Timoth. 3, 16 ausgesprochene Lehre, daß die h. Schrift inspirirt sei. Das Gesetz ist von Engeln gegeben, enthält Engelsbefehle und den hierdurch ausgesprochenen Willen Gottes. Die Propheten handelten in göttlicher Mission und weissagten durch den Geist Gottes getrieben. Darum ist das prophetische Wort nicht Sache eigener d. i. subjectiver Auslegung.

2. Das Gesetz des A. B. ist weder vollkommen noch für die Dauer gegeben. Vielmehr sind die gesetzlichen Bestimmungen und Einrichtungen darin, Opfer, Priesterthum, Bundeslade u. a. ein Schatten zukünftiger Güter und Vorbilder auf Christus. Gesetz und Propheten weisen auf Christus hin, in ihm erfüllen sich Gesetz und Propheten. Das Werk Christi, seine Erscheinung in der Welt, seine Lehre und Wunderwirken, Leiden, Tod, Auferstehung, Himmelfahrt, Erhöhung zur Rechten Gottes und seine Wiederkunft sind im A. T. in verschiedener Weise prophezeit. Ebenso auch die Gründung der Kirche, ihre Schicksale und Zukunft, die Theilnahme der Heiden an dem Segen des Evangeliums, selbst Spezielles in Betreff einzelner Apostel.

3. Zur Erkenntniß alles dessen wird außer der allgemeinen Belehrung über diese Gegenstände häufig auf die h. Schrift Bezug genommen und werden Schriftstellen citirt als Beläge der einzelnen vorgetragenen Lehren. Dabei wird der betreffende Schriftsinn nicht sprachlich entwickelt und so als wahr erwiesen, selten auch sachlich, logisch und dialektisch erörtert; so daß dadurch der Sinn speziell erklärt oder durch Argumentation erweitert würde, wie dies z. B. geschieht Joh. 7, 39 und öfters bei Paulus Röm. K. 4, Ephes. K. 4, Gal. K. 3.

In der Regel sind die Citate wörtlich, theils nach dem hebr. Texte, theils und häufiger nach den LXX, wobei kleinere Textes=Differenzen

den Varianten zur Last fallen, deren Vorhandensein für jene Zeit nach=
weisbar ist. Da es aber bei der Mittheilung von Schriftstellen mehr
auf den Sinn als deren specielle sprachliche Fassung ankam; so finden sich
unter den Citaten nicht wenige, welche den Sinn in freier Wiedergabe
ausheben, bisweilen sogar so, daß der in der betreffenden Stelle enthaltene
sensus proprius nicht festgehalten ist, z. B. Ephes. K. 4. Im Römer=
briefe 4, 6 ist χωρὶς ἔργων eingeschaltet.

4. Die Auslegung bewegt sich im Ganzen im Gebiete der populären
theologischen Interpretation. Sie ist mehr Anwendung als eigentliche
Auslegung und Entwickelung des Sinnes. Gefordert war diese Aus=
legungsweise theils durch den Lehrzweck, theils ergab sie sich durch die
Stellung der Apostel und Lehrer als mit dem Geiste Gottes begabter und
von Christus beglaubigter Männer Gottes. Die Auslegung blieb stets
einem höheren Zwecke untergeordnet, nämlich die christliche Lehre, welche
fertig vorhanden war und nicht erst gefunden werden sollte, durch Schrift=
stellen zu erläutern und zu erhärten. Dabei war sie durchgängig eine
gelegentliche.

Diese apostolische Auslegung charakterisirt sich außerdem als höhere
Auslegung und zwar als dogmatische und prophetische in ihren ver=
schiedenen Arten, ferner als moralische in ihren theils eigentlichen, theils
übertragenen Beziehungen.

In der prophetischen Auslegung treten außer der direkten Anwendung
der Prophetien auch die tieferen, insbesondere mystischen Beziehungen
hervor, z. B. im Römerbriefe 4, 23 die Auslegung der Stelle Gen. 15, 6,
wornach Abraham nicht nur der Stammvater aller Gläubigen ist; sondern
auch die ihm angerechnete δικαιοσύνη auf die in Christus Gläubigen sich
bezieht. Ferner die Theilnahme der Heiden an dem Segen Abrahams
und des Christenthums, und die Ephes. 5, 31 angegebene mystische
Beziehung der Stelle Gen. 2, 24.

Durch diese Prinzipien, Anschauungs= und Behandlungsweise der
h. Schriften des A. T. war der höhern Schriftauslegung für die folgenden
Zeiten des Christenthums der Weg gewiesen und gebahnt. Die prophe=
tische Auslegung, sowohl die unmittelbare als auch die mittelbare, die
typische, mystische, symbolische u. s. w. konnte, an der Hand des Glaubens

und mit Vorsicht geübt, noch wie auch geschehen, zu beachtungswerthen und soliden Resultaten gelangen.   Außerdem hatte die moralische und allegorische Interpretation ein reiches Feld auszubauen.   Dagegen war das Gebiet der niederen Schriftauslegung, die historisch=grammatische Auslegung, noch uncultivirt; doch fanden sich zeitig genug Männer, welche in richtiger Werthschätzung dieses Zweiges der Interpretation zu der höhern Auslegung auch diesen Weg betraten, wie in der folgenden Geschichte der Auslegung sich herausstellen wird.

Anhang.

I.

Der Sündenfall der Stammeltern und die erste messianische Weissagung.

§ 1.

Wenn der heilige Augustinus das Verhältniß der beiden Testamente zu einander Quaest. 73. in Exod. so bestimmt, daß er sagt: in Vetere Novum latet, in Novo Vetus patet; so hat er damit kurz und treffend ein wahres, für den Christen giltiges Axiom ausgesprochen, welches für die richtige Auffassung der Gesammtgeschichte des Messias von Bedeutung ist. Von diesem Gesichtspunkte aus betrachtet ist nämlich die ganze Menschengeschichte bis auf Christus und die ganze alttestamentliche Heilsoffenbarung auch eine Vorgeschichte des Messias; so zwar, daß die Geschichte der Erlösung und des Erlösers, wie dieselbe im Neuen Testamente vorliegt, richtig und vollständig nur durch ein Zurückgehen auf die Geschichte des Alten Testamentes begriffen und gewürdigt werden kann. Darum weist auch Christus, der Weltheiland, sowohl die ungläubigen Juden wie die gläubigen Jünger wiederholt auf Moses und die Propheten hin, um seine Erscheinung in der Welt, sein Lehren und Wirken, sein Leben und seine Schicksale, kurz um das ganze Erlösungswerk zu glauben und zu verstehen [1]).

Die Erlösungsthat Christi hat eine erste Voraussetzung, nämlich die Erlösungsbedürftigkeit der Menschen. Dieselbe ist so sehr Cardinalpunkt,

---

[1]) Vgl. Matth. 5, 17; 16, 20. 21. Luc. 18, 31—33; 24, 25—27. Joh. 5, 46; 8, 56. 58; 13, 18.

daß bei ihrer Nichtanerkennung die ganze auf den Messias hinzielende Offenbarungslehre und die Erscheinung des Erlösers selbst unverstanden bleiben müssen. Gelänge es aber je einen vollgiltigen Beweis zu führen, daß jene Voraussetzung falsch sei; so würde damit den Grundpfeilern des Christenthums die größte Gefahr erwachsen. Mögen darum die Materialisten und Antichristen unserer Tage, statt an dem soliden und wohlgegliederten Gottesbau an vielen Orten herumzuspielen, hier ihre Kraft versuchen.

Die Anerkennung der Erlösungsbedürftigkeit vermittelt sich jedem Menschen schon durch die innere Erfahrung im Gebiete des Sittlichen. Wenn David, der königliche Sänger, in seiner Zerknirschung spricht: ecce enim in iniquitatibus conceptus sum, et in peccatis concepit me mater mea, und wenn der leidende Hiob ausruft: quis mundabit immundo conceptum semine; so beweisen beide damit, wie richtig, tief und umfassend sie die menschliche Natur erfaßt hatten [1].

Die Anerkennung der Erlösungsbedürftigkeit des gesammten Menschengeschlechts ist aber auch ein Resultat der Geschichte. Mit dem Ursprunge der Menschen, und mit den Anfängen ihrer Geschichte ist die Erlösungsbedürftigkeit derselben, sowie die Frage nach Erlösung und Erlöser eng verbunden. So faßt auch die heil. Geschichte diesen Gegenstand auf. Was unter der Voraussetzung einer richtigen Gotteserkenntniß der Menschengeist sofort zu erkennen vermag, daß nämlich das Uebel in der Welt, daß sittliche Unvollkommenheit, Neigung zum Bösen, leibliche

---

[1] Um solche Erfahrung zu machen, ist freilich der Standpunkt des modernen Materialismus wenig geeignet. Vielmehr wird hierzu neben der Natur und ihren zwingenden Gesetzen die Anerkennung des mit Freiheit wirkenden Geistes, außerdem aber auch das Zugeständniß erfordert, daß Gott, nachdem er die Welt geschaffen, sich nicht zur absoluten Ruhe gesetzt habe, sondern daß er die Welt regiere, eine Wahrheit, welche schon dem alexandrinischen Clemens so vollständig einleuchtete, daß er Strom. VI. c. 11 § 141 [ed. Klotz] schreibt: „Gott hat auch nicht, wie Einige das Ruhen Gottes auffassen, aufgehört zu wirken. Denn da er gut ist, so würde er, wenn er aufhörte Gutes zu thun, auch aufhören Gott zu sein, was man nicht einmal aussprechen darf." Da ist nun z. B. Dr. J. C. Bluntschli (Aufgaben des Christenthums in der Gegenwart. Elberfeld 1866) ganz anderer Meinung: denn die „Naturwissenschaft überzeugte sich, daß in der Natur immer und überall aus denselben Ursachen dieselben Wirkungen hervorgehen, und daß die Naturgesetze mit unwiderstehlicher Nothwendigkeit herrschen und keine Ausnahme

Gebrechlichkeit nicht durch den absoluten Willen des ewig guten Weltschöpfers vom Anfang der Schöpfung an und mit derselben gekommen
seien, das lehrt auch die heil. Geschichte schon auf ihren ersten Blättern,
indem sie über die Entstehung des Uebels in der Menschenwelt berichtet,
diese Mittheilungen in Zusammenhang mit der Urgeschichte des Menschengeschlechts bringt; zugleich aber auch als erste Manifestation der Güte
Gottes nach dem Sündenfalle, dem wahren Ursprunge des Uebels, die
Hoffnung einer Erlösung damit verbindet.

§ 2.

Betrachten wir zunächst die biblische Mittheilung über die Stammeltern, so erfahren wir, daß der erste Mensch aus der Hand Gottes hervor-
ging als Gottes Ebenbild und dem Leibestode nicht unterworfen (Gen.
2, 17). In geistiger Hinsicht war er mit Erkenntnißkraft und freiem
Willen ausgerüstet, sittlich gut, gerecht, heilig und der Vervollkommnung
fähig. Dasselbe gilt von der Stammmutter Eva. Das Menschengeschlecht sollte die Erde erfüllen, dieselbe sich unterthan machen, die
Früchte der Erde genießen und über die Thierwelt, die Fische, Vögel und
Landthiere herrschen. Daß damit eine dem göttlichen Willen gemäße
geistige Thätigkeit, eine Kraftäußerung der menschlichen Intelligenz
gegeben war, ergiebt sich aus der einfachen Erzählung Gen. 2, 19. 20,
wonach die vernunftlosen Geschöpfe Gottes, die Thiere des Feldes und die
Vögel des Himmels durch den Menschen die ihnen zukommenden und

---

verstatten. Wenn Wunder gleichbedeutend war mit einem Vorgang wider die
Naturgesetze, dann erklärte sie das Wunder für unmöglich" (S. 8.). Ferner S. 9.:
„Folgte man endlich der Naturwissenschaft, verwarf man mit ihr jeden Wunder-
begriff als widernatürlich und ungereimt, gab es nur eine starre, kalte, willenlose,
unbewußte Naturnothwendigkeit; mußte da nicht das religiöse Grundbedürf-
niß des Menschen, sich an Gott zu wenden, und bei Gott Trost, Stärkung und
Hilfe zu suchen, völlig leer ausgehen? mußte nicht das Gebet als eine Thorheit
erscheinen des kindlichen Unverstands? War nicht damit die Gottesverehrung und
alle Religion selbst vernichtet?" So fragt Bluntschli und antwortet damit, daß er
seine neue Aufklärung, einen aus dem Materialismus gewonnenen feinen Extrakt,
seinen geehrten Zuhörern zum heitern Genusse vorsetzt. Der fromme Dr. Daniel
Schenkel steht dabei, der Theologe bei dem Nichttheologen, und spricht gerührt das
Amen (S. 103). So ist der moderne Materialismus richtig wieder bei der Lehre
Epikur's angelangt.

verbleibenden Namen erhalten sollten. Das überlegende und schemati=
sirende Denken bei dieser aus der Herrscher=Idee stammenden Thätigkeit
ist a. a. O. B. 20. darin ausgesprochen, daß es heißt: „Adam nannte die
Namen von allem Vieh und von allen Vögeln des Himmels und von
allen Thieren des Feldes; aber für den Menschen fand er keine Hilfe
seines Gleichen."

Ein Geschöpf Gottes, wie der Mensch, konnte aber wie nicht ohne
Zweck, so auch nicht ohne eine Aufgabe auf der Erde sein. Beide, Zweck
und Aufgabe, konnten sich auch nicht in der Herrschaft über die Thierwelt
und in der bloßen Naturbetrachtung erschöpfen. Es liegt vielmehr hier
schon nahe, darin nur gewisse Anregungen und Ausgangspunkte für den
mit Vernunft und freiem Willen begabten Menschen zu höherem Denken
und demgemäßen Wollensakten zu finden. Als intelligentes, sittliches
und von Gott, seinem Schöpfer, abhängiges Wesen, konnte und mußte er
als höhern Zweck seines Daseins erkennen, daß er das höchste Wesen,
welches sich ihm als Schöpfer, Vater und Herrn geoffenbart hatte, als
solchen auch anzuerkennen, zu ehren und zu lieben habe und daß er alles
dieses durch Vollbringen des göttlichen Willens kundgeben müsse.

Zu dieser Stimmung und Willensrichtung leitete ihn schon die erste
allgemeine Gottesoffenbarung und seine enge Beziehung zu Gott, welcher
sich ihm nicht unbezeugt gelassen hatte. Eine besondere Offenbarungs=
mittheilung an die ersten Menschen in dieser Hinsicht ist in der ältesten
heil. Geschichte nicht enthalten; wohl aber was die von ihnen zu lösende
Aufgabe betrifft. Adam, heißt es Gen. 2, 15, wurde in den von Gott
gepflanzten Garten in Eden gesetzt, um ihn zu bebauen und zu bewahren.
Dem Herrscher über die Erde, über die Fische des Meeres, über die Vögel
des Himmels und über alle Thiere, die sich regen auf der Erde, wird als
Aufgabe eine besondere Thätigkeit zugewiesen, die jedenfalls von der ver=
schieden ist, welche nach dem Sündenfall auf der um seinetwillen verflucht=
ten Erde ihm zufiel. War diese Thätigkeit eine rein körperliche, oder
zugleich auch eine geistige? Das Bebauen des Gartens könnte auf das
Erstere schließen lassen, das Bewahren dagegen verlangt um so mehr
eine geistige Thätigkeit und deutet auf einen tiefern Sinn in dem Wort=
laute der Stelle, als der Paradiesesfriede durch feindliche Naturkräfte
nicht gestört werden konnte. Schon der h. Theophilus von Antiochien,

velcher sonst die h. Schrift nach dem Wortsinne zu erforschen und zu rklären strebt, versteht unter dem Bebauen und Bewahren des Paradieses= ,artens die Beobachtung der göttlichen Gebote, eine Auffassung, welche er h. Augustinus mit besonderer Betonung des Ausdrucks „bewahren" veiter entwickelt und zergliedert, um so den geistigen Inhalt dieser Auf= ,abe des Menschen in seinem Urzustande sicher zu stellen [1]).

Was für uns hier besonders wichtig erscheint, ist weniger der Inhalt vieser Aufgabe, als die Constatirung der Thatsache, daß Gott, der Welt= chöpfer und Schöpfer der Menschen, diesen schon anfänglich allgemein hre Bestimmung zuwies und demgemäß eine Aufgabe stellte, daß er somit einen Willen offenbarte und durch diese Offenbarung den Menschen= villen zu dem göttlichen Wollen gemäßen Willensakten antrieb und den Nenschen in Beziehung zu Gott erhielt. Die Offenbarungsurkunde deutet omit, und zwar direkt genug an, daß eine Gottesoffenbarung an die Stammeltern stattgefunden habe, wodurch ihnen sowohl ihre nächste Be= iehung zur Erde und zu den Geschöpfen auf derselben, als auch ihre Beziehung zu Gott und ihre nächste Aufgabe im Paradiese kund gethan vurde.

§. 3.

Außerdem ist in der Offenbarungsurkunde noch eine Mittheilung Bottes an die Stammeltern aufgezeichnet, nämlich das Verbot von den rüchten eines bestimmten Baumes zu essen. Bei der biblischen Erzäh= ıng (Gen. 2, 9) von der Pflanzung des Gartens in Eden, wohin Bott die ersten Menschen setzte, ist ohne weiter ausholende Vermittelung ıngegeben, Gott habe allerlei Bäume aus der Erde sprossen lassen, lieb=

---

1) Theophil. ad Autol. II. c. 24: τὸ δὲ εἰπεῖν ἐργάζεσθαι οὐκ ἄλλην τινὰ ἐργασίαν δηλοῖ ἀλλ᾽ ἢ τὸ φυλάσσειν τὴν ἐντολὴν τοῦ θεοῦ, ὅπως μὴ παρακούσας ἀπολέσῃ ἑαυτόν, καθὼς καὶ ἀπώλεσεν διὰ ἁμαρτίας.

Augustin. de Gen. ad lit. VIII. cap. 10. v. 22: Positus est quippe homo in paradiso ut operaretur eundem paradisum, sicut supra disputatum est, per agriculturam non laboriosam, sed deliciosam, et mentem prudentia magna atque utilia commonentem; custodiret autem eundem paradisum sibi ipsi, ne aliquid admitteret, quare inde mereretur expelli. Denique accepit et praeceptum, ut sit per quod sibi custodiat paradisum, id est, quo conservato non inde projiciatur. Recte enim quisque dicitur non custodisse rem suam, qui sic egit, ut amitteret eam, etiamsi alteri salva sit, qui eam vel invenit, vel accipere meruit.

lich zu schauen und gut zu essen, und den Baum des Lebens mitten im
Garten, und den Baum der Erkenntniß des Guten und Bösen.

So wollte Gott, daß die Stammeltern, um mich der Worte des
h. Augustinus zu bedienen, schon im Paradiese nicht ohne Mysterien
lebten[1]), und wie am Baume des Lebens ihnen offenbar werden sollte,
daß sie die Fähigkeit besaßen, unsterblich zu sein[2]); so sollte durch den
Baum der Erkenntniß auch ihre geistige und sittliche Kraft ihnen erschlossen
und ihre Lebensaufgabe klar werden. An den Baum der Erkenntniß
knüpft sich nämlich das Verbot (Gen. 2, 17): „Vom Baume der Erkenntniß des Guten und Bösen, davon sollst du nicht essen; denn welches Tages
du davon issest, wirst du sterben." So gehörten die beiden Bäume im
Paradiese zusammen: der Genuß vom Baume des Lebens war geknüpft an die Enthaltung vom Baume der Erkenntniß des Guten und
Bösen.

Zeugt Enthaltsamkeit überhaupt von Willenskraft, so hat dieses Verbot noch die Eigenthümlichkeit, daß es auf die Doppel-Natur des Menschen, als geistig-leiblichen Wesens, Rücksicht nimmt Sonach war die
ihm damit gestellte Aufgabe eine echt menschliche, worin die Stammeltern
den auch hierin sich offenbarenden Gott als ihren Herrn anerkennen,
ihren Gehorsam und damit ihre Gottesfurcht und Gottesliebe bewähren
sollten.

Da die Neigung zum Bösen, das menschliche nitimur in vetitum,
bei den Stammeltern vermöge ihrer rechten Richtung[3]) nicht vorhanden
war; so war diese Forderung Gottes an dieselben an und für sich nicht
zu schwer für die Erfüllung, wenn auch eine Uebertretung immerhin möglich war, wie dies schon der Geisterfall beweist, der uns lehren kann, welch
ein bedeutender Faktor die göttliche Gnade im Heilsleben ist. Für die
Menschen aber wurde nach göttlichem Rathschlusse eine Versuchung durch
ein böses Wesen, den Satan, zugelassen, welcher an dem Weibe, der

---

1) Augustin. de Gen. ad lit. VIII. c. 4. v. 8: Nec sine mysteriis rerum
spiritualium corporaliter praesentatis voluit hominem Deus in paradiso
vivere.

2) Theophil. ad Autol. II. c. 24: Μέσος γὰρ ὁ ἄνθρωπος ἐγεγόνει, οὔτε
θνητὸς ὁλοσχερῶς, οὔτε ἀθάνατος τὸ καθόλου, δεκτικὸς δὲ ἑκατέρων.

3) Ecclef. 7, 13. Vgl. Augustin. de civ. D. XIV. c. 11, 12.

Stammmutter Eva, die Versuchung unternahm, die er als die nicht zuerst geschaffene und wegen der allgemein schwächeren Weibesnatur für leichter zu überwinden halten mochte. Adam, der erste Mensch, aber wurde der Versuchung durch das bereits gefallene Weib ausgesetzt[1]).

Das Wesen dieser Versuchung war eine Ueberredung zum Ungehorsam gegen den göttlichen Willen, begründet durch ein Versprechen und eine eröffnete Aussicht, welche die innere Ueberhebung, den Stolz des Menschen, angeregt durch das Verlangen in der Erkenntniß zu wachsen und zu werden wie Gott, erregte.

An diese Versuchung knüpft sich der Sündenfall der Stammeltern nach der biblischen Erzählung. Fragt man, warum Gott diese Versuchung der Menschen zuließ, so wird man bei Lösung dieser Frage bald zu der Auffassung hingeführt, in der Versuchung eine Prüfung der menschlichen Willenskraft zu finden, insbesondere der Freiheit, sich für das Gute im Kampfe gegen das Böse zu entscheiden. Es sollte sich zeigen, ob die Menschen es bei der ihnen schon inwohnenden reinen Erkenntniß von Gut und Böse bewenden lassen, oder ob sie das Böse auch durch eigene Erfahrung in ihren Handlungen und durch Begehung des Bösen in ihren Folgen kennen lernen wollten. Erläuternd scheint uns hier eine Stelle im Buch Tobia K. 12, V. 13, nach dem Texte der Vulgata: Et quia acceptus eras Deo, necesse fuit, ut tentatio probaret te[2]).

§. 4.

Bevor die Menschen ihre Freiheitsprobe zu bestehen hatten, und wohl schon vor der Erschaffung derselben, hatte sich die höhere Geisterwelt in einem Zustande der Prüfung befunden. Denn Gott hatte keine bösen Engel geschaffen, sondern Alles was er geschaffen hatte, war gut; so erfordert es die Natur des göttlichen Wesens, so lautet der Schöpfungsbericht, so deutet es auch der Siracide an (K. 39, 21), und in Uebereinstimmung

---

[1]) Augustin. de Civ. XIV. c. 11, 2. Fallacia sermocinatus est feminae: a parte scilicet inferiore illius humanae copulae incipiens, ut gradatim perveniret ad totum; non existimans virum facile credulum, nec errando posse decipi, sed dum alieno cedit errori.

[2]) In dem griechischen Texte fehlt die Stelle, welche aber aus innern Gründen als echt anzusehen ist, da hierin die ganze Idee des Buches culminirt.

damit spricht sich auch die Kirchenlehre aus, indem Conc. Lateran. IV. c. 1, es heißt: Diabolus et daemones alii a Deo quidem natura creati sunt boni, sed ipsi per se facti sunt mali[1]). Satan und mit ihm ein Theil der Engel waren aus guten Engeln böse geworden, indem sie sündigten und so von Gott abfielen. Wegen ihrer Sünde wurden sie in die Hölle verstoßen, heißt es 2. Petr. 2, 4; sie behaupteten ihre Würde nicht, sondern verließen ihre Behausung (Epist. Jud. V. 6). Also auch die Geister hatten eine Prüfung ihres Gehorsams zu bestehen, und es fand unter ihnen ein Sündenfall statt, bestehend in Ungehorsam, Selbstüberhebung und Auflehnung gegen Gott. Die Offenbarung selbst belehrt uns aber nicht direkt über diesen Sündenfall in der Geisterwelt, wozu der h. Augustinus (a. a. O.) die richtige Bemerkung macht: Angelicum vero vulnus verus medicus qualiter factum sit indicare noluit, dum illud postea curare non destinavit. Et qualiter sit ejectus per sententiam vindictae reticuit, quem per poenitentiam nullo modo revocavit. Einzelne Andeutungen hierüber finden sich jedoch in der christlichen Offenbarung, während die Folgen dieses Sündenfalls in beiden Testamenten deutlich genug verzeichnet sind und in der Apokalypse prophetisch ihren vollen Abschluß finden[2]).

Da bei jenem Prüfungszustande in der Engelwelt wenigstens bei Satan und den Erstgeprüften eine Versuchung zum Bösen durch ein schon vorhandenes böses Wesen nicht stattfinden konnte; da sie auch als unkörperliche, rein geistige Wesen nicht so wie die Stammeltern äußerlich versucht werden konnten; so muß die ihnen zur Versuchung gestellte Aufgabe als rein in der geistigen Sphäre des Erkennens und Wollens gelegen und die begangene Sünde als ganz freie Auflehnung gegen Gott, ihren Schöpfer und Herrn, gefaßt werden, und gemäß dem Schriftworte: „Aller Sünde Anfang ist der Stolz" (Eccl. 10, 15), werden wir auch die Selbstüberhebung des Satan und seiner Genossen und einen darin

---

[1]) Vgl. Augustin. de mirabilibus s. script. I. c. 2: Sed absit hoc, ut sentiamus angelum posse suadere homini peccatum in terra, nisi prius ipse peccaret in coelo.

[2]) Ueber die jüdisch-paläftinensischen Ansichten zur Zeit Christi über den Engelfall vgl. Dr. J. Langen: das Judenthum in Palästina zur Zeit Christi. Freib. 1866. S. 320 u. ff.

gesetzten Act als Ursache ihres Falles anzunehmen genöthigt [1]). Die begangene Sünde war aber in dieser Sphäre eine so qualificirte, daß sie die Verzweiflung zur Folge hatte, und wir können nicht umhin auch hier der Ansicht des h. Augustinus beizutreten, welcher a. a. O. darüber sagt: Angelus in summo honoris sui ordine constitutus, immutationem ad excellentiorem statum non habuit, nisi per contemplationem sui Creatoris confirmatus in eo statu permaneret ubi conditus fuit, et idcirco prolapsus iterum revocari minime potuit, qui de sublimissimo sui ordinis statu proruit. und: Praeterea quoque ad cumulum diabolici peccati illud accidit, quod statim postquam peccavit foveam desperationis incurrit.

Belehrend ist in der h. Geschichte auch die vom Unglauben so vielfach angezweifelte Versuchung Jesu selbst. Der Evangelist Matthäus K. 4, 1. deutet an, daß die Versuchung von dem Gottmenschen zwar frei über= nommen, aber auch eine im Heilsplane Gottes liegende und beschlossene war: denn Jesus wurde durch den Geist Gottes in die Wüste geführt, um von dem Fürsten dieser Welt, dem Teufel, versucht zu werden. Das ganze Erlösungswerk war ein vom Sohne Gottes freiwillig und aus Liebe unternommenes. Schon deßhalb ist die primitive Ursache der Ver= suchung auf dem freien Willen des Messias beruhend. Wie in Jesus nicht das Göttliche, sondern das Menschliche in ihm leidensfähig war, und er nach dieser Seite hin in seinem Leben auf Erden viel geprüft wurde und des Fleisches und Blutes theilhaftig den Tod erlitt, damit er durch den Tod den vernichtete, der des Todes Gewalt hatte (Hebr. 2, 14); so wurde er auch in seiner Menschheit von dem Teufel versucht und ließ sich versuchen, um den Versucher zu überwinden, nicht um sich selbst zu retten, da er nicht sündigen konnte; sondern um des zu erlösenden Menschengeschlechtes willen, und zwar auch nicht blos als Beispiel, wie die Versuchung zu bestehen sei, obgleich er allerdings darin die Angriffs= weise des Versuchers und die Mittel der Ueberwindung als Muster für die Menschen zeigte. Aufs Engste aber scheint uns die Versuchung mit dem Erlösungswerke und mit der Doppelnatur des Erlösers zusammen zu hängen. An ihm, dem Erstling des neuen Geschlechts, sollte sich die

---

[1]) Augustin. de Gen. ad lit. XI. c. 14.

Gewalt des Versuchers zuerst brechen, womit die Sühne für den Fall des ersten Adam eingeleitet wurde; so daß er schon vor seinem Leidenstode, durch welchen die Gewalt des Satan über die Menschen vernichtet wurde, sagen konnte: „Es kommt der Fürst dieser Welt, und an mir hat er nichts" (Joh. 14, 30), und: „Ich habe die Welt überwunden" [1].

Wie Christus am Schlusse seiner irdischen Laufbahn den Tod überwand, so bestand er am Eingange desselben siegreich die vom Satan, der Nichts unversucht läßt, was vom Weibe geboren, ihm bereitete Versuchung. Er bewies sich so als den Wiederhersteller des Menschengeschlechtes, als den zweiten Adam, von welchem das neue Geschlecht der versöhnten Gotteskinder beginnen sollte.

Nicht so verhielt es sich aber mit dem ersten Adam und seinem Weibe Eva; sondern beide unterlagen der Versuchung. Damit nahm die Sünde in der Menschenwelt ihren Anfang, und Satan wurde, sowie er bereits der Fürst des Höllenreiches war, nun auch der Fürst dieser Welt: denn bei dem Zustande, in welchen die Stammeltern durch die Sünde versetzt wurden, gelang es ihm, dem Gottesreiche gegenüber ein feindliches Satansreich auf der Erde zu gründen, worin er bald als Idol der Freiheit, bald als der Weltgeist von den Seinen angebetet wird.

§. 5.

Eine lehrreiche Parallele zwischen der Versuchung Christi und der Versuchung der Stammeltern ist die schon oben angedeutete, daß nämlich in beiden Fällen der Versucher von Außen herantritt. Da die Stammeltern zwar leiblich geistige Wesen, aber gut erschaffen waren und nichts

---

[1] Wird die Versuchung Jesu nicht in ihrer tiefern Bedeutung erfaßt, und durch ein Zurückgehen zur Versuchungsgeschichte der Stammeltern und zur Versuchung der Engelwelt illustrirt; so mag dieselbe allerdings wenig verständlich erscheinen, und es erklären sich die absonderlichen Vorstellungen über die Versuchung Jesu, wie sie in der neuesten Zeit aufgetaucht sind, wobei es für deren Qualität gleichgiltig ist, ob sie z. B. bei Hase (Leben Jesu 4. Aufl. S. 87 u. f.), oder bei Strauß, Lange, Ewald (Gesch. Chr. 1855. S. 24) oder Renan (L. J. c. 7) stehen. Verständiger äußert sich übrigens M. Baumgarten (Die Gesch. J. 1859. 5. Vortrag), wenn auch der Gegensatz der Versuchung Jesu zu dem Falle Israels ein verfehlter ist. E. von Pressensé (J. Chr., seine Zeit rc., Halle 1866. S. 235 ff.) verkennt das Geheimniß der Doppelnatur des Erlösers, und hat darum den Ausgangspunkt verfehlt.

Sündhaftes in ihrem Innern war; so hatte auch Satan in ihrem Innern zur Versuchung zunächst keinen Raum; dieselbe mußte daher von Außen als eine Zumuthung oder Ueberredung an sie gelangen, von Außen mußte der Versucher auf ihre Erkenntniß und ihren Willen einwirken. Dabei wurde er nicht unterstützt durch eine entgegenkommende Neigung zum Verbotenen, oder durch einen aus unordentlicher Sinnlichkeit stammenden Reiz. Satan, der sich der klugen Schlange als Organes bediente[1]), verhieß Eva durch den Genuß der verbotenen Frucht größere Erkenntniß und so eine Gleichheit mit Gott; er beschwichtigte die Furcht vor dem eintretenden Tode, und entzündete so in ihr das Verlangen, von dem Baume der Erkenntniß zu essen.

Auch bei Christus sehen wir ein ähnliches Verfahren des Versuchers. Als Feind des Menschengeschlechtes, weil die personifizirte Bosheit, versuchte er ihn wie jeden Menschen. War ihm auch die von Gott beabsichtigte Erlösung des Menschengeschlechts nicht unbekannt; so war ihm doch die Art und Weise der Verwirklichung des Heilsplanes und die Natur des Messias nicht erschlossen[2]). Wäre dies aber auch gewesen, so würde er doch, wie er auch später that, Nichts unterlassen haben das Heilswerk zu stören, wenn er auch Nichts anderes wirken konnte, als dem Gottessohne Leiden zu bereiten.

Als den Sündlosen mußte er aber Christus wohl erkannt haben. Eine Versuchung im Innern des Gottmenschen war darum eben so wenig zulässig als wie bei dem erstgeschaffenen Menschen; darum, um seine Versuchung auszuführen, wählte er wiederum das Mittel wie bei den Stammeltern, er versuchte Christus, indem er ihm äußerlich erschien, und durch Ueberredung auf die Erkenntniß und den Willen des Messias zu wirken suchte. Läßt die erste Versuchung, die Aufforderung ein Wunder zu wirken zur Erhaltung des eigenen Leibeslebens und als Probe, ob er Gottessohn sei, noch nicht geradezu erkennen, daß Satan in Jesus den von den Propheten geweissagten Messias erkannte; so folgt dies doch aus dem Inhalte der zweiten und dritten Versuchung bestimmt genug. Sämmt-

---

1) Vgl. Apocal. c. 12, 9; Joh. c. 8, 44. Sap. c. 2, 24. Theophil. ad Autol. II. c. 28. Theodoret. Quaest in Gen. 31, 32. Chrysostom. in Gen. Homil. 17.

2) Vgl. Ignat. epist. ad Ephes. c. 19. Hieron. Comment. in Matth. c. 1.

liche drei Versuchungen erscheinen berechnet, um den Stolz des Messias, das Vertrauen auf die eigene Kraft und entgegen dem Gotteswillen anzuregen; die letzte sogar, um im Bunde mit dem Fürsten der Welt ein Messiasreich zu gründen.

Während Jesus den Zumuthungen des Höllenfürsten den Gottes-willen in allen drei Versuchungen unerschütterlich entgegenhielt und damit den Versucher überwand, hat er gezeigt, wie das Böse zu überwinden sei und was die Stammeltern hätten thun sollen. Diese aber waren in der Versuchung, obgleich Eva dem Versucher anfänglich auch den Gotteswillen entgegensetzte, doch eben dadurch unterlegen, daß der Gehorsam gegen den Gotteswillen die stärkere Probe nicht aushielt und es Satan gelang, den Zweifel an die Wahrhaftigkeit Gottes, der ihnen das Verbot gegeben, und eine Strafe auf die Uebertretung gesetzt hatte, in das Herz der Eva zu senken. So bestand die Sünde der Stammeltern zunächst in einer Hand-lung gegen den ausgesprochenen und auch klar erkannten Willen Gottes. Aber diese Handlung konnte nur vollbracht werden, nachdem neben der Furcht Gottes der Glaube, die Liebe und die Hoffnung, die drei göttlichen Tugenden, aus ihrem Herzen gewichen waren. Damit hatten auch die Gerechtigkeit und Heiligkeit, das göttliche Gnadengeschenk, keine Stätte mehr bei ihnen. Dieses Ebenbild Gottes hatten sie an und in sich aus-getilgt; dagegen besaßen sie eine auf Selbsterfahrung beruhende Erkennt-niß der Sünde und ihres unheiligen Zustandes, und damit einen neuen Seelenzustand, die Furcht vor Gott; nicht jene frühere, welche die Beleidi-gung Gottes hindert, sondern die, welche aus dem Gefühle des beleidigten Gottes, dessen Gewalt man sich nicht entwinden kann, entspringt. Sehr bezeichnend ist die Ansprache Gottes an Adam, indem er ihn rief mit den Worten: „Adam, wo bist du?": denn Adam war nicht mehr bei Gott, weil Gott nicht mehr in ihm war. Auch giebt die Antwort Adams auf den Ruf Gottes Zeugniß, von welcher Art die Furcht war, welche nach dem Sündenfalle sich des Menschen bemächtigt hatte.

§. 6.

Die vollbrachte Sünde hatte für beide Stammeltern zunächst die Folge, daß sie sich nicht, wie sie gehofft, glücklicher; sondern vielmehr unglücklich, von Furcht und Scham erfüllt fühlten, und so erkennen mußten, daß sie durch den Trug der Schlange überlistet worden waren. An der Strafe, die nunmehr Gott an ihnen vollzog, mußten sie Gottes Wahr=haftigkeit und die mit Liebe verbundene Gerechtigkeit erkennen. Sie ver=fielen der Gewalt des Todes und dem damit in engster Verbindung stehenden Mühsal des Lebens. Der widerstrebenden Erde mußte im Schweiß des Angesichts die Leibesnahrung abgerungen werden. Das Leben wurde dadurch gefristet, aber nicht dauernd erhalten. Auf der Erde lag der Fluch um des sündhaften Menschen willen. Durch die Sterb=lichkeit des Leibes war auch dessen Gebrechlichkeit bedingt; die Natur trat in feindlichen Gegensatz zum Leben des Menschen, welchem er auf die Dauer unterliegen mußte, um zur Erde zurückzukehren. Das Weib mutterlos, von dem Manne genommen, nach dem Manne und wegen desselben gebildet, war ohne den Mann dem Rathe der Schlange gefolgt. So hatte es die Ordnung verkehrt und ihm wurde daher die Strafe angekündigt, Mühsale der Schwangerschaft und Schmerzen bei der Geburt jedes Säuglings. Außerdem wurde seine Unterwerfung unter die Herrschaft des Mannes, von welchem es unabhängig gehandelt hatte, und seine Abhängigkeit von demselben, bekundet in dem Verlangen nach ihm, ausgesprochen.

Das waren die nächsten, das Leibesleben treffenden Folgen der Sünde, womit der frühere unschuldige und paradiesische Zustand der Stammeltern sein Ende erreichte. Das Verderben aber traf den ganzen Menschen (Conc. Araus. II. Can. 1.): denn ein nicht minder schwerer Ruin hatte auch seine geistige Seite getroffen. Hier offenbarte sich die Folge der Sünde zunächst in dem Verluste der Gerechtigkeit und Heiligkeit, des übernatürlichen Ebenbildes Gottes, welches die göttliche Gnade den Stammeltern verliehen hatte[1]). Damit war die rechte, zum Guten strebende Richtung in ihnen aufgehoben, der darauf beruhende Friede war entwichen, die Harmonie in ihnen gestört und so wie Furcht und Scham zuerst, so wurden sie gewahr, daß auch noch andere niedere Kräfte und Triebe, entweder neu entstanden, oder in ihnen geruht und jetzt wach geworden waren.

Da die Leuchte des übernatürlichen Ebenbildes Gottes fehlte, so litt

1) Conc. Trid. Sess. V. c. 1.

auch das natürliche Ebenbild Gottes im Menschen, die geistige erkennende und wollende Kraft in ihm. Es wurde verdunkelt und geschwächt, was früher hell und stark war. Eine lange Erfahrung war bestimmt, diese Wahrheit dem Menschen offenbar zu machen.

Innerlich war der Mensch von Gott geschieden und er hatte aufgehört, seinem Schöpfer und Herrn als Kind Gottes anzugehören. Sie konnten die Nähe Gottes nicht mehr ertragen und suchten sich daher vor seinem Angesichte zu verbergen, obgleich sie sich ihrem Herrn nicht entwinden konnten. Stolz und Begehren hatten über Vernunft und Sittlichkeit den Sieg errungen, und so war der Mensch in die Gewalt einer ihm feind= lichen Macht gerathen. War er vor dem Falle schon versuchungsfähig, so war er dies jetzt in ganz anderem Maße, da seine geistigen Kräfte durch die erfahrene Niederlage gelitten hatten und selbst seine äußeren Verhält= nisse nunmehr der Versuchung geeignete Angriffe boten. Der Versucher selbst war nicht mehr genöthigt in äußerer Erscheinung sich zu seinem Angriffe zu stellen: denn er hatte bereits einen Zutritt im Innern des Menschen und konnte ihn jedesmal am schwächsten Punkte in der schwäch= sten Stunde, bei erregter Sinnlichkeit, oder bei niedergedrückter Stimmung, fassen [1]). Da Intelligenz und Freiheit wohl geschwächt, aber nicht erloschen waren, und das Gesetz des Geistes sich geltend machte; so war der Mensch in den Zustand eines beständigen Kampfes versetzt. Eine Niederlage machte seinen Zustand stets trostloser, ein Sieg half ihm nicht für immer. Eine neue Aufgabe war so von selbst für ihn entstanden. Wozu sein Gewissen ihn trieb, er mußte sich wieder Gott nähern, im Glauben und in der Liebe, nur so konnte ihm wieder eine Hoffnung erwachsen. Die Aufgabe war nicht leicht, um sie zu erfüllen hatte er einen Kampf gegen das Gesetz der Glieder auf Lebenszeit zu bestehen.

§. 7.

In diesem traurigen Zustande bedurften die Stammeltern der Hilfe Gottes; ohne sie lag die Verzweiflung für sie nahe. Daß aber Gott sie nach dem Sündenfalle nicht aufgab und sich selbst und ihrer schwachen

---

[1]) Bei vollendeten Heiligen, z. B. dem h. Martinus, der h. Theresia u. A., sehen wir eine Art von Repristinirung des Urzustandes insofern, als Satan, der von ihnen überwundene Versucher, denselben in sichtbarer, aber stets abschreckender Gestalt, bisweilen erschien.

Selbsthilfe, wie sie durch das sich Verbergen vor Jehovah und durch die gefertigte Hülle gegen die Nacktheit angedeutet ist, überließ, dies ist in der h. Offenbarung schon dadurch ausgedrückt, daß Adam und Eva zwar Furcht vor Jehovah's Nähe empfanden, aber doch nicht der Verzweiflung anheimfielen. So zeugte sich das Wort Gottes, welches jeden Menschen der in die Welt kommt erleuchtet, in ihnen wirksam. Ferner erscheint die Hilfe Gottes noch in mehrfacher Weise angedeutet. Gott verstieß die Menschen aus dem Paradiese, welches für sie keine geeignete Wohnstätte mehr war; aber er entließ sie nicht unbekleidet und gab ihnen eine neue Aufgabe, die sie fortan auf der Erde erfüllen sollten. Endlich aber entließ er sie auch nicht ohne Hoffnung auf eine bereinstige bessere Zukunft. Dieselbe ist angeknüpft an die Verfluchung der Schlange: Eine Feindschaft, so lautet die Hoffnung gebende Verkündigung, soll bestehen zwischen dem Weibe und dessen Samen, und zwischen der Schlange und ihrem Samen; der Same des Weibes aber wird der hinterlistig nachstellenden Schlange den Kopf zertreten.

Zunächst liegt hierin ausgesprochen der Zustand des Kampfes, in welchem die Menschen zur Schlange, d. h. zu dem, der sich in der Schlange als Verführer genaht hatte, fortan stehen, und ersteren ist ihre Aufgabe damit für die Zukunft angewiesen. Auch die Aussicht auf eine Aenderung durch Ueberwindung der Schlange, durch des Weibes Samen, ist damit gegeben, und so die vor der Verzweiflung schützende Hoffnung in das Menschenleben eingeführt, so dunkel auch immer diese erste Weissagung sein und weiterer Ergänzung bedürftig sein mochte. Sehr bedeutungsvoll erscheint hier noch ein in der Weissagung gebrauchter Ausdruck. Während in der Schrift sonst die Nachkommen von dem Erzeuger ausgehen, oder auf ihn zurückgeführt werden, erscheint der Schlangentreter als Nachkomme des Weibes und nicht des Mannes.

Die Worte der Weissagung, dieses mit vollem Rechte genannten Protoevangeliums, an die sich die Hoffnung der Stammeltern und ihrer Nachkommen anlehnte, lauten:

Und Feindschaft setze ich zwischen dich (die Schlange) und das Weib, und zwischen deinen Samen und ihren Samen. Dieser wird dir den Kopf treffen und du wirst ihm die Ferse treffen.

Betrachten wir den Inhalt dieser Verkündigung Gottes näher und in ihrem Zusammenhange mit dem Vorhergehenden und Folgenden; so lehnt sich dieselbe an die eben ausgesprochenen, das Thier, die Schlange, treffenden Strafworte an. Die Schlange, das klügste von allen Thieren des Feldes, welches eben darum auch wohl am meisten in der Nähe des Menschen war, hatte dem Teufel als Werkzeug für die Versuchung gedient. Um den Abscheu Gottes gegen die Sünde zu manifestiren, wird zunächst das Werkzeug gestraft, ähnlich wie in Folge des Sündenfalls die Erde der Fluch traf, wie in der Sündfluth die Thiere vertilgt wurden, wie nach dem mosaischen Gesetze Thiere, mit denen ein Mensch gefrevelt hatte, getödtet werden sollten[1]), und wie bei dem Banne, der einen Volksstamm traf, auch die Hausthiere nicht verschont wurden. Die Schlange in ihrem Zustande nach der verhängten Strafe konnte nicht mehr Gegenstand des Verkehrs mit den Menschen sein; sie war vielmehr ein Gegenstand des Abscheus und schmerzhafter Erinnerung, indem sie die Zeichen der Bestrafung an sich trug.

Die Schlange, das Thier, hatte aber den Menschen nicht verführt; sondern in ihr und durch sie hatte der Teufel gewirkt, welcher der wahre Verführer war. Die Schlange selbst war ein kluges und vielleicht sehr schönes, aber kein bösartiges Thier zu der Zeit als sie im Paradiese in der Nähe der Stammeltern vor ihrem Falle sich befand[2]). Der Feind des Menschengeschlechts war aber der Teufel; weshalb es im Buch der Weisheit 2, 24 heißt: Durch den Neid des Teufels ist der Tod in die Welt gekommen, und Christus selbst (Joh. 8, 44) sagt von ihm: Derselbe war Menschenmörder von Anfang. In der Apokalypse (K. 12, 9) heißt er: Die alte Schlange, genannt Teufel und Satan, der die ganze Welt verführt. Ferner (K. 20, 2) heißt der Drache die alte Schlange, welches ist der Teufel und Satan.

Nachdem das Werkzeug der Verführung, die Schlange, seine Strafe erhalten, richtet sich nunmehr die Rede Gottes abermals an die Schlange und spricht in Gegenwart der Stammeltern, die ihre Bestrafung noch

---

[1]) Lev. c. 20, 15. 16.
[2]) cf. Augustin. de civ. D. lib. 14. c. 11. J. Damasc. de fide orthod. lib. II. c. 10.

nicht empfangen hatten, zunächst aus, was er, Gott selbst, thun wolle. Es betrifft das künftige Verhältniß, welches zwischen dem Verführer, der als Schlange aufgefaßt wird, und dem Menschen fortan sein solle: Gott wird Feindschaft gründen zwischen der Schlange und dem Weibe, zwischen dem Samen der Schlange und dem Samen des Weibes.

Könnte es für den ersten Augenblick zweifelhaft sein, auf wen sich dieses, was Gott thun will, beziehe, ob auf die Schlange als Thier, oder auf den Teufel, der sich des Thieres als Werkzeuges bedient hatte; so tritt die Beziehung auf den Letzteren doch bei näherer Betrachtung unabweis= bar hervor. Schon die beiden Ausdrücke Feindschaft und Samen, אֵיבָה und זֶרַע, werden von den Thieren sonst nicht gebraucht. Von einem Thiere kann man im eigentlichen Sinne nicht sagen, es sei der אֹיֵב eines Menschen, oder es bestehe Feindschaft zwischen einem Thiere und einem Menschen. Auch Nachkommenschaft eines Thieres wird man nicht mit dem Ausdruck זֶרַע geben können; vielmehr bezeichnet es Nachkommen der Menschen, kann aber im übertragenen Sinne wohl von geistiger Nach= kommenschaft des Satans, im schlimmen Sinne des Wortes, als Satans= Brut, Schlangengezücht, gebraucht werden.

Mehr aber noch als dieses nöthigen der Zusammenhang und das Ziel dieser Stelle zu der Annahme, daß die Verkündigung hier nicht an die Schlange, welche ihre Bestrafung bereits empfangen hatte; sondern an den Urheber der Sünde, der noch keine Strafe erhalten, an den Satan gerichtet sei, daß sie für ihn eine Bestrafung, für die Menschen aber ein Trost und eine Hilfe sein solle. Die Strafe besteht darin, daß Satan, welcher in der Versuchung über die Stammeltern obgesiegt hatte, sich der Früchte seines Sieges nicht freuen soll. Die Menschen, das Weib und seine Nachkommen, welche vor dem Falle zum Bösen und dessen Urheber in keiner Beziehung standen, durch die Sünde aber in eine verderbliche Beziehung getreten waren, sollen nunmehr nach Gottes Rathschluß ihm nicht in Furcht unterworfen sein, und ihn so als ihren Besieger und Herrn anerkennen; vielmehr werden sie das Böse erkennend ihm als Feinde gegenüber stehen und als solche ihn bekämpfen, so wie er als Feind der Menschen sich gezeigt hat und ihr Feind ist. Da Gott diese Feindschaft gründet, den Menschen also Haß gegen die Sünde und ihren Urheber ein= flößt, da das Ganze nach seinem Willen und als Aufgabe für die Men=

schen geschieht; so liegt darin zugleich auch die Zusage göttlichen Beistandes, ein Trost für die Menschen und eine Stärkung zu diesem beständigen Kampfe.

Sodann aber ist noch eine Katastrophe in den folgenden, gleichfalls an Satan, die Schlange, gerichteten Worten Gottes angedeutet:

> „Dieser (Vulg. ipsa) wird dir den Kopf zertreten und du wirst ihm nach der Ferse trachten."

Hierin gipfelt sonder Zweifel die Bestrafung des Verführers. So unbestimmt das הוּא ille, ipse, auch immer zunächst ist, indem es sich auf זֶרַע, den Samen des Weibes, zurückbezieht [1]); so ist doch eine für die Schlange verderbliche Katastrophe damit in Aussicht gestellt. Der Weibessame wird ihr den Kopf, den Sitz ihres Lebens und ihres Giftes, zertreten, während sie im Kampfe nicht im Stande sein wird, den Sitz des Leben zu treffen; sondern nur die Ferse verwunden, somit keinen gefährlichen Nachtheil zufügen kann.

Wer ist dieser Schlangentreter? Sind es sämmtliche Nachkommen des Weibes oder nicht? Der Ausdruck זֶרַע hat gewöhnlich collective Bedeutung und bezeichnet Nachkommenschaft, Nachkommen, auch Gattung, Geschlecht in gutem und bösem Sinne. Es bezeichnet auch einen einzelnen Nachkommen, so Gen. 4, 25; 15, 3; 21, 13. 1. Sam. 1, 11.

Im ersten Satzgliede ist das Weib und sein Same entgegengesetzt der Schlange und ihrem Samen, und da das Letztere zu beziehen ist auf den Teufel und die Teufelsbrut, d. i. die geistigen Kinder des Teufels; so wird auch das Weib und sein Same zu beziehen sein auf Eva und ihre Nachkommen. In dem letzten Satzgliede stehen aber nicht mehr das Weib und sein Same gegenüber der Schlange und ihrem Samen; sondern die Katastrophe, welche der Schlange so verderblich sein wird, läuft aus in einem Einzelkampf zwischen der Schlange und dem זֶרַע. Somit ist הוּא unbestimmt und die Möglichkeit einer neuen Beziehung über den Literalsinn hinaus vorhanden, daß nämlich ein Einzelner aus der Nachkommenschaft des Weibes der Schlangentreter sein werde.

---

[1]) Vgl. Reinke Beiträge zur Erklärung des A. T. 2. Bd., Münster 1853. S. 242 ff., welcher in der daselbst befindlichen exegetisch-historischen Abhandlung: Ueber das Protoevangelium 1. Mos. 3, 15, mit Gründlichkeit den ganzen Gegen-

In dieser Unbestimmtheit hält sich diese erste Offenbarung. Der Zweck, warum sie gegeben ward, den Menschen eine Aussicht auf einstige Rettung zu geben, konnte damit schon erreicht und späteren Offenbarungen vorbehalten werden, nähern Aufschluß zu geben. Die vorhandene Dunkelheit in Betreff der Art und Weise der Errettung des Menschengeschlechts hängt mit der nachweisbaren Oekonomie der Offenbarungsmittheilungen überhaupt und der messianischen insbesondere zusammen. Sie zeigt sich auch noch in den Offenbarungen an Abraham (Gen. 12, 3; 22, 18), durch dessen Samen alle Völker der Erde gesegnet werden sollen. Dieselbe Verheißung wird wiederholt an Isaak, Gen. 26, 4, und an Jacob, Gen. 28, 14. Durch den Samen Abrahams, Isaaks und Jacobs sollen alle Geschlechter der Erde gesegnet werden. Ob dies eine Nachkommenschaft, oder Ein Nachkomme sein sollte, war noch verhüllt. Der Apostel Paulus spricht von den Verheißungen, welche dem Abraham gegeben wurden, und bemerkt: der Same beziehe sich nicht auf Viele, sondern auf Einen, und sei Christus (Gal. 3, 16. 19). Dies war aus dem Wortlaute, in welchen die Verheißungen gefaßt waren, damals als sie gegeben wurden, noch nicht mit Sicherheit zu entnehmen. Erst dem sterbenden Jacob wurde der Schleier gelüftet, und er weißagte den Friedensbringer Schiloh in der Offenbarung als Einen. Von da an, im Fortschritte der Offenbarungen, enthüllt sich der Eine, der Retter, aber auch jetzt nur successive. Denn ob er ein bloßer Mensch sein werde, was schon im Protoevangelium in der Unbestimmtheit der Fassung als Same des Weibes offen gelassen war; oder ob er mehr als Mensch, neben dem Menschen auch noch ein Höherer sein werde, dies war dem Moses, als er von dem Propheten der Zukunft sprach, Dt. 18, 15 ff., und dem Bileam Num. 24, 17 ff. noch nicht geoffenbart; sondern diese Offenbarung enthüllte sich erst dem David, nachdem die Messiasoffenbarung soweit fortgeschritten war, daß es feststand, der Messias werde aus dem Samen Abrahams, aus dem Stamme Juda und aus dem Geschlechte Davids kommen.

Wir sind demnach wohl berechtigt, neben dem in der Stelle Gen. 3, 15 zunächst sich bietenden Literalsinne, wie dies bei einer großen Zahl von prophetischen Weißagungen nachweisbar und für unsere vorliegende Stelle auch durch die Quelle, durch welche uns Gottes Wort als solches erschlossen wird, verbürgt ist[1]), noch einen höhern Sinn anzunehmen, wornach der wahre Schlangentreter der Erlöser, der Messias ist. Den Stammeltern war diese Bedeutung der Worte Gottes, wenn nicht eine höhere Erleuchtung hinzutrat, für deren Annahme in der h. Schrift aber kein Haltpunkt gegeben ist, noch nicht bekannt. Aber ein Trost in ihrer durch die Sünde entstandenen unglücklichen Lage mußte ihnen durch die gebotene Aussicht auf einstige Hilfe wie auf Beistand Gottes in dem von nun an bestehenden Kampfe mit dem Satan durch den Inhalt des Gotteswortes entstehen; so wie sie auch dadurch gekräftigt wurden, die nunmehr nach diesen Trostesworten erst für sie (Gen. 3, 16—19) folgende Strafsentenz zu vernehmen, ohne der Muthlosigkeit und Verzweiflung anheimzufallen. Und wie eine That, bevor sie eintritt, schon durch die feste Erwartung und die den Glauben zur Grundlage habende Hoffnung wirksam sein kann; so zeigt auch die nunmehr folgende Geschichte des Menschengeschlechts, daß die ihnen aus dem Paradiese mitgegebene Hoffnung bei dem nunmehr folgenden Kampfe mit dem Bösen für einen Theil der Menschen nicht ohne Frucht war; indem diese, die Kinder Gottes, der Sünde widerstanden und die Hoffnung auf eine bessere Zukunft festhielten, und zwar Einzelne in dem Grabe, daß sie, wie Lamech (Gen. 5, 29), den Trost sehr nahe glaubten; oder in einer Vollkommenheit, daß sie verdienten Träger der Verheißung zu werden und die Hilfe Gottes ganz besonders in ihrem Leben zu erfahren; andere sogar, wie z. B. Henoch und später Elias, ganz außerordentlicher Begnadigung gewürdigt zu werden.

Im Allgemeinen aber zeigte sich, nachdem die Stammeltern außerhalb des Paradieses auf den Schauplatz der Geschichte getreten, das durch den Sündenfall gekommene Böse verderblich in ihren Nachkommen. Ausgerüstet mit einer richtigen Gotteserkenntniß, wornach sie Gott als ihren Schöpfer, Herrn und Erhalter, als heilig, gerecht und gütig, der die Sünde verabscheut und das Gute liebt, erkannt und erfahren hatten, waren sie in ihre neuen Verhältnisse eingetreten und fühlten sich in Verbindung mit Gott; wie denn Eva, als sie ihren ersten Sohn gebar (Gen. 4, 1), Gott als den Herrn des Lebens ausdrücklich anerkennt, und desgleichen bei der Geburt des Seth die ihr gewordene Tröstung und Liebe

---

[1]) Den Traditionsbeweis sehe man bei Reinke a. a. O.

preist (Gen. 4, 25). Auf dasselbe weisen hin die Opferhandlung des schlechten Kain und des guten Abel, so wie Lamechs, des fünften Nach= kommen Kains, Ausspruch, als er einen Mord begangen hatte (Gen. 4, 23. 24.).

Aber auf dieser geistigen Höhe, gestützt auf diese primitive Gottes= erkenntniß, vermochten sich doch nur wenige Nachkommen Adams zu erhalten. Die Sünde zeigte sich in ihren Folgen und gar viele Adamiten, des beständigen Kampfes gegen das andrängende Böse müde, beugten sich unter das Joch der alten Schlange, und mit dem Hinschwinden guter Sitten verlor sich auch die wahre, richtige Gotteserkenntniß. Wie früh dies geschehen, dafür haben wir Gen. 4, 26 einen Anhalt. Zur Zeit des Enos, eines Sohnes des Seth, begann man den Namen Jehovahs zu verkündigen [1]). 235 Jahre nach Adam wurde Enos geboren. In diesem kurzen Zeitraume, wo Adam noch lebte, muß doch die Verehrung Gottes und somit auch die richtige Gotteserkenntniß in einem Grade unter den Sethiten abgenommen haben, daß die h. Urkunde die Bemerkung macht, man habe damals mit der Verkündigung Jehovahs begonnen, und damit auf ein entstehendes Prophetenthum hinweist, welchem später Henoch und Noah angehörten [2]). Die Kainiten waren schon vorher Gott fremd ge= worden. Ihr Stammvater Kain war nach vollbrachtem Brudermorde hinweggegangen vom Angesichte Jehovahs (Gen. 4, 16) und der Kainite Lamech kannte in Gott nur noch einen an Härte zunehmenden Bestrafer des Bösen. Ein Symptom des fortschreitenden Uebels zeigt sich auch in der Notiz über denselben Lamech, daß er zwei Frauen genommen, wodurch er als der Urheber der gegen Gottes Ordnung eingeführten Vielweiberei indirekt bezeichnet wird.

In zehn langen Generationen, von Adam bis Noah, war das Uebel ins Unermeßliche fortgeschritten. Nur noch bei Noah und seiner Familie hatte sich die wahre Erkenntniß und Verehrung Gottes erhalten. Die Gesammtheit der Menschen aber war, seit sich die Sethiten mit den Kai= niten verbunden, ein von Gott gekehrtes, und sittlich verwildertes Men= schengeschlecht, und da der Mensch erfahrungsmäßig in dem Maße, wie

---

[1]) Ueber die Bedeutung des Wortes קָרָא vgl. Exod. 33, 10.
[2]) Vgl. 2. Petr. 2, 5.

er sich von Gott entfernt, der Gewalt des Bösen, und damit dem Irrthum anheimfällt; so ist es kaum einem Zweifel unterworfen, daß zu der Zeit des Enos der Götzendienst bereits entstanden war, und daß dieses in dem Gegensatze, Gen. 4, 26. auch angedeutet ist[1]).

§. 8.

Bisher haben wir ganz auf dem Boden der h. Geschichte die Beleh: rung über den Ursprung der Sünde in der Welt, ihre Folgen und die göttliche Verheißung des Heilmittels in dem Erlöser zu erkennen gesucht. Auch ist eine andere weiter führende Quelle für das Geschichtliche dabei nicht vorhanden. Der Uebertritt der Stammeltern aus dem Paradiese auf die mit dem Fluche behaftete Erde, die unseligen Folgen des Sünden: falls und die trostreiche Verheißung des Messias waren aber so bedeutende Ereignisse in dem Leben der ersten Eltern, daß bei ihren Nachkommen die Erinnerung daran so zu sagen mit jedem Schritte und Tritte auf der Erde dargeboten war. Darum ist es sehr begreiflich, wenn wir, während die, welche Gott nicht vergaßen, in dem ihnen geoffenbarten Lichte wan: delten und dieses ihnen auch ein Leitstern zum Heile war, auch in den Ueberlieferungen der von Gott abgewendeten Geschlechter noch einzelnen Trümmern der Gottesoffenbarung und Spuren der frühern Erkenntniß von dem Sündenfalle und der trostreichen Verheißung der Erlösung be: gegnen; wir meinen die in den Ueberlieferungen mancher alten Völker und Stämme erhaltenen Nachrichten über einen ehemaligen glücklichen Urzustand der Menschen nebst den mannichfach geformten Erzählungen über die Art und Weise, wie die Menschen in schlimmere Verhältnisse gerathen seien. In diesen religiösen Mythen sind daneben auch Andeu: tungen über den Sündenfall und selbst über die Aussicht auf Rettung erhalten, welche je nach ihrer Beschaffenheit und Verbreitung einen Schluß auf uralte Ueberlieferung und somit auch eine Vergleichung mit dem in der h. Geschichte Ueberlieferten gestatten.

Solche Ueberlieferungen, auf welchen theilweise der alte heidnische Volksglaube beruhte, finden sich wohl auch bei den Dichtern und Philo: sophen; jedoch selten ohne bedeutende Umbildung, so daß das traditionell

---

[1]) Vgl. Stiefelhagen, Theologie des Heidenthums. Augsbg. 1858. S. 387.

Alte nur mit Vorsicht, und nicht ohne Anschluß an den alten Volksglauben selbst, und zwar durch Umfrage bei mehreren, ja möglichst vielen Völkern, festzustellen ist. Erschwert wird das Ganze noch dadurch, daß die alten Mythen über den Ursprung der Menschen, über ihre ursprünglichen und nachherigen Verhältnisse, vielfach nach irrigen Ansichten über den Ursprung der Welt umgebildet und durchgängig mit kosmogonischen Mythen verbunden und von diesen durchdrungen sind. In den Hellenischen Mythen z. B. sind Götter und Menschen Eines Geschlechts. Die Götter sind unsterbliche Menschen, und die Menschen sterbliche Götter. Beide, Götter und Menschen, sind nicht von Ewigkeit; sondern im Verlauf eines kosmogonischen Entwickelungsprocesses entstanden, so daß die Erde die Mutter der Götter und der Menschen ist. So geschieht es denn, daß in einzelnen Darstellungen die ersten Menschen selbst als Götter an der Spitze der Schöpfungsentwickelung stehen, und daß Göttern zugelegt wird, was sich auf den Urmenschen bezieht, aus welchem durch Emanation Menschen und selbst Götter hervorgehen. Bald gehört der erste Mensch dem Göttergeschlechte an, der auf Befehl eines höheren Gottes die Menschen bildet, entweder durch Hervorgehen aus sich selbst, oder indem er sie aus Erde bildet und ihnen vom göttlichen Wesen mittheilt. Bald erscheinen die Menschen als Abkömmlinge von Wesen, welche sich gegen den höheren Gott empörten. Im Zusammenhange mit jenen kosmogonischen Ideen erscheinen der Urmensch und das erste Weib in verschiedenen Mythen als geschlechtslos und unsterblich, in verschiedenen Benennungen und Beziehungen zu den Göttern. Eine Folge hiervon ist eine verschiedene Gestaltung der Mythen über die ersten Wohnsitze der Menschen und ihren Urzustand daselbst.

Beginnen wir nach dieser Vorerörterung mit den Ueberlieferungen über den Urzustand der Menschen; so zeigt sich eine wesentliche Uebereinstimmung derselben mit der biblischen Darstellung darin, daß sie die ersten Menschen in den glücklichen Verhältnissen der goldenen Zeit, und zwar bedingt durch ihren ersten Wohnsitz und ihren Verkehr mit den Göttern darstellen.

Uebereinstimmend in dieser Beziehung ist die griechische Sage von dem goldenen Zeitalter, wie dasselbe Hesiod (Op. et dies v. 108 ff.) schildert, mit der römischen nach der Darstellung Ovids (Metamorph.

I. 89 ff.). Die Menschen lebten unter ihrem Könige Kronos oder Saturn eine glückliche, sorgenlose und schmerzensfreie Zeit. Die Erde gab ohne Arbeit reichliche Frucht, und dieser Zustand währte bis Kronos, der im Himmel im Verkehr mit den Göttern lebende Urmensch, durch Zeus in den Tartarus gestürzt wurde, worauf das schlechtere silberne Zeitalter seinen Anfang nahm.

Die Indier haben die Sage von dem glücklichen Zeitalter der ersten Menschen in ihren ältesten Religionsbüchern. In den Gesetzen Manu's ist gelehrt, daß die Menschen im ersten Zeitalter glücklich und ohne Krankheit vierhundert Jahre lang lebten. Nachher wurde das Leben kürzer, und im vierten Zeitalter kam die Verschlechterung der Menschen [1]).

Nach dem Avesta ist Yima, Sohn des Vivaghao, der König des goldenen Zeitalters. Nach Ahura-Mazdas (Ormazds) Aufforderung machte er die Welt weit und glücklich, und bildete eine mit Ahura-Mazda in stäter Beziehung stehende Gemeinschaft. Zur Fortführung des vollkommenen Lebens und zur Bewahrung vor bevorstehenden Uebeln, richtete Yima auf Ahura-Mazdas Befehl einen besonderen Ort ein, als glücklichen und friedlichen Aufenthalt [2]).

Nach der germanischen Mythe stammen die Menschen von den Göttern, den Aasen, und lebten mit ihnen während des Goldalters auf dem Idafelde zusammen.

Nach der egyptischen Mythe bestand das goldene Zeitalter unter Osiris, dem erstgebornen Sohne des Seb (Saturn), und dessen Gemahlin und Schwester Isis, den beiden Göttern, unter deren Herrschaft bis zum gewaltsamen Tode des Osiris die Menschen glücklich lebten [3]).

Bei anderen Völkern ist die Nachricht von dem Urzustande der ersten Menschen vorzugsweise abhängig von ihrem Wohnsitze, welcher bald ein Berg, bald eine Insel ist. Daß diese Urwohnsitze gewöhnlich auf die Urheimath der Völker hinweisen, welche diese Mythen besitzen, ist eine von H. Lüken durch eine Reihe von Beispielen nachgewiesene Bemerkung [4]).

Die Indier haben die Sage von dem Weltberg Merus, von dessen

---

[1]) Lois de Manou ed. A. L. Deslongchamps. Paris 1833. p. 19. 461.
[2]) Spiegel Avesta, Vendidad S. 7. 69. 70. 73. Yaçna S. 69. 70.
[3]) Diodori bibl. hist. I. c. 14.
[4]) H. Lüken, die Traditionen des Menschengeschlechts. Münster 1856. S. 62 ff.

Spitze vier Ströme ausgehen und wo der Baum der Unsterblichkeit wächst. In ihren ältesten Religionsbüchern ist Merus die Wohnung Wischnu's, wohin durch Wissenschaft die Menschen gelangen [1]). — Bei den Persern ist dieser Weltberg der Alburj, wo das Haoma gedeiht, von welchem die Menschen der ersten Zeit aßen.

Die Chinesen kennen gleichfalls einen Weltberg, Kuen-Lun, in dessen Mitte sich ein Garten an der verschlossenen Himmelsthüre befindet. In diesem Garten befindet sich auch die Quelle der Unsterblichkeit und der Baum, von dessen Frucht die Erhaltung des Lebens abhängt.

Eine Ueberlieferung der Mexicaner versetzt das Paradies auf einen Berg, wohin der erste Mensch gegangen war, den Trank der Unsterblichkeit zu holen.

Bei den Egyptern war der paradiesische Wohnsitz eine Insel, zugleich aber auch ein steiler Berg in Arabien, ihrer Urheimat, mit ewig blühen=den Bäumen und nach allen Weltgegenden hin fließenden Quellen. Dies ist der Geburtsort des Osiris und seiner Gemahlin und Schwester Isis, welche mit den Menschen das glückliche Zeitalter durchlebten, bis Osiris sich auf Reisen begab und dann in die Gewalt des Dämons Typhon fiel.

Bei den Griechen ist der Atlas der Weltberg, ein Göttersitz, wo sich der von einem Drachen bewachte Garten der Hesperiden mit dem goldene Früchte tragenden Wunderbaume befindet [2]). Aehnlich ist bei den Ger=manen Asgard, die Aasenstadt, mit dem Weltbaume Ydrasill ein Götter=sitz, zu welchem in der ersten Zeit die von den Aasen stammenden Menschen Zutritt hatten.

Sagen von den Inseln der Seligen finden sich noch bei den Phöni=ziern, den Celten und den Südsee-Insulanern von Tonga (vgl. Lüken a. a. O. S. 69 f.).

§. 9.

Daß die ersten Menschen ursprünglich an einem paradiesischen Wohn=orte und in glücklichen Verhältnissen lebten, dies zeigt sich nach den obigen Angaben als Volksglaube bei den alten Völkern, und somit als eine

---

[1]) Vgl. Colebrooke, über die h. Schriften der Indier. Leipz. 1847. S. 121.
[2]) Eine Darstellung dieser Mythe auf einer Münze des Kaisers Antoninus Pius findet sich abgebildet bei Deyling observat. sacrae Lips. 1735. I. p. 1.

welche Speise sich Götter und Titanen in der Urzeit stritten. Nach Manu ist das Böse vom höchsten Gotte selbst geschaffen. Die Verschlechterung der Menschen datirt aber von dem vierten Zeitalter, ohne daß im Manu die Ursache angegeben ist [1]). In den Purana's, auf welche als Urtraditionen über die Schöpfung im Manu selbst verwiesen wird [2]), befinden sich aber noch mancherlei Sagen über die Art und Weise, wie das Uebel in die Menschenwelt kam. Wischnu hatte das Paradies mit dem Amrita und dem Trank der Unsterblichkeit geschaffen. Um den ersten Menschen zu prüfen, ließ aber Schiwas die Blüthe des Baumes Kaldnir herabfallen. Verführt durch das Weib, welches aus Brahma's Leibe hervorgegangen war, nahm er von der Blüthe und dünkte sich Gott gleich zu sein. Da traf ihn der Fluch: er wurde aus Brahmapatnam, dem Paradiese, in den Abgrund verstoßen; sein Leib wurde Nebel und Finsterniß. So wurden die Hüter des Paradieses vertrieben und verflucht Riesen zu werden.

In Bezug auf das Weib und ihre Theilnahme an dem Sündenfall existiren verschiedene Mythen. Bhawani, die Frau des Schiwas, ist die Mutter des Menschengeschlechts und als Mannweib mit Schiwas vereinigt; sie ist aber auch die Gemahlin Brahma's und Wischnu's. Im Paradiese bekämpfte sie die Schlange, den bösen Dämon Mahischasura, trat seinen Kopf mit dem Fuße und schlug ihm denselben ab. Als gefallene Stamm-Mutter ist sie Kali, d. i. die Herrscherin über das Zeitalter der Sünde. Als Riesenmutter ist sie Diti die Gemahlin des Kassiapa, eines Sohnes des Brahma. Sie verführte ihren Mann und mußte darum die beiden Riesen gebären, welche vor ihrer Geburt gute Wesen waren und im Paradiese wohnten.

Nach der Lehre der Buddhisten war durch den Fall eines Geistes (Tegri) der obersten Region der Mensch entstanden. Einer derselben fand eine Speise, die Erdbutter, aß sie und so verloren sie das Vermögen am Himmel zu wandeln und sanken auf die Erde; so nahm das Uebel seinen Anfang.

Nach den chinesischen Mythen hat die unmäßige Begierde nach Wissenschaft den Menschen ins Verderben gestürzt. Fohi erfand, von einem aus

---

1) Lois de Manou p. 7. 55. 461.
2) Daf. p. 111.

der Tiefe hervorkommenden Drachen belehrt, die Wissenschaft von In und Yang, d. i. der Männlichkeit und Weiblichkeit. Als die Ursache des Falles und als erste Quelle aller Uebel wird das Weib genannt, die Gemahlin und Schwester des Fohi, welche zu einem verbotenen Baume gegangen und davon gegessen habe, weshalb sie Niu=hoa heißt [1]).

Nach einer andern chinesischen Sage war der Mensch ein weißer Sonnenvogel, welcher einst in dem Lustgarten der großen Königin einige Blumenknospen kostete. Da gab ihm der geheimnißvolle Vogel, der Hüter des Gartens, einen Stoß mit dem Schnabel, daß er starb. Die Seele des Vogels ging aber in andere Leiber über.

Bei den Egyptern scheint sich eine geringe Spur von dem Sünden=falle erhalten zu haben. Das glückliche Zeitalter der Menschen unter der Herrschaft des Osiris und der Isis währte bis Osiris nach seinen Reisen durch Egypten und alle Länder der Erde auf der Heimkehr in die Gewalt seines Bruders, des bösen Typhon fiel. Typhon erscheint als Personifica=tion alles Schädlichen und Verderblichen in der Natur. Derselbe über=listete den Osiris und schloß ihn in einen Sarg. Später aber, nachdem der Leichnam von Isis in Biblos aufgefunden worden war, wurde er von demselben Typhon zerstückelt. Ihn rächte nachher sein Sohn, der unsterb=liche Horus, welcher die Macht des Typhon überwand. Der Gedanke, daß die glückliche Urzeit für die Menschen durch die Machinationen eines bösen Wesens gegen Osiris ein Ende genommen, ist der einzige, welcher in dieser Mythe klar hervortritt. Allerdings erscheint auch noch die Gift=schlange mit Mumienleib und Menschenkopf im Todtenbuche (K. 87) als verachtetes und verwüstendes Wesen, ferner die Gattin und Mutter Isis als Schlangenkämpferin; jedoch beides ohne nachweisbaren Zusammen=hang mit dem Sündenfalle [2]).

---

[1]) Lüken a. a. O. S. 93.

[2]) Mehr und tiefere Beziehungen zum Sündenfalle findet Lüken a. a. O. S. 108 ff. in dem Mythus; wogegen M. Uhlemann nur Historisches, Astronomi=sches und Naturhistorisches darin anerkennt. Vgl. Handbuch der ges. egypt. Alter=thumsk. 2 Thl. Leipzig 1857. S. 161 ff. Dagegen findet derselbe a. a. O. Thl. 4. S. 163 ff. in der egyptischen Kosmogonie eine Analogie mit dem mosaischen Schöpfungsberichte, welche aber eine Probe der Kritik in keiner Weise auszuhalten vermag.

Alljährlich am Feste der Isis in der Stadt Busiris schlugen sich die Männer und die Frauen nach althergebrachter Sitte. Wenn Herodot Bedenken trug, den Grund dieser Sitte, obgleich er ihn kannte, anzugeben; so können wir eine mysteriöse Handlung, ähnlich wie bei der Feier des Dionysus-Zagreus, darin mit Grund vermuthen, nämlich das Andenken an die mit dem Verlust der glücklichen Urzeit verbundenen Leiden der Mutter Isis. Die in Egypten wohnenden Karier verwundeten sich dabei die Gesichter mit Messern [1]).

Mit der egyptischen Sage von der Wanderung des Osiris verwandt ist eine mexikanische Mythe von Quetzalkoatl, dem Könige des goldenen Zeitalters. Diesen trieb der große Geist aus dem Lande der Glückseligkeit, indem er ihm einen Trank gab, der ihn unsterblich machen sollte, welcher ihm aber auch das Verlangen zu wandern einflößte, womit das goldene Zeitalter verschwand und die Erde unfruchtbar wurde.

Nach einer andern mexikanischen Sage wurde das erste Weib von dem Urriesen Xolotl gebildet und hieß Cihuacohuatl, d. i. die Frau mit der Schlange, oder Quilaßli, d. i. die Frau von unserem Fleische. Sie war die Mutter von Zwillingsbrüdern und erscheint in einem Hieroglyphen-gemälde als ein Weib redend mit einer Schlange. Hinter ihr stehen die Zwillingssöhne, deren verschiedener Charakter durch ihre verschiedene Farbe und Haltung angedeutet wird [2]).

Aus den Sagen der Südamerikaner und der Bewohner der Südsee-Inseln, welche Lüken (a. a. O. S. 122 ff.) mittheilt, und worin das Weib als die Ursache alles Bösen auf der Erde dargestellt wird, heben wir heraus die bei den Tamanachiern in Guiana. Als Amalivaca, der erste Mensch, der mit seinem Bruder Vokki die Welt erschaffen, bei seiner Abreise von seinem frühern Aufenthalte, den Tamanachiern die Unsterb-lichkeit verheißen hatte, glaubte ein altes Weib der Verheißung nicht, weshalb er ihnen voraussagte, daß sie sterben sollten.

Die Sandwich-Insulaner haben folgende Sage: Etua Rono, der mächtige Gott, auch Rono Akea genannt, der erste König, der noch jetzt im Reiche der Seligen herrscht, lebte zur Zeit des goldenen Zeitalters auf

---

[1]) Vgl. Uhlemann a. a. O. II. S. 268. Herodot. II. 61.
[2]) Vgl. Lüken a. a. O. S. 120 f.

den Sandwich = Inseln. Nachdem aber seine Gemahlin mit einem sterb=
lichen Manne von Owhaihi gesündigt hatte, wurde das Glück dieser
Inseln zerstört; Rono verließ die Inseln und es entstanden Krieg und
Menschenopfer.

Die Germanen besaßen Ueberlieferungen über die Ursache des Ver=
lustes des Goldalters. Auch hier spielt in den verschiedenen Sagen das
Weib eine Rolle. Nach der Voluspa herrschte das Goldalter in Asgard
bis Weiber kamen aus Jotunheim. Bis dahin lebten Götter und
Menschen in Freundschaft, in Ueberfluß und Freude. Die Riesenweiber
aber führten Zauberei und dämonische Kunst ein und Odin verstieß nun
das böse gewordene Geschlecht. Das Weib, welches hierbei die Haupt=
rolle spielt, ist Frigga, die Gemahlin Odins, und Odin selbst erscheint als
Gott und als Urmensch, der gleichfalls als Zauberer auftritt. Auch in
der Edda wird das goldene Zeitalter zerstört durch die Ankunft der zwei
Riesenjungfrauen Fenja und Menja, durch deren Zauberei der Frobi=
Frieden in der Welt endigte [1]).

§. 10.

Blicken wir zum Schlusse noch auf die griechischen Mythen über das
Ende der goldenen Zeit, wo die Götter mit den Menschen in Harmonie
und diese in einem glücklichen Urzustande lebten; so steht zwar unbestritten
fest, daß der griechische Volksglaube ein Ende der glücklichen Zeit und
einen Anfang einer bösen Zeit kennt; dabei ist aber nicht zu verkennen,
daß das verbindende Medium sehr verwischt und mit verschiedenen Sagen
durchwebt ist, so daß mit einiger Sicherheit weder eine Verschuldung der
Menschen, noch weniger eine Sünde der Stammeltern zu erkennen ist.
Nichtsdestoweniger sind doch noch einzelne Spuren der Katastrophe vor=
handen, welche mit Rücksicht auf den Umstand, daß Götter und Menschen
in den Mythen nicht strenge gesondert erscheinen und die Urmenschen auch
als Götter aufgeführt werden, einen Schluß auf die Ur=Ueberlieferung
gestatten.

Während bei Homer über einen glücklichen Urzustand der Menschen
und einen spätern unglücklichen nichts zu entnehmen ist, giebt Hesiod über

----

[1]) Lüken a. a. O. S. 102 f. f.

beide Auskunft. Die Menschen stehen in engster Verbindung mit den
Titanen. Als Kronos herrschte war das goldene Zeitalter, wo die Men=
schen wie die Götter in Freude und Ueberfluß, frei von Mühsal und Kum=
mer, lebten und die Gebrechen des Alters nicht kannten. Mit des Kronos
Sturz endete das goldene Zeitalter. In dieser Darstellung erscheint gar
keine Schuld auf Seiten der Menschen; sondern sie werden unglücklich
durch den Sturz ihres frühern Königs, welcher die Götter nicht wie früher
ehrte. Dagegen tritt in der Prometheusmythe ein gewisser Schuldantheil
seitens der Menschen hervor. Nach des Kronos Sturz handelte es sich
darum, die den Göttern gebührenden Ehren zu ordnen, weßhalb diese
mit den Menschen zu Mecone versammelt waren. Ihr Vertreter ist hier
der Titanide Prometheus, der Sohn des Japetos. Dieser suchte Zeus
bei der Opfertheilung zu überlisten. Zeus, darüber gegen die Menschen
erzürnt, nahm den geringern Opfertheil, welchen von da an die Menschen
auf den Altar brachten. Nun wird diesen von Zeus das Feuer entzogen.
Der listige Prometheus verschafft es ihnen wieder; zieht aber dadurch
nicht nur sich Strafe zu; sondern bringt auch schweres Verhängniß über
die Menschen: denn nun ließ Zeus durch Hephästos ein Weib bilden,
ähnlich der indischen Aditi, der Mutter des Varuna[1]), schön von Gestalt
und von Aphrodite, Athene, Apollo und Mercur mit allen Gaben der
Götter geschmückt, zugleich aber trugvoll im Innern und von glatter
Rede. Dieses Weib, die Pandora, erhielt des Prometheus Bruder, der
thörichte Epimetheus, von Zeus zum Verderben der Menschen als Geschenk.
Epimetheus nahm sie zum Weibe. Pandora lüftete aus Neugierde den
Deckel des Gefäßes, welches die Uebel und Plagen barg. Diese ent=
wichen sofort und nur die Hoffnung blieb zurück. So kamen die Uebel
unter die Menschen.

In der weiteren Darstellung erscheint als Nachkomme des Epimetheus
Deukalion, und als Tochter der Pandora Pyrrha, an welche sich die
Fluthsage anlehnt; so daß Prometheus, Epimetheus und Pandora als
Urmenschen sich darstellen.

Daß alles dieses nicht rein dichterische Schöpfung des Hesiod gewesen,
ist wohl unbestritten. Ein Gedanke tritt aber in dieser Darstellung her=

---

1) Vgl. Colebr. a. a. O. S. 123.

vor, nämlich daß durch das Weib das Uebel in die Welt gekommen sei und daß die Menschen, in Verbindung mit den schuldbefleckten Titanen und durch sie verführt, die Götter nicht gebührend geehrt und deßhalb gestraft worden seien. Diesen Gedanken halten wir mit Rücksicht darauf, daß er auch in den Mythen anderer Völker sich vorfindet, für alt und der Ueberlieferung entnommen.

Ob auch noch in anderen griechischen Mythen, z. B. über Demeter als Urmutter, welche als Rhea und Themis im Olympe, aber als gefallene Eva, als Persephone in der Unterwelt wohnt; ferner über Latona und Jo, ähnlich wie in den indischen und egyptischen Mythen, Anklänge an das erste Weib und dessen Schicksale vorhanden seien, wie Lüken a. a. O. S. 97 behauptet, dies glaubhaft zu machen, dürfte mindestens sehr schwer sein.

§. 11.

Daß bei den alten heidnischen Völkern alte, im Volksglauben festgehaltene Ueberlieferungen über einen glücklichen Urzustand der ersten Menschen und über den Verlust desselben vorhanden waren, dies ist aus dem oben Mitgetheilten, ungeachtet die Mythen vielfach gestaltet erscheinen, doch unverkennbar zu entnehmen. In wesentlichen Punkten zeigt sich oft eine materiale, bisweilen selbst formale Uebereinstimmung mit der betreffenden Nachricht in der heil. Schrift. Die Verheißung, welche den Stammeltern bei ihrem Austritt aus dem Paradiese gegeben wurde und womit die Messiashoffnung ihren Anfang nimmt, hat sich nicht minder, und zwar wie in der h. Schrift angeknüpft an die Katastrophe, wodurch der Verlust des goldenen Zeitalters herbeigeführt wurde, in einzelnen Spuren von Ueberlieferungen der Heidenwelt erhalten.

In der Prometheusmythe nach Aeschylos trifft mit Prometheus, dem Titaniden und leidenden Urmenschen, die leidende erste Mutter, die verfolgte Jo, zusammen, und erhält von jenem eine ihm von der Titanin Themis gegebene Weissagung, daß aus einer Ehe des Zeus mit einem Weibe ein Sohn kommen werde, welcher der Herrschaft des Zeus ein Ende machen solle. Jo werde von ihrem Wahnsinn befreit, durch Berührung des Gottes einen Sohn empfangen und gebären, den Epaphus. Prometheus aber erhält von Hermes die Prophezeihung, daß er nicht eher erlöst werden solle, bis ein Gott als Stellvertreter seiner Qual erscheine, bereit für ihn in den Hades zu steigen. In einer weiteren Sage, welche sich an die von der Schlange Pytho verfolgte Latona anlehnt, ist enthalten, daß aus ihrem Samen ein Sohn geboren werden solle, der die Schlange besiegen und tödten werde. Dieser, Apollo, soll am Ende des eisernen Zeitalters wieder kommen, um die erste glückliche Zeit unter Kronos wieder herzustellen. Endlich liegt auch in der Bemerkung Hesiods, daß in dem Gefäße, welches Pandora öffnete, die Hoffnung zurückblieb, ein Hinweis auf den Eintritt einer bessern Zeit für die Menschen.

In den Mythen, welche die Befreiung des Prometheus durch Herakles, die Zurückführung der Ceres durch ihren Sohn Dionysos, der Proserpina durch Theseus melden, in den germanischen Sagen von der Erlösung der Schildjungfrau Brunhilde durch Siegfried, nachdem er den Drachen getödtet und den goldenen Hort gewonnen; ferner von der Wiederherstellung der Goldzeit durch Vidar, welcher den Fenrirswolf tödtet; in der indischen Mythe über die Befreiung der Sita durch Rama, scheinen gleichfalls die Erwartungen, daß der Bann, welcher durch das böse Princip auf die Urmutter gekommen, gelöst werden solle, verhüllt zu sein. Alexander d. Gr. auf seinem Zuge nach Indien suchte die Erwartung einer bessern Zeit politisch auszubeuten. Er erhält daher in der erythräischen Sibylle (Sibyll. lib. III. v. 383) den Beinamen unechter Sohn des Kronos. Virgil erwartet im augustischen Zeitalter die Erscheinung des himmlischen Kindes, welches die von der cumäischen Sibylle geweissagte goldene Zeit zurückbringen werde (Eclog. IV.).

Nach der egyptischen Mythe soll der von Typhon getödtete Osiris, der Gemahl der Mutter Isis, einstens wieder zurückkehren und als Herr der Erde den Segen der glücklichen Urzeit zurückführen. Horus aber, der unechte Sohn des Osiris, wird die Schlange Python binden und tödten, und so die Wendung zum Guten herbeiführen, d. i. die Rückkehr des Osiris ermöglichen. Mit Rücksicht auf diese Sagen gab sich Antonius für den wiedergeborenen Osiris und die Kleopatra für die Mutter Isis aus [1]).

Nach einer indischen Mythe wird Krischna durch den Pfeil einer Schlange an der Sohle des Fußes verwundet. Er aber zertritt der

---

1) Lüken a. a. O. S. 333 f. Stiefelhagen S. 538.

Schlange den Kopf. Krischna ist eine Avatara des Wischnu. Der Mutter Diti war nach ihrem Falle geweissagt worden, daß aus ihrem Geschlechte ein Sohn abstammen sollte, welcher als Rächer an den bösen Riesen auftreten werde. Der reinen Aditi, dem aus aller Götter Wesen gebildeten Weibe, war prophezeit, Wischnu selbst werde ihr Sohn werden, um die bösen Riesen zu bewältigen [1]).

Nach der persischen Sage weissagte der sterbende dem Urstiere entsprossene Urmensch Gayomard dem Ahriman dessen Besiegung durch die Menschen. Ormazd selbst aber sagte dem Genius Goschorun, daß der Mensch geschützt werde für eine Erde und eine Zeit, wo Ahriman keine Macht haben werde. Und so erwarteten die Perser den Sieger Sosiosh, den von drei Jungfrauen empfangenen, von der Quelle gezeugten Nachkommen Gayomards, welcher die bösen Geister und alle ihre Anschläge vernichten werde [2]).

Im Minokhired heißt es: Ahriman hat einen Vertrag auf 9000 Jahre in der unendlichen Zeit mit Ormazd geschlossen, bis diese zu Ende sind, kann nichts geändert werden. Wenn aber die 9000 Jahre zu Ende sind, wird Ahriman abnehmen, Çrosh, der Reine, wird den Dew Khasm (Aeshma) erschlagen, Mihr, Zrvana-Akarana, das himmlische Gesetz, welche Niemanden hassen, Bakht, Bakho-bakht werden die ganze Schöpfung Ahrimans und zuletzt auch den Dämon der Begierde erschlagen [3]).

Die Chinesen erwarten einen großen Heiligen, der im Abendlande erscheinen soll. Confucius soll diese Weissagung gegeben haben. Aber die Ueberlieferung ist älter, da zur Zeit des Confucius die Sekte der Tao-ße glaubte: ihr Stifter Lao-kium habe den Trank der Unsterblichkeit wieder verschafft. Nach altem Glauben soll ein Held Kiunthe erscheinen, der Alles im alten Glanze wiederherstellen werde [4]). Die Einwohner Insel O-Waihi glaubten zur Zeit, als Cook daselbst landete, ihr Gott

---

[1]) Stiefelhagen a. a. O. S. 537. Lüken a. a. O. S. 316 f.
[2]) Lüken a. a. O. S. 313 ff. Auch im Avesta erscheint Sosiosh öfters als der, welcher die Ahnenreiche der Reinen von Gayomard an abschließt, vgl. Khorda Avesta bei Spiegel III. S. 231. 240.
[3]) Spiegel Avesta Bd. 2. S. 218.
[4]) Lüken a. a. O. S. 330 f.

Rono sei wiedergekommen: denn sie bewahrten die Sage, daß Rono, der König des goldenen Zeitalters, wegen eines Vergehens seiner Gemahlin in einem Kahne nach dem Paradieslande Haiti gegangen sei, aber geweissagt habe, er werde auf einer reichen schwimmenden Insel zurückkehren [1]).

Die Mexikaner glaubten an die Rückkehr ihres Stammvaters und Gottes Quetzalcoatl, welcher ihnen bei seiner Entfernung geweissagt hatte, er werde wiederkommen und das frühere Glück wiederherstellen. Darum hielten sie die Spanier unter Cortez für die Abgesandten ihres Urkönigs. Eine ähnliche Sage besaßen die Peruaner über ihren Inka Virakocha, weshalb sie die Spanier unter Pizarro als Copak Virakocha begrüßten.

Nach diesen vorhandenen Ueberlieferungen können wir uns dem Resultate, welches Lüken a. a. O. S. 351 am Abschlusse seiner Mittheilungen zusammenfaßt, im Ganzen und in der Sphäre unseres Gegenstandes wohl anschließen, daß nämlich das ganze Heidenthum in der alten und neuen Welt, eine aus der Urzeit des Menschengeschlechts stammende Prophezeihung besaß, wornach am Ende eines langen Zeitraums das nach dem Aufhören des glücklichen Zeitalters eingetretene eiserne, verderbte Zeitalter beendigt werden solle. Die neue Aera werde durch einen Helden, welcher bald als Sohn des ersten Weibes, bald als der Urmensch oder erste König selbst, geschildert wird, und welcher dem Urheber des Unglücks, dem bösen Dämon das Haupt zertreten soll, herbeigeführt werden.

Die alte Ueberlieferung ist allerdings durch mancherlei Beigaben vielfach verdunkelt; sie tritt aber auch wiederum in einzelnen Zügen klar hervor, so in dem Antheile, welchen das Weib, wie an dem Falle, so auch an dem Kampfe mit der Schlange und an der Erlösung nimmt; ferner in dem Erlöser als dem Bekämpfer der Schlange und Zurückbringer der paradiesischen Zeit nebst den Gütern der Urzeit, und endlich in dem endlichen Schicksale des Urhebers des Unglücks.

Wie Horus, Krischna und Tistrya als Schlangenkämpfer erscheinen, wobei ihre Thaten als schon vollbracht dargestellt sind; so sind auch in anderen Mythen Helden die Vorbilder der Befreiung, z. B. in den Sagen von Apollo, Herakles und Siegfried. Freilich machen nicht alle von

---

1) Lüken a. a. O. S. 348 f.

diesen Mythen gleichen Anspruch auf ein nachweisbares hohes Alter.
Schon die Beschaffenheit der Mittheilungen im Manu, im Avesta und in
den egyptischen Religionsurkunden, welche in der Regel nur Vorschriften,
Bekenntnisse, Lobpreisungen und Gebete enthalten, schließt directe und
ausführliche Darlegungen, wie sie in den Sagen hervortreten, größten=
theils ganz aus; theilweise aber geben sie doch daneben hergehenden
Mythen über den Urstand ausdrücklich Raum, wie z. B. im Manu auf
die Puranas, als Legenden über die Schöpfung und andere Urtraditionen,
hingewiesen ist.

II.

Die Pastoralbriefe des heil. Apostels Paulus.

§. 1.

Drei Briefe des Apostels Paulus, nämlich zwei an Timotheus und Einer an Titus, führen den Namen Pastoralbriefe, eine Bezeichnung, welche im christlichen Alterthum auf diese Schriften nicht angewandt wurde; sondern der neueren Zeit angehört, die jedoch sowohl den allgemeinen Charakter dieser Briefe, als auch ihren speziellen Inhalt passend andeutet und älteren analogen Benennungen nachgebildet ist. So werden im Schriftcanon des muratorischen Fragments diese Briefe genannt: epistolae in honorem ecclesiae catholicae, in ordinationem ecclesiasticae disciplinae sanctificatae. Bei Tertullian adv. Marc. V, 21 heißen sie: litterae de ecclesiastico statu compositae. Die von dem der apostolischen Zeit nahe stehenden Hermas verfaßte Schrift, worin die Kirche personificirt in Visionen, sodann der Engel in Gestalt eines Hirten in Geboten und Gleichnissen lehrt, hatte allgemein den Namen ποιμήν, pastor. Die dem ravennischen Bischof Johannes gewidmeten Unterweisungen des Papstes Gregor I. führen den Namen regula pastoralis. Ebenso heißt eine Schrift des h. Carl Borromäus pastorum instructiones.

Diese drei Pastoralbriefe, welche im neutestamentlichen Canon unmittelbar aufeinander folgend nach den Thessalonicherbriefen und an zweitletzter Stelle der sämmtlichen paulinischen Briefe stehen, haben zunächst das Eigenthümliche, daß während die übrigen Briefe dieses Apostels, mit Ausnahme des kleinen Briefes an Philemon, an bestimmte christliche Gemeinden, oder, wie der Epheser- und Hebräerbrief, als encyclische Schreiben an mehrere Gemeinden gerichtet sind, diese als ersten Leser jedesmal eine bestimmte Person und zwar in oberhirtlicher Stellung, an der Spitze einer Metropole oder Diöcese aufweisen. Timotheus und Titus sind diese Personen, zwei Männer, welche nach Ausweis der quellen= mäßigen Geschichte jener Zeit Freunde, Gehilfen und mehrjährige Mit= arbeiter des Apostels Paulus waren und dessen ganzes Vertrauen besaßen. Hierdurch unterscheiden sich diese Briefe wesentlich von den übrigen paulinischen und überhaupt von allen apostolischen Sendschreiben. Denn da die Apostel in ihren Briefen, welche sie an Gemeinden schrieben, sich inhaltlich der Fassungskraft der Leser anbequemten und selbst formal eine besondere durch die jedesmaligen Umstände gebotene Haltung beobach= teten; so ist es naturgemäß, wenn Inhalt und Form der Schreiben sich modificiren, sobald solche Sendschreiben an vertraute Freunde und Mit= arbeiter am Evangelium gerichtet werden. Diesen Unterschied gewahren wir auch in diesen Briefen und wir machen schon jetzt hierauf aufmerksam, weil die Beachtung dieses Umstandes geeignet ist Schwierigkeiten in den= selben zu erklären und zu lösen.

Ein anderer Unterschied dieser Briefe in ihrem Verhältniß zu den übrigen Sendschreiben des Apostels Paulus betrifft die Auswahl des Gegenstandes der Erörterung. Aus Belehrungen und Ermahnungen sind sämmtliche paulinische Briefe, wie auch die der übrigen Apostel, welche Briefe hinterlassen haben, zusammengesetzt. In den Pastoral= briefen beziehen sich aber diese Belehrungen und Ermahnungen speciell auf die Verwaltung des geistlichen Amtes, auf das was und auf die Art und Weise wie zu lehren, wie zu ermahnen und die Kirche zu verwalten sei. So bilden diese Briefe, wenn man einige Stellen in den Evangelien und in einigen apostolischen Sendschreiben ausnimmt, die ältesten und zwar apostolischen Pastoral=Anweisungen, in anderer Beziehung die An= fänge und die Grundlage des canonischen Rechtes. Daneben gestatten sie Blicke in die apostolisch=kirchlichen Einrichtungen und geben Belehrungen über urkirchliche Zustände, sowie Auskunft über die Entstehung der feind= lichen Gegensätze innerhalb der Kirche Christi.

§. 2.

Das christliche Alterthum hat daran, daß diese Briefe vom Apostel Paulus herrühren, nie gezweifelt. Die h. Väter und Kirchenschriftsteller, von den Tagen des römischen Bischofs Clemens an, betrachteten und gebrauchten dieselben als heilige Urkunden und Quellen des christlichen Glaubens, christlicher Sitte und kirchlicher Einrichtung. Widerspruch gegen sie wurde vereinzelt nur von Solchen erhoben, welche außerhalb der Kirche standen. So hatten Basilides, Marcion und die Valentinianer die Pastoralbriefe verworfen, Tatian hielt nur den Titusbrief für ächt[1]). Der Grund dieser Stellung der Häretiker zu den Pastoralbriefen beruhte, wenigstens in dem frühesten Stadium, nach den Aeußerungen des alexandrinischen Clemens, des Origenes und Hieronymus, auf dem dogmatischen Inhalte der Briefe und auf den Aeußerungen, welche darin gegen die Häresien vorkommen. Auf das Urtheil der katholischen Kirche konnten diese Zweifel der Häretiker, welche unter sich selbst in diesem Punkte nicht übereinstimmten, wie denn z. B. Heracleon und Theodot die Pastoralbriefe als ächte gebrauchten[2]), keinen Einfluß üben. Im Canon der lateinischen Kirche, nach dem muratorischen Fragmente, erscheinen sie als unbezweifelte Schriften des Apostels Paulus. Gleiche Geltung hatten sie in der syrischen, antiochenischen und alexandrinischen Kirche des zweiten Jahrhunderts. Eusebius rechnet diese Briefe zu denen, welche in Betreff ihres apostolischen Ursprunges keinen Widerspruch erfuhren. Gleiche Würdigung erhalten sie bei Athanasius, Cyrillus von Jerusalem, Philastrius, Epiphanius, Hieronymus, in den apostolischen Constitutionen und in den Canones der Concilien von Laodicea v. J. 364, und von Carthago v. J. 397. So blieb es auch in der ganzen christlichen Zeit bis zu Anfang dieses Jahrhunderts, wo von protestantischen Gelehrten Zweifel gegen die Aechtheit der Pastoralbriefe auf's Neue angeregt wurden. Vorausgegangen waren allerdings Erörterungen über die Zeit der Abfassung dieser Schreiben, woran sich schon die alten Ausleger: Theodoret, Euthalius, Chrysostomus, Beda, Baronius und Andere betheiligten. Auch Handschriften und Versionen zeigen in ihren Nachschriften, daß man sich mit diesem Gegenstande befaßte. Aber diese Alle beschäftigten sich ledig-

---

1) Tertull. contra Marc. V. c. 21. Clem. Alex. Strom. II. c. 11. p. 457. ed. Pott., Orig. Commt. in Matth. Tr. XXXV n. 117. Hieron. comment. in epist. ad Titum praef.

2) Clem. Alexdr. Strom. IV. c. 9. p. 596 u. Fragm. p. 982 ff.

ch mit der Aufgabe, die Pastoralbriefe nach der Zeit ihrer Entstehung
ichtig zu bestimmen, ohne die Aechtheit derselben in Frage zu stellen. Zu
Anfang des gegenwärtigen Jahrhunderts ging jedoch Fr. Schleiermacher
einen Schritt weiter und suchte in einer kleinen Schrift: „Ueber den soge=
nannten ersten Brief des Paulus an Timotheus, Berlin 1807," zu beweisen,
daß dieser Brief nicht vom Apostel Paulus herrühre. Dabei unterstellte
er die beiden anderen Pastoralbriefe als ächt und entnahm gerade aus
ihnen die bedeutendsten Argumente zur Unterstützung seiner Behauptung.
Ueber die historischen Beweisgründe, welche für den ersten Brief an
Timotheus vorhanden sind, ging er flüchtig genug hinweg, beschäftigte
sich dagegen besonders mit den Spracheigenthümlichkeiten des Briefes.
Hier fand er nicht wenige Ausdrücke, welche entweder in den Schriften
des neuen Testamentes überhaupt sich nicht vorfinden, oder die doch in den
übrigen Schriften des Apostels Paulus nicht weiter vorkommen. Auch
glaubte er Spuren eines späteren Sprachgebrauches in einzelnen Aus=
brücken, z. B. θεός σωτήρ, γενεαλογίαι, ὑποτύπωσις und anderen, gefunden
zu haben. Dabei hielt er den ganzen Brief für geschichtlich unbegreiflich
und des Apostels selbst nicht würdig.

Mit der Widerlegung dieses Angriffes auf die Aechtheit des ersten
Timotheusbriefes beschäftigte sich zuerst H. Planck. In seinen „Bemer=
kungen über den ersten paulinischen Brief an den Timotheus, Göttin=
gen 1808," entwickelte er sorgfältig und mit exegetischer Genauigkeit die
von Schleiermacher angefochtenen Punkte. Ihm folgten Hug, Weg=
scheider, Beckhaus, während Usteri, Neander, Lücke und Andere auf
Schleiermachers Seite traten.

Bald jedoch blieb die Kritik bei dem ersten Pastoralbriefe nicht stehen,
sondern ging zur Bestreitung aller über. Gelegentlich hatte Evanson den
Titusbrief in einer, wie Credner richtig bemerkt, übereilten Kritik für
unächt erklärt. Dann läugnete Eichhorn [1]) die Aechtheit der drei Briefe
sowohl wegen ihrer Verwandtschaft in der Sprache, Ideen und Manier,
als auch weil man mit Rücksicht auf das, was von dem Leben und Wirken
des Apostels Paulus bekannt sei, sich in lauter Vermuthungen erschöpfen
müsse, um die Briefe historisch zu begreifen. Er hielt sie daher für das

---

[1]) Einl. in das neue Testament 1812. 3. Bd. 1. Abthlg.

Werk eines Apoſtelſchülers. Dieſer Anſicht Eichhorns ſchloſſen ſich an be Wette und Credner, welcher Letztere jedoch einen Theil des Titusbriefes Anfangs für ächt hielt; ſpäter aber i. J. 1843 pflichtete er Eichhorn ganz bei, ebenſo Ewald und in etwas milderer Form Schrader und Schott.

Durch die Vertheidiger der Aechtheit der Paſtoralbriefe: Hug, Feil=moſer, Mack, Berthold, Heydenreich, Böhl, Kling und Andere gewannen die Gründe für die Aechtheit allmälig die Oberhand. Die Sprache der Paſtoralbriefe und deren Inhalt wurden genauer erforſcht und in erſterer Beziehung nachgewieſen, daß die ἅπαξ λεγόμενα und die eigenthümlichen Ausbrücke in den Briefen dem Zeitalter des Apoſtels angehörten; ferner daß die behauptete Compoſition des erſten Timotheusbriefes aus den beiden anderen eine willkürliche Annahme ſei, daß die rhapſodiſche Form der Briefe aus dem Verhältniß des Apoſtels zu Timotheus und Titus ſich genügend erkläre, und endlich, daß auch keiner dieſer Briefe hiſtoriſch unbegreiflich ſei.

Eine ſchärfere Beſtreitung und mit neuen hiſtoriſchen Argumenten begann F. C. Baur in der Schrift: „Die ſogenannten Paſtoralbriefe des Apoſtels Paulus auf's neue kritiſch unterſucht, Stuttgart 1835." Baur ſuchte zu beweiſen, daß die Paſtoralbriefe keineswegs den pauliniſchen Lehrbegriff, ſondern eine ſchlaffere Auffaſſung des Paulinismus in Intereſſe einer katholiſirenden, die Gegenſätze vermittelnden Richtung enthalten. Dieſe Briefe ſeien erſt im zweiten Jahrhundert entſtanden: denn die darin bezeichneten Häreſien ſeien die der Marcioniten, Valenti=nianer und anderer Gnoſtiker dieſer Zeit. In der römiſchen Kirche um die Mitte des zweiten Jahrhunderts habe der Gegenſatz der pauliniſchen Chriſten zu jenen Gnoſtikern die Paſtoralbriefe in's Daſein gerufen, und zwar zuerſt den zweiten Timotheusbrief. Unſtreitig gehörten die drei Briefe einer Zeit an, wo gefährliche Irrlehren ſchon weit verbreitet geweſen und die öffentliche Aufmerkſamkeit in hohem Grade auf ſich gezogen hätten. Auch ſeien es nicht die Irrlehrer der übrigen apoſtoliſchen Briefe, welche perſönliche Gegner des Paulus und ſeiner Rechtfertigungslehre geweſen ſeien. Auf die nachapoſtoliſche Zeit deute ſchon der Name αἱρετικός Tit. 3, 11; ferner die jene Zeit näher bezeichnenden Ausbrücke: ὕστεροι καιροί 1 Tim. 4, 1 und ἔσχαται ἡμέραι 2 Tim. 3, 1. Außerdem hätten die Häretiker der Paſtoralbriefe auch die größte Aehnlichkeit mit den

Inostikern in der Mitte des zweiten Jahrhunderts, besonders mit den Marcioniten. Bei diesen, wie bei den Valentinianern und Ophiten, kämen)ie Genealogien und Mythen vor, deren bei 1 Tim. 1, 4 gedacht sei. Ebenso wie die νομοδιδάσκαλοι der Pastoralbriefe mit Rücksicht auf den Gegensatz καλὸς ὁ νόμος 1 Tim. 1, 8 gelehrt haben müßten, das Gesetz sei nicht gut; ganz so laute auch die Lehre der Marcioniten. Die Univer= salität der Gnade werde 1 Tim. 2, 3; 4, 10; 6, 13; Tit. 2, 11 gelehrt gegenüber den Häretikern, welche dieselbe läugneten. Dasselbe hätten auch die Gnostiker gelehrt und diese Universalität nur den Pneumatischen zugestanden.

Diese Parallelen werden noch weiter durchgeführt. Die Marcioniten und Encratiten, so wie die späteren Manichäer, verboten zu heirathen und ieboten sich gewisser Speisen zu enthalten, ganz so wie die Häretiker der Pastoralbriefe 1 Tim. 4, 3 geschildert werden. Von Antithesen einer ψευδώνυμος γνῶσις als gangbarer Bezeichnung, wie 1 Tim. 6, 20 eschehe, sei vor Marcion nicht gesprochen worden, diesem aber sei der Ausdruck ἀντιθέσεις eigenthümlich. Die 1 Tim. 2, 1 gelehrte schuldige Unterwürfigkeit der Frauen sei der Gegensatz gegen die procacitas der narcionitischen Frauen, wie dieselben bei Tertullian praescr. c. 41 erscheinen. Das Institut der Wittwen gehöre der apostolischen Zeit nicht m. Daß die Jungfrauen heirathen sollen, sei gegen 1 Cor. K. 7 und daher unpaulinisch; wohl aber sei in den Clementinen Aehnliches gelehrt. Ueberhaupt endlich gehörten die kirchlichen Einrichtungen der Pastoralbriefe iner späteren Zeit an, und unhistorisch sei eine zweite Gefangenschaft des Apostels Paulus, welche im zweiten Timotheusbriefe vorausgesetzt werde.

Hierin besteht der künstlich aufgebaute und für den ersten Moment iestechende Gegenbeweis, welchen Baur gegen die Aechtheit der Pastoral= iriefe führte. Eines aber war vor Allem zu beweisen: nämlich nicht)los, daß einzelne Ausdrücke, Bezeichnungen und Schilderungen der Häresien in den Pastoralbriefen sich auch in späteren Häresien vorfinden; ondern daß es in der Zeit des Apostels Paulus keine Häresien gegeben)abe, auf welche diese Bezeichnungen paßten. Hätte Baur diesen Beweis zu führen vermocht, dann wäre derselbe, abgesehen von seiner oft willkür= ichen Auslegung einzelner Stellen, immerhin von Bedeutung. Diesen Beweis aber blieb er schuldig. Auch wurde diese Schwäche der Baur'schen

Argumentation bald zur Widerlegung benützt; so 1837 von Baumgarten, 1840 von Matthies, ferner von Scharling, Wieseler, Reuß und Anderen. Mit Recht wurde noch geltend gemacht, wie befremdlich es sei, daß Tertullian in seiner Bekämpfung des Marcion, und vor ihm Irenäus, die Paftoralbriefe nicht besonders und vorzugsweise fleißig benützten, wenn darin schon dieselben Häretiker bekämpft worden wären.

Während Baur in der genannten Schrift schon Stellen in der Apostelgeschichte, so z. B. K. 20, 17—36 zur Aufrechthaltung seiner Argumentationen als ächt zu bezeifeln veranlaßt wurde; so wurden allmälig und . aus demselben Grunde auch der Collofferbrief, worin Beziehungen auf die Häretiker der apostolischen Zeit vorkommen, welche mit den Häresien der Paftoralbriefe Aehnlichkeit haben; ferner die Petrusbriefe und die ganze Apostelgeschichte in Mitleidenschaft gezogen. Die Fortschritte Baur's in dieser Beziehung zeigen sich in seiner 1845 erschienenen Schrift „Paulus," so wie in der seines Schülers Schwegler, welcher in der Schrift „das nachapoftolische Zeitalter" Tübingen 1846. Bd. 2. S. 138 ff., auch über die Paftoralbriefe die Baur'schen Ansichten vertheidigt. Derselben traten nach einigem Schwanken auch bei de Wette und Credner.

Aus diesen mit viel Polemik verbundenen Untersuchungen hat sich herausgestellt: 1. Daß die drei Paftoralbriefe jedenfalls von Einem Verfasser herrühren, und daß sie, wenn sie auch nicht sämmtlich in Bezug auf die Zeit ihrer Entstehung zu einander gehören, doch große Aehnlichkeit unter sich haben, sowohl im sprachlichen Ausdruck, als auch inhaltlich in den Unterweisungen und in der Bezeichnung der damals vorhandenen Häresien. 2. Daß sie verglichen mit den übrigen paulinischen Sendschreiben besondere Eigenthümlichkeiten haben. 3. Daß ihre geschichtliche Einreihung in die Zeit der Wirksamkeit und in die Lebensverhältnisse des Apostels Paulus Schwierigkeiten bietet. Dieses letzte Moment erscheint uns vor Allem wichtig, so daß wir dieses zunächst erörtern wollen.

§. 3.

Betrachten wir die Personen, an welche die Paftoralbriefe gerichtet sind, Timotheus und Titus; so erhalten wir über den Ersteren Auskunft aus der Apostelgeschichte. Paulus trat nach dem Apostel=Concil von Antiochien aus, um das Jahr 51 n. Chr., seine zweite Missionsreise

an, und zwar in Begleitung des Silas. Der Weg führte ihn durch
Syrien und Cilicien nach Lycaonien. Hier, in der Stadt Lystra, befand
sich ein Jünger, d. h. ein Christ, Namens Timotheus, der Sohn eines
Hellenen, dessen Mutter eine Christin aus dem Judenthum war, sie hieß
nach 2. Timoth. 1, 5 Eunike. Timotheus stand bei den Christen in Lystra
und Ikonium in gutem Rufe, weshalb Paulus ihn sich zum Begleiter
erwählte und hierauf seine Reise durch Phrygien, Galatien, Mysien und
über Troas nach Macedonien fortsetzte. Die Stellung des Timotheus
zum Apostel war zunächst noch eine sehr untergeordnete, die des μαθητής,
ohne Lehrthätigkeit. Wir ersehen dies daraus, daß als Paulus in Philippi
mit Silas gegeißelt und eingekerkert wurde, dem Timotheus und Lukas,
welcher Letztere erst kürzlich in die Umgebung des Apostels gekommen war,
kein Leid geschah; offenbar weil Beide sich an dem apostolischen Werke in
Philippi nicht direct betheiligt hatten. In gleicher Weise geschah es zu
Thessalonich, wo Paulus und Silas in Folge ihrer Predigt (Apostelgesch.
17, 47) genöthigt wurden nach Beröa zu fliehen. Wegen Aufwiegelei
Seitens der Juden aus Thessalonich mußte sich Paulus auch von hier
entfernen, während diesmal auch Silas nebst Timotheus zurückbleiben
konnten. Bald nachher aber beginnt auch eine gewisse Thätigkeit für den
Timotheus. Als Paulus sich in Athen befand und den Silas nebst
Timotheus zu sich berufen hatte, wurde dieser als Abgeordneter nach
Thessalonich zurückgeschickt, um die Christen daselbst zu stärken und zu
ermahnen (1. Thessal. 3, 1 ff.). Timotheus vollzog diesen Auftrag und
war im Stande dem Apostel nach Corinth, wohin dieser sich unterdessen
begeben hatte, günstige Nachrichten über den Zustand der Christengemeinde
zu Thessalonich zu überbringen. In den beiden Thessalonicherbriefen,
welche bald nachher geschrieben wurden, erscheint Timotheus schon als
Mitarbeiter am Evangelium. Während des anderthalbjährigen Wirkens des Paulus in Corinth blieb auch Timotheus daselbst und war für
das Evangelium thätig (2. Cor. 1, 19). Als im Jahre 54 n. Chr. Paulus Corinth verließ, um nach Jerusalem und Antiochien zu reisen, wird
Timotheus nicht als dessen Reisegefährte genannt. Doch ist aus diesem
Stillschweigen der Apostelgeschichte nichts Sicheres zu schließen, da Titus
in der Apostelgeschichte auch nicht als Begleiter des Apostels genannt
wird, obgleich er nach Gal. 2, 2 gerade damals mit Paulus nach Jerusa-

lem und Antiochien reiſte. Möglich iſt es jedoch, daß Timotheus in
Corinth verblieb; jedenfalls blieb er nicht ohne Miſſionsthätigkeit.

Noch in demſelben Jahre unternahm Paulus von Antiochien aus
ſeine dritte Miſſionsreiſe, welche ihn durch Galatien und Phrygien nach
Epheſus führte (Apoſtelgeſch. 19, 1). Hier in Epheſus erſcheint Timo=
theus wieder in deſſen Geſellſchaft (Apoſtelgeſch. 19, 22). Noch einige
Zeit bevor Paulus nach längerem Wirken in Epheſus und Aſien die
Stadt Epheſus verließ, ſandte er den Timotheus und Eraſtus nach Ma=
cedonien voraus, da er ſelbſt den Plan gefaßt hatte über Macedonien
nach Achaja und dann nach Jeruſalem zu reiſen. In dieſer Zeit war
Timotheus auch mit einer Sendung nach Corinth betraut worden (1. Cor.
4, 17; 16, 10), und Paulus bezeichnet ihn den Corinthern als einen
Arbeiter am Werke des Herrn. Timotheus aber ſollte noch vor des Apoſtels
Abreiſe zu ihm nach Epheſus zurückkommen. Unterdeſſen jedoch wurde Pau=
lus durch einen Aufruhr in Epheſus genöthigt dieſe Stadt zu verlaſſen und
früher als er gewollt die Reiſe nach Macedonien anzutreten. Dort, oder
ſchon früher, jedenfalls aber vor Ankunft des Titus, welcher dem Apoſtel
die neueſten Nachrichten aus Corinth überbrachte, traf Paulus mit dem
zurückgekehrten Timotheus zuſammen, einige Zeit vor der Abfaſſung des
zweiten Corintherbriefes. Timotheus begleitete jetzt den Apoſtel durch
Achaja nach Corinth und als Paulus zu Anfang des Jahres 58 n. Chr.
von hier. aus die letzte Reiſe nach Jeruſalem antrat, reiſte Timotheus
voraus bis nach Troas, wo er den Apoſtel erwartete. Daß er Paulus
von hier auch bis nach Milet begleitete, läßt die Apoſtelgeſchichte K. 20,
4. 15 erkennen, ebenſo aber auch, daß er ihm nicht weiter und namentlich
nicht bis nach Jeruſalem folgte. Auch erfahren wir nunmehr in dem
Zeitraume von vier Jahren nichts mehr über ihn. Erſt gegen das Ende
der erſten Gefangenſchaft des Apoſtels Paulus in Rom wird in den Brie=
fen an die Philipper, an die Coloſſer und an Philemon auch Timotheus
genannt und iſt daraus zu entnehmen, daß er ſich damals in Rom bei dem
Apoſtel befand. Nach einer Andeutung im Hebräerbriefe (K. 13, 23)
ſcheint er ſpäter in den Prozeß des Apoſtels, vermuthlich weil er als Ent=
laſtungszeuge für ihn in Rom auftrat, mit verwickelt geweſen zu ſein und
ſeine Freiheit erſt nach der Abreiſe des Paulus von Rom erhalten zu haben.

In den beiden an Timotheus gerichteten Paftoralbriefen finden fich
noch einige Nachrichten über denfelben. Nach dem erften Briefe befand
er fich bei Abfaffung deffelben in Ephefus, während Paulus von diefer
Stadt aus nach Macedonien gereift war. Diefe Reife des Apoftels war
nicht auf lange Dauer berechnet; konnte fich jedoch auch in die Länge
ziehen (vgl. 1. Timoth. 3, 14. 15). Timotheus war damals noch im
Jünglingsalter (K. 4, 2); doch aber bereits durch Handauflegung zum
hirtenamtlichen Berufe geweiht. Die Aelteften, welche ihm die Hände
auflegten (K. 4, 14), find in Ephefus zu fuchen, und es ergiebt fich daraus,
daß Timotheus damals fchon eine fefte hirtenamtliche Stellung in Ephe=
fus hatte, während Paulus felbft in diefer Stadt fich befand, aber von
hier aus auch Reifen unternahm, wie denn die Apoftelgefchichte ausdrück=
lich erwähnt, daß der Apoftel während feines mehrjährigen Aufenthaltes
in Ephefus in ganz Afien predigte.

Die Anweifungen, welche Paulus dem Timotheus · in dem Briefe
giebt, vertragen fich auch vollftändig mit dem eben angeführten Verhält=
niffe. Timotheus follte die ephefinifche Chriftengemeinde im wahren
Glauben bewahren, fie vor Irrlehren fchützen und die Organifation der
inneren kirchlichen Einrichtungen beforgen. Die Härefie, welche er zu
bekämpfen hatte, ftammte aus dem Judenthum. Die judaifirenden Irr=
lehrer brachten Fabeleien vor und endlofe Genealogien, welche eher Strei=
tigkeiten herbeiführten, als die Veranftaltung Gottes im Glauben förder=
ten. Dabei hatten fie abweichende Satzungen über Enthaltung von
Speifen, das Verbot der Ehe und lehrten Widerfprechendes aus einer
angemaßten vorgeblichen höheren Gnofis. Zwei von diefer Irrlehre in=
ficirte Perfonen, Hymenäus und Alexander waren vom Apoftel fchon
excommunicirt worden. — Zu einer richtigen Verwaltung des geiftlichen
Amtes, befonders in Betreff der Auswahl geeigneter Perfonen zu ver=
fchiedenen·Aemtern, hielt es der Apoftel für erfprießlich eine· fchriftliche
Anweifung zu geben, damit Timotheus hierin mit Sicherheit verfahren
könne. Da es für einen Bifchof und Metropoliten bekanntlich das Aller=
fchwierigfte ift, die geeigneten Perfönlichkeiten zu den geiftlichen Aemtern
glücklich und mit Sicherheit auszuwählen; fo folgt aus diefer fchriftlich
abgefaßten Anweifung nicht, daß Timotheus in Verwaltung feines Amtes

noch unerfahren war; ebensowenig wie er darum nicht im Jünglingsalter, nach unserem modernen Begriffe, zu stehen brauchte, weil er als Jüngling bezeichnet wird.

Während aus dem ersten Timotheusbriefe zu entnehmen ist, daß sich Paulus damals in voller und ungehinderter apostolischer Amtsthätigkeit befand, erscheint er nach dem zweiten Briefe in anderen Verhältnissen. Der Apostel befindet sich als Gefangener in Rom. Timotheus ist weder in seiner Umgebung noch in seiner Nähe; sondern er befindet sich in Asien und zwar in Ephesus, wie sich daraus ergiebt, daß Timotheus zum Apostel nach Rom einberufen den Weg über Troas nehmen soll; ferner daß er vor Alexander gewarnt wird und einen Gruß an die Familie des Onesiphorus erhält. Der Letztgenannte war aus Ephesus (2. Timoth. 1, 18), und ebenso auch ist Alexander sonder Zweifel derselbe, welcher im ersten Timotheusbriefe erwähnt wird und auch in der Apostelgeschichte K. 19 während des Aufruhrs in Ephesus eine Rolle spielte. Der Zustand der Gefangenschaft, in welchem sich Paulus befand als er diesen Brief schrieb, verweist auf eine Zeit, welche später liegt als die, in welcher die Briefe an die Philipper und an Philemon geschrieben wurden.

Gehen wir über zu Titus, an welchen der dritte der Pastoralbriefe gerichtet ist; so ist bekannt, daß die Apostelgeschichte seiner nirgends Erwähnung thut. In mehreren paulinischen Briefen wird aber seiner gedacht, und zwar am frühesten im Galaterbriefe K. 2, 3. Demnach war er von Geburt ein Heide und als solcher in das Christenthum direct eingetreten. Aus Tit. 1, 4 läßt sich schließen, daß er von Paulus zum Christenthum bekehrt wurde, und zwar auf der ersten Missionsreise des Apostels, bevor er die Gal. 2, 1 gemeldete Reise nach Jerusalem und Antiochien antrat. Als Paulus am Schlusse seiner zweiten Missionsreise von Corinth aus, wo er längere Zeit gewirkt hatte, zu Anfang des Jahres 54 n. Chr., nach Jerusalem reiste, wurde er von Titus begleitet. Den Galatern scheint Titus noch nicht näher bekannt gewesen zu sein, indem Paulus (Gal. 2, 3) sie von der heidnischen Abstammung des Titus in Kenntniß setzt, und es liegt darum die Vermuthung nahe, daß Titus zu Corinth Christ geworden sei. Während der dritten Missionsreise des Apostels Paulus sehen wir Titus in steter Verbindung mit ihm. Er muß ihn auch von Antiochien aus nach Ephesus begleitet haben. Im

Jahre 57 n. Chr., nachdem der erste Brief an die Corinther bereits ab=
gegangen war, befand sich auch Titus in Corinth. Ob ihn Paulus von
Ephesus aus dorthin gesendet, ist nicht zu ermitteln und selbst unwahr=
scheinlich, weil Timotheus vom Apostel kurz vorher nach Corinth gesendet
war und den Brief an die Corinther überbrachte. Paulus hegte nach
seiner Abreise von Ephesus die Hoffnung, den Titus in Troas anzu=
treffen. Er kam aber in Macedonien zu ihm und brachte ihm die neuesten
und zwar günstige Nachrichten von Corinth, welche vom Apostel bei der
Abfassung des zweiten Corintherbriefes benutzt und zu Grund gelegt
wurden. Diesen zweiten Brief überbrachte Titus selbst nach Corinth.
Der Apostel empfahl ihn als seinen eifrigen Genossen und Mitarbeiter
(2. Cor. 8, 16. 17. 23). Wohin sich Titus damals weiter begeben, ist
ungewiß. Als Paulus im Jahre 58 n. Chr. zu Corinth den Brief an
die Römer schrieb, scheint Titus nicht in seiner Umgebung gewesen zu sein:
denn Röm. 16, 21 stehen zwar Grüße von Timotheus, seinem Mitarbei=
ter; ferner von Lucius, Jason, Sosipater und Anderen, des Titus aber
wird dabei nicht gedacht. Auch war er nicht im Gefolge des Apostels
als dieser von Corinth aus, noch im Anfang des Jahres 58 n. Chr., die
Reise nach Jerusalem antrat: denn die Apostelgeschichte K. 20, 4 führt
alle die namentlich auf, welche Paulus bis Asien begleiteten. Auch in
den Briefen, welche Paulus von Rom aus gegen das Ende seiner ersten
Gefangenschaft schrieb, und worin Timotheus und Andere öfters genannt
werden, kömmt der Name des Titus nirgends vor; so daß die Annahme
gerechtfertigt erscheint, Titus trennte sich vom Apostel Paulus in Corinth
schon gegen Ende des Jahres 57 n. Chr. Erst im zweiten Timotheusbriefe
berichtet der Apostel (K. 4, 10) über Titus, er sei nach Dalmatien gereist.
Damals also, während der zweiten Gefangenschaft des Paulus in Rom,
war Titus bei ihm in Rom gewesen, hatte aber das Ende des Processes
nicht abwarten gekonnt.

Nach dem Briefe an Titus befindet er sich in oberhirtlicher Stellung
auf der Insel Creta, um dort die kirchlichen Verhältnisse zu organisiren,
den Irrlehrern, besonders denen aus dem Judenthum, entgegen zu wirken
und auf christliche Sitte und Leben zu halten. Zugleich aber erhält er
den Auftrag, da Paulus in Nicopolis den Winter zuzubringen gedenke,
sich zu beeilen, um zu ihm zu kommen.

§. 4.

Abfassungszeit der Pastoralbriefe.

Der erste Brief an Timotheus.

Ein Hauptargument für die in neuerer Zeit behauptete Unächtheit sämmtlicher Pastoralbriefe des neuen Testamentes wird gewöhnlich darin gefunden, daß diese Briefe historisch unbegreiflich seien, weil sie in dem Leben des Apostels Paulus keine Stelle finden könnten. Dem gegenüber war von denen, welche an der durch Ueberlieferung verbürgten Aechtheit dieser Schriften festhielten, zu beweisen, daß sich im Leben des Apostels mindestens Raum für diese Briefe finde, daß dieselben darum historisch wohl begreiflich seien. Bei dieser Beweisführung gehen jedoch die Ansichten der Forscher auseinander. So, um einige der Hauptrepräsentanten zu nennen, nimmt Hug an, daß der Titusbrief bei der ersten Ankunft des Apostels Paulus zu Ephesus, von welcher Apgesch. 18, 18 ff. die Rede ist, geschrieben worden sei, damals also als Paulus von Corinth aus zum Pfingstfeste des Jahres 54 n. Chr. nach Jerusalem reiste. Der erste Timotheusbrief soll drei Jahre nachher, als der Apostel von Ephesus nach Macedonien floh, geschrieben sein. Die Abfassung des zweiten Timotheusbriefes endlich setzt er in die erste Zeit der Gefangenschaft des Paulus in Rom. — Diese Hug'sche Ansicht, welche von ihm mit großem Aufwand von Gelehrsamkeit entwickelt und begründet wurde, hat sich jedoch bei näherer Erwägung für keinen dieser Briefe zu halten vermocht. An ihre Stelle trat vielmehr die von K. Wieseler (Chronologie des apostolischen Zeitalters, Göttingen 1848) geltend gemachte Ansicht; wornach der erste Timotheusbrief vor Abfassung eines verloren gegangenen Briefes Pauli an die Corinther, sowie auch vor dem ersten Corintherbriefe; jeden= falls aber während des längeren Aufenthalts dieses Apostels zu Ephesus und wahrscheinlich im letzten Jahre desselben geschrieben worden ist. Der zweite Timotheusbrief soll verfaßt sein während der ersten Gefangenschaft des Apostels in Rom, und zwar nach Ablauf der in der Apostelgeschichte gemeldeten zwei Jahre dieser Gefangenschaft, nämlich im Spätsommer des Jahres 63 nach Chr. Die Abfassung des Briefes an Titus setzt er bald nach Ostern 57 n. Chr.

Dieser Ansicht von Wieseler trat bei Reithmayr für sämmtliche

Pastoralbriefe, desgleichen auch Reuß; ferner A. Maier für den zweiten Brief an Timotheus. Den ersten Brief dagegen setzt dieser an das Ende der römischen Gefangenschaft, den Titusbrief nach derselben. F. Bleek (Einleitung in das neue Testament 1862) vermag für den ersten Timo=theusbrief keine passende Zeit zu finden und ist darum schließlich der An=sicht, daß er unächt sei. Den Titusbrief hält er mit überwiegender Wahr=scheinlichkeit zwischen der ersten und zweiten Gefangenschaft des Paulus in Rom geschrieben; mit Sicherheit während der zweiten Gefangenschaft den zweiten Timotheusbrief. Somit reiht sich Bleek für zwei Pastoralbriefe der Classe jener Gelehrten an, welche den ersten Timotheusbrief und den Brief an Titus in die Zeit nach der ersten römischen Gefangenschaft des Apostels und vor die Zeit der zweiten setzen, von dem zweiten Briefe an Timotheus aber annehmen, daß er während der zweiten Gefangenschaft geschrieben sei. Zu ihnen gehören unter Anderen Bisping und v. Döllin=ger, welcher Letztere (Christenthum und Kirche 1860 S. 81) lehrt, die drei Pastoralbriefe seien binnen wenigen Monaten geschrieben, Styl, Materie und die darin sich kundgebenden Zustände der Kirche erforderten diese Annahme. Alle Versuche, die Pastoralbriefe bezüglich der Zeit ihrer Abfassung auseinander zu reißen, seien mißlungen und müßten mißlingen. Wahrscheinlich seien der Titusbrief und der erste an Timotheus kurz vor des Apostels letzter Ankunft in Rom geschrieben; also nachdem er schon die Reise nach Spanien gemacht und in Asien gewesen sei, wohin er um 66 n. Chr. gegangen sei.

Nachdem wir somit den Stand der Frage übersichtlich dargestellt, werden wir mit Rücksicht auf die bekannten Lebensverhältnisse des Apostels Paulus, so wie der beiden Personen, an welche die Pastoralbriefe gerichtet sind, über die Abfassungszeit dieser Schreiben uns zu entscheiden haben.

Beginnen wir mit dem ersten Briefe an Timotheus und fragen wir zuvörderst nach den historischen Haltpunkten in dem Briefe; so nennt sich Paulus zu Anfang desselben in einer Eingangsformel ausdrücklich als den Verfasser und bezeichnet den Timotheus als den Empfänger des Briefes. Ferner wird K. 1, 3 bemerkt, daß Timotheus auf des Apostels Wunsch sich in Ephesus befinde, während Paulus selbst nach Macedonien reiste. Der Apostel hatte die Hoffnung bald nach Ephesus zurückzukehren; doch aber konnte seine Abwesenheit auch von längerer Dauer sein (K. 3,

14. 15). Die Aufgabe für den Timotheus ist sodann in einer ausführlichen Instruction festgestellt. Er soll auf den wahren Glauben halten gegenüber den Irrlehrern, welche Gesetzesgelehrte sein wollen, es aber in falscher Weise seien, die Fabeln und endlose Geschlechtsregister vorbringen, Streitigkeiten verursachen durch heilloses leeres Geschwätz und durch Gegensätze, entnommen aus einer vom Glauben abführenden fälschlich sogenannten Gnosis. Vom h. Geiste sei für die letzten Zeiten solches vorhergesagt: nämlich daß Etliche vom Glauben abfallen werden, indem sie auf falsche Begeisterte und auf Lehren böser Geister achten, auf Irrlehrer, welche verbieten zu heirathen und die Enthaltung von Speisen gebieten.

Andere Instructionen betreffen innere kirchliche Einrichtungen über Gebet und sittliches Verhalten; ferner worauf bei Bestellung von Bischöfen, Diaconen und Diaconissen zu sehen und wie die Disciplin zu handhaben sei. Auch werden zwei Personen, Hymenäus und Alexander genannt, welche der Apostel wegen Irrlehren excommunicirt hatte.

Da Paulus, wie der Brief unterstellt, bereits längere Zeit in Ephesus gewirkt hatte, was erst während der die Zeit von 54—58 n. Chr. ausfüllenden dritten Missionsreise der Fall war; so ist in diesem Zeitraume zunächst nach dem Zeitpunkt zu suchen, wo der Apostel von Ephesus aus eine Reise nach Macedonien machte. Nach Apgesch. 20, 1 ff. fand eine derartige Reise damals statt, als Paulus genöthigt war aus Ephesus zu fliehen, vor Ostern des Jahres 57 n. Chr. Jedoch Timotheus war damals nach Corinth gegangen, und wenn er auch von dort schon zurückgekehrt sein konnte; so war er doch noch vor dem Aufruhr in Ephesus (Apgesch. 19, 22) mit Erast wieder nach Macedonien geschickt worden. Auch ist es nicht wahrscheinlich, daß Paulus ihn jetzt in Ephesus zurückließ, um bis zu seiner Rückkehr daselbst zu bleiben: denn als Paulus eben erst in Macedonien war, und noch bevor er den Titus daselbst getroffen und der zweite Brief an die Corinther geschrieben wurde, war Timotheus in des Apostels Gesellschaft (2 Cor. 1, 1), begleitete ihn nach Corinth und von hier aus nach drei Monaten weiter über Troas nach Milet (Apgesch. 20, 4 ff.). Dazu kommt noch, daß Paulus, nachdem er unter großer Lebensgefahr (2 Cor. 1, 8 f.) von Ephesus nach Macedonien geflohen war, damals nicht die Absicht haben konnte bald wieder nach Ephesus urückzukehren: denn schon vor seiner Flucht hatte er den festen Plan gefaßt über Macedonien und Achaja nach Jerusalem und dann nach Rom zu reisen (Apgesch. 19, 21.). Als er Ephesus verlassen und über Macedonien nach Corinth gekommen war, erklärte er daselbst auch in dem Briefe an die Römer, daß er diesen Vorsatz habe, und als er endlich von Corinth abgereist und in die Nähe von Ephesus gekommen war, ging er nicht dorthin; sondern ließ die Aeltesten von Ephesus nach Milet kommen, um von ihnen Abschied zu nehmen (Apgesch. 20, 16 ff.).

Die Abfassung des ersten Timotheusbriefes in diese Zeit zu setzen, wie Hug und Andere angenommen, ist daher unmöglich. Historisch leichter ist die Annahme, daß der Brief zwischen der ersten und zweiten römischen Gefangenschaft des Apostels verfaßt sei. Denn daß derselbe im Jahre 63 n. Chr. nach zweijähriger Haft wieder frei und später abermals als Gefangener nach Rom gebracht wurde und dort das Martyrium erlitt, dies ist eine Thatsache, welche in neuester Zeit besonders durch Gams und F. Werner [1]) in das richtige Licht gestellt worden ist, und die nie hätte in Abrede gestellt werden sollen, da sie sich auf vollberechtigte alte und aus= reichend klare und bestimmte Zeugnisse stützt. Außer den bekannten Zeug= nissen des Clemens Romanus (1 Cor. K. 5), des Canons der römischen Kirche nach dem muratorischen Fragment und des Eusebius wollen wir nur noch daran erinnern, daß eine Befreiung des Apostels aus der ersten Gefangenschaft und mithin eine zweite Haftnahme, worin er das Mar= tyrium erlitt, auch selbst aus zwei neutestamentlichen Briefen sich ergiebt, wir meinen den Hebräerbrief und den zweiten Brief an Timotheus. Im Hebräerbriefe 13, 22. 23 erscheint Paulus auf der Rückreise aus Italien und auf den Timotheus wartend. Aus dem genannten Briefe an Timotheus aber ergiebt sich, daß der Apostel in Asien, in Milet und Troas gewesen, und zwar unter Verhältnissen und begleitenden Umständen, welche auf die Zeit vor der ersten Gefangenschaft in keiner Weise passen; die vielmehr in die Zeit zwischen der ersten und zweiten Gefangenschaft zu setzen sind, wenn sie historisch eingereiht werden sollen.

---

[1]) P. B. Gams die Kirchengeschichte von Spanien: 1862, erstes Buch. Dr. F. Werner, über die Reise Pauli nach Spanien und dessen zweite römische Gefangenschaft, Oesterr. Vierteljahresschrift für kathol. Theologie. Wien 1863 drittes Heft, 1864 erstes Heft.

Unter dieser Voraussetzung ist es also wohl denkbar, daß der erste Brief an Timotheus während der Freiheit des Apostels nach der ersten Gefangenschaft in Rom geschrieben sei, daß Paulus damals von Ephesus nach Macedonien reiste und den Timotheus in Ephesus zurückließ in der Absicht selbst wieder nach Ephesus zurückzukehren. Auch die Excommunication des Hymenäus und Alexander konnte er damals vorgenommen haben. Was aber gegen diese ganze Annahme spricht ist Folgendes: Erstlich gedenkt der Apostel in dem Briefe mit keinem Worte der Zeit und der Verhältnisse einer vorausgegangenen fast fünfjährigen Gefangenschaft. Ferner wird Timotheus an die Handauflegung der Aeltesten und an die Prophezeiungen über ihn erinnert und dabei als noch jung unterstellt, während er nun doch schon gegen vierzehn Jahre als treuer Gehilfe, Lehrer und Mitarbeiter des Apostels sich bewährt hatte. Noch mehr, nach K. 1, 3 und 4, 14 zu schließen, hatte Timotheus entweder noch keine feste amtliche Stellung in Ephesus, oder, was wahrscheinlicher, sie war ihm eben erst durch die Handauflegung (Ordination) zu Theil geworden. Hiergegen aber spricht der Umstand, daß nach Apostelgeschichte 20, 4. Timotheus im Frühjahr 58 n. Chr. den Apostel von Corinth blos bis Milet begleitet und dann zurückbleibt; ferner daß er ihn erst gegen Ende seiner Gefangenschaft in Rom besuchte, daß er also von 58—63 n. Chr. in fester amtlicher Stellung und zwar, worauf die Ueberlieferung hinweist, gerade in Ephesus sich befand. Bei Timotheus und Titus sehen wir im Unterschiede von anderen Freunden und Gehilfen des Paulus, daß sie während seiner Gefangenschaft nicht so häufig wie diese sich beim Apostel einfinden und Aufträge erhalten; offenbar weil beide damals eine festere Stellung hatten.

Diese Bedenken gestatten nun zwar immer noch die Möglichkeit, den ersten Timotheusbrief in die Zeit nach der ersten Gefangenschaft des Apostels zu setzen, und es ergiebt sich hieraus, daß der Brief mindestens nicht historisch unbegreiflich ist; jedoch erwächst aus jenen Bedenken die Forderung, in der Geschichte des Apostels einen Zeitpunkt für die Abfassung des Briefes zu suchen, der nicht blos ein möglicher, sondern auch ein wahrscheinlicher ist. Daß dieser Zeitpunkt zwischen 54 n. Chr. bis vor Ostern 57 n. Chr. liegen muß, ist darum offenbar, weil Paulus früher nicht in Ephesus längere Zeit gewirkt hatte, was doch der Brief unterstellt;

sodann weil nach Ostern des Jahres 57 n. Chr., wo Paulus Ephesus damals für immer verließ, durchaus keine Zeit mehr vorhanden ist, in welche der Brief gesetzt werden kann.

Halten wie nun an diesem Zeitraume fest, so ist es bekannt, daß der Apostel Paulus während desselben Reisen machte, welche in der Apostel= geschichte zwar K. 19, 10 für die Provinz Asien indirect angedeutet sind, aber nicht ausdrücklich angegeben werden. Der Apostel dehnte aber diese Reisen aus weit über Asien hinaus, was sich aus Röm. 15, 19 ergiebt, wo er zu Anfang des Jahres 58 n. Chr. erklärt, er habe das Evangelium bis nach Illyrien verkündigt, ein Landstrich mit Dalmatien westlich von Achaja gelegen, auch wohl zu Achaja gerechnet, und der mit dem Küsten= saume am adriatischen Meere endigt. Daß die Predigt des Apostels in Illyrien in diesen Zeitraum fällt ist darum gewiß, weil sie weder vorher stattfinden konnte, noch auch nachher, da wir von der Zeit 57 n. Chr. an, wo er Ephesus verließ, bis zur Zeit als er den Römerbrief schrieb genau wissen, wo er sich aufhielt. Ferner muß der Apostel in dem genannten Zeitraume auch Einmal in Corinth gewesen sein. Die Apostelgeschichte berichtet von einer zweimaligen Anwesenheit des Paulus in Corinth. Das Erstemal blieb er daselbst anderthalb Jahre; das Anderemal reiste er nach Ostern 57 n. Chr. von Ephesus aus über Macedonien dorthin und blieb daselbst bis vor Ostern 58 n. Chr. Zwischen diese und jene Anwesenheit in Corinth fällt aber noch Eine, indem Paulus im zweiten Corintherbriefe K. 12, 14 und K. 13, 1 ausdrücklich angiebt, er komme jetzt zum dritten Male nach Corinth. Es war dies um die Mitte des Jahres 57 n. Chr. Die zweite Reise des Apostels nach Corinth fällt demnach in seine dritte Missionsreise und muß von Ephesus aus unter= nommen worden sein. Paulus kam im Jahre 54 n. Chr. in Ephesus an, lehrte dann drei Monate in der Synagoge daselbst und darauf zwei Jahre außerhalb derselben; so daß alle Bewohner Asiens das Wort des Herrn vernahmen. Jedoch hatte der Apostel noch neun Monate länger seinen Sitz in Ephesus, nämlich von 54 bis 57 n. Chr. um Ostern, weßhalb er auch vollkommen richtig Apgesch. 20, 31 von drei Jahren seines Wirkens in Ephesus redet, wogegen Lukas auf das Wirken des Paulus in Ephesus und Asien zwei Jahre und drei Monate rechnet (Apgesch. 19, 8—10). Die folgenden neun Monate, wo Paulus noch seinen Sitz in Ephesus hatte, gehören seinem Wirken außerhalb Asiens an und fallen, wenn man annimmt, daß Lukas das zusammenhängende Wirken des Apostels in Asien angegeben, in die Zeit von Herbst 56 n. Chr. bis Frühjahr 57 n. Chr., in welcher letztern Zeit der Apostel, wie der erste Corintherbrief beweist, wiederum in Ephesus war. Nicht lange darauf wurde er zur Flucht genöthigt. Der Aufruhr gegen Paulus in Ephesus erklärt sich auch sehr wohl aus dem Umstande, daß der Apostel nach längerer Abwesenheit wieder in die Stadt zurückkehrte und seine apostolische Wirksamkeit zum empfindlichen Nachtheile der Silberarbeiter fortsetzte. — Diese neunmonatliche Reise des Apostels führte ihn auch zum zweiten Male nach Corinth. Jedesmal wenn er von Asien aus nach Achaja ging, sehen wir ihn den Weg über Troas und Macedonien nehmen: so das Erstemal Apgesch. 16, 9 als er auch zum Erstenmale nach Corinth kam; das Anderemal Apgesch. 20, 1 wo er zum dritten Male in Corinth anlangte.

Wenn wir nun im ersten Briefe an Timotheus von einer Reise des Paulus von Ephesus aus nach Macedonien lesen, und aus 2 Cor. 13, 1 wissen, daß er in der oben genannten Zeit in Corinth war; so vereinigt sich hier Vieles um die Annahme zu begründen, daß damals Paulus den Timotheus in Ephesus zurückließ, während er nach Macedonien reiste in der Absicht, wiederum nach Ephesus zurückzukehren, und daß er damals den Brief an Timotheus schrieb; so daß derselbe in die Zeit der neun Monate der Abwesenheit des Paulus von Ephesus, zwischen 56 und 57 n. Chr., zu setzen ist, und zwar nicht an das Ende, sondern an den Anfang: denn zu Anfang des Jahres 57 n. Chr. war Paulus wieder in Ephesus; Timotheus aber war von ihm nach Corinth geschickt worden, wie der erste Brief an die Corinther beweist. Auch meldet die Apostelgeschichte K. 19, 22, daß Timotheus noch vor dem Aufruhr in Ephesus im Auftrage des Apostels nach Macedonien vorausgereist war. Ob diese Reise mit jener Sendung nach Corinth zusammenhängt, läßt sich nicht entscheiden.

Folgende Erwägungen sind geeignet die obige Annahme der Abfassungszeit des ersten Briefes an Timotheus zu bestätigen: Die historischen Notizen im Briefe stimmen damit überein. Timotheus konnte damals, wie es im Briefe geschieht, noch jung genannt werden. Er konnte erst kürzlich durch die Handauflegung der Aeltesten, wozu auch der Apostel selbst gehörte,

rbinirt worden sein, und eine Instruktion, wie der Apostel sie ihm schrift=
ich zu geben für gut fand, war ganz an der Stelle. Schon im Jahre 58
dagegen war sein Verhältniß zur Metropole von Ephesus ein so festes, daß
er, mit Paulus in Milet angelangt, nicht weiter mit ihm reist; sondern
bis zu Ende der ersten römischen Gefangenschaft des Paulus in Ephesus als
Bischof verbleibt. Der Häretiker Alexander, welchen Paulus excommunicirt
hatte (1 Timoth. 1, 20), war zur Zeit des ephesinischen Aufruhrs wieder
in's Judenthum zurückgetreten, und erscheint Apgesch. 19, 33 während
dieses Aufruhrs als Redner, und zwar vorgeschoben von den Juden. Er
hatte die Absicht für die Juden eine Vertheidigungsrede zu halten. Offen=
bar wollte er jeden Verdacht und allen Haß von den Juden ab auf
Paulus und die Christen wenden. Seine feindliche Gesinnung gegen
Paulus bewies er auch noch gegen zehn Jahre später, wie der Apostel
2 Tim. 4, 14 dies angiebt.

Der erste Brief an die Corinther ist etwa neun Monate später geschrie=
ben als unser Brief an Timotheus. Briefe desselben Verfassers, welche
der Zeit nach nicht weit auseinander liegen, eignen sich, wie dies auch der
Epheser= und Colosserbrief nahe legen, besonders zur Vergleichung. Wenn
nun Paulus 1 Timoth. 1, 5 und 6 von dem Endzweck des Gebotes sagt,
er sei Liebe aus reinem Herzen und gutem Gewissen und ungeheucheltem
Glauben, wovon Manche abgewichen und in eitles Geschwätz verfallen
seien; so erhalten wir 1 Cor. 13, 1 ff. eine ausführliche Erörterung des=
selben Gedankens, eine kürzere Röm. 13, 8. Die Aehnlichkeit der Excom=
municationsformel zwischen 1 Timoth. 1, 20 und 1 Cor. 5, 5 ist so
augenfällig, daß darüber nichts weiter zu bemerken nöthig ist. Während
1 Timoth. 4, 12 es heißt: Niemand müsse deine Jugend verachten, werden
1 Cor. 16, 10. 11 die Corinther ermahnt mit den Worten: wenn aber
Timotheus kommt, so sehet zu, daß er ohne Furcht bei euch sei: denn er
arbeitet an dem Werke des Herrn wie auch ich. Niemand verachte ihn
dafür. — Daß die, welche in Wort und Lehre wirken, von der Gemeinde
unterhalten werden sollen, beweist Paulus 1 Timoth. 5, 18 durch eine
Schriftstelle 5 Mos. 25, 4 und durch das evangelische Sprichwort: der
Arbeiter ist seines Lohnes werth. Dasselbe Thema, aber ausführlicher
rörtert, behandelt der Apostel 1 Cor. 9, 1 ff., wobei er dieselbe Schrift=
stelle zu Grund legt (V. 9) und das Sprichwort in Analogien ausführt.

Was die im ersten Briefe erwähnten Häretiker und deren Lehre betrifft, so stehen dieselben nicht im Widerspruch mit unserer Annahme über die Abfassungszeit des Briefes. Die Spuren dieser Häresie in jener Zeit kommen auch in anderen Schriften der Apostel und anderweitig vor. Im ersten Timotheusbriefe werden diese falschen Lehrer geschildert als vorgebliche Gesetzesgelehrte, welche aber eine irrige Ansicht von der Verbindlichkeit des Gesetzes haben und dasselbe selbst nicht halten, welche unter dem Vorgeben eines höheren Wissens Antithesen gegen das Gesetz vorbringen. Der Hymenäus, welcher von dem Apostel excommunicirt worden war, hatte später auch Irriges über die Auferstehung gelehrt und sie geleugnet, indem er behauptete, die Auferstehung sei schon geschehen. Er hatte nämlich die evangelische Auferstehungslehre als eine vollzogene geistlich-sittliche Erhebung des Menschen bildlich gedeutet. In den Anfängen wenigstens waren nach 1 Timoth. 4, 1 ff. schon die vorhanden, welche auf falsche Begeisterte und die Lehren falscher Geister achteten, welche die Ehe verboten und einen Unterschied von reinen und unreinen Speisen lehrten. Endlich lehrten sie auch Fabeleien und endlose Genealogien.

Sehen wir nun zunächst auf Apgesch. K. 19, 13 ff., welche Stelle von dem Wirken des Apostels Paulus in Ephesus handelt; so erzählt hier Lukas wie in Asien, also auch in Ephesus, jüdische Beschwörer im Namen Jesu Dämonen austreiben wollten, und es werden sieben solche Beschwörer, Söhne des Scevas, dabei genannt. Andere trieben Zauberei (V. 19) und hatten Bücher, worin Zaubereien gelehrt waren. Das war allerdings eine ψευδώνυμος γνῶσις, welche nicht nach Christus war. — Das Buch Henoch, welches damals schon vorhanden und in Asien verbreitet war, enthält Fabeleien, Engel-, Dämonen- und Emanationslehren, welche sich unter den Begriff der Fabeleien und endlosen Genealogien, von welchen Paulus redet, bringen lassen. In Asien war auch die erythräische Sibylle verbreitet mit ihrer Hesiod nachgebildeten Lehre von den Generationen und Genealogien der Menschen und von den Titanen[1]). Aehnliche Fabeleien sind zu finden im vierten Esrabuche und in der Ascensio Mosis.

---

[1]) Vgl. Friedlieb, Sibyll. Weissagungen 1852. Einl. S. XXVII ff.

alsche Ascese nebst irrigen Ansichten über die Ehe existirten auch bei den
Essenern und Therapeuten jener Zeit.

Doch kehren wir zu den apostolischen Schriften zurück. Im Galater=
riefe eifert Paulus gegen falsche Gesetzeslehrer, die Gesetz und Gesetzes=
werke für nothwendig halten, welche selbst aber das Gesetz nicht, weil nur
theilweise, befolgten (K. 6, 13); die auf den Unterschied der Speise hiel=
ten und so in Galatien die Gemüther verwirrten Sie hatten Antithesen
gegenüber dem Gesetze, indem sie über die Anfangsgründe der Welt irrig
lehrten (K. 4, 9); sie beobachteten Tage, Monden, Zeiten und Jahre,
waren judaisirende Irrlehrer, welche Geschwätz und Streitigkeiten erregten.

In der Nähe von Ephesus lag Colossä. Der Colosserbrief ist circa
sechs Jahre später geschrieben als der erste Pastoralbrief. Nach dem
Colosserbriefe gab es in der Gemeinde Irrlehrer, welche mit Ueberredungs=
künsten täuschten, durch weltliche Weisheit und eiteln Irrwahn gemäß
Menschensatzungen und durch Irrlehren über die Anfangsgründe der Welt
(Antithesen einer falschen Gnosis) Aergerniß gaben. Sie richteten wegen
Speise und Trank, indem sie reine und unreine unterschieden (Col. 2, 21).
Sie hatten eine falsche Engellehre, und hierin wie auch in anderen Din=
gen (Col. 2, 18—23) eine ψευδώνυμος γνῶσις.

Der Epheserbrief, als ein encyclisches Schreiben, enthält zwar nur
allgemeine Andeutungen über denselben Gegenstand; doch werden die
Irrlehrer auch hier gezeichnet als Söhne des Ungehorsams und ihrer
Verschlagenheit und Kunst des Irrwahnes gedacht (K. 2, 2; 4, 14).

Auch in Corinth fehlte es um diese Zeit nicht an Irrlehrern, die einige
Analogien mit denen im ersten Briefe an Timotheus bieten. Auch dort
gab es Lehrer menschlicher Weisheit über den Geist Gottes und der
Menschen (1 Cor. 2, 13), mit einer falschen Gnosis (8, 1 ff.). Doch hatte
sich hier mehr das indifferente, freigeistige Element herausgebildet. Einige
engneten die Auferstehung der Todten und erklärten sie für unmöglich
K. 15, 12.). Im zweiten Corintherbriefe werden sie geschildert als
Solche, welche das Wort Gottes verfälschen. Es sind Irrlehrer aus dem
Judenthum, Afterapostel, welche die Gestalt von Aposteln Christi anneh=
men, aber einen anderen Jesus predigen.

Genauer und so, daß die Identität der Häresie mit der im ersten
Briefe an Timotheus geschilderten klarer hervortritt, werden im zweiten

7*

Petribriefe, welcher, an kleinaſiatiſche Gemeinden gerichtet, auch der Zeit nach von dem erſten Paſtoralbriefe nicht weit abſteht, die Häreſien und Häretiker dieſes Landſtriches und jener Zeit kenntlich gemacht. Der Apoſtel redet K. 1, 16 von ſeinem Kerygma im Gegenſaße zu den klug erſonnenen Fabeleien der Irrlehrer, welche die Prophetien des alten Teſtamentes nach willkürlicher, ſubjectiver Deutung falſch auslegen, welche eitlen Schwulſt reden (K. 2, 18), Sectirer ſind, den Herrn verleugnen und eine blasphemiſche Geiſterlehre vortragen (K. 2, 10 ff.). Sie leug= neten die Offenbarungslehre in Betreff der Zukunft und des Endes der Welt, ſo wie ſie auch über den Weltanfang Irriges lehrten, dabei ver= drehten ſie den Inhalt pauliniſcher Briefe über dieſe Gegenſtände (K. 3, 15 ff.). Da die Irrlehrer ſich auf Schriften, wie das Buch Henoch und die Ascensio Mosis bezogen, ſo widerlegt ſie der Apoſtel auch aus dem Inhalt dieſer Schriften.

Ebenſo verfährt der Apoſtel Judas in ſeinem an dieſelben Leſer gerich= teten und mit Zugrundlegung des zweiten Petribriefes abgefaßten kurzen Sendſchreiben. Die Irrlehrer werden ähnlich wie im Galaterbriefe als eingeſchlichen bezeichnet, welche eine falſche Geiſterlehre haben und Schwulſt reden. Auch Judas widerlegt ſie aus ihrem Henochbuche und beruft ſich wie Paulus im erſten Paſtoralbriefe und Petrus in ſeinem zweiten Send= ſchreiben auf die Weiſſagungen über dieſe Zeiten; dabei aber beruft er ſich auch auf die Ausſagen der Apoſtel über denſelben Gegenſtand; ſo daß Judas wie den zweiten Petribrief, ſo auch den erſten Brief an Timotheus als ihm bekannt vorausſetzt.

Wir erſehen hieraus, dieſelben Häretiker, welche im erſten Briefe an Timotheus zwar nicht vollſtändig, aber in markirten Zügen und Formen geſchildert ſind, begegnen uns auch in mehreren pauliniſchen Schreiben, und in Briefen des Petrus und Judas. Da die Bezeichnungen immer gelegentliche, nirgends erſchöpfende ſind; ſo ſind auch die Vergleichungs= punkte in gleicher Weiſe naturgemäß beſchaffen. Wir fanden aber, daß an den Orten und in der Zeit, wohin der erſte Timotheusbrief ſich ſtellt, es eine ψευδώνυμος γνῶσις über Anfangsgründe und Ende der Welt, eine falſche Dämonologie, nebſt Irrlehren über die Auferſtehung und leßten Dinge gab. Die Irrlehrer ſind falſche Geſeßeslehrer, die das Geſeß ent= ſtellen und es ſelbſt nicht vollſtändig beobachten, und zwiſchen reinen und

nb unreinen Speisen unterscheiden. Ihre Gnosis stützte sich auf vor=
anbene apokryphe Schriften. Das Verbot der Ehe begegnet uns bei
ven Essenern dieser und den Nicolaiten einer um einige Decennien späte=
ten Zeit; aber in Corinth scheinen auch deshalb Zweifel angeregt gewesen
zu sein. Vermuthlich war Hang zum freien Leben und zur Unzucht damit
verbunden, wie dies bei den Nicolaiten in der Apokalypse (K. 2, 6) auch
hervortritt.

Darum haben wir keine Veranlassung mit Baur, Ritschl und Anderen,
die Häretiker des ersten Timotheusbriefes im zweiten Jahrhundert zu
suchen. Das Hauptargument der Tübinger Schule, welches sich auf die
Aeußerung Hegesipp's reducirt: bis zur Zeit Trajans sei die Kirche Christi
eine reine Jungfrau gewesen, nicht verunstaltet durch Häresien; sowie auf
den Umstand, daß der heil. Irenäus die ersten Gnostiker in's zweite Jahr=
hundert setzt, schwindet als haltlos hin gegenüber der sicheren Wahr=
nehmung gnostischer Elemente in der apostolischen Zeit.

§. 5.

Zwei wichtige Punkte, womit die Aechtheit des ersten Briefes an
Timotheus in Frage gestellt zu werden pflegt, haben wir somit klar gestellt.
Wir haben nachgewiesen, daß dieser Brief geschichtlich eine Stelle im
Leben und Wirken des Apostels Paulus hat, und daß die Häresie, wie sie
arin gezeichnet ist, in jener Zeit und in jener Gegend wirklich vorhanden
var. Einen dritten Punkt, betreffend die äußere Bezeugung des Briefes,
vollen wir zum Schluß in einigen Hauptzügen erörtern.

Beginnen wir mit der Aufsuchung der ersten Spuren. Im Briefe
es Judas V. 17 und 18 ist eine Berufung auf Aussprüche der Apostel,
vornach in den letzten Zeiten Spötter, die nach ihrem eigenen bösen
Gelüste wandeln, welche sich abtrennen, psychische Menschen seien, die den
Geist, das πνεῦμα, nicht besitzen, auftreten werden. Solche Aussprüche
nden sich sowohl im zweiten Petribriefe K. 2, als auch im ersten Briefe
an Timotheus K. 4, 1 ff. In dem letzteren Briefe stützt sich der Aus=
pruch auf die Vorhersagung des Geistes und ist offenbar mit Beziehung
auf Weissagungen des Herrn zu fassen. Da Judas sich auf Aussprüche
er Apostel hierüber beruft, und zwar solcher, die den Lesern bekannt sind;
liegt der Schluß nahe, daß Judas seine Aeußerung mit Rücksicht auf

den Inhalt des zweiten Petribriefes und des erſten Briefes an Timotheus gethan hat. — Clemens Romanus ermahnt in ſeinem Briefe an die Corinther K. 29 die Leſer, ſich Gott zu nähern mit reiner Seele, reine und unbefleckte Hände zu ihm zu erheben und unſern milden und barm‑ herzigen Vater zu lieben. Vergleicht man die Worte: προσέλθωμεν οὖν αὐτῷ ἐν ὁσιότητι ψυχῆς, ἁγνὰς καὶ ἀμιάντους χεῖρας αἴροντες πρὸς αὐτόν, mit der Aeußerung 1 Timoth. 2, 8, wo der Apoſtel ermahnt, man ſolle beten ἐπαίροντας ὁσίους χεῖρας χωρὶς ὀργῆς καὶ διαλογισμῶν; ſo muß man der Bemerkung Heſeles zu dieſer Stelle, daß Clemens den pauliniſchen Ausſpruch nachgeahmt habe, ohne Zögern beitreten, umſomehr da auch 1 Cor. K. 54 Clemens auf die Benutzung dieſes Briefes ſchließen läßt. Er redet nämlich daſelbſt von der lobenswerthen Geſinnung der‑ jenigen Diener Gottes, welche gleich Moſes Opferwilligkeit beſitzen und um Spaltung zu vermeiden zum Wohle der Geſammtheit ſich ſelbſt ver‑ leugnen, und bemerkt von dieſen: τοῦτο ὁ ποιήσας ἑαυτῷ μέγα κλέος ἐν κυρίῳ περιποιήσεται. Paulus 1 Tim. 3, 13 redet in allgemeiner Bezie‑ hung von denen die ihr Amt verwalten: οἱ γὰρ καλῶς διακονήσαντες βαθμὸν ἑαυτοῖς καλὸν περιποιοῦνται, womit er bei größerer Urſprüng‑ lichkeit des Gedankens daſſelbe wie Clemens ausſpricht.

Bei Polykarpus im Briefe an die Philipper K. 4 heißt es von dem Geize: ἀρχὴ δὲ πάντων χαλεπῶν φιλαργυρία· εἰδότες οὖν ὅτι οὐδὲν εἰση‑ νέγκαμεν εἰς τὸν κόσμον, ἀλλ’ οὐδὲ ἐξενεγκεῖν τι ἔχομεν. Vergleichen wir damit 1 Timoth. K. 6, 10 die Worte: ῥίζα γὰρ πάντων τῶν κακῶν ἐστιν ἡ φιλαργυρία und V. 7: οὐδὲν γὰρ εἰσηνέγκαμεν εἰς τὸν κόσμον, δῆλον ὅτι οὐδὲ ἐξενεγκεῖν τι δυνάμεθα; ſo ergiebt ſich, daß Polykarp zwei Stellen dieſes Briefes, nämlich K. 6, 10 und 7 benutzt und zwar ſo ver‑ bunden hat, daß er aus V. 10 nur einen Theil entnahm.

Ebenſo zeigt ſich auch in dem Briefe an Diognet die Benutzung unſeres Briefes. Daſelbſt leſen wir c. 4, n. 16 (ed. Otto): ἔγνωσαν πατρὸς μυστήρια, οὗ χάριν ἀπέστειλε λόγον, ἵνα κόσμῳ φανῇ, ὃς ὑπὸ λαοῦ ἀτιμασθείς, διὰ ἀποστόλων κηρυχθείς, ὑπὸ ἐθνῶν ἐπιστεύθη. Im erſten Briefe an Timotheus K. 3, 16 ſteht: μέγα ἐστὶν τὸ τῆς εὐσεβείας μυστήριον, ὃς ἐφανερώθη ἐν σαρκί, ἐδικαιώθη ἐν πνεύματι, ὤφθη ἀγγέ‑ λοις, ἐκηρύχθη ἐν ἔθνεσιν, ἐπιστεύθη ἐν κόσμῳ.

Wenn ferner Juſtin Dial. c. 7, n. 7 (ed. Otto) von den fälſchen

Propheten sagt: καὶ τὰ τῆς πλάνης πνεύματα καὶ δαιμόνια δοξολογοῦσιν und wenn 1 Timoth. K. 4, 1 von den Irrlehrern geschrieben ist: προσέχοντες πνεύμασιν πλάνοις καὶ διδασκαλίαις δαιμονίων; so liegt auch hier der Gedanke nahe, daß Justin seine Ausdrücke aus unserem Briefe gewonnen habe, zumal Spuren solcher Benützung paulinischer Sendschreiben auch anderweitig bei ihm vorkommen [1]).

Die ausdrückliche Erwähnung des Briefes als eines paulinischen beginnt in dem römischen Schriftcanon nach dem muratorischen Fragmente und wird in keinem der alten Verzeichnisse neutestamentlicher Schriften vermißt. Die Citate bei Irenäus, Theophilus, Clemens Alexandrinus und Tertullian lassen darüber keinen Zweifel, daß im zweiten Jahrhundert, trotz Marcions und Tatians Verhaltens, das apostolische Ansehen dieses Briefes feststand.

§ 6.
Der zweite Brief an Timotheus.

Betrachten wir den Inhalt des zweiten Pastoralbriefes, so tritt darin besonders die damalige Lage, in welcher sich Paulus befand, als sehr verschieden von der des vorigen Briefes hervor. Paulus, der sich als Verfasser des Sendschreibens und den Timotheus als Empfänger desselben zu erkennen giebt, bezeichnet sich ausdrücklich als in Haft und zwar in Rom befindlich. Er sieht der Zeit seines Martyriums entgegen; wünscht aber, daß der in Ephesus lebende Timotheus bald, noch vor Winter, zu ihm komme: denn er ist, mit Ausnahme des Lukas, von Allen verlassen. Timotheus soll ihm Effecten und Schriften, nämlich einen Mantel (φελόνης d. i. ein Winterkleid) und Pergamentrollen, mitbringen. Der Apostel hatte dieselben bei seiner Anwesenheit in Troas bei Carpus zurückgelassen. Damals blieb auch Erastus in Corinth und Trophimus, weil er krank geworden war, in Milet zurück.

Paulus hatte vor dem Gerichte in Rom bereits ein Verhör bestanden, ohne daß er, da Alle ihn verlassen hatten, bei seiner Verantwortung irgend einen Beistand hatte außer dem Herrn, der ihn stärkte und die nächste Todesgefahr beseitigte. Er gedenkt dabei eines bösen Belastungs-

---

[1]) Vgl. meine Schrift: Schrift, Tradition u. s. w. S. 128 ff.

zeugen, nämlich Alexanders, des Schmiedes, der aber bereits nach Ephesus zurück war.

In dem Briefe befinden sich ferner Warnungen vor den Irrlehrern, welche wesentlich dieselben sind wie im ersten Briefe; doch giebt sich durch bestimmtere Kennzeichnung ein Fortschritt in der Irrlehre kund. Der Hymenäus, der von Paulus zur Zeit der Abfassung des ersten Pastoral= briefes excommunicirt worden war, erscheint hier abermals, in Verbindung mit Philetus. Er leugnete die künftige Auferstehung, indem er lehrte, die Auferstehung sei schon geschehen, eine Behauptung, die vielleicht auf einer Verdrehung paulinischer Lehre beruht, welcher die an Christus Glaubenden auch, aber in anderem Sinne, Auferstandene nennt. Der Ephesier Alexander wird hier als Metallarbeiter, χαλκεύς, was auch einen Silberschmied bezeichnen kann, kenntlich gemacht. Es ist kein Zweifel, daß es derselbe ist, welcher früher vom Apostel excommunicirt worden war, der im ephesinischen Aufruhr als Gegner des Paulus eine Rolle spielte, und dessen feindliche Gesinnung sich weiter darin kund= gegeben hatte, daß er als Belastungszeuge nach Rom gekommen und der Vertheidigungsrede des Apostels sehr widerstanden hatte. Die Irrlehrer insgesammt werden sodann noch als die Signatur des Anfangs der letzten Zeiten charakterisirt, ihre schlimmen Eigenschaften, die Art wie sie Proselyten machen und der Wahrheit widerstehen, näher geschildert.

Fragen wir nach der Zeit, in welche der Inhalt dieses Briefes versetzt; so zeigen sich die Verhältnisse und der Zustand der Gefangenschaft des Apostels ganz anders, als wie dies während der ersten römischen Gefan= genschaft des Apostels der Fall war. Damals befand er sich zwei Jahre lang in milder Haft, von einem Soldaten bewacht, aber in einer gemie= theten Wohnung. Er konnte Personen, welche er wollte, zu sich einladen und mit den Seinigen ungehindert verkehren. Umgeben und unterstützt von nicht wenigen Gehilfen, war er im Stande auch so für das Evange= lium thätig zu sein, sowohl in Rom selbst, als auch nach Außen. Gegen Ende jener zwei Jahre hatte er die gegründete Hoffnung aus der Haft befreit zu werden; so daß er den Philemon in der Nähe von Colosse schriftlich ersuchen konnte, eine Wohnung für ihn zu besorgen. Gegen= wärtig aber hatte er, obgleich er erst Ein Verhör bestanden, doch keine andere Aussicht als das nahe Martyrium. Seine Worte sind K. 4, 6:

„Ich werde bald geopfert und die Zeit meines Todes steht bevor." Einige
Frist war nach dem Gange des römischen Gerichtsverfahrens allerdings
noch in Aussicht. Der Apostel, erfüllt von Eifer für das Evangelium,
benutzt dieselbe, um den Timotheus und Markus zu sich zu berufen; den
Letzteren zu geistlicher Verwendung, den Ersteren neben dieser wohl auch
zur Vertheidigung vor Gericht, wie dies Timotheus, nach der kurzen Notiz
im Hebräerbriefe K. 13, 23 zu schließen, auch gegen Ende der ersten
Gefangenschaft des Paulus gethan hatte, und weßhalb er in die Unter=
suchung mit verwickelt worden und erst nach des Apostels Freilassung selbst
frei geworden war.

Während so der Apostel in der Zeit seiner ersten Gefangenschaft von
Freunden umgeben war und auch Gerichtsbeistände, zu welchen vermuth=
lich auch der im Philipperbriefe genannte Aristarchus gehörte, hatte als
freiwillige Zeugen nach römischem Recht [1]); haben gegenwärtig die Asiaten,
welche für ihn am besten Zeugniß ablegen konnten, ihn theils aus Wankel=
muth, theils aus Furcht alle verlassen; Andere wurden vom Apostel selbst
weggeschickt, so Tychikus nach Ephesus und Titus nach Dalmatien. Der
Apostel war mit Ketten belastet und konnte, wie wir K. 1, 17 an dem
Beispiele des Onesiphorus sehen, nur mit Eifer und Mühe aufgefunden
und besucht werden. Einige Zeit vor seiner Gefangennehmung war der
Apostel noch in Asien und Achaja gewesen. Milet, Troas und Corinth
werden ausdrücklich als Orte, wo er anwesend war, genannt. In seinem
Gefolge waren Trophimus bis Milet, Erastus bis Corinth gewesen.

Da wir wissen, daß Paulus nach seiner ersten Gefangenschaft im
Frühjahre 63 n. Chr. die Freiheit erhielt; so läßt sich dessen darauf
gefolgte apostolische Wirksamkeit auf Grund der erwähnten und ander=
weitiger Notizen [2]) näher verfolgen. Er reiste nämlich zuerst, wie dies
schon im Jahre 58 n. Chr. sein Plan war, nach Spanien, woselbst er
aber nicht lange blieb; vermuthlich weil das Evangelium daselbst schon
verkündigt worden war. Dann reiste er über Italien, wo er ohne nach
Rom zu gehen auf den Timotheus wartete (Hebr. 13, 23) zurück nach
Asien und Achaja, was er auch für Asien in mehreren gegen Ende seiner

---

1) Vgl. Lucian de morte Peregrini c. 13.
2) S. Gams a. a. O.

erſten Haft geſchriebenen Briefen in Ausſicht geſtellt hatte. Während des Ausbruchs der neroniſchen Chriſtenverfolgung, welche im Jahre 64 n. Chr. mit dem Brande Roms begann (Tacit. Annal. 15, 44), befand ſich Paulus nicht in Italien, ſondern in Aſien und Achaja. Nero ging 66—67 n. Chr. nach Griechenland (Dio hist. Rom. 58, 12). Unterdeſſen herrſchten in Rom ſeine Günſtlinge Helius und Polyklet. Wenn nun Clemens Romanus 1 Cor. K. 5 bemerkt, Paulus habe das Martyrium erlitten ἐπὶ τῶν ἡγουμένων, ſo iſt hierbei an dieſe Zeit zu denken, in welche die zweite Gefangenſchaft des Apoſtels fällt. Paulus war demnach ungefähr drei Jahre frei und war während dieſer Zeit nach der Reiſe in Spanien durch Italien nach Griechenland und Aſien gereiſt. Der zweite Brief an Timotheus, aus der erſten Zeit der zweiten Gefangenſchaft des Paulus datirt, iſt demnach faſt zehn Jahre ſpäter geſchrieben als der erſte, vermuthlich im Sommer des Jahres 66 n. Chr., da er für den Herbſt des Jahres den Timotheus zu ſich berief. Die hiſtoriſchen Haltpunkte im Briefe ſelbſt ſtimmen mit dieſer Annahme genau überein. In Epheſus und Aſien war die Häreſie, welche auch in der Zeit der Abfaſſung des erſten Briefes ihr Unweſen trieb, noch nicht überwunden; ſie währte aber auch nicht nur noch länger, wie die Apokalypſe und Johannes in ſeinen Briefen und ſelbſt in ſeinem Evangelium erkennen laſſen; ſondern ſie wucherte ſogar weiter und zeigte ſich im zweiten Jahrhundert in der vollen Blüthe der gnoſtiſchen Secten.

§. 7.

Daß der zweite Brief an Timotheus nicht während der von Lukas in der Apoſtelgeſchichte erwähnten erſten römiſchen Gefangenſchaft des Apoſtels Paulus und unter den von ihm ſo wie in mehreren pauliniſchen Briefen angedeuteten Verhältniſſen geſchrieben ſein könne, darüber herrſcht gegenwärtig faſt nur Eine Meinung. Die Anſicht Otto's, welcher glaubt, der Brief ſei in dem erſten Jahre dieſer Gefangenſchaft, im Jahre 61 n. Chr., verfaßt worden, iſt vereinzelt und empfiehlt ſich in keiner Weiſe. Ebenſo unhaltbar iſt eine andere von Oeder und Böttger vertheidigte, welche die Entſtehungszeit des Briefes in der Gefangenſchaft des Apoſtels zu Cäſarea finden. An das Ende der römiſchen Gefangenſchaft ſetzten ihn Hug, Schmidt, Matthies, Wieſeler, A. Maier. Es hängt dieſe Anſicht zusammen mit der anderen, Paulus sei nach den von Lukas gemeldeten zwei Jahren einer milden Haft nicht frei geworden; vielmehr habe sich diese Haft von da an in eine härtere umgewandelt und ihr Ende erst in dem Martyrium des Apostels gefunden. In die zweite römische Gefangenschaft wird der Brief bei den Alten gesetzt von Eusebius, Theodoret, Chrysostomus und Hieronymus; in neuester Zeit von Mack, Guerike und v. Döllinger. Dieser Ansicht konnten wir uns aus den oben dargelegten Gründen nur anschließen.

Ueber die äußere Bezeugung des Briefes gedenken wir uns hier nicht zu verbreiten. Die ausdrückliche Erwähnung desselben beginnt mit Irenäus und Clemens Alexandrinus. Aeltere Spuren finden sich bei Ignatius von Antiochien epist. ad Ephes. c. 2, bei Polykarpus epist. ad Philipp. c. 5 und in der epist. des Ungenannten ad Diognetum c. 11.

§. 8.

Der Brief an Titus.

Wenn wir auf den Inhalt dieses Briefes, in welchem sich Paulus als Verfasser und Titus als der erste Leser desselben ausdrücklich namhaft gemacht findet, soweit er historische Anhaltspunkte zur näheren Bestimmung enthält, sehen; so zeigt sich darin der Apostel mit der Ausbreitung des ihm anvertrauten Evangeliums beschäftigt. Den Titus hat er auf der Insel Creta zurückgelassen, damit er dort in jeder Stadt die Gemeinde organisire und die Aeltesten anstelle. Worauf er bei Auswählung derselben besonders zu achten habe, darüber empfängt er eine genaue Instruction. Außerdem wird er ermahnt zu unterrichten, zu lehren, zurechtzuweisen, sowie auf gute Sitte und christliches Leben zu dringen. Irrlehrer, welchen Titus entgegen treten soll, gab es auch auf Creta. Sie werden geschildert als Widerspenstige, Schwätzer und Betrüger, die vorzugsweise aus dem Judenthum stammten, welche jüdische Satzungen und Fabeleien verbreiteten, Irriges über Reines und Unreines lehrten, Streitigkeiten über das Gesetz anregten, Genealogien vorbrachten, und in Streitfragen sich ergingen.

Zwei Männer, Zenas und Apollos, vermuthlich die Ueberbringer des Schreibens, werden dem Titus zur guten Aufnahme empfohlen. Sobann wird ihm die Ankunft des Artemas und eventuell des Tychikus angekündigt. Wann dieser Fall eingetreten, solle er zum Apostel nach Nikopolis kommen, wo er zu überwintern gedenke.

Die Irrlehrer, wie sie in dem Briefe an Titus geschildert werden, sind von den im ersten Briefe an Timotheus kenntlich gemachten nicht verschieden. Es waren herumreisende Männer aus dem Judenthum, ähnlich wie dies auch in Galatien, nach den Angaben des Galaterbriefes, der Fall war.

An welches Nikopolis ist zu denken, wo der Apostel den Winter zubringen will? Da Paulus im Römerbriefe K. 15, 19 zu Anfang des Jahres 58 n. Chr. schreibt, er habe das Evangelium bis nach Illyrien verkündigt; so muß er auch damals als er in Illyrien predigte, zu Nikopolis in Epirus gewesen sein. Von Corinth war diese bedeutende Stadt circa 30 Meilen entfernt und lag von hier wie von Creta aus direct auf dem Wege nach Illyrien. An ein anderes Nikopolis, welche Stadt dem auf Creta weilenden Titus ohne jede nähere Bezeichnung als Ort der Zusammenkunft bestimmt wird, ist in unserem Briefe auch nicht zu denken; weder an Nikopolis in Thrazien, eigentlich an der Donau, wohin Paulus nie kam; noch an Nikopolis in Cilicien, woran Hug und Bisping denken, einem unbedeutenden Orte in der Nähe von Tarsus, dem Geburtsorte des Apostels. Bei der näheren Feststellung der Abfassungszeit des Briefes während der dritten Missionsreise des Apostels wird sich noch sicherer herausstellen, daß Paulus sich damals nicht in Cilicien befinden konnte, wie es ohnehin nicht glaubhaft ist, daß er den Titus von Creta nach einem gegen 180 Meilen von dort entfernten Orte zur Zusammenkunft berufen habe. Nikopolis in Epirus dagegen ist der geeignete Ort, wohin Paulus, als er Creta verlassen, kommen und wohin er den Titus zu sich berufen konnte.

Der Inhalt des Briefes beweist, daß der Apostel Paulus nicht lange vorher selbst auf der Insel Creta gewesen, daß sein Aufenthalt aber von kurzer Dauer gewesen war, so daß dem Titus die Aufgabe zufiel, die Organisation der bereits bestehenden christlichen Gemeinden vorzunehmen. Nach Creta konnte Paulus sowohl von Ephesus als auch von Corinth aus gelangen. Von Ephesus aus direct zur See kam er schwerlich dahin; wenigstens giebt es für diese Annahme keinen sicheren Anhaltspunkt. Fragen wir zunächst nach der Zeit, in welche diese apostolische Reise nach Creta und das weitere Missionswirken in Illyrien zu setzen ist; so liegt dieselbe zwischen ben Jahren 54 und 58 n. Chr. Das letztere Datum ergiebt sich aus der oben angeführten Stelle aus dem Römerbriefe, wornach Paulus zu Anfang des Jahres 58 n. Chr. das Evangelium in Illyrien bereits geprebigt hatte. Das erstere dagegen folgern wir mit Recht aus der Nennung des Apollos im Titusbriefe. Mit diesem konnte der Apostel erst auf seiner dritten Missionsreise zu Ephesus bekannt geworden sein, und nicht vor dem Jahre 54 n. Chr. (vgl. Apgesch. 18, 24 ff.). Dieser Apollos kam, als Paulus zum Erstenmale nur kurze Zeit in Ephesus gewesen und dann nach Jerusalem gereist war, nach Ephesus und wirkte in des Paulus Abwesenheit dort einige Zeit mit Aquila und Priscilla für das Christenthum. Hierauf ging er mit einem Empfehlungs= schreiben versehen nach Achaja und lehrte namentlich in Corinth. Im Jahre 57 n. Chr., zur Zeit der Abfassung des ersten Corintherbriefes, war Paulus mit ihm öfters in Verbindung und von ihm Titus öfters ermun= tert worden nach Corinth zu gehen; doch fehlte es ihm an der gelegenen Zeit (1 Cor. 16, 12).

Aus unseren Erörterungen über den ersten Timotheusbrief hat sich ergeben, daß Paulus zum zweiten Male in Corinth war im Jahre 56 n. Chr., daß er damals neun Monate von Ephesus abwesend war und seinen Weg über Macedonien nach Corinth genommen hatte. Da nun Paulus vorher ununterbrochen über zwei Jahre in Ephesus und Asien beschäftigt gewesen war; so ergiebt sich daraus, daß er auch nur auf dieser neunmonatlichen Reise in Illyrien gewesen und vorher nach Creta gekom= men sein kann. Wir denken uns darum die Sache so: Paulus reiste von Ephesus über Macedonien nach Corinth, wo er sich damals nur kurze Zeit aufhielt; kam dann nach Creta und zog von da nach Illyrien weiter mit dem Plane in Nikopolis zu überwintern. Als er den Titusbrief schrieb, befand er sich bereits in Illyrien und hatte wohl auf dem Wege dahin die Stadt Nikopolis betreten. Im nächsten Frühjahr 57 n. Chr. gedachte er von Nikopolis aus nach Ephesus zurückzukehren. In Ephesus war er auch wieder bereits vor Ostern 57 n. Chr., wie der erste Corinther= brief beweist.

Demnach ist der Brief an Titus um mehrere Monate später geschrieben als der erste Brief an Timotheus, aber auf derselben Reise, die den Paulus von Ephesus über Corinth nach Creta und Illyrien geführt hatte, noch vor Winter des Jahres 56 n. Chr. Die Aehnlichkeit, welche dieser

Brief mit dem genannten Briefe an Timotheus inhaltlich bietet, erklärt ſich hieraus mit Rückſicht auf den gleichen Zweck zur Genüge. Auf der Inſel Creta war das Chriſtenthum jedoch wahrſcheinlich ſchon vor des Apoſtels Paulus Anweſenheit daſelbſt verkündigt worden. Schon am erſten Pfingſtfeſte ſahen Cretenſer in Jeruſalem die Sendung des heiligen Geiſtes auf die Apoſtel und deren wunderbare Wirkung. Sie vernahmen auch die Belehrungen des Apoſtels Petrus (vgl. Apgeſch. 2, 11 f.) und wurden vermuthlich die erſten chriſtlichen Sendboten in ihrer Heimath, wo das Chriſtenthum als der Brief an Titus verfaßt wurde ſchon in einer gewiſſen Blüthe ſein mußte, da in mehreren Städten auf Creta Chriſten= gemeinden beſtanden, denen jedoch die vollſtändige Organiſation noch fehlen mochte.

§. 9.
Die Paſtoralbriefe in ſprachlicher Beziehung.

Bei einer gemeinſamen Betrachtung der drei Paſtoralbriefe gegenüber den übrigen pauliniſchen Sendſchreiben zeigt ſich eine nicht zu verkennende Aehnlichkeit in Lehrideen, beſonderen Ausdrucksweiſen, ſo wie im Gebrauche einzelner ſprachlicher Ausdrücke, welche ſich in dieſen drei Briefen vor= finden, am meiſten in den der Zeit nach nahen Briefen an Titus und in dem erſten Briefe an Timotheus. Wir haben oben ſchon hervorgehoben, daß in der Frage nach der Aechtheit dieſer Briefe dieſe Erſcheinung nicht ohne Bedeutung war, indem man den bedeutenden Unterſchied, worin in dieſer Beziehung die Paſtoralbriefe zu den übrigen Briefen des Apoſtels Paulus ſtehen, bald mehr bald weniger ſtark betonte.

Die griechiſch redenden Schriftſteller, Clemens Alexandrinus und Origenes, zeigen in ihren Bemerkungen zum Hebräerbriefe, daß ſie in der Frage nach der Aechtheit apoſtoliſcher Schriften auf Sprachcolorit und Ausdrucksweiſe Gewicht legten. So fand Clemens, daß die Sprache des Hebräerbriefes mit der in der Apoſtelgeſchichte Aehnlichkeit habe (Euſeb. H. E. VI, 14), wogegen ſpäter Hieronymus (Catal. c. 15) auf die große Aehnlichkeit jenes Briefes mit dem Briefe des römiſchen Clemens auf= merkſam machte. Origenes gab in Betreff des Hebräerbriefes (Euſeb. VI, 25) ebenfalls ein Urtheil über Inhalt und Sprachform ab, indem er bemerkte, die Sentenzen ſeien zwar pauliniſch, die Diction und Compoſition aber ſeien der Art, daß man zu ſchließen berechtigt ſei, es habe Jemand die Reden des Apoſtels aufgeſchrieben und die Worte des Lehrers mit einen eigenen, deutlichen Worten vorgetragen. Beide griechisch redenden Schriftsteller, Clemens und Origenes, müssen in den Pastoralbriefen eine ähnliche bedeutende Stylverschiedenheit nicht wahrgenommen haben: denn sie halten dieselbe für paulinisch, ohne irgend eine derartige Bemerkung zu machen.

Die Pastoralbriefe unterscheiden sich von den Briefen des Apostels Paulus, welche an christliche Gemeinden gerichtet sind, allgemein schon durch eine gewisse im Styl ausgeprägte Vertraulichkeit. In den Sendschreiben der letzteren Art sind die einzelnen Gegenstände, die Sätze und Sentenzen, mehr gerundet und gegenseitig abgegrenzt, wodurch ein in gewisser Hinsicht officieller Ton entsteht, obgleich weit entfernt von kalter und steifer Behandlung: denn es ist doch stets Rücksicht genommen auf das, was der Fassungskraft der Leser am angemessensten ist. In den Pastoralbriefen herrscht ein leichterer und mehr ungezwungener Styl. Oefters wird ein angefangener Gegenstand durch Anderes unterbrochen und nachher wieder aufgenommen. Es herrscht eine Neigung zu kurzen, aber entscheidenden Bezeichnungen und Andeutungen, die nicht blos die Sache, sondern auch die Wahl der Worte und Ausdrücke umfaßt. Namentlich gilt dies von der Art und Weise, wie die Häretiker und ihre Lehre gekennzeichnet werden und wie von kirchlichen Einrichtungen und von Requisiten kirchlicher Personen geredet wird. Diese Eigenthümlichkeit entspricht dem Charakter der Pastoralbriefe und dem Verhältnisse des Apostels zu den Adressaten unseres Erachtens vollständig und ist ein Zeichen zu Gunsten der Aechtheit dieser Briefe.

Daß in den Pastoralbriefen sich ganz entschieden ächt paulinische Ideen, Gedanken, Ausdrücke und Worte vorfinden, darauf haben wir schon oben hingewiesen, und wollen wir dies jetzt an einzelnen Beispielen näher erhärten. Zunächst gehört hierher die 1 Timoth. 1, 20 vorfindliche Excommunicationsformel mit dabei ausgesprochenem Zwecke derselben. Im ersten Corintherbriefe K. 5, 5 ist eine ähnliche enthalten. Es wird der Verbrecher dem Satan übergeben zum Verderben des Fleisches, damit die Seele gerettet werde. Im Briefe an Timotheus werden Hymenäus und Alexander dem Satan übergeben zur Warnung, damit sie von ihrer Lästerung ablassen. Der Endzweck der kirchlichen Strafe ist hier im Pastoralbriefe viel concreter angegeben als dort in dem an die Gemeinde erlassenen Schreiben.

Nicht weniger bezeichnend iſt die Stelle 1 Timoth. 2, 8—15 verglichen mit 1 Cor. 11, 3 ff. 9 u. 14, 34. In beiden Briefen wird gelehrt, daß das Weib nicht den Beruf habe in der Kirche zu lehren, und daß es auch keine Auctorität über den Mann beſitze. Der Beweis in beiden Stellen beruht darauf, daß Adam der Erſtgeſchaffene geweſen und das Weib vom Manne genommen ſei. Im Paſtoralbriefe aber wird der Beweis noch durch die Angabe verſtärkt, wie der Sündenfall beweiſe, ſei das Weib auch der ſchwächere Theil und zugleich wird auch die Sphäre ſeiner Wirkſamkeit im Familienleben als das dem Weibe zukommende hervorgehoben.

Ueber die Parallelen zwiſchen 1 Timoth. 5, 17. 18 und 1 Cor. 9, 7—9, wo derſelbe Gedanke aus derſelben Schriftſtelle erhärtet wird, war ſchon oben die Rede, und wollen wir nur bemerken, daß da es ſich hier um eine Leiſtung der chriſtlichen Gemeinde an ihre Lehrer handelt, ſehr zweckmäßig auch in dem Briefe an die Corinther der Gegenſtand mehr ausgeführt und anſchaulicher gemacht erſcheint. Ein Gleiches gilt von 1 Timoth. 4, 12 verglichen mit 1 Cor. 16, 10. 11. Für Timotheus war es ausreichend, wenn der Apoſtel ſagte: Niemand ſoll deine Jugend verachten. Den Corinthern wird aber auch der Grund angegeben, warum es ihnen nicht geſtattet ſei dem Timotheus mit Verachtung zu begegnen.

Pauliniſch iſt 1 Timoth. 1, 5: Der Endzweck des Gebotes iſt Liebe aus reinem Herzen und gutem Gewiſſen und ungeheucheltem Glauben. Dieſer Gedanke iſt auch 1 Cor. K. 13 ausgeführt enthalten; ferner Röm. 13, 8. 10, wo es heißt: Die Liebe iſt des Geſetzes Erfüllung, und Gal. 5, 6: in Chriſtus gilt nur der durch die Liebe wirkſame Glaube.

Oft kehrt bei Paulus wieder das Bild eines Kämpfers zur Bezeichnung der Aufgabe des Chriſten. So ſteht daſſelbe 2 Cor. 10, 3, 4. und weiter ausgeführt Epheſ. 6, 10—18. Deſſelben Bildes bedient der Verfaſſer ſich in den Paſtoralbriefen 1 Timoth. 1, 18; 6, 12 und 2 Timoth. 2, 3—5, und zwar in ſehr deutlicher Beziehung zu 1 Cor. 9, 24, 25, indem er auf die Abſtinenz der Athleten als eine gebräuchliche Vorübung hinweiſt. Daſſelbe Bild wendet er auch auf ſich an 2 Timoth. 4, 7. 8. Der Gedanke, welcher 1 Timoth. 1, 9 in die Worte gefaßt iſt: δικαίῳ νόμος οὐ κεῖται, aber in vollſtändiger Entwickelung, iſt auch enthalten Röm. 7, 1 ff., Gal. 2, 19 ff.; 4, 22 ff. Für den hinlänglich orientirten Timotheus reichte der kurze Ausſpruch hin.

Die meisten Parallelen zu den Sentenzen und Gedanken im ersten Briefe an Timotheus finden sich im ersten Corintherbriefe. Daß beide Briefe sich der Zeit nach nahe stehen, wurde früher schon erörtert. An Ausdrücken, die als charakteristisch paulinische anzusehen sind, fehlt es in den Pastoralbriefen nicht. Aus den größeren Verzeichnissen, welche von Planck, Beckhaus, A. Maier u. A. in dieser Beziehung aufgestellt sind, heben wir heraus: γνήσιος 1 Timoth. 1, 2. Tit. 1, 4, vgl. 2 Cor. 8, 8, Philipp. 4, 3; ferner ὑπεροχή 1 Timoth. 1, 2 vgl. 1 Cor. 2, 1; προϊστάναι und προϊστασθαι 1 Timoth. 3, 4. 5. 12, vgl. Röm. 12, 8; 1 Theſſal. 5, 12; μόρφωσις 2 Timoth. 3, 5 vgl. Röm. 2, 20; ἄστοργος 2 Timoth. 3, 3 vgl. Röm. 1, 31; ἀλαζών 2 Timoth. 3, 2 vgl. Röm. 1, 30; συζῆν und συμβασιλεύειν 2 Timoth. 2, 11. 12 vgl. Röm. 6, 8, 1 Cor. 4, 8. 2 Cor. 7, 3; ἀνακαίνωσις Tit. 3, 5 vgl. Röm. 12, 2; χρηστότης Tit. 3, 4 vgl. Röm. 2, 4; 3, 12.

Dagegen findet sich in den Pastoralbriefen auch eine Zahl von ἅπαξ λεγόμενα z. B. ἑτεροδιδασκαλεῖν, ἀπέραντος, πατρολῴας, μητρολῴας, παλιγγενεσία, διώκτης, ἀποδοχή, γενεαλογίαι, ἀστοχεῖν, ματαιολογία, λογομαχεῖν und λογομαχίαι, μῦθοι, ζητήσεις, γάγγραινα und andere. Ferner einige eigenthümliche Ausdrucksweisen z. B. θεὸς σωτήρ von Christus. Die Grußformel mit dem eingeschobenen ἔλεος, und das öfters wiederkehrende πιστὸς ὁ λόγος. Jedoch kann diesen Eigenthümlichkeiten der Pastoralbriefe gegenüber den starken Beweisgründen für deren Aechtheit kein entscheidendes Gewicht beigelegt werden: denn ἅπαξ λεγόμενα kommen auch in den übrigen paulinischen Briefen in bedeutender Zahl vor; so im Galaterbriefe, in den Briefen an die Philipper, Epheser und Coloſſer [1]). Solche Eigenthümlichkeiten sprechen vielmehr für die Aechtheit, da ein Nachahmer paulinischer Schreiben sich nicht so frei bewegt, vielmehr die ächten Schreiben mit Sorgfalt nachgeahmt haben würde. Auch ist von allen diesen in den Pastoralbriefen vorkommenden sprachlichen Eigenthümlichkeiten nicht zu erweisen, daß dieselben dem Zeitalter des Apostels fremd seien; sonst würde ihnen allerdings eine Beweiskraft zukommen.

---

1) Vgl. Beckhaus Specimen observ. 1810 u. Guericke Einl. S. 393.

III.

Das Apostel-Decret.

Apostelgeschichte Kap. 15.

Die Apostelgeschichte, ein Werk des Evangelisten Lucas, behandelt vorzugsweise die äußere Geschichte der christlichen Kirche in ihrer ersten Pflanzung. Doch ist aber daselbst auch die innere geschichtliche Entwickelung der Kirche in der apostolischen Zeit aus gelegentlichen Mittheilungen zu entnehmen. So erhalten wir ein getreues Bild von dem Leben der ersten Christen in Jerusalem; ferner von der Gliederung der christlichen Gemeinde in Vorsteher, Lehrer und Hörer des Wortes, je nach der Verschiedenheit der Geistesmittheilung. Die Gegensätze im Judenchristenthum und Heidenchristenthum zeigen sich in ihrer ersten Entfaltung, so wie auch das Bestreben der Apostel, dieselben zu heben, theils durch Entscheidung mit apostolischer Auctorität, theils durch schonendes Verfahren und weise Nachgiebigkeit. In dieser Hinsicht nimmt das in der Apostelgeschichte K. 15 erwähnte erste Apostel=Concil ein vorwiegendes Interesse in Anspruch, insbesondere das auf diesem Concil berathene und als Rundschreiben an die Heidenchristen erlassene Apostel=Decret, worin die Bedingungen aufgestellt sind, auf deren Annahme die Christen aus dem Heidenthum verpflichtet werden sollten. Diese Bedingungen wurden in Folge gepflogener Verhandlungen in die Form eines Verbotes gefaßt und die betreffende Stelle (Apostelgesch. 15, 28—29) lautet wörtlich wie folgt: „Es hat dem heiligen Geiste und uns geschienen, euch keine Last weiter aufzulegen außer diesen nothwendigen Stücken: daß ihr euch enthaltet von dem, was den Götzen geopfert worden, und von Blut und Ersticktem und von Unzucht. Wenn ihr euch davor hütet, so werdet ihr wohl thun."

So wie dieses Decret in seiner kurzen Faffung für viele Heidenchriften jener Zeit dunkel sein mochte und deshalb der Erklärung Seitens der mit seiner Verbreitung betrauten apostolischen Sendboten bedurfte; ebenso und wohl noch in höherem Grade bedarf es für eine spätere Zeit einer historischen Erörterung, um den prägnanten Inhalt deffelben in seiner vollen Bedeutung und Tragweite zu erfaffen.

Fragen wir zunächst nach der Zeit, wann jenes erste Apostel-Concil gehalten und das Decret abgefaßt worden; so führen die mit Sorgfalt angestellten Unterfuchungen in das Jahr 50 nach Christi Geburt, so daß bereits fast zwei Decennien hindurch das Evangelium des Heiles von den Aposteln und ihren auserwählten Gehilfen öffentlich und mit Erfolg ver- kündigt worden war. Anfangend und ausgehend von Jerufalem, hatte die chriftliche Kirche außer Judäa und Galiläa bald auch in dem Landes- theile Paläftina's, wo Christus der Herr felbst eine reiche lohnende Ernte in Ausficht gestellt hatte [1], in Samaria, Eingang gefunden (Apostelgesch. 8, 5 ff). Bald darauf war sie nach Syrien vorgedrungen. Schon zur Zeit der ersten Christenverfolgung, sechs Jahre nach Christi Himmelfahrt, befanden sich Christen in Damascus. Wenige Jahre nachher blühte eine ftarke Christengemeinde in der syrischen Hauptstadt Antiochien, welche bald zu einem Mittelpunkte des chriftlichen Lebens wurde. Hier wirkte, nach- dem das Wort Gottes durch einige aus Jerufalem geflüchtete Cyprier und Cyrenäer dafelbst verkündet worden war, zuerst Barnabas, sodann Barna- bas und Saulus mit großem Erfolge. Von Antiochien aus brachten diese beiden Sendboten auf ihrer ersten Reise, welche mit Wahrfcheinlichkeit in die Jahre 44—47 n. Chr. fällt, das Evangelium nach der Infel Cypern und nach Kleinafien, wo sie bis zur Hauptstadt von Pifidien, nach Antiochien kamen. Auch im Westen an der Küste des mittelländifchen Meeres, in Phönizien, in den Städten Lydda, Saron, Joppe und Cäfarea waren, vorzugsweise durch die Thätigkeit des Apostels Petrus, bereits chriftliche Gemeinden entstanden. Nachrichten alter Schriftsteller, deren Werth minder leicht zu befeitigen ist, als man dies in neuerer Zeit oft verfuchte, laffen fogar diefen Apostel schon damals in Rom auftreten und das Evangelium verkündigen.

---

[1] Joh. 4, 35 ff.

Diese großen Erfolge der ersten christlichen Missionäre waren jedoch keineswegs ohne Widerstand errungen worden. Denn wenn auch der Strahl des Lichtes mild erleuchtend und wärmend und still wie ein Friedensengel durch das Reich der Finsterniß wanderte; so erhob sich doch nach geschichtlichem Ausweise bald die alte Schlange und stritt um ihren vieltausendjährigen Besitz mit wachsender Gewalt. Zuerst bildeten die Juden, sowohl im eigenen Lande wie in der Zerstreuung, ein zähe wider= strebendes feindliches Element. Der eines größern Widerstandes fähigen Heidenwelt gefiel es vorerst von der neuen Religion noch keine auffällige Notiz zu nehmen und, wo sie etwa unter ihnen selbst auftauchte, dieselbe todt zu schweigen. Die Juden dagegen, geographisch und national mit dem entstehenden Christenthum enge verbunden, hatten bald in Jerusalem, in Syrien und Kleinasien gegen die Lehre von dem gekreuzigten Messias scharf angekämpft und blutige Verfolgungen über die, welche sich zu dieser Lehre bekannten, gebracht. Diese Verfolgungen wirkten aber das Gegen= theil dessen, was sie beabsichtigten und die von Christus auserwählten und begnadigten Menschenfischer ließen nicht nach, ihre Netze ins Meer zu senken und Fische aller Art einzusammeln. Da sich aber unter den guten auch schlechte befanden, wie das Beispiel des berühmten Magiers Simon beweist, welcher, kaum der christlichen Kirche in Samaria beigetreten, als= bald die Gnade Christi in pecuniärem Interesse zu verwerthen gedachte; so erwuchs dem Christenthum hiedurch ein neuer Kampf, gefährlicher als äußere Verfolgung, weil er, im Innern der Gemeinde entbrannt, ohne Spalten und Zerreißen nicht abging und doch nur mit geistigen Waffen zu führen war. Die Anfänge solcher Zustände lagen der Berufung des ersten Apostel=Concils zu Grunde. In Jerusalem so wie im übrigen Judenlande hatten sich auch Juden aus der Pharisäer=Secte durch die Taufe ins Christenthum aufnehmen lassen. Von ihnen datiren die ersten Zerwürfnisse in der Urkirche, indem sie als Christen nicht abließen, specifisch jüdische Zwecke zu verfolgen und dem Christenthum allmälig die Formen des alten Judenthums aufzudrängen. Zu Statten kam ihnen hierbei die große Nachsicht und weise Schonung, womit die Apostel gegen die Christen aus dem Judenthum verfuhren. Denn da sie der neugestaltenden Kraft des Evangeliums Zeit gönnten, so hinderten sie es nicht nur nicht, daß diese Christen nach früher gewohnter Weise in den mosaischen Satzungen

fort lebten; sondern sie, die Apostel selbst, nachahmend ihren göttlichen
Meister, besuchten nach wie vor den Tempel und die Synagoge und lehr=
ten daselbst, obgleich die eigentlichen Christen = Versammlungen besonders
stattfanden. Anders aber gestaltete sich dieses Verhältniß, als das Werk
der Heidenbekehrung wuchs und nun die Judenchristen aus der Pharisäer=
Secte dahin strebten, jene geduldete Sitte zu einem bindenden Gesetze für
alle Heidenchristen zu machen. Die ersten Anfänge hiervon zeigen sich
ungefähr zehn Jahre vor dem ersten Apostel = Concil, sieben Jahre nach
dem ersten christlichen Pfingstfeste. Damals taufte Petrus eine heidnische
Familie, den Hauptmann Cornelius zu Cäsarea mit seinen Verwandten
und Freunden, nachdem er selbst zuvor in einer Vision höhere Belehrung
über die Art und Weise der Heidenberufung erhalten hatte. Dieses
Ereigniß, die directe Aufnahme einer heidnischen Familie in das Christen=
thum, erregte damals nicht nur Aufsehen bei den Begleitern des Apostels;
sondern Petrus wurde sogar in Jerusalem darüber zu Rede gestellt, daß
er mit Heiden Umgang gepflogen habe. Man warf ihm vor: „Zu
Unbeschnittenen bist Du hineingegangen und hast mit ihnen gegessen.“
(Apostelg. 10, 3.) Des Petrus schlichte Erzählung der Vision, welche er
in der Stadt Joppe gehabt hatte, so wie des Zusammenhangs, in welchem
dieselbe mit der Bekehrung des Cornelius zu Cäsarea stand, beschwichtigte
nicht nur die Gegenrede; sondern die judaisirenden Christen in Jerusalem
erkannten, daß Gott auch den Heiden die Buße verliehen habe zur Selig=
keit, daß die Heiden in gleicher Weise wie die Juden zur Kirche Christi
vorherbestimmt und berufen seien. Wir aber entnehmen aus dem ganzen
Vorgange mit Sicherheit, daß noch zu jener Zeit unter den Judenchristen
in Jerusalem und, wie es scheint, selbst unter dem Gefolge des Apostels
Petrus die Ansicht vorhanden war, ein Heide, der sich der Kirche Christi
zugesellen wolle, müsse zuerst ein Proselyte des Judenthums werden und
so als für immer adoptirter Abrahamide ins Christenthum gelangen.

Zehn Jahre ruhte nun die Sache. Unterdessen wurden in Syrien,
in Cilicien, sowie in einigen anderen kleinasiatischen Provinzen Juden und
Heiden ohne Unterschied und ohne besondere Verpflichtungen der letzteren
auf mosaische Satzungen getauft und der Kirche Christi zugesellt. Allmälig
aber machte sich Angesichts dieser Vorgänge das judaisirende Element
unter den Christen in Jerusalem aufs Neue geltend. Daß das von Alters

her auserwählte Volk der Juden, die Nachkommenschaft Abrahams, im Gottesreiche gar keine Prärogative vor den Heiden voraus haben sollte, daß die Zuletztberufenen in ganz gleicher Weise Miterben sein sollten, diese Ansicht konnte ihnen, namentlich den früheren Pharisäern, nicht zusagen; sie erhoben sich dagegen und bekämpften sie immer entschiedener, je mehr die Zahl der Heidenchristen anwuchs. Die Gährung kam zuerst in Antiochien, wo Paulus und Barnabas, zurückgekehrt von ihrer klein- asiatischen Mission wirkten und wo man den allgemeinen, keinen Unter- schied zwischen Bekehrten aus dem Judenthum und Heidenthum kenn- zeichnenden Namen „Christen“ zuerst angenommen hatte, zum Ausbruch. Einige der eifrigen Judenchristen aus Jerusalem reisten nämlich nach Antiochien und lehrten hier in der Christen-Versammlung die stricte Verbindlichkeit des mosaischen Gesetzes für die Heidenchristen. Es gelang ihnen, ungeachtet des Widerstandes Seitens des Paulus und Barnabas, die aus Juden- und Heidenchristen gemischte Gemeinde in solche Unruhe zu versetzen, daß man beschloß, den Aposteln und Aeltesten in Jerusalem diesen Gegenstand als eine Streitfrage zur Entscheidung vorzulegen. Das war die nächste Veranlassung zu jenem ersten Apostel-Concil. Von jüdischen Vorurtheilen befangene Christen hatten eine Frage angeregt, welche, wie dieses der Apostel Paulus in mehreren seiner Briefe aus- einandersetzt, das Dogma von dem Verdienste Christi und der Recht- fertigung aus dem wahren Glauben aufs Innigste berührte, und welche darum, wie auch spätere der Häresengeschichte angehörende Erscheinungen thatsächlich beweisen, weder unwichtig noch ungefährlich war.

In dieser ihrer wahren Bedeutung wurde die schwebende Streitfrage von dem Apostel-Concil auch alsbald aufgefaßt. Angeregt von der antiochenischen Gesandtschaft, zu welcher Barnabas und Paulus gehörten, versammelten sich in Jerusalem die eben anwesenden Apostel sammt den Aeltesten zur Berathung. Petrus, welcher die Verhandlung leitete und zuerst das Wort ergriff, hob in seiner Rede mit Nachdruck hervor: „Gott habe gewollt, daß vor längerer Zeit durch seinen Mund die Heiden das Wort des Evangeliums hören und glauben sollten. Die Geistesverleihung sei denselben auch ebenso zu Theil geworden wie den bekehrten Juden; es sei gar kein Unterschied gewesen, da durch den Glauben ihre Herzen gerei- nigt worden seien. Darum heiße es Gott versuchen, wenn man den

Heidenchristen ein Joch auflegen wolle, das weder die Vorfahren der
Juden, noch sie selbst zu tragen vermocht hätten. Die Gnade des Herrn
wirke die Rettung beider, der Juden und Heiden, auf gleiche Weise." So
sprach Petrus, der erste der Apostel, in berufener Versammlung öffentlich
und feierlich einen Grundsatz aus, welcher geeignet war, die Illusionen der
judaisirenden Christen von einem Vorzuge der Christen aus dem Juden=
thum im Reiche der Gnade völlig zu vernichten. Ganz denselben Grund=
satz entwickelte einige Jahre später der Apostel Paulus im Galaterbriefe
den judaisirenden Christen in Galatien gegenüber und führte ihn noch
später in allgemeiner Begründung, ohne specielle Polemik, in dem Send=
schreiben an die Römer aus.

Gegen den Ausspruch des Apostels Petrus wurde in der Versammlung
nicht nur keine Einrede erhoben, vielmehr traten dasselbe aus eigener
Erfahrung bestätigend Barnabas und Paulus auf und bezeugten, daß
Gott unter den neubekehrten Heiden Zeichen und Wunder gewirkt habe,
woraus sich deren Aufnahme ins Christenthum in der Form, wie sie statt=
gefunden, als eine Gott wohlgefällige bewiesen habe. Zum Schluß trat
dieser Ansicht auch bei der Apostel Jacobus, der Bruder des Herrn und
Bischof in Jerusalem, welcher gegen jüdische Sitte und Gewohnheit, wie
besonders aus Apostelg. 21, 20—25 zu ersehen, stets sehr schonend ver=
fuhr, von dessen Gerechtigkeit, Mäßigung und Milde sein Zeitgenosse, der
jüdische Geschichtschreiber Josephus, ausdrückliches Zeugniß giebt, und
welche selbst von den judaisirenden Secten späterer Zeit anerkannt wurden.
Jacobus bewies aus den Propheten des alten Bundes, daß die von Petrus
ausgesprochene Ansicht die richtige, Gott wohlgefällige sei, indem nach
den Weissagungen der Propheten die Heiden ebenso wie die Juden ein
Anrecht auf das Reich Gottes hätten.

Hiermit war die dem Concil zur Berathung und Entscheidung vor=
gelegte Frage gegen die zelotischen Judenchristen entschieden und das
Synodalschreiben konnte demnach eine sehr einfache Fassung erhalten,
hätte nicht der Apostel Jacobus gleichzeitig dem Concil noch einen weiteren
mit dem obigen in Verbindung stehenden Antrag zur Erwägung und
Beschlußnahme vorgelegt. Ihm nämlich, dem vorurtheilsfreien, ruhigen
Beobachter, war es nicht entgangen, daß wie einerseits ein Theil der
Judenchristen mit Vorliebe und in dem Grade an dem mosaischen Gesetze

hing, daß Manche sogar in Gefahr geriethen, darüber der Früchte des
Erlösungswerkes verlustig zu gehen, so hingegen den Heidenchristen eine
andere nicht minder große Gefahr drohte. Vielen von diesen kam es
nämlich schwer an, sich der Gewohnheiten des früheren ungebundenen
Lebens ganz und gar zu entschlagen und den ernsten Forderungen des
christlichen Sittengesetzes ohne Rückhalt zu ergeben. Zu dieser offenbaren
Schwäche gesellte sich bald als Versuchung ein gewisser heidenchristlicher
Stolz, welcher auf das ängstliche Verhalten der Judenchristen mit Verach=
tung herabsah, sich einer besseren höheren Erkenntniß innerhalb der
Sphäre des praktischen Christenthums rühmte, dabei sittlich immer mehr
verkam und nach Außen Aergerniß gab. Belehrend in dieser Beziehung
sind die beiden Corintherbriefe des Apostels Paulus, worin dieser fressende
Schaden gerade nach einigen Seiten hin aufgedeckt wird, welche zum
näheren Verständnisse des von Jacobus gestellten Antrages von Bedeu=
tung sind. Corinthische Christen aus dem Heidenthum ließen sich z. B.
ohne Bedenken von den Heiden zu ihren Götzenopfermahlen einladen und
verachteten die Christen, welche hieran Anstoß nahmen. Auch findet sich
der Apostel genöthigt, den Corinthern warnend zu sagen, daß man von
Unzucht unter ihnen höre. Andere mißbrauchten die heilige Feier der
Agapen, indem sie eine Art von rücksichtsloser Schwelgerei damit in Ver=
bindung brachten. Zu den gottesdienstlichen Versammlungen kamen die
Frauen mit Schmuck beladen und ohne Verschleierung. Lieblosigkeit,
Streitsucht, Weichlichkeit und Indifferentismus drohten in Corinth das
christliche Leben zu verkümmern und zu Grunde zu richten.

Im Hinblick auf solche Gefahren, und wohl auch auf bereits vorhan=
dene Erscheinungen unter den Heidenchristen, stellte Jacobus auf dem
Concil einen Antrag, dessen Tendenz dahin ging, für die Heidenchristen
gewisse Verbote aufzustellen, und zwar zur Erreichung eines doppelten
Zweckes: Einmal sollte dadurch eine größere Trennung der Heidenchristen
von den Heiden äußerlich vollzogen werden. Zum Andern sollte aber
auch in gewissem Grade die gebührende Achtung gegen alte Institutionen,
welche zum Theile noch über die Geschichte des Judenthums hinaus=
gingen, die aber auch im mosaischen Gesetze vorhanden waren, erwirkt
und so eine Versöhnung und äußere Gemeinschaft zwischen den strengen
Judenchristen und Heidenchristen vermittelt werden. Der Antrag des

Apostels Jacobus lautete: „Man möge den Heidenchristen schreiben, daß sie sich enthalten sollten von der Verunreinigung mit den Götzen, von der Unzucht, vom Erstickten und vom Blute." Die kurze, etwas dunkel gehaltene Begründung dieses Antrages aber lautet: „Denn Moses hat von alten Zeiten her in jeder Stadt Solche, die ihn verkündigen, indem er in den Synagogen jeglichen Sabbath vorgelesen wird." Der allgemeine Sinn dieser Begründung ist unschwer zu verstehen: Den Apostel Jacobus leitete eine Rücksichtnahme auf die Judenchristen, welche, unter Heidenchristen in den Städten gemischt lebend, an den Sabbathen in der Synagoge der Vorlesung des mosaischen Gesetzes beiwohnten. Nahmen die so beständig Unterrichteten heidnische dem mosaischen Gesetze zuwiderlaufende Gewohnheiten und Einrichtungen unter den Heidenchristen wahr; so dienten ihnen diese zum Anstoß und mußten das einträchtige Zusammenleben mit ihren Mitchristen aus dem Heidenthum stören.

Der Vorschlag des Apostels fand sofort die Zustimmung in der Versammlung und erhielt darauf folgende theils sachlich mehr geordnete, theils auch genauer bestimmte Fassung: „Die Heidenchristen sollten sich enthalten von dem, was den Götzen geopfert worden, vom Blute und Erstickten und von Unzucht."

Durch die obigen geschichtlichen Erörterungen sind wir in den Stand gesetzt, über Inhalt und Bedeutung des ganzen Apostel-Decretes richtig zu urtheilen. In seinem ersten Theile bestimmt dasselbe, daß die Heidenchristen nicht verpflichtet seien, sich beschneiden zu lassen und das mosaische Ceremonial-Gesetz zu halten. Das Concil erklärte, daß dies weder Befehl noch Absicht der Apostel je gewesen (Apostelg. 15, 24), und daß die, welche solches lehrten, die Herzen beunruhigten und mit Reden Verwirrung stifteten. Sodann bezeichnet das Concil als zur Befolgung nothwendige Stücke dasjenige, was der Apostel Jacobus als solche beantragt hatte, in Form eines Verbotes. Ob diese nothwendigen Stücke, deren Enthaltung den Heidenchristen hier geboten wird, lediglich aus weiser Berücksichtigung bestehender Verhältnisse und aus der pflichtmäßigen christlichen Nächstenliebe entfließen, oder ob sie sämmtlich oder theilweise eine engere Verbindung mit der christlichen Sitte überhaupt haben, dies muß die Erörterung der einzelnen Bestandtheile des Verbotes ergeben.

Was nun den ersten Punkt des Verbotes, die Enthaltung von dem was den Götzen geopfert worden, betrifft; so verbietet schon der Ausdruck εἰδωλόθυτα die Folgerung, als hätten Heidenchristen noch den Götzen Opfer gebracht, oder sich doch an solchen Opfern betheiligt. Vielmehr beweisen die Erörterungen des Apostels Paulus in seinem ersten Send-schreiben an die Corinther, K. 8—10, über denselben Gegenstand, daß das Verbot sich auf die Theilnahme der Christen an solchen Mahlzeiten der Heiden, wobei Götzenopferfleisch genossen wurde, und auch auf das Kaufen solchen Fleisches auf dem Markte bezieht. Der Apostel erklärt beides als zwar an und für sich nicht sündhaft, weil die Götzen nichts seien und es somit in Wirklichkeit keine Götzen gebe; wohl aber sei beides unerlaubt und sündhaft wegen des Aergernisses der Schwachen; außerdem aber auch unbedingt für Jeden, der Götzenopferfleisch als solches, d. h. in dem Glauben, daß es wirklich Götter gebe, genieße. Da sich nämlich die Dämonen von den Heiden als Götter verehren ließen, so trete der, welcher an Götzen glaube, durch den Genuß des Götzenopferfleisches in Gemein-schaft mit den Dämonen. Zwischen der Forderung des Apostels Jacobus und der Forderung des Apostel-Decretes in diesem Punkte besteht der Unterschied, daß der Apostel die Enthaltung von der Verunreinigung mit den Götzen (τὸ ἀπέχεσθαι τῶν ἀλισγημάτων τῶν εἰδώλων) verlangte. Das Concil wählte hierfür den bestimmteren, aber auch beschränkteren Ausdruck ἀπέχεσθαι εἰδωλοθύτων, die Enthaltung von dem, was den Götzen geopfert worden. Hieraus ergiebt sich, daß über die Fassung des Verbotes conciliarische Verhandlungen gepflogen wurden, welche in der Apostelgeschichte nicht mitgetheilt sind; ferner aber auch, daß die Heiden-christen überhaupt in keiner andern Gemeinschaft mit dem heidnischen Götzencultus standen, als daß sich Einzelne zu Opfermahlzeiten einladen ließen, auch Opferfleisch auf dem Markte kauften und genossen, wodurch sie theils den strengeren Judenchristen Aergerniß gaben [1]), theils auch das eigene Gewissen beschweren konnten. Es ist somit klar, daß dieser Punkt des Verbotes, die Enthaltung vom Götzenopferfleisch, an und für sich nicht positiv religiöser Natur und nicht als Bestandtheil des christlichen Sittengesetzes zu erachten war. Die klare Absicht des Verbotes bezieht

---

[1]) Vgl. Justin. Dial. c. Tryph. c. 35.

sich auf Vermeidung von Aergerniß, auf Lostrennnng der Heidenchristen von den Heiden und somit auf Annäherung und Versöhnung der Heiden= christen mit den strengeren Judenchristen.

Die sodann gebotene Enthaltung vom Blute und vom Erstickten hat eine gleiche Tendenz, steht aber in keinerlei Beziehung zum heidnischen Opfercultus, bei welchem allerdings auch Blutgenuß, nämlich Opferblut mit Wein gemischt, vorkam[1]). Das Verbot beruht wesentlich auf der Idee, welche schon in der alten noachischen Vorschrift (Gen. 9, 4 ff.) angedeutet ist, aber klarer ausgesprochen in das mosaische Gesetz überging. Weil nämlich der Nephesch, d. i. die Seele des Thieres, im Blute ist und dieses Blut als Sühnungsmittel beim Opfer bestimmt war, darum erhielten zuerst Noah und seine Nachkommen, sowie später die Israeliten das Verbot, Fleisch mit dem Blute zu essen[2]). Das Verbot des Essens von Blut und Ersticktem erstreckte sich nach dem mosaischen Gesetze sogar weiter als auf die Israeliten, nämlich auch auf alle Fremdlinge, welche unter den Israeliten sich aufhielten. Es ist darum mit Grund anzuneh= men, daß dieses Verbot zu jenen Satzungen gehörte, worauf die Pro= selyten des Thores verpflichtet wurden, wie denn auch unter den Sitten= vorschriften der im zweiten Buche der Sibyllen enthaltenen, von einem alexandrinischen Juden herrührenden, sogenannten Phocylideischen Verse einer (V. 96) lautet: „Iß kein Blut und genieße kein Fleisch, das man Götzen geopfert."

Hieraus folgt, daß dieser zweite Punkt, das Verbot des Bluteffens, wozu auch das Essen des Erstickten, in welchem das Blut sich befand, gehörte, eine Disciplinar=Vorschrift war, wohl geeignet ein Aergerniß zu heben, welches den mit Heidenchristen verkehrenden Judenchristen ohne dieses Verbot häufig genug bereitet werden mochte, da den Heiden das Blutessen und der Genuß der Thiere mit ihrem Blute, z. B. der auf der Jagd erlegten, gewöhnlich war, und die Heidenchristen darin an und für sich und ohne Kenntniß des mosaischen Gesetzes nichts Anstößiges finden mochten.

---

[1]) Vgl. J. D. Michaelis zu Pf. 16 V. 4, im krit. Collegium über die drei wichtigsten Pfalmen von Christo. Frankfurt u. Göttingen 1759, wo die Beleg- ftellen hierfür aus den alten Schriftstellern zusammengestellt und erläutert sind.

[2]) 3 Mos. 17, 10—14.

Als letzter Bestandtheil der Verbote ist genannt die πορνεία. Den Ausdruck in seiner vollen Bedeutung gefaßt würde zu der Frage berechtigen, was denn dieses Verbot hier solle; indem es sich ja für jeden Christen ganz von selbst verstand, daß er, der unterrichtet war, seinen Leib als Glied Christi und als Tempel des heiligen Geistes zu betrachten, sich von Hurerei so wie von jeder Unzucht rein zu erhalten habe. Da Unzucht im Christenthum unbedingt verboten ist, ebenso wie Mord, Meineid oder Diebstahl, wie sollte sich dieses Verbot sachgemäß an die vorhergehenden schließen? Waren etwa die Heidenchristen dem Laster der Unzucht so wie die Heiden verfallen, so daß es einer so ausdrücklichen und speziellen Warnung davor bedurfte? Oder ist etwa das Verbot πορνεία in dem Decrete in einer beschränkteren Bedeutung zu verstehen, so daß durch dieses Verbot, ähnlich wie durch die vorhergehenden, etwas bezeichnet wird, was die Heidenchristen aus dem Heidenthum als etwas Indifferentes mit herüber genommen hatten, was aber in ihrem Verkehr mit den strengeren Judenchristen Anstoß und Aergerniß erregte? Bekanntlich wird das Wort πορνεία im alten und neuen Testamente in verschiedenen Bedeutungen, z. B. vom Götzendienste, vom Ehebruch, unechter Geburt, wohl auch von Ehen zwischen Juden und Heiden, dann auch allgemein von Unsittlichkeit aller Art gebraucht[1]). „Wer sein Weib entläßt," heißt es z. B. Matth. 5, 32, „ausgenommen im Falle der Hurerei (d. i. des Ehebruchs), der macht es zur Ehebrecherin, und wer ein geschiedenes Weib heirathet, begeht Ehebruch." Ferner Luc. 16, 18: „Jeder der sein Weib entläßt und ein anderes heirathet, begeht Ehebruch, und wer eine geschiedene heirathet, begeht Ehebruch." Dasselbe ist bei Matth. 19, 9 ausgesprochen. Da Ehebruch auch πορνεία ist, so fällt demnach jede Ehescheidung, ausgenommen im Falle des Ehebruchs seitens des Weibes, in welchem Falle nach mosaischem Gesetze aber die Tödtung der Ehebrecherin stattfinden mußte, so daß die Ehe absolut aufhörte, unter den Begriff der πορνεία. Das Heirathen einer Geschiedenen war aber Ehebruch, πορνεία, in jedem Falle und ohne alle Ausnahme. Demnach ist es wohl gestattet,

---

1) Vgl. Clem. Alex. Strom. VII. c. 12 § 75 (edit. Klotz): Πορνείας γὰρ ἤδη πολλάκις τρεῖς τὰς ἀνωτάτω διαφορὰς παρεστήσαμεν κατὰ τὸν ἀπόστολον, φιληδονίαν, φιλαργυρίαν, εἰδωλολατρείαν.

darnach zu fragen, was in dem Apostel=Decrete das Verbot der πορνεία
speciell bedeute? Einen Anhaltspunkt zur Erkenntniß bietet der Apostel
Paulus in seinem ersten Sendschreiben an die Corinther K. 5. Der
Apostel rügt daselbst an der Christengemeinde zu Corinth, daß man unter
ihnen von πορνεία höre, und er hebt dabei einen besonders schweren Fall,
der nicht einmal bei den Heiden vorkomme, heraus. Der Fall betraf die
Ehe eines Christen mit einem Weibe, welche eine Nichtchristin war, wie
sich daraus ergiebt, daß über den Mann, nicht aber über das Weib die
schwere Strafe der Excommunication verhängt wurde. Die πορνεία
bestand in diesem Falle darin, daß ein Christ das Weib seines Vaters,
d. h. seine Stiefmutter, geheirathet hatte, und die vom Apostel gegen die
Christengemeinde ausgesprochene Rüge bezog sich darauf, daß die Gemeinde
diese Ehe in einem so nahen Verwandschaftsgrade duldete und den Ver=
brecher nicht aus der Gemeinde ausschloß. Auch nach dem mosaischen
Gesetze waren solche Ehen verboten und fielen somit unter den Begriff der
πορνεία. Wenn wir demnach das Verbot der πορνεία in dem Apostel=
Decrete auf unerlaubte Eheverhältnisse und speciell auf Ehen in solchen
Verwandtschaftsgraden, die schon im Gesetze Moses verboten waren,
beziehen, so glauben wir dasselbe wenigstens nach einer Seite hin richtig
gedeutet zu haben. Möglicher Weise aber umfaßte es noch mehrere
Punkte, z. B. das Verbot der Polygamie, welche nach dem Ausspruche
des Herrn (Matth. 19, 4—8) den göttlichen Institutionen zuwider und
darum der christlichen Sitte widerstrebte, daher sicherlich auch unter den
Begriff der πορνεία fiel. Da die apostolischen Sendboten beauftragt
waren, das Sendschreiben nach Antiochien zu überbringen und wir
(Apostelg. 16, 4) erfahren, daß Paulus und Silas dasselbe auch in
Syrien, Cilicien und anderwärts verbreiteten; so ist es kein Zweifel, daß
der Inhalt der Verbote durch die christlichen Missionäre in den einzelnen
Gemeinden genügend erläutert und so jedem Mißverstehen derselben vor=
gebeugt wurde.

Ueberblicken wir nun noch einmal die in dem Apostel=Decrete ent=
haltenen Verbote, so ergiebt sich als Hauptabsicht derselben die Herbei=
führung einer schärferen Trennung der Heidenchristen von den Heiden
und in demselben Maße einer Annäherung an die Judenchristen, nach=
dem allgemein die Befreiung von dem Gesetze Moses proclamirt worden

war. Dabei ließ man für die Judenchriften noch immer Schonung walten. Man änderte vorerft nichts an der bisherigen Praris und verboß den Judenchriften nicht, wie bisher nach der Sitte ihrer Vorfahren zu leben. In Betreff ihrer war auf dem Concil kein Antrag geftellt worden, und so blieb die Regelung dieses Verhältnisses dem Bedürfnisse einer späteren Zeit anheim gegeben. Daffelbe ftellte fich übrigens bald ein. Es verurfachte namentlich dem Apoftel Paulus viele Kämpfe und Beschwerden, bis endlich auch die schärfere Abtrennung der Judenchriften von den Juden fich vollzog. Wie frühe dies geschah, dafür legt unseres Erachtens die Bildung der früheften judaifirenden Secten ein mittelbares Zeugniß ab.

IV.
Zur Geschichte der Entstehung der heil. Evangelien.

§. 1.

Als das Evangelium vom Reiche Gottes nach dem Auftrage Christi durch die Apostel zuerst verkündigt wurde, bestand außer den Schriften des alten Bundes noch keine heilige Literatur, worin die neuen Gottes= offenbarungen niedergelegt waren. Von Christus, dem Herrn, wurden während seines Wirkens auf Erden die alttestamentlichen Propheten als wahre Gesandte Gottes anerkannt und bestätigt, ihre Schriften wurden für heilige Schriften erklärt und als solche gebraucht. Ebenso verfuhren auch die Apostel beim Beginne ihres Lehramtes. Sowohl zum Erweise der Wahrheit ihrer Verkündigung, als auch zur Beglaubigung ihrer in göttlichem Auftrage vorgenommenen kirchlichen Einrichtungen, beriefen te sich auf die im alten Bunde aufgezeichneten prophetischen Aussprüche. Außer diesen Berufungen auf das alte Testament existirte aber die göttliche Offenbarungslehre, welche die Apostel im Auftrage Christi und unter dem Beistande des heil. Geistes verkündigten, Anfangs ausschließlich nur als mündliches Kerygma. Auch begannen die Apostel keineswegs bald nach ihrem öffentlichen Hervortreten als Lehrer zur Ausbreitung der Heilslehre Schriften zu verfassen; sondern die christliche heilige Literatur hat einen späteren und anderen Ursprung. Ueber zwanzig Jahre nach der Himmelfahrt Christi war die Verkündigung des Evangeliums eine ausschließlich mündliche. In dieser Form wurden die ersten apostolischen Kirchen in Jerusalem, Samarien, Antiochien, auf Cypern, in Kleinasien, Griechenland und anderwärts gegründet. In derselben Form wurde das Evangelium den nächstapostolischen Gehilfen und Lehrern übergeben. Diese Form der mündlichen Ueberlieferung verblieb auch der Kirche für alle Zeiten, und zwar unter Garantie ihrer ursprünglichen Reinheit, indem hierüber das von Christus selbst eingesetzte unfehlbare mündliche Lehramt in der Kirche wacht.

Neben dieser in der mündlichen Ueberlieferung beruhenden ältesten und ursprünglichen Quelle der christlichen göttlichen Offenbarungslehre, aber abhängig und als Ausfluß von derselben, entstand allmälig eine zweite, eine schriftliche Quelle des göttlichen Wortes von gleicher Auctorität.

Diese apostolisch=christliche Literatur nahm ihren Anfang in Briefen, welche der Apostel Paulus theils an christliche, größtentheils von ihm selbst gestiftete Gemeinden, theils an christliche Lehrer, seine Gehilfen, schrieb. Die Veranlassung hierzu war jedesmal eine speciell erkennbare, durch besondere locale und persönliche Verhältnisse bedingte. Als solche machen sich auch die meisten der mit wenig Ausnahmen etwas später von den Aposteln Jacobus, Petrus, Judas und Johannes verfaßten Sendschreiben kenntlich. In dieser schriftlichen Form suchten einzelne Apostel mit unter ihrer Sorge und Obhut stehenden christlichen Gemeinden, oder Personen, in Verbindung zu bleiben und aus der Ferne für das Evangelium und die Kirche Christi zu wirken.

Neben diesen in Briefen bestehenden apostolischen Schriften erschienen vom Anfang des sechsten Jahrzehntes bis zum neunten theils von Aposteln, theils von deren Gehilfen noch Schriften anderer Art, sechs an der Zahl, in denen gleichfalls christliche Offenbarungslehre niedergelegt ist. Die eine dieser Schriften schließt sich nach ihrem Charakter an die Prophetenwerke des alten Bundes an, ist durchgängig prophetischen Inhalts und wurde vom Apostel Johannes auf göttlichen Befehl verfaßt, um in Gesichten und directen Vorhersagungen die Zukunft der Kirche Christi zu enthüllen, und so als Fortsetzung der alttestamentlichen Prophetien über das ihrer Zeit noch fern gelegene messianische Reich, die Entwickelung dieses Reiches bis zu seinem Abschluß am Ende der Zeiten darzustellen.

Die fünf anderen neutestamentlichen Schriften sind wesentlich historischen Inhalts. Unter ihnen treten die Evangelien als ihrem Inhalte nach unter sich verwandte Schriften heraus. Sie behandeln sämmtlich denselben Gegenstand, nämlich Geschichte des Lebens und Wirkens Jesu, des Messias, auf der Erde, von nicht gleichem Anfange, aber von allen Evangelisten bis nach seiner Auferstehung von den Todten, von zweien bis zu seiner Himmelfahrt fortgeführt.

§. 2.

Ueber die Entstehung der letztgenannten Schriften, der heil. Evangelien, über Veranlassung und Zweck derselben haben wir gute, alte Nachrichten. Zur Vergleichung und weiteren Beurtheilung dienen aber auch diese Schriften selbst, sowohl in ihrer Anlage, als in directen Angaben und Andeutungen. Christen am Ende des ersten und im zweiten Jahrhundert haben sich schon in dieser Beziehung mit den heil. Evangelien beschäftigt, und wie sie eines Theiles sich an die dießfallsige Ueberlieferung anlehnten, so zeigen andere charakteristische Bemerkungen, z. B. des Papias über das Marcus-Evangelium, des heil. Irenäus über die Eigenthümlichkeiten einzelner Evangelien (adv. Haer. III. c. 14, n. 3 u. c. 11, n. 1), und des Clemens Alexandrinus über den ergänzenden Charakter des Johannes-Evangeliums, daß sich die christlichen Gelehrten jener urchristlichen Zeit auch in den Inhalt der Evangelien vertieften und die Fragen nach dem Ursprunge derselben, nach Plan und Anlage, sich vorlegten und beantworteten. Ein weiteres Zeugniß hierfür liefern die Evangelienharmonien des Theophilus und Tatian im zweiten, des Ammonius im dritten Jahrhundert, für die spätere Zeit die Schrift des heil. Augustinus de consensu evangelistarum, und sodann die Prolegomena, welche die alten Exegeten ihren Schriftcommentaren beizugeben pflegten, bis endlich eine selbstständige Disciplin, die Einleitungswissenschaft, sich des Gegenstandes ex professo bemächtigte. Ganz besonders eifrig wurde die Evangelienfrage in neuester Zeit behandelt, ohne jedoch zum Abschluß gekommen zu sein. Vielmehr begegnen wir gerade heute den entgegengesetztesten Ansichten über den Ursprung der heil. Evangelien. Während z. B. Döllinger [1]) das Matthäus-Evangelium für das älteste Evangelium erklärt, welches den beiden anderen als Vorbild gedient habe, und von Marcus sagt, er habe die Evangelien des Matthäus und Lucas theils abkürzend, theils verschmelzend, theils auch erweiternd benützt, den Johannes aber als Vervollständiger der drei ersten Evangelien auffaßt, eine Ansicht, die von vielen neuern Forschern vertreten wird [2]); begegnen wir

---

[1]) Döllinger, Christenthum und Kirche. Regensburg 1860. S. 132 ff.
[2]) S. Bleek Einleitung in das Neue Testament, Berlin 1862. S. 243 ff.

auch der z. B. von Lachmann, Wilke, Weisse, Hitzig, Ewald, Ritschl,
Bleek u. A. vertheidigten Ansicht, wornach das Marcus=Evangelium von
Matthäus und Lucas benützt wurde. Daneben geht die Annahme, daß
ein Urevangelium existirte, welches jedem der drei ersten Evangelien, oder
doch dem Matthäus und Lucas, vorgelegen habe, so daß unsere Evan=
gelien sich zu jenem wie verschiedene Recensionen oder Ueberarbeitungen
verhielten [1]). Wir übergehen die von namhaften Vertretern der Tübinger
Schule aufgestellten Ansichten, welche z. B. das Lucas=Evangelium für
eine um die Mitte des zweiten Jahrhunderts verfaßte Tendenz=Schrift
halten und ähnlichen zweifelhaften Werth auch jedem der übrigen Evan=
gelien beilegen. Wir wollen hiermit nur constatiren, daß die sogenannte
Evangelienfrage eine noch in vielfacher Hinsicht wissenschaftlich ungelöste ist.

§. 3.

Wenn wir die ältesten Zeugnisse über die Entstehung der Evangelien
befragen, so erhalten wir eine wenn auch oft kurze, doch bestimmte und
klare Antwort. Von dem bei Papias schon bezeugten Matthäus=Evan=
gelium heißt es bei Irenäus adv. Haer. III, 1: Matthäus habe zur Zeit,
als Petrus und Paulus zu Rom gepredigt und die Kirche gegründet
hätten [2]), unter den Hebräern in ihrer Sprache eine Evangelienschrift
verfaßt; und fragm. XXIX (ed. Stieren): Matthäus habe den Juden
in seinem Evangelium beweisen wollen, daß Christus von David abstamme.
Nehmen wir noch hinzu die auf dem Zeugniß des heil. Irenäus sichtbar
fußende Bemerkung des Eusebius H. E. III, c. 24, so erfahren wir hier
noch weiter, daß Matthäus, nachdem er den Hebräern das Evangelium
verkündigt und sich zu andern Völkern begeben wollte, seine Evangelien=
schrift verfaßt habe, um hierdurch seine fehlende Gegenwart zu ersetzen.
Durch diese Zeugnisse ist nicht nur der Entstehungsgrund dieses von dem
Apostel Matthäus verfaßten Evangeliums angegeben; sondern auch selbst
die besondere Form desselben ist erklärt, desgleichen ist auf die Sprache
und die Abfassungszeit hingewiesen.

---

[1]) Bleek a. a. O. S. 266.
[2]) Ueber das Mitwirken des Apostels Paulus in Rom zur Gründung der Kirche
vgl. Gams Kirchengeschichte von Spanien S. 218 ff.

Eine nicht minder bestimmte Auskunft erhalten wir über die Ent=
stehung des Marcus=Evangeliums durch Papias und Clemens Alexan=
drinus. Der Erstere berichtet nach der Aussage seines Gewährsmannes,
des Apostelschülers Johannes (Euseb. H. E. III, c. 40. ed. Laemmer):
Marcus, der Dolmetscher und Begleiter des Apostels Petrus, habe sein
Evangelium genau nach der Erinnerung an die Lehrvorträge des Petrus
geschrieben, wiewohl nicht in der richtigen Reihenfolge der Begebenheiten.
Auch Petrus habe bei seiner Verkündigung weniger auf geschichtliche Dar=
stellung als auf den Nutzen der Zuhörer geachtet, und Marcus habe nach
der Erinnerung auch nicht immer diese Reihenfolge beobachtet, doch aber
nichts ausgelassen und nichts geändert.

Clemens Alexandrinus hatte im sechsten Buche seiner Hypotyposen
(nach Eusebius H. E. II, c. 15 und VI c. 14) über den Ursprung des
Marcus=Evangeliums folgende Nachricht: Die Christen zu Rom baten
den Marcus auf's bringendste und unablässig, er möge ihnen die Lehre
des Evangeliums, welche sie aus dem Munde des Apostels Petrus ver=
nommen, schriftlich aufzeichnen, und so seien diese, die römischen Christen,
die Urheber des Marcus=Evangeliums geworden, indem Marcus ihren
Bitten entsprochen habe. Diese Nachricht hatte Clemens aus der Ueber=
lieferung der alten Kirchenoberen (παράδοσιν τῶν ἀνέκαθεν πρεσβυτέρων)
erhalten und zugleich erfahren, daß die Evangelien, welche die Genea=
logien enthielten, die ältesten seien. Auch Irenäus adv. Haer. III, c. 1,
n. 1 bemerkt, Marcus, der Jünger und Dolmetscher des Petrus, habe
dessen Lehrvorträge aufgezeichnet. Damit übereinstimmend nennt Justin
Dial. c. 106 das Marcus=Evangelium die Denkwürdigkeiten des Petrus,
indem er unter dieser Formel den Inhalt einer nur bei Marcus c. 3, 17
vorkommenden Evangelienstelle aushebt.

Ueber die Entstehung des Lucas=Evangeliums erhalten wir von dem
Evangelisten selbst Auskunft: Demnach fühlte er im Hinblick darauf, daß
von Vielen bereits Berichte über das Leben und Wirken Jesu Christi,
also evangelische Aufzeichnungen, nach der Ueberlieferung der Apostel
schriftlich abgefaßt worden waren, und weil er selbst über das Ganze und
von Anfang an genaue Erkundigung eingezogen hatte, sich gleichfalls zur
Abfassung einer Evangelienschrift veranlaßt, zunächst damit Theophilus
die sichere Zuverlässigkeit in Betreff der Lehren, worin er unterrichtet

worden, hierdurch erkennen möge. Aus dem Eingange der Apostelgeschichte erfahren wir noch von demselben Verfasser, daß Alles, was Jesus von Anfang an that und lehrte bis zum Tage seiner Himmelfahrt, in diesem Evangelium aufgezeichnet sein sollte. Daß der Ausdruck „Alles" jedoch hier nicht in der vollen Bedeutung des Wortes zu fassen sei, dies ergiebt sich daselbst, indem er nach diesen Aeußerungen alsbald einen im Evangelium nicht stehenden Nachtrag aus dem Leben Jesu beifügt.

Bei Irenäus adv. Haer. III, c. 1, n. 1 und c. 14, n. 1 u. 3 erfahren wir noch, daß Lucas das Evangelium des Apostels Paulus enthalte. Daß es für die Heidenchristen bestimmt gewesen sei, sagt Origenes.

Auch der Verfasser des vierten Evangeliums, der Apostel Johannes, äußert sich im Evangelium selbst über die Veranlassung zu demselben. Aus K. 20, 30 und 31 ergiebt sich, daß Johannes darum das Evangelium schrieb, damit der Glaube an Jesus als den Messias, den Sohn Gottes, erwirkt und gefördert werde zum Leben in Christi Namen. Zugleich bemerkt er, daß dieses Buch keine vollständige Aufzeichnung der Thaten Jesu enthalte. Hiermit stimmen die alten Nachrichten wohl überein. Nach dem Verfasser des sogenannten muratorischen Fragments wurde der hochbejahrte Apostel von den asiatischen Bischöfen zur Abfassung des Evangeliums aufgefordert. Clemens Alexandrinus hatte aus der alten kirchlichen Ueberlieferung vernommen: Johannes habe auf Bitten seiner Freunde, als er gesehen, daß das Somatische über Jesus in den Evangelien offenbart sei, unter Einfluß des heil. Geistes ein pneumatisches Evangelium verfaßt (vgl. Euseb. H. E. VI, c. 14). Aus Irenäus adv. Haer. III, c. 11, n. 1 entnehmen wir noch die Nachricht, daß es geschrieben worden sei gegen die Irrthümer der Nicolaiten und des Cerinth, um diesen antichristlichen Bestrebungen gegenüber die Glaubensregel in der Kirche festzustellen.

§. 4.

Aus den im vorigen §. mitgetheilten Nachrichten erfahren wir die äußere und nächste Veranlassung zur Abfassung der vier canonischen Evangelien. Sie theilen sich aber in Bezug auf ihre Entstehung denselben Nachrichten gemäß in drei Classen. Zur ersten Classe gehören das Matthäus- und Marcus-Evangelium. Diese weisen direct auf die Lehr-

vorträge der Apostel Matthäus und Petrus zurück; nicht als ob das erste
Evangelium Alles enthielte, was Matthäus, als er den Hebräern, d. i. den
Judenchristen in Palästina, predigte, geredet; oder als ob Petrus in Rom
nicht mehr und nicht weniger vorgetragen hätte, als was im Marcus=
Evangelium verzeichnet ist; sondern beide Evangelien enthalten das
Geschichtliche, die historische Grundlage der Lehrvorträge der Apostel
Matthäus und Petrus. Das erste Evangelium zeigt dabei wie Matthäus
verfuhr, um seine Zuhörer zu belehren und zu überzeugen, daß Christus
der von den Propheten verheißene Messias sei, wie er demgemäß die
Ereignisse aus dem Leben Jesu auswählte, gruppirte und mit den ent=
sprechenden Prophetensprüchen in Verbindung setzte; wie er auch historisch
aus Aeußerungen und längeren Reden Jesu nachwies, daß in dem christ=
lichen Glauben Gesetz und Propheten ihre Erfüllung fänden, daß im
Christenthum Gesetz und Propheten nicht aufgelöst, sondern erfüllt wür=
den. Matthäus der Apostel in seinem Bekehrungswerke unter den Juden
verfuhr in fortgesetzten Lehrvorträgen demnach ebenso wie Christus im
einmaligen Vortrage in der Synagoge zu Nazareth (Luc. 4, 16 ff.) that,
und wie er nach seiner Auferstehung die nach Emmaus gehenden Jünger
aus Moses und den Propheten belehrte, daß Christus durch die Leiden,
deren sie in Jerusalem Zeugen gewesen, habe in seine Herrlichkeit eingehen
müssen. Wenn Matthäus, wie sein Evangelium erkennen läßt, also ver=
fuhr, so lehnte er sich an das Beispiel Christi selbst an. Daß die Apostel
Petrus und Paulus in derselben Weise zu den Juden und Judenchristen
redeten, werden wir weiter unten näher nachweisen. Daß das Matthäus=
Evangelium von Matthäus zu dem obigen Zwecke geschrieben war, dies
folgt aus den Zeugnissen des Irenäus und bei Eusebius deutlich genug.
Wenn dieses Evangelium uns so ein Abbild des Kerygmas des Apostels
Matthäus giebt, so entsprach es auch ganz der Absicht, warum Matthäus
vor seinem Weggehen aus Palästina das Evangelium schrieb. In der
Hand eines tüchtigen Nachfolgers war es ganz geeignet seine fehlende
Gegenwart zu ersetzen.

Das Marcus=Evangelium enthielt die Lehrvorträge des Petrus, so
sagen die ältesten Zeugen Papias, Clemens Alexandrinus und Irenäus
ausdrücklich. Aber Papias macht hierzu die von seinem ältern Gewährs=
manne, dem Apostelschüler Johannes, stammende eigenthümliche Bemer=

kung: Marcus habe des Petrus Lehrvorträge aufgezeichnet; jedoch nicht in der richtigen Reihenfolge der Begebenheiten, obgleich er nichts ausgelassen und geändert habe. Aber auch Petrus selbst, heißt es daselbst ferner, habe bei seinen Vorträgen weniger auf die richtige Reihenfolge der Begebenheiten, als auf den Nutzen der Zuhörer geachtet.

Aus diesem in die apostolische Zeit zurückgehenden Zeugnisse bei Papias erfahren wir zweierlei: Erstlich, Petrus legte seinen Lehrvorträgen in Rom zwar das Geschichtliche des Lebens Jesu zu Grunde, aber er opferte der Zweckmäßigkeit die an eine geschichtliche Darstellung zu machende Anforderung der richtigen Reihenfolge der Begebenheiten. Zweitens, nachdem Marcus die Lehrvorträge des Petrus geschrieben hatte, da fanden die Christen in Rom, daß Marcus seine Schrift gefertigt habe abweichend von der Reihenfolge der Begebenheiten, wie sie dieselben von Petrus gehört hatten. Hierüber hatten die Christen in Rom ein competentes Urtheil. Daß Petrus selbst die chronologische Reihenfolge der Begebenheiten nicht innehielt, dies konnten sie aus deren Verbindung und andern Andeutungen wohl entnehmen. Woher aber wußten sie, daß Marcus in seiner Darstellung von der richtigen Reihenfolge der Begebenheiten abgewichen war? und warum wich denn Marcus von der Darstellung des Petrus in Bezug auf die Reihenfolge ab? Zwei Fragen, zu deren Beantwortung wir zunächst auf Matthäus zurückblicken müssen. In dem Kerygma des Matthäus finden wir gerade das, was die römischen Christen von dem Kerygma des Petrus aussagten: Matthäus gruppirte die Ereignisse nach dem Nutzen der Zuhörer und sah dabei im Einzelnen nicht auf die richtige Reihenfolge der Begebenheiten. Das war ein ganz zweckentsprechendes Verfahren. Sein schriftliches Evangelium ist hiernach der getreue Ausdruck seiner Lehrvorträge. Ganz ebenso verfuhr auch Petrus in Rom, ebenso sach= wie zweckgemäß. Marcus, der Begleiter und Dolmetscher des Petrus, von dem die römischen Christen überzeugt waren, daß er den Inhalt der Lehrvorträge des Petrus genau kenne, konnte am leichtesten dieselbe Gruppirung der Begebenheiten beibehalten, wenn er wollte: denn da er, wie die Christen in Rom fanden, nichts ausgelassen und sonst nichts geändert hatte, so hatte er alle von Petrus mitgetheilten Begebenheiten in der Erinnerung. Die Gruppirung solcher Begebenheiten nach der Gleichartigkeit ist aber das beste Erinnerungsmittel,

und war so für Marcus offenbar das Leichteste. Wenn nun Marcus
davon abwich, auch dies später nicht änderte; so muß er hierzu seine
Gründe gehabt haben. Clemens Alexandrinus berichtet nach seiner alten
Ueberlieferung: Petrus habe anfänglich das Unternehmen des Marcus
weder gehindert noch dazu ermuntert; durch eine Offenbarung belehrt
habe er es aber später empfohlen und für seine Verbreitung Sorge
getragen [1]). Daß Petrus das Unternehmen des Marcus anfänglich ohne
Ermunterung ließ, dies mochte seinen Grund darin gehabt haben, daß
Marcus formal in der Reihenfolge der Begebenheiten von dem wie
Petrus gelehrt hatte abwich. Wenn aber Marcus hiervon abwich, so
kann dies unmöglich geschehen sein, um nach Willkür die Begebenheiten
zu ordnen, wobei der Zweck der Nützlichkeit, wie er Petrus bei seiner
Gruppirung vorschwebte, ganz weggefallen und nichts Besseres an die
Stelle getreten wäre; sondern Marcus ordnete wohl darum die Begeben=
heiten anders als Petrus sie gruppirt hatte, weil er gerade nach der Reihen=
folge der Begebenheiten ordnen wollte. Ein Blick in das Evangelium
selbst und eine Vergleichung desselben mit den übrigen Evangelien zeigt
das zur Genüge, und ist auch unbestritten. Den Christen in Rom aber
war diese neue Gruppirung auffallend. Die Nachricht des Papias zeigt,
daß die, welche von Marcus behaupteten, er habe nicht nur abweichend
von den Vorträgen des Petrus, sondern auch abweichend von der Reihen=
folge der Begebenheiten selbst gruppirt, jedenfalls keine Augenzeugen des
Lebens Jesu waren. Petrus selbst empfahl die Schrift des Marcus.
Das konnte er nicht, wenn Marcus, als er von ihm in Betreff der Grup=
pirung abwich, zugleich auch von der geschichtlich genauen Darstellung
abgewichen wäre.

Demnach haben wir bei Marcus das Evangelium des Petrus in
einem geschichtlichen Theile, aber in einer Bearbeitung, in welche er das
Moment geschichtlicher Darstellung legte. Da Marcus nicht selbst Apostel
war und, wiewohl in Jerusalem geboren und erzogen, doch nach den An=
deutungen der Apostelgeschichte über ihn zur Zeit des Wirkens Jesu in so
jugendlichem Alter war, daß er auch nicht zu den 72 Jüngern Jesu gerechnet

werden kann [1]); ſo mußten ihm, wenn er den gruppirten, hiſtoriſchen Stoff der Lehrvorträge des Apoſtels Petrus mit chronologiſcher Zerlegung der vorhandenen Gruppirung ordnen wollte, Quellen zu Gebote ſtehen. Eine mündliche Quelle war ihm durch den Umgang mit Petrus ſelbſt, ſo wie auch früher mit Barnabas und Paulus und in Jeruſalem mit anderen Apoſteln und Jüngern geboten. Auch hörte er als Jüngling die Lehr= vorträge der Apoſtel in Jeruſalem, und konnte ſomit vollſtändig orientirt ſpäter an die formale Umarbeitung des Kerygmas des heil. Petrus gehen. In Rückſicht auf ſchriftliche Quellen exiſtirten, als Marcus das Evange= lium in Rom ſchrieb, bereits viele ſchriftliche Aufzeichnungen, wie Lucas berichtet; es war aber auch ſchon das Lucas=Evangelium vorhanden, wahrſcheinlich auch das des heil. Matthäus. Da Markus aber, wie der Apoſtelſchüler Johannes bei Papias bezeugt und wie die Chriſten in Rom fanden, den geſchichtlichen Inhalt genau nach den Lehrvorträgen des Apoſtels Petrus mittheilte und nur formal in der Reihenfolge der Begebenheiten bisweilen abwich; ſo konnten ihm die Evangelien des Matthäus und Lucas, ſelbſt wenn er ſie kannte und eine Abſchrift zur Verfügung hatte, für ſeine Arbeit kaum von Nutzen ſein, das nach Grup= pen geordnete Matthäus=Evangelium gar nicht, das des heil. Lucas nur ſehr wenig. Ob von den übrigen ſchriftlichen Aufzeichnungen irgend eine brauchbar war, läßt ſich nicht angeben, der Gegenſatz in den ſich Lucas durch ſeine Bemerkung: „Er habe Alles von Anbeginn genau verfolgt, um es der Reihe nach aufzuſchreiben,‟ zu dieſen Aufzeichnungen ſetzt, ſpricht nicht dafür, daß ſie für die Arbeit des Marcus brauchbar waren; ſo daß ſich die Annahme empfiehlt, Marcus hat die einzelnen Thatſachen genau aus dem Vortrage des Apoſtels Petrus entnommen, und in Betreff der Reihenfolge derſelben ſich auf ſeine Erkundigung bei den directen Zeugen geſtützt. Dies war um ſo leichter thunlich, als er bis zu K. 11, wo ſchon die Erzählung der letzten acht Tage des Lebens Jeſu beginnt, keineswegs eine große Fülle von Material zu ordnen, nur wenige Grup= pen zu ſondern hatte.

§. 5.

Die beiden erſten Evangelien bilden unſers Erachtens darum eine Claſſe für ſich, weil ſie, wie die älteſten Zeugniſſe angeben, die Lehrvorträge

---

[1] Vgl. Euseb. III, c. 40 ed. Laemmer. Apoſtelg. 12, 12. 25; 13, 5.

›er Apostel Matthäus und Petrus enthalten. Das erste Evangelium ist
›us der Hand des Apostels hervorgegangen, welcher diese Lehrvorträge
gehalten hat, und zeigt wie Matthäus den Juden und Judenchristen das
Evangelium verkündigte, welche historische Thatsachen und Lehren er aus
›em Leben Jesu auswählte, und wie er dieselben mit dem Inhalte der
›eil. Schriften des alten Testaments in Verbindung setzte. Das Marcus=
Evangelium enthält die historischen Mittheilungen, welche der Apostel
Petrus, als er in Rom zur Bekehrung von Juden und Heiden, in der
aus Juden= und Heidenchristen zusammengesetzten christlichen Gemeinde
predigte, seinen Vorträgen zu Grund legte. Petrus aber hatte diese
Mittheilungen öfters in Gruppen zusammengefaßt; Marcus dagegen
hatte diesen Stoff formal zerlegt und in mehr chronologische Reihenfolge
gebracht; an dem Inhalte dagegen hatte er nichts geändert.

Zur zweiten Classe der Evangelien gehört das dritte, das des heil.
Lucas. Die alten Nachrichten besagen, es sei das Evangelium des
Apostels Paulus, und eine Vergleichung einiger Abschnitte dieses Evange=
iums mit dem, was wir in einzelnen Aeußerungen des Apostels Paulus
›nden [1]), ist geeignet, diese bis an die Grenze des apostolischen Zeitalters
inaufreichenden Nachrichten zu bestätigen. Doch aber kann das Lucas=
Evangelium nicht in dem Sinne ein Evangelium des Apostels Paulus
enannt werden, in welchem das erste Evangelium dem heil. Matthäus, das
weite dem heil. Petrus zuzuschreiben ist. Wenn Paulus 1. Cor. 15, 5
›hreibt, daß Christus nach seiner Auferstehung dem Kephas erschienen sei,
›dann den Zwölfen, daß er alsdann mehr denn fünfhundert Brüdern auf
Einmal erschienen sei, von welchen die Meisten noch lebten, daß er dann dem
Jacobus und dann den Aposteln insgesammt erschienen sei; so ist das Erste,
ie Erscheinung, welche Petrus vor den Zwölfen zu Theil ward, auch bei
Luc. 24, 34 aufgezeichnet; nicht aber das Folgende, daß Jesus mehr denn
ünfhundert Brüdern auf Einmal, und daß er auch dem Jacobus beson=
›ers erschienen sei. Der Apostel Paulus hatte demnach Historisches aus
›em Leben Jesu in seinem Kerygma und hatte dieses, wie a. a. O. aus=
rücklich sagt, auch den Corinthern schon früher überliefert, welches Lucas
icht mittheilt. Dann aber ergiebt sich aus dem Proömium des Evan=

---

1) Vgl. Luc. 22, 19. 20 mit 1 Cor. 11, 23—26; Luc. 3, 18 und 16 mit
Apostelgesch. 13, 24. 25.

gelüften, daß Lucas sein Evangelium nach umfassenden, genauen Erkundi=
gungen bei Augenzeugen und Dienern des Wortes, also bei Mehreren,
verfaßt habe; wie denn auch die Reichhaltigkeit des Evangeliums selbst
den fleißigen Sammler erkennen läßt. Wenn die Apostel auch bei ihren Lehr=
vorträgen Gleichartiges zusammenstellten, so kann doch solche Gruppirung,
wo sie vorkam, keineswegs eine so massenhafte gewesen sein, wie wir die=
selbe bei Lucas an manchen Orten gewahren. Die Gruppirung bei Lucas
hat nicht wie bei Matthäus ihre nächste Ursache in der Gleichartigkeit zum
Nutzen der Zuhörer, sondern theils in der Gleichartigkeit der Thatsachen
überhaupt und weil, wie z. B. in dem längern Reiseberichte K. 11 bis
K. 18, 31 ihm für die Vertheilung die chronologischen Haltpunkte fehlten.

Das Lucas=Evangelium fußt auf dem Grunde des apostolischen
Kerygmas; aber es enthält nicht das Kerygma eines einzelnen Apostels,
sondern ist eine Sammlung aus den Mittheilungen und Vorträgen meh=
rerer Apostel. Dabei zeigt es in mehreren Theilen eine formale Bearbei=
tung. Mit den Ereignissen werden specielle Zeitbestimmungen verbunden;
der Gegenstand wird durch kurze Angaben, bei welcher Gelegenheit und
durch welche Veranlassung Einzelnes vom Herrn vollbracht oder gesprochen
worden, mehr in sich geschlossen und abgerundet. Die Berichte, welche
auch in anderen Evangelien stehen, erscheinen bei Lucas in einem eigen=
thümlichen Gewande, bald als Auszug, bald durch Erweiterung und
specielle Angaben erkenntlich. Ueberall zeigt sich bei ihm die meiste
Bearbeitung, während die Berichte des Matthäus urwüchsig, wenig ver=
mittelt und geformt sind. Auch bei Marcus, wenn gleich nicht in dem
Grade wie bei Matthäus, zeigt sich diese Ursprünglichkeit, die gegen eine
Sammlung aus den Nachrichten Mehrer oder Vieler spricht. Einige
Stücke bei Lucas deuten auf dieselbe Quelle hin, welche dem Marcus zu
Gebote stand, nämlich auf Mittheilungen des heil. Petrus, dahin
gehört Luc. 8, 16—18 vgl. Marc. 4, 21—25, wo abweichend von Mat=
thäus dieselbe Anknüpfung an Parabeln vorkömmt, während die Stücke
der Bergpredigt angehören. Daß das bei Lucas mitgetheilte Geschlechts=
register sich wie ein Commentar zu dem Stammbaum bei Matthäus ver=
hält, habe ich in einer früheren Schrift nachgewiesen[1]). Ein solcher

---

[1]) Vgl. meine Geschichte des Lebens Jesu Christi S. 104 ff.

Commentar, wie ihn hier Lucas giebt, setzt aber genaue Erkundigung voraus. Einigemale deutet Lucas auf Mittheilungen der seligsten Jung= frau als die Quelle hin, aus welcher seine Nachrichten stammten[1]). In Mittheilungen von Reden Jesu zeigt er sich als Einer, der nach münd= lichen Erkundigungen schrieb. In dieser Beziehung ist besonders lehrreich seine Behandlung der Bergpredigt, aus welcher er Einiges heraushebt und mit anderen Aussprüchen des Herrn verbindet. In der Versuchungs= geschichte weicht er von Matthäus ab in Anordnung der Aufeinanderfolge der Versuchungen und in einigen angeknüpften Bemerkungen. In der Berufungsgeschichte der vier ersten Apostel erzählt er die Veranlassung ausführlich, während die Berufung selbst nur eben angedeutet ist. Die Rede Jesu gegen die Verleumbung der Pharisäer, daß er durch den Beelzebub wirke, ist von ihm an eine andere Wunderheilung, von welcher nach Mat= thäus die Pharisäer dieselbe Verleumbung aussprachen, angereiht. Bis zum K. 19 hat Lucas 25 theils kleinere theils größere Stücke, welche mit Matthäus und Marcus parallel sind und dabei eine formale Ueberein= stimmung in der Darstellung und im Ausdruck zeigen; dagegen hat er bis eben dahin 37 Stücke, wo er theils alleiniger Referent ist, theils dieselbe Begebenheit formal eigenthümlich erzählt. In den ersteren Stücken stimmt er gewöhnlich mehr mit Marcus als mit Matthäus; deutet also auf Petrus als Quelle. Die Gleichheit zeigt sich gewöhnlich nur in Reden Jesu, besonders in kurzen Aussprüchen, die sich dem Gedächtniß der Apostel und Jünger unauslöschlich einprägen mußten. Aber auch von Marcus weicht Lucas bisweilen erheblich ab. Dahin gehört die Auslassung des zweiten Speisewunders, und die Erzählung vom Tode des Johannes.

Aus allem diesem ergiebt sich, daß das Lucas=Evangelium nach Ursprung, Gestalt und Anlage sich von den beiden ersten Evangelien unterscheidet. Es ist nach dem Momente der Sammlung und Bearbeitung mehr ein Geschichtswerk und nicht ganz und gar das Kerygma eines ein= zelnen Apostels. Daß er auch die schriftlichen Aufzeichnungen, von denen er im Proömium redet, als Quelle mit benützte, ist nach dem Charakter eines Buches nicht unwahrscheinlich: denn jene Berichte stammten aus directen besten Quellen, wenn sie auch sonst mangelhaft sein mochten.

---

1) Luc. 2, 19. 51. Vgl. Gesch. des Lebens Jesu S. 32.

Eines oder mehrere unserer Evangelien ist unter jenen Berichten schon darum nicht zu verstehen, weil das Lucas = Evangelium erweislich älter ist als alle übrigen Evangelien.

Das vierte Evangelium, das des Apostels Johannes, beansprucht nach Entstehung, Form und Inhalt eine besondere, eigenthümliche Stellung. In den alten Nachrichten über dasselbe ist dieses in doppelter Beziehung ausgesprochen. Demnach schrieb der hochbejahrte Apostel das Evangelium gegen antichristliche Secten und verfaßte ein pneumatisches Evangelium. Daß diese Ueberlieferung richtig ist, dies ergiebt sich durch nähern Einblick in diese Schrift. Jene ältesten Secten leugneten, daß der Sohn Gottes als Jesus Christus im Fleische erschienen sei, auch hatten sie nicht die Liebe der Kinder Gottes [1]). Das Evangelium aber, von seinem Anfang bis zum Schluß, zeichnet in unverrückt festgehaltenem Plane, wie aus einem Gusse, daß der göttliche Logos, der Sohn Gottes als Messias im Fleische erschienen sei aus Liebe zu den Menschen, und daß seine Jünger Gott lieben und Einander lieben müssen. Was in der älteren Ueberlieferung noch ferner gesagt wird, daß nämlich das Johannes= Evangelium die übrigen Evangelien ergänze und auch als Ergänzung derselben geschrieben sei, giebt unsers Erachtens über den Ursprung desselben keinen richtigen Aufschluß. Diese Ueberlieferung erscheint auch nicht vor der Zeit des Eusebius, indem die ältere aus Clemens Alexandrinus (bei Eusb. VI, 14) stammende Nachricht über das Pneumatische des Evangeliums im Gegensatz zu dem Somatischen in den übrigen Evangelien den Johannes keineswegs als absichtlichen Ergänzer jener Evangelien hinstellt. Sehen wir auf das was der heil. Hieronymus (Catal. c. 9) im Anschluß und in weiterer Ausführung des Eusebius sagt; so soll Johannes bei den drei ältern Evangelisten bemerkt haben, daß sie die evangelische Geschichte in den Raum Eines Jahres faßten, und zwar von der Einkerkerung des Johannes an. Der Evangelist Johannes habe daher den frühern Zeitraum ins Auge gefaßt. Nun mag den Apostel die Kenntniß der drei ersten Evangelien wohl bestimmt haben, die Dauer des Wirkens Jesu dadurch kenntlich zu machen, daß er seinen Stoff chronologisch durch Heraushebung jüdischer Feste gruppirte; aber das eigentlich

---

[1]) Vgl. 1 Joh. 4, 1—6. 15—21.

Ergänzende bis zur Einkerkerung des Johannes ist doch nur sehr kurz in
en vier ersten Kapiteln enthalten, und kann darum weder Hauptveran=
assung, noch auch Hauptzweck gewesen sein. Das Johannes=Evangelium
rgänzt freilich die drei ersten Evangelien, und zwar keineswegs allein in
en beiden vom heil. Hieronymus angegebenen Stücken; sondern auch
urch Mittheilung anderer Lehren und Thaten Jesu. Diese Ergänzung
var aber durch den Zweck, welcher dem Apostel bei der Abfassung vor=
chwebte, geboten. Was wir außerdem als das Unterscheidende in diesem
Evangelium in seinem Verhältniß zu den übrigen finden, ist: Das
Johannes=Evangelium ist nicht in gleicher Weise wie das erste und zweite
das Abbild des ursprünglichen Johanneischen Kerygmas; sondern es ist
aus diesem Kerygma durch Auswahl und nach einem apologetischen Plane
zusammengestellt, um den gnostischen Secten gegenüber den Glauben an
Christus als den im Fleisch erschienenen göttlichen Logos zu befestigen.
Noch weniger ist es wie das Lucas=Evangelium eine Sammlung aus
den Kerygmen mehrerer Apostel; sondern es stammt aus Johanneischem
Kerygma, dessen Bestandtheil es ist.

§. 6.

Einige Fragen sind bei den obigen Erörterungen noch unberührt
geblieben: Warum entstanden, wie aus dem Proömium des Evangelisten
Lucas zu ersehen, so früh viele Aufzeichnungen über Geschichtliches aus
em Leben Jesu nach den Ueberlieferungen derer, die von Anfang an
lugenzeugen und Beförderer der Lehre, d. i. Apostel, gewesen waren? War
s ein rein historisches, oder ein kirchliches Interesse, was diese Arbeiten
ervorrief? Warum überließ Matthäus, als er Palästina verließ, nicht
n von ihm bestellten Lehrern die mündliche Verkündigung des Evan=
liums ohne Schrift? War es ein kirchliches, oder anderes Interesse, was
e römischen Christen bestimmte, an Marcus die inständige Bitte zu
llen, ihnen das Kerygma des Petrus aufzuzeichnen? Verfaßte Lucas
in Evangelium blos für den Theophilus, oder war sein Zweck ein weiter=
eifender, ein kirchlicher? Endlich, die drei ersten Evangelien haben,
gesehen von den parallelen Stücken und den Differenzen, insofern eine
meinsame Grundlage, daß sie, wenn man die bei Matthäus und Lucas
thaltene Vorgeschichte außer Acht läßt, gleichmäßig mit dem Auftreten

Johannes des Täufers und mit der Taufe Jesu durch ihn beginnen. Das öffentliche Lehren und Wirken Jesu aber wird an die Zeit, wo Johannes eingekerkert wurde, angeknüpft und endigt an einem Passahfeste, ohne daß andere Feste in der Zwischenzeit namhaft gemacht werden, ohne daß Jesus in Judäa und Jerusalem, wo er doch nach dem Zeugniß des vierten Evangeliums an fünf großen Festen war, auch nur Einmal vor seinem Leiden auftritt. Welches ist der Grund dieser Eigenthümlichkeit, an welcher auch Lucas Theil hat, obgleich er sein Evangelium nach Erkundigung bei Mehreren schrieb? Der Gedanke liegt nahe hier eine Eigenthümlichkeit des apostolischen Lehrvortrages als Grund zu vermuthen. Wir müssen diesen Gegenstand hier umsomehr in den Kreis unserer Erörterung ziehen, als auch die Lösung aller obigen Fragen hierdurch bedingt erscheint.

Die Aufgabe der Apostel war nach dem Auftrage Christi das Evangelium zu verkünden. Ueber die Art und Weise, wie sie dies thaten, liegen Zeugnisse in der Apostelgeschichte und in den apostolischen Briefen vor. In den Versammlungen der Juden traten sie auf ähnlich wie sich Philippus an Nathanael wandte: „Von dem Moses in dem Gesetze und die Propheten geschrieben haben, den haben wir gefunden, es ist Jesus von Nazareth," Joh. 1, 46. Sie waren im Stande hinzuzufügen: „Wir sind die Zeugen von allem dem, was Jesus gethan und gelehrt hat. Wir sind auch Zeugen seiner Auferstehung und Himmelfahrt." Die Verkündigung der Lehre Christi, des Gekreuzigten und Auferstandenen, war den Aposteln so sehr Kernpunkt ihres Kerygmas, daß der Apostel Petrus, als er zur Wahl eines zwölften Apostels aufforderte, Apostelgesch. 1, 21. 22, sagte: „Es muß nun von den Männern, die mit uns zusammengekommen die ganze Zeit, da der Herr Jesus einging und ausging zu uns, von der Taufe des Johannes an bis zu dem Tage, da er von uns hinweggenommen wurde, einer von diesen muß Zeuge seiner Auferstehung mit uns werden." So verkündigte denn auch Petrus in seiner am Pfingstfeste gehaltenen ersten öffentlichen Rede Christus den Gekreuzigten und Auferstandenen. Ebenso redete er vor dem Synedrium (Apostelgesch. 4, 10). Durch das Verbot dieser Behörde ließen sich die Apostel so wenig einschüchtern, daß Lucas Apostelgesch. 4, 33 sagt: „Und mit großer Kraft legten die Apostel das Zeugniß ab von der Auferstehung des Herrn Jesu." Abermals vor das Synedrium gestellt, blieben die Apostel beharrlich bei dieser Lehre und Petrus sprach Apostelgesch. 5, 32: „Der Gott unserer Väter hat Jesum auferwecket, den ihr umgebracht und ans Holz geheftet habet. Diesen hat Gott als Führer und Heiland erhöht zu seiner Rech= ten, um Israel Buße und Sündenvergebung zu verleihen. Und wir sind seine Zeugen von diesen Dingen, und auch der heilige Geist, welchen Gott denen verliehen hat, die ihm gehorchen.“ Von diesem Zeugniß ausgehend fordert der Apostel auf zur Buße und zur Taufe (Apostelgesch. 2, 38) und zum Glauben an Jesus, welcher die Sündenvergebung wirkt und wieder= kommen wird als Weltrichter (Apostelgesch. 2, 38; 3, 16. 20. 21; 10, 42).

Belehrend über Wesen und Form der apostolischen Verkündigung ist Apostelgesch. 10, 34 ff.: Petrus war nach Cäsarea in das Haus des Cor= nelius gekommen. Dort sprach er: „Ihr kennet die Dinge, die sich zuge= tragen durch ganz Judäa von Galiläa aus nach der Taufe, die Johannes verkündete, Jesum von Nazareth, wie ihn Gott gesalbet mit dem heiligen Geiste und Kraft, der umherzog, wohlthuend und heilend Alle, die über= wältigt waren vom Teufel, denn Gott war mit ihm. Und wir sind Zeu= gen von Allem, was er gethan im Lande der Juden und in Jerusalem, und sie brachten ihn um und henketen ihn an das Holz. Diesen hat Gott auferweckt am dritten Tage und hat ihn erscheinen lassen, nicht allem Volke, sondern uns, den von Gott vorauserwählten Zeugen, die wir mit ihm gespeiset und getrunken nach seiner Auferstehung von den Todten. Und er gebot uns dem Volke zu verkünden, daß er der von Gott bestimmte Richter ist über Lebendige und Todte. Von diesem zeugen alle Propheten, daß alle, die an ihn glauben, Sündenvergebung empfangen durch seinen Namen.“

Hieraus ersehen wir, daß das Kerygma der Apostel das Leben und Wirken Jesu zur historischen Grundlage hatte, und daß das Zeugniß der Propheten des alten Testamentes hiermit verbunden wurde: „Denn,“ wie es 1. Petr. 1, 10 ff. heißt, „der den Propheten inwohnende Geist Christi bezeugte die Christo bevorstehenden Leiden und die darauf folgende Herrlichkeit voraus, und es war ihnen geoffenbart, daß sie dasselbe nicht sich selbst, sondern den späteren Geschlechtern darreichten, was jetzt ver= kündet worden durch die, so durch den vom Himmel herabgesandten Geist das Evangelium geprediget haben.“ Dies konnte aber in doppelter Weise geschehen: entweder man ging, wie in der oben mitgetheilten Rede, von dem Historischen über Jesus aus und verband damit die betreffenden Prophetenstellen; oder man ging, ähnlich wie Petrus am Pfingstfeste und bei der Halle Salomo's that, von dem Gesetze und den Propheten aus und knüpfte das Historische über Jesus an. In der letzteren Weise verfuhr Paulus nach Apostelgesch. 13, 15 ff. zu Antiochien in Pisidien. Nachdem nämlich am Sabbath in der Synagoge ein Abschnitt aus dem Gesetze und den Propheten vorgelesen worden war, und es nach der Aufforderung des Synagogenvorstehers dem Apostel freistand, Worte der Ermahnung an das Volk zu richten, ging derselbe nach einer kurzen aus dem Gesetze entnommenen historischen Einleitung auf eine gleichfalls historisch gehaltene Mittheilung über den Messias über, indem er von dem Auftreten des Vorläufers Christi begann, das Leben des Messias bis zu dessen Auferstehung vorlegte, damit passende Prophetenstellen verband und mit der Ermahnung schloß, die Aussprüche der Propheten, die sich in Christus erfüllt, nicht zu verachten. In gleicher Weise verfuhr Paulus zu Thessalonich, wo er in der Synagoge an drei Sabbathen aus der Schrift Aufschluß gab und darlegte, daß Christus leiden und von den Todten auferstehen mußte (Apostelgesch. 17, 23). Naturgemäß anders mußte er freilich in Athen verfahren, wo er vor gebildeten Heiden redend auf die Nichtigkeit der Götzen und die Strafgerechtigkeit Gottes hinwies, und so den Uebergang auf Christus machte; eine Form, welche sich die ältesten Apologeten getreulich zum Muster nahmen.

In die Lage des Apostels Paulus zu Antiochien und Thessalonich mußten die Apostel und ersten Sendboten des Evangeliums oft kommen. Denn der religiöse Versammlungsort der Juden war die Synagoge. In derselben wurde gebetet. Am Sabbathe wurden außerdem Stücke aus dem Gesetze und den Propheten vorgelesen, daran Worte der Ermahnung geknüpft. In der Synagoge wurden außerdem noch Gesetz und Propheten ausgelegt und über das Schriftverständniß disputirt [1]). Wenn die Apostel hier in der Synagoge auftraten und an die Lesung die Predigt des Evangeliums knüpften; so befanden sie sich auf dem gesetzlich zulässigen Boden und hatten als Muster den Vortrag Jesu in der Synagoge zu

---

1) Vgl. Otho Lex. Rabbin. u. d. Art. Synagoga. Justin. Dial. c. 16. n. 9, c. 47, c. 96.

Nazareth (Luc. 4, 21 ff.). Diese an jüdische Institutionen angelehnte Einrichtung wurde stehende Norm, wie wir aus 1. Timoth. 4, 13 ersehen, wo Paulus den Timotheus auffordert mit den Worten: „Sei bedacht auf das Vorlesen, die Ermahnung, die Belehrung." Vollständiger schildert Justin I. Apol. K. 67 für seine Zeit diese einen Bestandtheil des Gottes= dienstes bildende kirchliche Einrichtung, indem er schreibt: „Am Sonntage kommen die Einwohner in den Städten und auf dem Lande zusammen und es werden die Denkwürdigkeiten der Apostel, oder die Schriften der Propheten, soweit es angeht, vorgelesen. Wenn dann der Lector zu Ende ist, so vollbringt der Vorsteher die mündliche Ermahnung und Ermun= terung, um diesem Guten nachzuahmen." Zu den Propheten war hier schon die Lesung der Evangelien als stehende Einrichtung hinzugekommen; auch war diese Einrichtung nicht neu: denn wenn wir bei Eusebius (H. E. lib. III, c. 38 ed. Laemmer) lesen, daß zu Trajan's und Ha= drian's Zeit die evangelischen Sendboten, welche Evangelisten hießen, überall wohin sie kamen auch die heil. Evangelien verbreiteten; so deutet die Heraushebung gerade dieser apostolischen Schriften in Verbindung mit dem mündlichen Kerygma darauf hin, daß deren Lesung in den christ= lichen Versammlungen eine innige Verbindung mit der mündlichen Ver= kündigung hatte. Für fortgesetzte Lehrvorträge war die Einrichtung, daß neben den Stücken aus dem Gesetz und den Propheten ein entsprechendes Stück aus dem geschriebenen Evangelium vorgelesen wurde, und dann Ermahnung und Belehrung folgten, ganz besonders geeignet. In den apostolischen Constitutionen lib. II, c. 39 und c. 59, sowie in den ältesten kirchlichen Lesestücken, den Lectionen und Pericopen, z. B. von den Festen Epiphania und Geburt Christi, zeigt sich durchgängig diese Zusammen= gehörigkeit von Prophetie und Evangelium. Unsere Kirche hat diese Ein= richtung bis auf den heutigen Tag festgehalten; war sie ja doch das reine Abbild der Verkündigung der Apostel, welche mit den Prophetenstellen das Historische aus dem Leben des Erlösers verbanden.

Die Reden der Apostel, auf welche wir oben hingewiesen haben, sind sämmtlich einmalige Lehrvorträge, gehalten an zur Bekehrung auserse= hene Juden, oder, wie in Cäsarea, an bekehrungswillige Heiden. In diesen zeichnet sich der Charakter und die Einrichtung des apostolischen Kerygmas nach seinen Grundzügen. Die Apostel gaben Zeugniß von

Jesus dem Messias. Ihr Zeugniß begann von dem Auftreten des Johannes des Täufers und von der Taufe Jesu. Es umfaßte sein Lehren und Wunderwirken im Lande der Juden und in Jerusalem, und schloß mit der Leidens= und Auferstehungsgeschichte. Auf Letzteres erscheint überall das Hauptgewicht gelegt. So enthalten diese Lehrvorträge den Umriß und die Hauptmomente des apostolischen Kerygmas. Bei fortgesetzten Lehrvorträgen, wie sie z. B. Matthäus in Palästina und Petrus in Rom hielt, war Zeit und Gelegenheit das Einzelne dieses Schema's zu verfolgen. Man war im Stande das Auftreten des Johannes ausführlich mitzutheilen und nachzuweisen, daß auch er seine Begründung durch die Prophetien hatte. Man hatte nicht nothwendig bei der nackten Angabe stehen zu bleiben, Jesus sei von Johannes getauft und bezeugt worden; sondern man war in der Lage auch das Nähere darüber zu berichten. Von dem, was Jesus gelehrt und gewirkt im Lande der Juden und in Jerusalem, konnte man Specielles mittheilen, desgleichen über sein Leiden, seinen Tod und seine Auferstehung. Fortgesetzte Lehrvorträge forderten sogar diese Zerlegung und Eintheilung, da man bei den allgemeinen Gedanken und Andeutungen unmöglich stehen bleiben konnte. Die Apostel drängte es ja zur Verkündigung dessen, was sie gesehen und gehört hatten. Die Zuhörer erwarteten eine eingehende und genaue Belehrung. Scheidet man von dieser historischen Mittheilung die darauf gegründeten Ermahnungen, Ermunterungen, Aufforderungen und die tiefere Begründung der christlichen Lehre, welche, wie der heil. Paulus bemerkt [1]), für die bereits Unterrichteten bestimmt war, ab; so bleibt uns ein historisches Evangelium übrig, welches von Johannes dem Täufer anfangend das Leben, Lehren und Wunderwirken Jesu im Lande der Juden und in Jerusalem enthält, fortgesetzt bis zu Jesu Tod und Auferstehung, ein Evangelium mündlich vorgetragen und wenn ein Apostel an einem andern Orte sein Bekehrungswerk fortsetzte, abermals wesentlich in derselben Weise vorgetragen. Betrachtet man das Marcus=Evangelium, so hat es ganz und gar diese Einrichtung von Anfang bis zu Ende. Es erscheint als der getreue schriftliche Abdruck des petrinischen mündlichen Evangeliums von seinem Anfangspunkte bis zum Schluß. Es beginnt mit

---

1) 1 Cor. 3, 2. Hebr. 5, 12; 6, 2.

Johannes dem Täufer, erzählt das Wirken und Lehren Jesu im Lande der
Juden und dann in Jerusalem bis zu seiner Auferstehung. In Einer
Beziehung weicht es von dem petrinischen Lehrvortrage ab, daß es die
Gruppirung des Gleichartigen durch chronologische Vertheilung des Stoffes
änderte. Nach dieser Seite hin erscheint das Matthäus=Evangelium
ursprünglicher. Auch dieses ist ganz auf dieser Grundlage, aber mit Bei=
behaltung der naturgemäßen Gruppirung, erbaut. Die zwei ersten Ka=
pitel bei Matthäus zeigen dagegen etwas Neues, zum ursprünglichen
Kerygma nicht Gehörendes: nämlich eine Rücksichtnahme auf Jesu Ab=
stammung, Geburts= und erste Jugendgeschichte. Damit hat Matthäus,
als er zuerst als Lehrer auftrat, schwerlich begonnen; im weiteren Ver=
folge aber fand er es, da die Juden, wie Irenäus berichtet (fragm. XXIX),
den Nachweis ganz besonders wünschten, daß Christus ein Nachkomme
Davids sei, und weil er außerdem auch in dieser Vorgeschichte die Erfül=
lung der Propheten erblickte, angemessen diesen Theil dem ursprünglichen
Kerygma, welches von Johannes anhob, hinzuzufügen. Das Lucas=
Evangelium geht in dieser Beziehung noch weiter, es liefert eine Vor=
geschichte des Johannes des Täufers, erzählt aus der Quelle, die Einige=
male deutlich genug zu erkennen ist, aus den Mittheilungen der seligsten
Jungfrau, auch die Geschichte der Empfängniß, die Geburtsgeschichte Jesu,
und giebt selbst eine Nachricht über Jesus aus der Zeit, wo er zwölf Jahre
alt war. Lucas, dessen Evangelium einen anderen Ursprung hat als die
beiden ersten Evangelien, hatte in dieser Beziehung vorwiegend das
Interesse der Vollständigkeit seiner Mittheilungen, wie er dieselben erfah=
ren hatte. Zum ursprünglichen Kerygma gehörten diese Mittheilungen
nicht: denn dasselbe begann bei den Aposteln mit der Zeit, wo Johannes
der Täufer öffentlich auftrat. Im übrigen aber schwebt dem Evangelisten
Lucas das apostolische Kerygma, welches er von Paulus und Petrus oft
genug vernommen hatte, genau vor. Sieht man von den beiden ersten
Kapiteln ab, so haben seine evangelischen Mittheilungen formal dieselbe
Einrichtung, wie die beiden ersten Evangelien, und zwar von Anfang bis
zu Ende. Die Zerlegung des Stoffes, wie sie bei Marcus sich zeigt, ist
aber nicht festgehalten; die Gruppirung wie bei Matthäus ist nur ähnlich
vorhanden, und nicht so direct und wesentlich für das Kerygma einge=
richtet. In Bezug auf den Schauplatz der Begebenheiten haben alle drei

Evangelisten die ursprüngliche im apostolischen Kerygma nachweisbare Eintheilung: Von Galiläa anfangend wird erzählt, was im Lande der Juden und in Jerusalem Jesus lehrte und wirkte (vgl. Apostelgesch. 10, 34 ff.). Das Johannes=Evangelium, dessen Entstehungsgrund ein wesentlich anderer ist als der, worauf die drei ersten Evangelien beruhen, hat doch denselben Anfang und denselben Schluß, und zeigt somit die Grundlage des ersten apostolischen Kerygmas. In der innern Einrichtung aber, der Zerlegung und Verbindung, weicht es hiervon ab: denn dieses Evangelium will nicht der Abdruck des ersten Kerygmas des Apostels Johannes sein; sondern eine Auswahl aus demselben in einer Ordnung, wie sein Zweck, die Bekämpfung der ältesten Gnostiker, dies erforderte. Dadurch, daß Johannes speciell solche Lehren und Handlungen Jesu heraushob, welche geeignet waren zu beweisen, Jesus Christus sei das fleischgewordene göttliche Wort, und daß er dieses nach einem zusammenhängenden und wohlgeordneten Plane ausführte, war die den Schauplatz betreffende Abweichung von den drei ersten Evangelien mit gegeben. Er mußte so auch, ohne es zu beabsichtigen, der Ergänzer derselben werden.

§. 7.

Die Apostel selbst bedurften für sich eines geschriebenen Evangeliums nicht. Der Plan ihres Kerygmas in Bezug auf den historischen Theil war, wie wir oben nachgewiesen, sehr einfach. Die Thatsachen und die Lehren Jesu standen ihnen als Augen= und Ohrenzeugen zu Gebot, und hafteten fest in ihrer durch Gottes Kraft gestärkten Erinnerung. Sehen wir nun auf die Männer, welche, von den Aposteln als Gehilfen am Gotteswerk berufen, zu Vorstehern und Lehrern der christlichen Gemeinden eingesetzt, oder die als Sendboten zur christlichen Mission verwendet wurden. Es ist einleuchtend, daß nur Solche hierzu fähig waren, welche durch Lehre und Umgang mit den Aposteln das Christenthum und auch die Art und Weise, wie die Apostel das Evangelium verkündigten, genau kennen gelernt hatten. Eine andere Grundlage, als welche die Apostel gelegt, ein anderes Verfahren als das apostolische, konnte es für sie nicht geben. Sie hielten sich getreulich an das Ueberkommene. Die Mittheilungen der Apostel aus dem Leben Jesu, deren Verbindung mit den Propheten und deren Auslegung, waren für sie maßgebend; sie hatten sich dieselben dem Gedächtniß fest einzuprägen und in ihren Lehrvorträgen wiederzugeben. Je vollkommener dies geschah, desto besser war es. Schon bei den Juden war es, wie die Clementinen bezeugen, eine auf mosaische Einrichtung zurückdatirte Sitte zur Bewahrung der Lehreinheit, daß sie keinen lehren ließen bevor er gelernt hatte die Schrift zu gebrauchen und zu erklären. In dem clementinischen Briefe des Petrus und Jacobus K. 2 und 3, bringt Petrus darauf, daß in gleicher Weise auch bei den Christen verfahren werde, damit Alles nach der apostolischen Ueberlieferung geschehe und nicht die nothwendige Einheit der Lehre gefährdet werde. Die Er= mahnungen des Apostels Paulus an Timotheus und Titus, die Ueber= lieferung festzuhalten, könnten wir zur Bestätigung des Gesagten anfüh= ren, wenn die Sache nicht schon selbstverständlich und naturgemäß noth= wendig wäre.

Hatten aber diese ersten nachapostolischen Lehrer in ihren Vorträgen das apostolische Kerygma als Muster, so mußte es ihnen eine bedeutende Erleichterung gewähren, wenn das mündliche Evangelium der Apostel schriftlich aufgezeichnet war; wir meinen nicht die apostolischen Ermah= nungen und Belehrungen, die nach dem Bedürfniß und der Fassungskraft der Zuhörer bemessen wurden, sondern die historische Grundlage. Da solche Aufzeichnungen Seitens der Apostel nicht vorhanden waren, so ver= suchten es einzelne solcher Lehrer sich die Aufzeichnungen selbst zu machen; das sind unseres Erachtens die Versuche Vieler, von welchen Lucas in sei= nem Proömium spricht und von denen er sagt, daß diese Aufzeichnungen nach der Ueberlieferung der Augenzeugen und Diener des Wortes, d. h. der Apostel, gemacht worden seien. Der Ausfall dieser ersten Versuche, welche Lucas kannte, ließ es ihm nicht für unzweckmäßig erscheinen, daß er, der bewährte Apostelschüler, in ähnlicher aber besserer Weise, weil genauer, gleichfalls eine Aufzeichnung machte. So ist das Lucas=Evangelium gerade durch jene ersten Aufzeichnungen veranlaßt worden, und offenbar zu demselben Zwecke. Unter dem Theophilus denken wir uns vielleicht am besten einen für das Lehramt ausersehenen Christen, vielleicht auch von vornehmer Geburt. Doch mögen Andere hierüber, gestützt auf die Fassung Luc. 1, 4, anders denken. Das Lucas=Evangelium war so ent= standen zum kirchlichen Gebrauch, indem es auf der Grundlage des apo= stolischen Kerygmas, hauptsächlich des Paulus, worauf die alten Nach=

richten hinweisen, eine reiche Sammlung nach genauer Erkundigung bei Mehreren gab. Wenn wir bedenken, daß die Apostelgeschichte bald nach der ersten Gefangenschaft des Apostels Paulus abgefaßt ist, und daß diese Schrift das Evangelium als vorhanden voraussetzt, so muß dieses Evangelium mindestens schon im Jahre 62 n. Chr. abgefaßt worden sein. So alt ist weder das Matthäus = noch das Marcus = Evangelium: denn die Abfaffung des ersteren fällt in die Zeit, wo Petrus und Paulus zusammen in Rom waren; das andere ist nach den ältesten Zeugnissen in des Petrus letzten Lebenstagen geschrieben. Somit ist das Lucas = Evangelium das älteste und erste Evangelium, und es ist darum wohl begreiflich, daß es nicht, was sachgemäßer das Matthäus = und Marcus = Evangelium thun, das Kerygma eines einzelnen Apostels enthält; sondern das Kerygma des Paulus, erweitert durch Nachrichten aus Erkundigung und aus den Kerygmen Anderer, eine Schrift zum kirchlichen Gebrauch, aber zugleich ein historischer Versuch.

Anders verfuhr Matthäus. Er erkannte das Bedürfniß für die von ihm in Palästina bestellten Lehrer sein Evangelium zu besitzen. Darum verfaßte er es selbst für sie, und zwar in der Landessprache und ganz so, wie er es selbst vorgetragen hatte, ohne Zusätze und Aenderungen. So entsprach es am besten dem Bedürfniß. Mit Sicherheit konnten demnach seine Lehrvorträge fortgesetzt werden und er, wie Eusebius sich ausdrückt, konnte so noch abwesend gegenwärtig sein.

Dasselbe kirchliche Bedürfniß für die evangelischen Lehrer in Rom rief das Marcus = Evangelium ins Dasein. Bei Papias ist es nicht genau zu erkennen, aber nach dem Obigen unterliegt es wohl keinem Zweifel, daß gerade die Lehrer und Vorsteher in Rom, wo sich zur Zeit, als Paulus den Römerbrief schrieb, schon vier christliche Versammlungsorte befanden, das Bedürfniß fühlend sich an Marcus deßhalb wandten und nicht eher mit Bitten nachließen bis er denselben entsprach. Die Art und Weise, wie Marcus den Auftrag vollzog in Betreff der Zerlegung des Materials, war nach Ansicht jener römischen Lehrer nicht ganz gelungen; sie fanden zwar die von Petrus mitgetheilten Thatsachen getreu wiedergegeben, aber nicht genau in der Ordnung, wie ihr Lehrer, der Apostel, sie mitgetheilt hatte. In ihren Lehrvorträgen mußten sie also das Gedächtniß, die Erinnerung, noch zu Hilfe nehmen, wenn sie auch das Marcus = Evangelium besaßen. Wenn nun auch Marcus chronologisch richtig verfuhr, so war sein formales Abweichen von dem Lehrvortrag des Petrus doch an und für sich in Bezug auf das, was man von ihm verlangte, ein Fehler. Deßhalb mochte auch Petrus Anfangs über das Werk und seinen Nutzen zweifelhaft sein. Später aber, durch eine Offenbarung belehrt, empfahl er das Evangelium zur Verbreitung. Er mußte also erkannt haben, daß die Gruppirung nicht nothwendig immer in derselben Weise erfolgen müsse, und so bahnte gerade Petrus durch seine Empfehlung der Schrift für den christlichen Lehrvortrag eine freiere Bewegung in der Form an, was nachher durch Bekanntwerden der übrigen Evangelien gleichfalls erfolgen mußte. Die christlichen Lehrer traten hierdurch, obgleich sie nicht mehr die Augenzeugen waren, doch in die Reihe der Zeugenschaft ein. So konnte denn auch das ursprünglich zu einem speciellen und localen Zweck geschriebene Johannes-Evangelium in den allgemeinen kirchlichen Gebrauch genommen werden.

Durch ein kirchliches Bedürfniß waren demnach die Evangelien ins Dasein gerufen worden. Dasselbe Bedürfniß sorgte auch für ihre schnelle Verbreitung. Dem Matthäus-Evangelium wurden bald die durch die Sprache, in welcher es verfaßt war, zugewiesenen Grenzen zu enge. Während der Apostelschüler Johannes, auf welchen sich Papias als Gewährsmann für seine Nachrichten beruft, den Gebrauch dieses Evan-geliums außerhalb Palästina's durch die Bemerkung ἡρμήνευσε δ' αὐτά ὡς ἠδύνατο ἕκαστος ausspricht, trägt die griechische Uebersetzung Zeichen an sich, daß sie noch im apostolischen Zeitalter gemacht und verbreitet wurde. Durch den Apostel Bartholomäus soll es nach Indien gekommen sein. Im Uebrigen ist anzunehmen, daß die einzelnen Evangelien da ihre erste und größte Verbreitung fanden, wo die Apostel, deren Kerygma sie enthielten, Gemeinden gegründet, und wo ihre Schüler und Sendboten wirkten, das Lucas-Evangelium demnach vor allem im Wirkungskreise des Apostels Paulus, das des Marcus in Italien und Aegypten, das des Johannes in Kleinasien. Aber schon an der Grenze des ersten und zu Anfang des zweiten Jahrhunderts, zur Zeit des Trajan und Hadrian, fanden sie ohne Unterschied eine allgemeine Verbreitung (Euseb. H. E. II, c. 38), und das Kerygma der damaligen Lehrer gestaltete sich zu einem harmonistischen, indem bald aus diesem bald aus jenem Evangelium die Vorlesung statt fand, woran die Ermahnung und Belehrung geknüpft wurde. Zu Justins Zeit, in der ersten Hälfte des zweiten Jahrhunderts, war es hergebrachte feststehende Sitte, sich nicht ausschließlich an das Kerygma eines einzelnen Apostels zu halten, sondern sämmtliche Evangelien zu gebrauchen.

§. 8.

Die Entstehungsgeschichte der Evangelien giebt auch über das Verhältniß der Evangelien zu einander Auskunft. Daß die Evangelien nicht als biographische Arbeiten anzusehen, sondern daß ihr Ursprung ein wesentlich anderer ist, dies kann nach dem Obigen in keiner Weise in Abrede gestellt werden. Eine gemeinsame Einrichtung nach Grundlage und Bau in dem historischen Theile des petrinischen und paulinischen Kerygmas konnten wir aus den in der Apostelgeschichte enthaltenen Nachrichten aufweisen. Das Matthäus = Evangelium beweist thatsächlich, daß auch sein Kerygma in dieser Beziehung keinen Unterschied machte. Was den Apostel Paulus betrifft, so hatte dieser wie er Gal. 1, 11. 12 erklärt, sein Evangelum nicht durch Unterricht, sondern durch Offenbarung Jesu Christi erhalten. Was demnach die evangelische Lehre und ihr Verständniß betraf, so stand er in Ansehung der Quelle und des göttlichen Beistandes den übrigen Aposteln ganz gleich. Ob er aber auch das Historische über Jesus Christus durch Offenbarung ganz oder theilweise erhalten habe, dies folgt aus seiner Erklärung nicht mit Sicherheit. Paulus lebte zur Zeit der Gründung der christlichen Kirche in Jerusalem und verfolgte anfänglich die Christen. Er haßte und verfolgte sie, weil er das was sie lehrten für Irrthum hielt. Dies konnte er nicht ohne Kenntniß von den historischen Vorgängen zu nehmen. In Jerusalem war er in der Lage sich darüber zu unterrichten, wenn auch zunächst wegen Partei = Interesses nur unvollkommen. Weiteren Unterricht über die historischen Thatsachen konnte er in Damaskus und selbst in seiner Zurückgezogenheit in Arabien erhalten. Daß ihm göttliche Offenbarung zu Hilfe kam, muß als möglich zugegeben werden. Als er aus Arabien nach Damaskus zurückkehrte, trat er bereits als Streiter für das Evangelium auf. Da er sein Evangelium in Jerusalem später mit dem der Säulenapostel verglich (Gal. 2, 2) und es sich als dasselbe ergab; so ist anzunehmen, daß auch die historische Grundlage nicht unerörtert blieb und als die apostolische anerkannt wurde.

Aus den Vorträgen des Apostels Paulus in Antiochien, in Pisidien und Thessalonich, so wie aus einzelnen Mittheilungen in seinen Briefen, kommen wir zu demselben Resultate. Das Lucas=Evangelium, welches vorzugsweise das paulinische Kerygma enthielt, bestätigt dies thatsächlich.

Demnach finden wir bei den drei Aposteln Matthäus, Petrus und Paulus wie ein gleiches Evangelium, so auch ein gleichmäßiges Verfahren in Bezug auf die historischen Mittheilungen, an welche sie ihre Ermah=nungen und weiteren Belehrungen knüpften, und es ist daher natürlich, daß wir in den drei geschriebenen Evangelien dasselbe wieder finden. Augen= und Ohrenzeugen von Begebenheiten, wenn sie dieselben getreu wiedererzählen, werden gewöhnlich in dem Wesentlichen genau überein=stimmen, in der formalen Darstellung aber von einander abweichen und zwar so, daß von zweien oder dreien Einer mehr das Gepräge der Ur=sprünglichkeit an sich trägt. Bei einem größern Complex von Begeben=heiten und bei Gruppirung derselben werden auch Differenzen in der Verbindung und den Uebergängen sich zeigen.

Die Gleichartigkeit der drei ersten Evangelien ist eine doppelte, eine allgemeine und eine specielle. Die allgemeine liegt darin, daß die Geschichte Jesu ohne Unterscheidung größerer Zeiträume von demselben Anknüpfungspunkte ausgehend und auf demselben Schauplatze sich bewegend dargestellt wird. Hierüber haben wir den obigen Erörterungen nichts mehr hinzuzufügen nöthig. Die specielle Gleichartigkeit zeigt sich in Erzählungen desselben Factums, deren wie zu erwarten nicht wenige sind. Diese Gleichartigkeit geht häufig bis zur formalen Ueber=einstimmung in der Aufeinanderfolge der speciellen Theile, welche das Ganze ausmachen, der noch specielleren einzelnen Ausführungen, der Gedankenfolge und selbst der Ausdrücke. In dieser Beziehung zeichnen sich besonders Matthäus und Marcus aus, so daß man schon zur Zeit des heil. Augustinus das Marcus=Evangelium einen abgekürzten Matthäus nannte, obgleich Marcus keineswegs immer kürzer als Matthäus erzählt. So sind z. B. die Stellen Matth. 8, 28—34; 9, 18 ff.; 14, 3—21; 15, 1—20; 17, 14—22; 18, 1—9; 19, 13—15; 26, 20—22 kürzer als die entsprechenden Stücke bei Marcus. Die Begebenheiten bei Marcus 7, 37; 8, 11—21; 10, 1—12, 46—52; 11, 27—33 zeigen den parallelen Stücken bei Matthäus gegenüber Verschiedenheit. Matthäus hat eine

Anzahl größerer Stücke, die bei Marcus fehlen; umgekehrt hat Marcus vier Begebenheiten, welche bei Matthäus fehlen. Bis zu Matth. 8, 13 ist nur Ein Stück, nämlich Matth. 4, 18—22, welche formale Aehnlichkeit mit Marc. 1, 16—20 aufweist. Aber von hier bis Matth. 20, 28 sind noch 12 Stücke von gleicher Beschaffenheit, doch sind es gewöhnlich nur kleinere Bestandtheile. Häufiger sind die Parallelen von Matth. 21 an, wo die Leidensgeschichte beginnt und in welchen Stücken sämmtliche Evangelisten zusammentreffen.

Zur Erklärung der allerdings oft merkwürdigen Uebereinstimmung zwischen Matthäus und Marcus, an welcher bisweilen auch Lucas, und in der Leidensgeschichte selbst Johannes partipicirt, bemerken wir erstlich: Wo Aussprüche Jesu von Augen= und Ohrenzeugen erzählt werden, da zeugt die genaue Uebereinstimmung der Zeugen offenbar für die Treue der Erinnerung und nicht für die Abhängigkeit Eines Schriftstellers von dem Andern. Bei Erzählung von anderen historischen Begebenheiten darf von Augenzeugen eine Uebereinstimmung im Wesentlichen gefordert werden. Geht die Uebereinstimmung weiter bis in die formale Darstellung im Einzelnen; so muß auf eine gewisse Abhängigkeit der Verfasser von einander, oder von einer gemeinsamen Quelle, geschlossen werden. Vergleichen wir die parallelen Stücke, in denen bei Matthäus und Marcus Begebenheiten in gleicher Weise erzählt werden; so sind einige, z. B. Matth. 4, 18 ff., die Berufungsgeschichte der vier Apostel; ferner Matth. 8, 14 ff., die Heilung der Schwiegermutter des Petrus; Matth. 17, 1—13, die Verklärung Christi, der Art, daß Petrus der unmittelbare Zeuge war, nicht Matthäus, wie denn Matthäus bis zu seiner Berufung als Apostel natürlich nicht Augenzeuge war. Wenn wir daher bei Marcus, namentlich wo er das parallele Stück kürzer erzählt als Matthäus, häufig das Gepräge der Ursprünglichkeit finden, so finden wir dies wohl begreiflich.

Außerdem aber ist es Thatsache, daß die Apostel längere Zeit nach Christi Himmelfahrt in Jerusalem zusammen blieben. Bei Eusebius H. E. V, 18. (c. 21 ed. Laemmer) ist eine Nachricht, wofür Apollonius als Gewährsmann citirt wird, wornach die Apostel gemäß einem Befehle des Herrn zwölf Jahre lang in Jerusalem zusammen waren. Aus der Apostelgeschichte selbst ist ein längeres Zusammenwirken der Apostel, allerdings mit Unterbrechungen, erkennbar. Hier mußte eine Fixirung des

Kerygmas, welches ja die Hauptsache der Apostel war und stets eine historische Grundlage hatte, statt finden. Das Kerygma des Apostels Petrus konnte hier grundlegend für die Verkündigung der übrigen Apostel werden, welchen ja außerdem auch der Beistand des heiligen Geistes für die treue Erinnerung an alles das, was sie gesehen und gehört hatten, von Christus verheißen und verliehen worden war.

Da die Entstehung der Evangelien auf kirchlichem Boden und aus den Kerygmen der Apostel feststeht, so kann mit Rücksicht auf das oben Bemerkte die Gleichartigkeit in der Mittheilung nicht auffallen; wohl aber könnte die Verschiedenheit, welche sich mitunter zeigt, auffällig sein. Die= selbe erklärt sich aber unsers Erachtens ausreichend daraus, Einmal daß kein Apostel in seinen historischen Mittheilungen Vollständigkeit derselben beabsichtigte; sodann aus dem Streben der Apostel, das historische nach seiner Gleichartigkeit zu gruppiren, wovon Marcus in seiner Evangelien= schrift abging und auch Lucas, insofern er das Kerygma Eines Apostels, des Paulus, durch Einreihung von Begebenheiten, die er anderwärtig erfahren, erweiterte. Die Verschiedenheit bei Johannes erklärt sich theils aus dem speciellen Zwecke, welchen er bei Abfassung seines Evangeliums verfolgte, theils aus der originellen Grundlage, auf welcher er sein Werk erbaute.

Eine eingehendere Vergleichung der heil. Evangelien in Bezug auf ihre Gleichartigkeit und Verschiedenheit behalten wir einer andern Arbeit vor. Die obigen Andeutungen mögen vorerst genügen, um der beliebten Hypothese von einem schriftlichen Ur=Evangelium die unsers Erachtens besser begründete von einem mündlichen Ur=Evangelium, aus welchem die schriftlichen geflossen, entgegen zu stellen.

V.

Ueber Josephus, Tacitus, Sueton und Cassius Dio
als Quellen zur Kenntniß christlicher Zustände.

§. 1.

Es ist erwiesene und historisch feststehende Thatsache, daß das Christen=
thum nach der Himmelfahrt Christi und der Sendung des heiligen Geistes
am Pfingstfeste mit großer Schnelligkeit und unaufhaltsam in nur wenigen
Decennien sich weit über die Grenzen Palästina's hinaus ausbreitete. In
den größeren Städten des großen römischen Reiches, an den Hauptsitzen
der Bildung, des feinen Geschmackes und der Ueppigkeit, unter den Augen
der höchsten Behörden des Landes, z. B. in Antiochia, in Cäsarea, auf
Cypern, an mehreren namhaften Orten in Kleinasien, besonders in
Ephesus, ferner in Macedonien und Griechenland, in Rom selbst, schlug
es zuerst seine Wurzeln, bildeten sich die ersten christlichen Gemeinden.
Ihre Gründung ging vor sich still, ohne Geräusch und Pomp, fast unbe=
kümmert um der Volksmassen Wohlwollen oder Abneigung, um der welt=
lichen Obrigkeiten Gunst oder Mißgunst, ohne Rücksicht auf politische
Verhältnisse, Gestaltungen und Lagen der Länder. Still und geräuschlos
thaten die Mitglieder dieser oft kleinen Christengemeinden Götzendienst
und heidnisches Leben von sich ab, säuberten, reinigten und heiligten sich,
im Uebrigen blieben sie in ihren gewohnten Lebensverhältnissen. Häufig
bestanden diese Gemeinden aus Juden= und Heidenchristen gemischt. Die
ersteren ließ man mit großer Nachsicht bei ihren rituellen Gewohnheiten,
und änderte dieses Verhalten erst dann, als es auf Gefahr der christlichen
Sitte und selbst des Glaubens Seitens Einzelner geübt zu werden
Anspruch machte.

Nichtsdestoweniger aber bildete sich überall, wohin das Christenthum gelangte, gleichsam eine kleine Welt in der größeren, welche auch nicht lange verborgen bleiben konnte. Die Gegensätze des christlichen Lebens zum Heidenthum und Judenthum waren der Art, daß die Christen, ungeachtet ihres stillen und friedlichen Verhaltens, bald ein Gegenstand der Aufmerk= samkeit sowohl des Volkes als der Behörden werden mußten. Daß dies hatsächlich auch bald geschehen und in welcher Weise, dieses erfahren wir eitig genug; jedoch nicht aus jüdischen oder heidnischen, sondern fast aus= schließlich aus christlichen Quellen. Während Juden und Heiden die Christen theils verspotteten, theils haßten und verfolgten, finden wir doch in ihren Schriften des Christenthums und seiner Bekenner einige Jahr= hunderte hindurch höchst selten und kaum flüchtig erwähnt. Wo aber solche spärliche Notizen sich finden, da zeigt sich aus der Art und Weise der Erwähnung, wie wenig sich die Schriftsteller und Historiker jener Zeit um Christenthum und christliche Zustände kümmerten, wie äußerlich und ein= seitig sie von dieser neuen Erscheinung Kenntniß nahmen und wie wenig sie in der Lage waren, die welthistorische Bedeutung der christlichen Religion auch nur zu ahnen. Das Christenthum, der Ruin des viel= tausendjährigen Heidenthums, ging bereits im Riesengange, ohne daß sie, welche vorzugsweise berufen waren die Signatur der Zeit zu erkennen, etwas davon zu wissen schienen.

Beginnen wir zum Beweise dessen vorerst mit Josephus, dem jüdischen Geschichtschreiber, einem Manne aus priesterlichem Geschlechte, von nicht geringer Gelehrsamkeit und Bildung, wie der umfassende Blick und die angemessene, großentheils taktvolle Behandlung des Stoffes, welche sich in seinen Geschichtswerken mit wenig Ausnahme kundgiebt, beweisen. Derselbe lebte von 37 bis gegen 93 n. Chr. und war bis zur Zerstörung Jerusalems, 70 n. Chr., fast beständig in Jerusalem, Judäa und Samarien. Von diesem Manne konnte man erwarten, daß er da, wo er von den verschiedenen Secten unter den Juden seiner Zeit ausführlich redet, auch der Christen, sei es im Guten oder Bösen, gedenken würde; zumal da sich dieselben bereits in Jerusalem, in Samaria, Galiläa und Judäa festgesetzt und die verschiedenen, oft heftigen Verfolgungen der Juden alle überdauert hatten. Josephus, dem Geschichtschreiber, konnte es auch an besonderer Veranlassung, von den Christen als einer jüdischen

Secte zu reden, um so weniger fehlen, da er bei Schilderung dieser Secten sogar über die Grenzen Palästina's hinausgeht, über die in Aegypten lebenden jüdischen Secten, sowie auch über die eigenthümlichen Abzweigungen des Judenthums in Parthien und Armenien berichtet; während doch in Jerusalem selbst, unter den Augen des Historikers, die Christen in nicht geringer Anzahl und organisirt lebten. Dieselben besuchten zwar den Tempel, feierten auch wohl die jüdischen Feste, z. B. Passah und Pfingsten, mit den Juden; dabei aber verkündeten sie öffentlich und ungescheut die Lehre von Christus dem Gekreuzigten als dem von den Propheten verheißenen und in die Welt gekommenen Messias. Sie hielten ihre besonderen Versammlungen, besaßen eine wohl eingerichtete Armenpflege; zur Zeit einer Hungersnoth und auch noch später bezogen sie aus Antiochien, aus mehreren Orten in Macedonien und Achaja Unterstützungen; sie unterhielten Verbindungen nach Außen, lebten gleichsam als Staat im Staate und gewannen täglich an Zuwachs und Bedeutung.

Alle diese für einen Historiker wie Josephus gewiß beachtenswerthen Momente, wozu auch noch die Steinigung des Stephanus, die Hinrichtung des Zebedaiden Jacobus durch Herodes Agrippa, die Ermordung des Alphäiden Jacobus und die merkwürdige Bekehrung des Saulus gehören, haben Josephus den Historiker nicht veranlaßt, von den Christen mindestens als von einer Secte ausführlich zu berichten. Denn daß er sie, wie bisweilen behauptet wurde, unter der Secte der Essener mit begriffen habe, ist eine nicht zu beweisende und aller Wahrscheinlichkeit entbehrende Annahme. Nicht minder auffallend ist das Stillschweigen des Josephus in Betreff des Christenthums und der Christen da, wo er als Specialhistoriker Besonderes über den jüdischen Krieg berichtet. Nämlich de bello Jud. lib. VI c. 5 n. 3 redet er von Vorzeichen und Weissagungen über den Untergang Jerusalems und des Tempels. Im Tempel, erzählt er, sei eine übermenschliche Stimme gehört worden mit dem Rufe: μεταβαίνωμεν ἐντεῦθεν, „lasset uns wegziehen von hier." Ferner: Ein gewisser Jesus, Sohn des Ananus, habe vier Jahre vor dem Ausbruch des Krieges als Unglücksprophet den Weheruf gegen den Tempel, die Stadt und das Volk erhoben, und ungeachtet aller Bestrafungen, die ihn deshalb getroffen, denselben wie ein Besessener fortgesetzt, bis er nach

Ausbruch des Krieges auf den Mauern Jerusalems, von Feindeshand durch einen Schleuderstein getroffen, gefallen sei. Die Christen aber besaßen eine zur Zeit als Josephus schrieb schon längst durch Schriften verbreitete Weissagung des Herrn über Jerusalem, den Tempel und das Volk, worin das kommende Verhängniß sehr klar ausgesprochen liegt. Diese Weissagung diente auch den in Jerusalem zur Zeit der Katastrophe lebenden Christen zur Rettung, indem sie, wie Eusebius H. E. III. c. 5 berichtet, hierdurch gewarnt, noch rechtzeitig die Stadt verließen, nach Pella im Ostjordanlande auswanderten und so vom Ungemach dieses vernichtenden Krieges verschont blieben. Weder die Weissagung Christi, noch das Factum dieser Auswanderung ist von Josephus erwähnt, und doch konnte Beides den Juden nicht verborgen geblieben sein. Noch eine andere Gelegenheit, von Christus und den Christen zu reden, übergeht Josephus wie es scheint geflissentlich. Antiq. lib. 18 c. 5 n. 2 spricht er von Johannes dem Täufer und dessen Ermordung durch Herodes Antipas. „Dieser Johannes," sagt er, „sei ein vortrefflicher, die Tugend predigender Mann gewesen und habe durch seine Taufe auf ein Gott wohlgefälliges Leben verpflichtet." Josephus kannte also das Leben, das Kerygma und die Taufe des Johannes. Aber in dieser dreifachen Beziehung stand Johannes im engsten Verhältniß zum Messias, den er zuerst als den bald kommenden, dann als den wirklich erschienenen verkündigte. Von allem diesen erwähnt Josephus nichts, und es wird durch dieses eigenthümliche Verhalten die Vermuthung nahe gelegt, daß dieser Geschichtschreiber aus ganz besonderen Gründen, nicht ohne Absicht und mit Fleiß, die höchst bedeutungsvolle historische Thatsache von der Erscheinung und dem Wirken des Messias in der Welt und von der Pflanzung der christlichen Kirche mit Stillschweigen übergangen habe.

Fragen wir nach den besonderen Gründen, welche dem Historiker Josephus dieses eigenthümliche Verhalten geboten; so können wir mit Zuversicht behaupten, daß eine Rücksichtnahme auf das Volk der Juden hierbei nicht waltete. Denn daß er die Juden keineswegs schonte, davon legen seine Schriften, besonders aber seine Beschreibung des jüdischen Krieges genügendes Zeugniß ab. Es müssen bei ihm wohl dieselben Gründe und Ursachen gewesen sein, welche auch die heidnischen Schriftsteller jener Zeit bestimmten, von dem Christenthum möglichst keine Notiz zu nehmen. Unlängst hat Dr. J. Bernays in einer Monographie über die Chronik des Sulpicius Severus (Breslau 1861) nachzuweisen gesucht, daß Josephus in dem Bemühen, sich seinem Wohlthäter, dem römischen Kaiser Titus, dankbar zu erweisen, die Ursache der Zerstörung des jerusalemischen Tempels gegen die geschichtliche Wahrheit dargestellt habe. Ungeachtet dessen, daß der mit seinem Urtheil gewöhnlich schnell fertige H. Ewald (Götting. gel. Anz. 1861, 41. Stck. S. 252 ff.) den Beweis des Dr. Bernays nicht für gelungen erklärt, so nöthigt uns doch Manches, der Ansicht dieses Gelehrten beizutreten. Denn aus der ganzen Schilderung des Verlaufes der Belagerung und Zerstörung Jerusalems, sowie der vorausgehenden und nachfolgenden Ereignisse ergiebt sich, daß die Zerstörung der Stadt und die Vernichtung des Volkes eine von den Römern im Voraus beschlossene Sache war, die auch mit der größten Rücksichtslosigkeit und Grausamkeit durchgeführt wurde. Titus selbst war auch keineswegs der wohlwollende, zur Milde stets geneigte Heerführer, wie er später als Kaiser um jeden Preis betrachtet sein wollte. Nach der Einnahme Jerusalems und des Tempels, in welchem allerdings noch Tausende durch Hunger völlig entkräftete Juden, die den Zorn der Soldaten wenig anfachen konnten, hingeschlachtet wurden, konnte der Tempel so ordnungsmäßig geplündert werden, daß die heiligen Gefäße, Leuchter, Tisch u. A. sehr wohl erhalten den Triumphzug in Rom schmücken konnten. Alles dieses deutet darauf hin, daß der Tempel nicht durch Zufall, sondern mit Vorbedacht zerstört wurde. Später aber galt es den Zerstörer Titus als den Menschenfreund darzustellen, und so mußte auch der Historiker des Hofes, Josephus, das Seinige dazu beitragen. Daß auch andere, abweichende Darstellungen der Sache erschienen waren, ergiebt sich theils aus Josephus vita c. 65, wornach Justus aus Tiberias abweichend von Josephus über den jüdischen Krieg geschrieben, aber 22 Jahre lang nicht gewagt hatte, seine Schrift zu veröffentlichen; theils aus der von Bernays citirten Stelle des Dichters Valerius Flaccus, theils endlich aus dem abweichenden Berichte des Sulpicius Severus, der jedenfalls auf eine alte Quelle zurückweist. Es folgt dies aber auch aus dem Umstande, daß, wie Josephus vita c. 65 selbst erzählt, Kaiser Titus die Schrift des Josephus durch seine Unterschrift als die richtige beglaubigte und zu verbreiten befahl; ferner daraus, daß Herodes Agrippa in

62 Briefen die Darstellung des Josephus zu vertheidigen suchte. So fin=
den wir bei Josephus eine Geschichtsfälschung, ähnlich wie sie jüngst von
Onno Klopp in Bezug auf Tilly, den Feldherrn des dreißigjährigen
Krieges, nachgewiesen wurde. Wie Gustav Adolph den Genfer Spanheim
einen Soldat Suedois um Geld schreiben ließ aus Parteiinteresse, so
olbete Titus den Josephus, damit er den jüdischen Krieg nach dem Wil=
en des Kaisers schriebe. Hatte nun der römische Kaiser den Wunsch, daß
on den verhaßten Christen geschwiegen wurde, oder mochte Josephus
lauben, daß ein Bericht über Christus und die Christen ihm bei Hofe
nur schaden könne; so war dies für ihn Grund genug, dieselben mit Still=
schweigen zu übergehen.

Doch aber finden sich bei Josephus zwei Stellen, beide in den jüdischen
Alterthümern, wo theils von Christus, theils von den Christen ausdrück=
lich geredet wird. In beiden Stellen sind die betreffenden Aeußerungen
gelegentlich eingeflochten, und wenn auch gegenüber dem oben erörterten
Verhalten des Josephus ein gewisses Mißtrauen gegen die Aechtheit dieser
beiden Stellen nicht ganz ungerechtfertigt sein mag, so kann dieser Um=
stand doch nicht der gerechten Beurtheilung derselben vorgreifen.

Die erste dieser Stellen ist Antiq. lib. 20 c. 9 n. 1 enthalten, wo in
kurzer Fassung berichtet wird, wie nach dem Tode des Landpflegers Festus
und noch bevor dessen Nachfolger Albinus in Judäa eingetroffen war, der
Hohepriester Ananus sich eine Gewaltthat erlaubte, indem er den Jaco=
bus, den Bruder Jesu, der Christus genannt wurde, nebst einigen Anderen
hinrichten ließ. Die Stelle lautet wörtlich: Καὶ παραγαγὼν εἰς αὐτὸ
(τὸ συνέδριον) τὸν ἀδελφὸν Ἰησοῦ τοῦ λεγομένου Χριστοῦ, Ἰάκωβος
ὄνομα αὐτῷ καί τινας ἑτέρους, ὡς παρανομησάντων κατηγορίαν ποιησά-
μενος, παρέδωκε λευσθησομένους. Diese Gewaltthat sei, erzählt Jo=
sephus weiter, die Ursache der Absetzung des Ananus gewesen.

Was für den ersten Augenblick gegen die Aechtheit dieser Stelle zu
sprechen scheint, ist außer der oben erörterten Eigenthümlichkeit des Jo=
sephus noch der Umstand, daß dieser Jacobus nicht nach seinem Vater
bezeichnet wird, sondern, so wie es in der apostolischen Schrift Galater=
brief 1, 19 geschieht, als Bruder Jesu kenntlich gemacht wird. Jacobus
war aber nur im weiteren Sinne des Wortes ein Bruder des Herrn:
denn er war ein Sohn des Alphäus, welcher eine Schwester der Mutter

Jesu zum Weibe hatte (vgl. meine Schrift: Geschichte des Lebens Jesu Christi, Breslau 1855, S. 110 ff.); folglich war er ein ἐξάδελφός oder ἀνεψιός Jesu. Jedoch ist hier zu beachten, daß Jacobus sowohl von den Juden wie auch selbst von den Christen in kürzerem Ausdruck ein ἀδελφός Jesu genannt wurde und als solcher bekannt war. Von Josephus ist nicht zu erwarten, daß er dieserhalb nähere Untersuchungen des Verwandtschafts= verhältnisses des Jacobus zu Jesus anstellte, wie er sich auch in der Be= zeichnung Jesus des allgemeinen Ausdruckes τοῦ λεγομένου Χριστοῦ bediente. Jacobus, der berühmte und bekannte Apostel und Bischof Jerusalems, war hierdurch nach der Ansicht des Josephus hinlänglich bezeichnet, und diese Fassung und Bestimmung spricht unseres Erachtens gerade für die Aechtheit der fraglichen Stelle, welche auf Grund der äußeren Kritik nicht anfechtbar ist, indem nach Eusebius H. E. lib. II. c. 23 (c. 25 ed. Laemmer) Hegesipp und Clemens Alexandrinus auf diese Stelle bei Josephus als Quelle hinweisen. Dieses angenommen, so ergiebt sich aus unserer Stelle, daß Josephus, ähnlich wie wir dies auch bei den heidnischen Schriftstellern sehen werden, obgleich er bei gebotener Gelegen= heit gegen die Christen zu reden unterläßt, doch kein Bedenken trägt, gelegentlich über christliche Personen zu reden, falls ein Punkt in der von ihm behandelten Geschichte, wie hier die Absetzung des Hohenpriesters Ananus, hierdurch Licht erhält.

Was in der genannten Stelle den Ausdruck τοῦ λεγομένου Χριστοῦ betrifft, so scheint derselbe in seiner Fassung allerdings darauf zurückzu= weisen, daß Josephus anderswo früher von Christus entweder ausführ= licher geredet habe, oder daß er diesen Χριστός für seine Leser als eine hinlänglich bekannte Persönlichkeit unterstellen durfte. Hier ist das Erste der Fall: denn zwei Bücher vorher, Antiq. lib. 18 c. 3 n. 3, findet sich ein ausdrückliches Zeugniß über Christus, und zwar ein solches, mit solcher Anerkennung Christi als eines übermenschlichen Wesens verbundenes, daß dadurch der kurze Ausdruck in der obigen Stelle zwar hinreichend erklärt ist, zugleich aber das übrige Verhalten des Josephus zum Christenthum wenig vereinbar erscheint, wodurch es sich erklärt, wie gerade diese Stelle dem Verdachte einer Interpolation unterliegen konnte. Die Stelle lautet in deutscher Uebertragung:

„In jener Zeit lebte Jesus, ein weiser Mann, wenn man ihn anders :inen Mann nennen darf. Denn er war ein Wunderthäter, ein Lehrer)er Menschen, welche gerne die Wahrheit annehmen. Und viele Juden mb Hellenen sammelte er zu sich. Dieser war der Messias. Und obgleich hn Pilatus auf die Anzeige der Vornehmsten bei uns zum Kreuzestode)erurtheilt hatte, so ließen doch die, welche ihn zu Anfang geliebt hatten, ücht von ihm. Er erschien ihnen nämlich am dritten Tage wiederum ebend, indem die heiligen Propheten dieses und unzähliges andere Wunderbare von ihm geredet hatten. Noch bis jetzt hat das Geschlecht)er Christen, welches von ihm den Namen führt, nicht aufgehört."

Ganz in dieser Fassung wurde diese Stelle des Josephus schon von Eusebius gelesen. (Vgl. H. E. lib. I c. 11 und Demonstr. evangel. p. 124 ed. Colon.) Nichtsdestoweniger ist dieses Zeugniß über Christus bei Josephus mit dessen übriger Haltung schwer zu vereinbaren. Wäh= rend er sonst von den Christen, ihrem Leben, von dem ganzen Christen= thum bei gebotener Gelegenheit schweigt, als wenn dasselbe nicht existirte, redet er hier gelegentlich von Christus in einer Weise, daß man ihn für einen Christen halten müßte, wenn er nicht in seiner eigenen Lebens= beschreibung deutlich genug zeigte, daß er stets ein wenn auch freisinniger Jude war und blieb. Eine Rücksichtnahme auf die Zeit unter Domitian, in welcher er die Antiquitäten schrieb, sowie auf die Verhältnisse, in denen er selbst zu Rom lebte, ist in dieser freimüthigen Aeußerung über Christus nicht zu erkennen. Doch ist zu erwägen, daß Josephus in dieser Zeit nicht mehr wie unter Titus ein verwerthbarer Günstling; sondern vielmehr ein als Last überkommener Pensionär war, sowie daß seine Antiquitäten nicht eine kaiserliche Parteischrift waren, wie die Schrift über den jüdischen Krieg, und daß endlich der alternde, zurückgesetzte Josephus in dieser größeren Schrift wohl eine vereinzelte Bemerkung über einen Gegenstand, welchen er sonst nicht gern besprach, sich gestatten mochte. Dabei ist zu bemerken, daß er auch an dieser Stelle der Christen selbst nur sehr flüchtig und als einer im Aussterben begriffenen Secte gedenkt. Den Römern selbst mochte wenig daran gelegen sein, wie Josephus über Christus dachte; schlimmer wäre es gewesen, wenn er den Christen, ihrer Aus= breitung und Erfolgen warm das Wort geredet hätte; dazu war aber

auch Josephus zu vorsichtig. Diese Umstände sind geeignet, die Zweifel
an der Aechtheit dieser Stelle aus inneren Gründen jedenfalls zu mindern,
wodurch die vorhandene äußere Bezeugung an Kraft gewinnt.

§. 2.

Gehen wir über zu dem römischen Schriftsteller C. Cornelius Tacitus,
welcher nach Josephus, um 97 n. Chr. zu schreiben begann. Derselbe
zeigt schon ein eigenthümliches Verhalten in seiner Auffassung und Darstellung der Geschichte der Juden. Daß er die Schriften des Josephus
kannte und auch benützte, dies ergiebt die Vergleichung der Hist. lib. V
c. 13 mit Jos. Bell. lib. VI c. 5, woselbst einzelne dem Josephus zuge-
hörige Stellen von Tacitus aufgenommen sind. Daß er aber hierbei doch
sehr selbstständig verfuhr, beweist er Annal. lib. XII c. 54 in der Geschichte des Procurators Felix, wo er den Josephus ergänzt und berichtigt.
Hier mochten ihm bessere Quellen zu Gebote stehen. In der kurzen Darstellung der Geschichte der Juden Hist. lib. V c. 2—5 dagegen hätte
Tacitus sich besser an die genauen Angaben des Josephus halten mögen;
so würde er nicht in die Lage gekommen sein, ältere ganz unhistorische
Nachrichten über die Herkunft dieses Volkes, über seine Religion und
Lebensweise mitzutheilen. Für die unrichtige Auffassung eines messianischen Vaticiniums, welches wir bei Tacitus Histor. lib. V c. 13 lesen,
ist jedoch wiederum dessen Gewährsmann Josephus verantwortlich, welcher
die Sache besser hätte wissen sollen. Tacitus schreibt nämlich a. a. O.:
Plurimis persuasio inerat, antiquis sacerdotum litteris contineri,
eo ipso tempore fore, ut valesceret Oriens, profectique Judaea
rerum potirentur: quae ambages Vespasianum ac Titum prae-
dixerant. Wesentlich dasselbe steht bei Josephus Bell. lib. VI c. 5 n. 4,
wo er erzählt: „Eine doppelsinnige Weissagung in den heil. Schriften,
daß um diese Zeit Einer von ihnen aus dem Lande den Erdkreis beherrschen
werde, habe die Juden zum Kriege gegen die Römer getrieben. Diese
Weissagung habe sich aber offenbar auf Vespasian bezogen." Wenn man
bedenkt, daß der Num. c. 24, 17 von Bileam geweissagte Stern aus
Jacob von den Juden auf den Messias bezogen und mit der bei Jesaias
K. 11 geschilderten messianischen Zeit in Verbindung gesetzt wurde; ferner
daß diese Weissagung schon gegen 160 v. Chr. einen Bestandtheil der

hebräischen oder, was dasselbe ist, der erythräischen Sibylle bildete und aus dieser sogar in Virgil's vierte Ecloge wanderte; so muß man sich allerdings weniger über Tacitus als über seinen Gewährsmann Josephus wundern, welcher, obgleich er die Schriften des A. T. genau und auch die Sibylle kannte (vgl. Antiq. lib. I c. 4 n. 3 und Orac. Sibyll. lib. III v. 97 ff.), dennoch die betreffende Weissagung so einseitig deutete. Weniger kann Tacitus in Rücksicht auf eine andere Stelle, welche er aus Josephus entlehnte, in Schutz genommen werden, indem er dieselbe offenbar in ein heidnisches Gewand kleidete. Wir meinen die Stelle bei Tacit. Hist. lib. V c. 13: Expassae repente delubri fores, et audita major humana vox excedere Deos, simul ingens motus excedentium. Die Stelle stammt aus Josephus de Bello lib. VI c. 5 n. 3, wo Josephus unter den Vorzeichen erwähnt, im Tempel sei am Pfingstfeste in der Nacht, als die Priester in den Tempel gingen, von ihnen ein Getöse und Stampfen und dabei eine Stimme wie von einer Menge vernommen worden, welche rief: „μεταβαίνωμεν ἐντεῦϑεν, laßt uns von dannen gehen." Tacitus bildete hieraus eine Auswanderung der Götter, obgleich er wohl wußte, daß die Juden keine Götter verehrten.

Sehen wir nun wie Tacitus von den Christen redet. Es geschieht dies ausdrücklich nur an Einer Stelle, nämlich Annal. lib. XV c. 44. Als Nero im Jahre 64 n. Chr. die Stadt Rom durch Brandstiftung verwüstet und großes Unglück über die Einwohner gebracht hatte, bezüchtigte er, um den allgemeinen Haß von sich abzulenken, die Christen in Rom der Brandlegung. Durch die Folter brachte er Einige derselben zwar nicht zum Geständniß, daß die Christen die Unthat verübt hätten, wohl aber erpreßte er von ihnen mancherlei Aussagen über Leben und Gewohnheiten der Christen. Hierauf begann die weitere Verfolgung. Man suchte die Christen auf und tödtete sie mit den ausgesuchtesten Qualen. In Thierhäute gehüllt wurde ein Theil derselben von Hunden zerfleischt, Andere schlug man an's Kreuz, Andere wurden lebendig begraben, noch Andere wurden mit Brandstoffen bedeckt in den kaiserlichen Gärten angezündet, um als Fackeln zu leuchten. Dem Kaiser gelang es hierdurch dennoch nicht, den Verdacht, daß er der Brandstifter gewesen, von sich abzulenken; auch schienen weder Tacitus noch die späteren Geschichtschreiber geglaubt zu haben, daß die Christen wirklich bei dem Mordbrande

betheiligt gewesen seien. Aber der Erstere nimmt doch von dieser Ver=
folgung Anlaß, über den Urheber der christlichen Religion und über die
Christen Einiges zu bemerken. Der Urheber der Christen, sagt er, sei
Christus, welcher unter Tiberius durch Pontius Pilatus hingerichtet
worden sei. Der verderbliche Aberglaube der Christen habe sich nicht
nur in Judäa, sondern auch in Rom ausgebreitet. Hier seien sie
wegen ihrer Uebelthaten allgemein verhaßt geworden, so daß Nero
eigentlich keine Unschuldigen getödtet habe. Doch aber habe man sie
bemitleidet, weil sie der Wuth eines Nero und nicht dem öffentlichen
Wohle zum Opfer gefallen seien. — Diese Aeußerung des Historikers
Tacitus ist in mehrfacher Hinsicht bemerkenswerth, und zwar abgesehen
von der eigenthümlichen Ansicht, daß man die Christen der utilitas
publica wegen wohl hätte abschlachten können, treten zwei Umstände
in dem Berichte hervor: Erstlich, daß damals in Rom eine große
Menge, ingens multitudo, von Christen gewesen sei; ferner daß die
Christen unter Nero durch Anwendung der Folter nicht sowohl der Mord=
brennerei als vielmehr des Hasses gegen das Menschengeschlecht überführt
worden seien. Was wir aus der Stelle des Tacitus entnehmen, daß sich
zur Zeit Nero's, um 64 n. Chr., schon sehr viele Christen in Rom befan=
den, dasselbe ergiebt sich auch aus einigen Briefen des Apostels Paulus,
nämlich aus dem 58 n. Chr. verfaßten Römerbriefe und aus den Send=
schreiben, welche der Apostel aus seiner Gefangenschaft in Rom an mehrere
Christengemeinden und Personen in Kleinasien schrieb. Zugleich beweist
uns Tacitus, welche feindselige Stimmung gegen die Christen damals in
Rom herrschte und wie wenig man sich die Mühe nahm, von dem Leben
der Christen, ihrer Religion und Sitten, nähere Kenntniß zu nehmen.
Es genügte, daß die Christen abgesondert und nicht nach der Heiden
Weise lebten, um sie zu einer Bande der verworfensten Menschen zu
stempeln.

Tacitus gedenkt in den uns von ihm erhaltenen Schriften auch nirgends
weiter der Christen, welche doch zur Zeit Nero's schon im kaiserlichen
Palaste und unter der Leibwache des Kaisers, wie wir aus den paulini=
schen Briefen sehen, ihre Anhänger hatten. Daß irgend einer der edlen,
vornehmen Römer zu den Christen habe gehören können, dies konnte

cïtus natürlich nicht in den Sinn kommen. Zur Beurtheilung fehlte
n außer dem offenen Bekenntniß schon jeder Maßstab. Doch aber
ìlbert Tacitus einen edlen Römer so, daß, wenn man noch einzelne
:merkungen anderer Schriftsteller hinzunimmt, für uns die Vermuthung
he liegt, in demselben einen Christen jener Zeit und zwar aus edlem
schlechte in Rom zu erblicken. Dieser Mann war der römische Senator
:tus Thrasea. Derselbe wird von Tacitus, Sueton und Dio sehr vor:
ilhaft, als das Muster eines freimüthigen, gewissenhaften und in aller
:ise sittlichen Mannes zur Zeit Nero's erwähnt und gepriesen. Im
hre 66 n. Chr. wurde er angeklagt. Unter den Punkten der Anklage
ven sich folgende Annal. lib. XVI. c. 22 aufgeführt: Erstlich Verach:
ıg der Götter und ihrer Verehrung. Es wurde hervorgehoben, Thrasea
.ube nicht, daß die Poppäa unter die Götter versetzt sei. Beim Anfang
: Jahres leiste er nicht den üblichen Schwur, bringe auch keine Opfer
ɔ leiste keine Gelübde. Dabei habe er ein ernstes und trauriges Aus:
en, offenbar um die Lascivität des Kaisers zu verhöhnen. Er sei ein
mo bonis publicis moestus et qui fora, theatra, templa pro
litudine haberet. Eine fernere Anklage war, Thrasea sei seit drei
hren nicht mehr in den Senatssitzungen gewesen. Da dies eine runde
hl ist, so kann diese Zurückgezogenheit des römischen Senators allgemein
ı dem Brande Roms und der Christenverfolgung an gerechnet werden.
:ch Dio Hist. Rom. lib. 67 c. 15 hatte dieser Thrasea öfters gesagt:
ro kann mich zwar tödten, aber er kann mir nicht schaden. Später,
h seinem Tode, zur Zeit Domitian's wurde er ein heiliger Mann
ıannt, und zwar von einem gewissen Rusticus Arulenus, welcher dieser:
.b und weil er Philosophie trieb von Domitian getödtet wurde (Dio
. 67, 13. Sueton, Domit. c. 10.). Gleichzeitig mit Thrasea und im
rfolg seiner Anklage wurde auch dessen Tochter Servilia vor Gericht
ordert, weil sie den Magiern Geld und ihr Geschmeide zu magischen
ıfern gegeben habe. Zu bemerken ist hierbei, daß die Christen auch
ıgier genannt wurden. So nennt Lucian in seiner Schrift „der Tod
; Peregrinus," K. 11, Christus den bekannten Magier, der in Palästina
reuzigt worden, weil er diese neuen Mysterien in die Welt eingeführt
je. Interessant ist die Vertheidigung der Servilia. Der Anklage

gegenüber erklärte sie: Nullos impios Deos, nullas devotiones, nec aliud infelicibus precibus invocavi, quam ut hunc optimum patrem tu Caesar et vos Patres servaretis incolumem.

Als Thrasea endlich verurtheilt worden war — auf seine Vertheidigung hatte er verzichtet — und als ihm in seiner Behausung das Todesurtheil verkündigt wurde, traf ihn der Quästor in seinen Gärten, umgeben von vielen Leuten aus der unteren Volksclasse (inlustrium virorum feminarumque coetus frequenter egerat, sagt Tacitus, worin inlustris das Gegentheil von vornehm ausdrückt, wie es, wenn auch selten, gebraucht wird). Er unterredete sich eben mit einem Cyniker Demetrius, und zwar, wie man theils aus dem Gesichtsausdruck, theils aus einigen Worten der halblaut geführten Unterredung habe folgern können, über die Natur der Seele und über die Trennung des Geistes von dem Körper.

So der Bericht des Tacitus über Thrasea. Dieser musterhaft sittliche Mann, der Verachtung der Götter angeklagt, war kein Stoiker, wie schon Tacitus Annal. lib. XVI c. 32 erkennen läßt: denn der Stoiker P. Egnatius war gerade ein Hauptgegner des Thrasea. Er war aber auch kein Cyniker. Die ganze Zeichnung seines Lebens, wie wir sie aus Tacitus gewinnen, spricht dagegen. Zwar wird der Demetrius, welcher kurz vor Thrasea's Tod sich bei ihm befand, auch sonst noch als Cyniker erwähnt, aber stets mit Achtung genannt (vgl. Philostrat, Leben des Apollonius von Tyana, Buch 4 K. 25 u. 42), und scheint gleichfalls außer dem Namen mit den Cynikern seiner Zeit nichts gemein gehabt zu haben. Bei Cassius Dio Hist. Rom. lib. 66 c. 13 heißt es: Da Demetrius ganz öffentlich mit den bestehenden Verhältnissen unverträgliche Lehren mit der Miene der Philosophen vorgetragen, so sei er nebst anderen Leuten derselben Gattung von Vespasian auf Anbringen des Mucian aus Rom verbannt worden. Wohin er sich begeben, ist nicht bekannt. Im dritten Briefe des Apostels Johannes empfiehlt dieser dem Bischof Cajus einen Demetrius. Er war ein auf Reisen befindlicher Christ, von welchem der Apostel sagt: „Demetrius hat von Jedermann und von der Wahrheit selbst ein gutes Zeugniß, und auch wir geben für ihn Zeugniß." Demnach war dieser auf Reisen befindliche Demetrius dem Apostel in Kleinasien persönlich bekannt geworden, zunächst auf Grund von Zeugnissen Anderer und von der Wahrheit selbst ihm empfohlen. Das Letztere fand statt, wenn dieser Demetrius wegen des christlichen Bekenntnisses bereits gelitten hatte, wenn er z. B. deshalb von Vespasian aus Rom verbannt worden war. Zeit und Um= stände sprechen mit Wahrscheinlichkeit dafür, daß der Demetrius im dritten Johannesbriefe derselbe war wie der, welcher sich unter Nero mit dem verurtheilten Thrasea unterredete, welcher in Rom noch unter Vespasian Lehren vortrug, die sich mit den bestehenden Verhältnissen nicht vertrugen, und welcher deshalb aus Rom verbannt auf Reisen nach Asien kam, wo= selbst auch Philostrat ihn weiß.

Zur Zeit des Todes des Thrasea scheint dieser von römischen Christen und von Demetrius umgeben gewesen zu sein. Hätte Tacitus, wie man von einem Annalisten erwarten sollte, sich um die bestverleumdeten und gehaßten Christen näher bekümmert; so mußte er auf die Vermuthung kommen, daß der Senator Thrasea und seine Tochter Servilia Christen seien. Die Ansicht jedoch, welche sich Tacitus von den Christen gebildet hatte, gestattete ihm unmöglich die Annahme, daß ein so angesehener, edler Mann wie Thrasea dem Heidenthum entsagt haben und Christ sein könne; und so wie daher derselbe Geschichtschreiber Hist. lib. 5 c. 14 die Gottheit der Juden zu Göttern machte, welche durch ihre Flucht den Tempel zu Jerusalem seinem Schicksale überließen, ebenso läßt er den Thrasea, den Verächter der Götter und ihrer Verehrung, der weder die Tempel der Götter besuchte noch Opfer brachte, doch in seiner letzten Stunde, und zwar nachdem er sich vorher mit Demetrius über das Jen= seits und die Unsterblichkeit der Seele unterredet, als guten orthodoxen Heiden dem Zeus Soter die Blutspende weihen und unter Anrufung der Götter sterben.

§. 3.

C. Suetonius Tranquillus, welcher unter den Kaisern Trajan und Habrian lebte und schrieb, ein tüchtiger Biograph, der aber an universellem Blick den Tacitus nicht erreichte, gedenkt auch der Christenverfolgung unter Nero (Nero c. 16), indem er schreibt: Afflicti suppliciis Christiani, genus hominum superstitionis novae ac maleficae. Das ist Alles, was der Biograph Sueton sich von den Christen gemerkt hat. Die Schilderung der Christen unter Trajan, wie sie bei dem Freunde Sueton's, dem jüngeren Plinius, in einem Schreiben an den Kaiser (Epist. lib. X p. 349 ff. ed. Ald.) vorliegt, muß ihm wohl unbekannt gewesen sein.

Vermuthlich hielt er es nicht der Mühe werth, sich näher nach den Christen zu erkundigen. Doch aber finden sich bei ihm noch einzelne Spuren von dem Dasein der Christen. In der Lebensbeschreibung Tiber's K. 36 bemerkt er: Tiberius habe ausländischen Gottesdienst, egyptische und jüdische Religionsgebräuche verboten und ihre Bekenner gezwungen, die gottesdienstlichen Kleider und Geräthschaften zu verbrennen. Die jungen Juden habe er unter dem Vorwande des Kriegsdienstes in Provinzen gebracht, welche ein rauhes, der Gesundheit nachtheiliges Klima hatten. Die Uebrigen aus diesem Volke, oder die, welche einem ähnlichen Glauben anhingen, habe er aus Rom verwiesen und ihren Ungehorsam mit lebenslänglicher Sclaverei bedroht. Fragt man hierbei, wer denn einem dem Glauben der Juden ähnlichen Glauben anhing? so sehen wir uns im Heidenthum vergeblich nach Solchen um; selbst an die soge-nannten Proselyten des Thores kann hierbei nicht gedacht werden: denn die Römer betrachteten sie als Juden, was sie in der Hauptsache auch waren. Es kann demnach nur an die Christen gedacht werden. Diese galten frühzeitig als eine jüdische Secte; so verfährt auch Sueton. Daß unter Tiberius sich Christen in Rom befanden und den Feindseligkeiten des römischen Senats ausgesetzt waren, dies bezeugt Tertullian Apol. c. 5, welcher hier allerdings berichtet, Tiberius selbst sei Anfangs den Christen nicht abgeneigt gewesen; der Senat aber habe sich um so feind-licher gegen dieselben verhalten. Dies deutet auf feindliche Schritte, die man gegen die Christen ebenso wie gegen die Juden unternahm. Tiber, welcher die Juden nie leiden mochte, mag später auch seine milde Gesin-nung gegen die Christen im Anschluß an die des Senats geändert haben.

Bei Sueton im Leben des Claudius K. 25 stehen folgende Worte: Judaeos impulsore Chresto assidue tumultuantes Roma expulit. Dem ersten Anscheine nach handelt es sich hier nicht von den Christen, sondern lediglich von den Juden. Der Name Chrestos ist ein Manns-name, z. B. in Böckh's Corp. Inscr. Nr. 194. Unter Alexander Severus führte ein Obrist der Leibwache den Namen Chrestos, vgl. Dio Hist Rom. lib. 80 c. 2. Wer ist nun dieser Aufrührer Chrestos bei Sueton? Das zunächst Liegende ist wohl, was z. B. Wieseler (Chronologie des apostol. Zeitalters S. 122) u. A. behaupten, der Name bezeichne einen Juden, welcher Anstifter von tumultuarischen Auftritten in Rom gewesen sei. Bei näherer Betrachtung erheben sich gegen diese Auslegung aber doch manche Bedenken. War der von Sueton genannte Chrestos ein in Rom lebender Jude, so ist schon der griechische Eigenname bedenklich; man sollte einen hebräischen, oder doch einen Namen, der auf einen hebräischen leicht zurückzuführen, erwarten, was hier nicht der Fall ist. Der Name Chrestos hat Aehnlichkeit mit Christos, dem hebräischen Maschiach, Messias; schon darum ist es wenig glaublich, daß ein Jude, und zwar ein Führer der Juden, diesen Namen trug. Von Lucian wird der Name Chrestos geradezu für Christos gebraucht (vgl. Pape z. d. W.). Ein anderes Zeugniß steht bei Tertullian, welcher Apolog. c. 3 und ad Nation. lib. I c. 3 den Römern und Heiden den Vorwurf macht, daß sie die Christen Chrestianos, d. i. Anhänger des Chrestos, nannten. Auf dasselbe zielt die Bemerkung des Lactantius Div. instit. lib. 4 c. 7: Sed exponenda huius nominis ratio est propter ignorantium errorem, qui eum imminuta littera Chrestum solent dicere[1]). Erwäge man nun noch den Ausdruck Sueton's, der von beständigen Tumulten der Juden in Rom redet; hierbei muß man fragen: gegen wen oder was tumultuirten denn die Juden in Rom? Schwerlich gegen die Römer, welche in diesem Falle strenger verfahren sein würden: denn nach Dio Hist. Rom. lib. 60 c. 1 wurden die Juden unter Claudius nicht geradezu aus Rom vertrieben, sondern es wurde ihnen untersagt, die nach ihren Gesetzen gebotenen Versammlungen zu halten. Dieses Verbot brachte allerdings die Wirkung hervor, daß ein großer Theil der Juden Rom verließ. Die Tumulte der Juden deuten demnach auf störende Streitigkeiten unter den Juden selbst, und wenn Claudius den Juden deshalb die im Gesetze gebotenen Versammlungen untersagte, so ergiebt sich hieraus, daß gerade die Synagogen die Orte waren, wo diese Unruhen stattfanden. Hier bewegte und erhitzte die Streitfrage über Christus ähnlich wie in Corinth, Apostelgesch. K. 18, 6, in Ephesus und an anderen Orten die Gemüther der Juden; die Römer nahmen aber davon so äußerlich Notiz, daß sie diesen Christus für einen noch lebenden Unruhestifter hielten. Während der Statthalter Gallio in Corinth in einer ähnlichen Lage die

---

[1]) Vgl. Clem. Alex. Strom. II. c. 4 §. 18 (ed. Klotz): οἱ εἰς τὸν Χριστὸν πεπιστευκότες χρηστοί τε εἰσὶ καὶ λέγονται.

Juden von seinem Richterstuhle hinwegtrieb, verfuhren die Römer in
Rom noch energischer, sie verboten die Versammlungen in den Synagogen
und nöthigten so Viele zur Auswanderung. Erläuternd zum Ganzen ist
Apgesch. 28, 16—29. Als der Apostel Paulus um das Jahr 61 n. Chr.
als Gefangener nach Rom kam, behandelte ihn Burrhus, der Präfect der
Leibwache, so mild, daß er ihm zwei Jahre lang gestattete, in einer gemie-
theten Wohnung zu leben und ungehindert zu lehren, so daß Paulus an
die Philipper schreiben konnte: seine Verkündigung habe im Lager der
Leibwache und selbst im Palaste des Kaisers Eingang gefunden. Gleich
zu Anfang seines Wirkens in Rom berief Paulus die Angesehensten der
Juden zu sich und redete mit ihnen über seine Verhaftung in Jerusalem,
sowie über die gegen ihn erhobenen Klagen Seitens der Juden. Hierauf
wurde ihm erwiedert: Von ihm hätten sie aus Judäa nichts vernommen;
von der Secte der Christen aber wüßten sie wohl, daß sie allenthalben
Widerspruch finde. Demnach hatten die Juden in Rom schon von vielen
Seiten Nachrichten über die Christen eingezogen, und auch in Rom selbst
muß ihnen schon widersprochen worden sein. Ein solcher Fall, der mit
unruhigen Auftritten endigte, liegt wohl dem von Sueton berichteten
Factum zu Grunde, wie denn auch damals, als Paulus zu den Juden
redete, sich unter ihnen selbst großer Wortwechsel und Mißhelligkeit erhob.

Im Leben Domitian's K. 12 erzählt Domitian von Leuten, welche
entweder als Juden lebten, ohne sich zum Judenthum zu bekennen, oder
welche mit Verleugnung ihrer Nation die Judensteuer nicht zahlten. Es
ist nicht unwahrscheinlich, daß auch hier von den Christen die Rede ist,
welche Sueton mit den Juden vermengt.

§. 4.

Bei Cassius Dio wird von den Christen unmittelbar nirgends geredet,
obgleich er bis 230 n. Chr. lebte und schrieb, zu einer Zeit, wo das
Christenthum sich sehr ausgebreitet und bereits schwere Verfolgungen
bestanden hatte, wo auch schon eine nicht unbedeutende christliche Literatur
existirte. Ich erinnere beispielsweise an die Schriften des h. Märtyrers
Justin, des heil. Irenäus, Theophilus, Athenagoras, des Clemens von
Alexandrien, Origenes und Tertullian. Nichtsdestoweniger hüllt sich Dio
in Betreff der Christen, welche für das politische Leben allerdings noch
wenig Bedeutung hatten, in tiefes Schweigen. Selbst die Christen-

folgung unter Nero wird von ihm nicht erwähnt. Doch aber lassen
einige Spuren von dem Dasein der Christen mittelbar bei ihm auf=
)en. Hierhin gehört Hist. Rom. lib. 67 c. 14, wo er berichtet,
mitian habe den Consul Flavius Clemens, obgleich er Geschwisterkind
ihm gewesen, hinrichten lassen und dessen Gemahlin Domitilla, auch eine
:wandte von ihm, auf die Insel Pandataria verbannt. Beiden wurde
:achtung gegen die Götter Schuld gegeben, ein Vergehen, wegen dessen
) viele Andere, die sich zum Judenthum neigten, verurtheilt und
raft worden seien. — Der Ermordung dieses Flavius Clemens gedenkt
) Sueton Domit. c. 15 und bemerkt, er sei ein Verwandter Domitian's
wegen seiner Unthätigkeit verachtet gewesen. Vom heil. Hierony=
} und im römischen Martyrologium wird gleichfalls dieser Flavia
nitilla, einer Verwandten Domitian's, gedacht, welche wegen ihres
lichen Bekenntnisses von Domitian auf die Insel Pontia verbannt,
er aber unter Trajan getödtet worden sei. Die Insel Pandataria,
in Flavia Domitilla nach dem Berichte Dio's verbannt wurde, liegt
) Strabo Geogr. B. 5 S. 233 im Cajetanischen Meerbusen. Nicht
: davon entfernt liegt auch die kleine Insel Pontia, heute Isola di
:zo genannt, wohin die christlichen Nachrichten den Verbannungsort
Flavia Domitilla verlegen. Es unterliegt somit keinem Zweifel, daß
a. a. O. von Christen aus der Verwandtschaft Domitian's redet,
: sie übrigens als solche kenntlich zu machen. Nicht so bestimmt ist
seiner Aeußerung lib. 18 c. 1: „unter Nerva durfte Keiner wegen
ther Lebensweise vor Gericht gezogen werden," zu entnehmen, daß er
hier von den Christen redet. Dagegen ist eine andere Stelle um so
würdiger, indem sie sehr deutlich erkennen läßt, wie absichtlich Cassius
das Christenthum und die Christen mit Stillschweigen übergeht.
llich Hist. Rom. lib. 71 c. 8 ist die Rede von dem Kriege Marc=
l's gegen die Markomannen. Das kaiserliche Heer gerieth durch
jermangel in die größte Gefahr. Nicht ohne göttliche Schickung, sagt
sei das Heer gerettet worden, und man erzähle, daß dies durch die
)wörung des egyptischen Magiers Arnuphis geschehen sei. Es mag
wohl sein, daß die Rettung des römischen Heeres von Einzelnen den
)wörungskünsten eines sonst ganz unbekannten Magiers zugeschrieben
e. Es existirte aber auch zu Dio's Zeit und erweislich noch vor
eine andere Sage über dieses Ereigniß, welche die göttliche Hilfe

auf die unter dem Heere befindlichen Christen bezieht. Tertullian, noch vor Dio und auch sein Zeitgenosse, schreibt darüber Apolog. c. 5: At nos e contrario edimus protectorem, si litterae M. Aurelii gravissimi imperatoris requirantur, quibus illam Germanicam sitim Christianorum forte militum precationibus impetrato imbri discussam contestatur. Eusebius, welcher Hist. Eccl. lib. 5 c. 7 dasselbe Factum ausführlicher erzählt und die legio Melitina nennt, durch deren Gebet die Rettung geschehen, bemerkt, daß die heidnischen Schriftsteller die Ursache der Rettung anders darstellten als die Christen; daß aber Apollinaris berichte, wie diese Legion den Namen Fulminatrix aus dieser Veranlassung erhalten habe, und daß Tertullian, welcher in einer an den römischen Senat gerichteten Schutzschrift dieses Ereignisses gedenkt und sich dabei auf ein Schreiben des Kaisers Marc Aurel berufe, ein giltiger Zeuge sei. Es ist darum sehr begreiflich, wenn Xiphilinus, der aus Dio den uns erhaltenen Auszug lieferte, diesen Schriftsteller einer absichtlichen Verschweigung der Wahrheit beschuldigt.

§ 5.

Aus den obigen Erörterungen hat sich so viel ergeben, daß die Historiker Josephus, Tacitus, Sueton und Dio, wie dies auch nicht anders sein konnte, zwar Kenntniß von der Existenz des Christenthums und der Christen hatten; daß diese Kenntniß aber eine sehr einseitige, größtentheils unrichtige war, und daß sie aus verschiedenen Gründen, namentlich aber aus Abneigung und Vorurtheil von den Christen nicht gerne redeten, auch Thatsachen deshalb irrig zu deuten suchten. Dieses Verhältniß währte einige Jahrhunderte fort, bis die Christen unterdessen so zahlreich geworden waren, daß ihnen das Heidenthum fast ohne Kampf erlag. Die heidnischen Geschichtschreiber wollten so lange von einer ihren Göttern durch das Christenthum drohenden Gefahr nichts wissen, bis die Götter und ihre Tempel sammt dem Cultus nicht mehr vorhanden waren.

Die Geschichte des Christenthums kann demnach, wenn es sich um ausdrückliche Nachrichten über das Urchristenthum handelt, nur sehr dürftige und auch so nur sehr unverläßliche Nachrichten aus der heidnischen und selbst auch aus jüdischen Geschichtsquellen schöpfen. Bedeutend werthvoller ist dagegen dasjenige, was diese Schriften als Hilfsmittel zur Erläuterung und Aufhellung christlicher Verhältnisse und Zustände bieten.

Die ältesten christlichen Schriften, als Quellen für christliche Lehre, Leben
und Geschichte betrachtet, bedürfen der jüdischen und heidnischen Literatur,
besonders der geschichtlichen der ersten christlichen Jahrhunderte. Schon
die heil. Evangelien erhalten in Betreff geographischer und archäologischer
Verhältnisse, welche darin vorausgesetzt sind, durch jene Literatur nicht
unwichtige Aufschlüsse. Die Argumente zum Erweise der Aechtheit der
Evangelien beruhen in vielen wesentlichen Beziehungen auf Nachrichten,
welche jüdische und heidnische Schriftsteller jener Zeit bieten. Das chrono=
logische Verständniß der heil. Schriften, ihre Einreihung in die ihnen
zugehörende Zeit, ist vielfach durch eben solche Nachrichten aus der pro=
fanen Literatur bedingt. Ganz besonders ist dies beispielsweise der Fall
mit der Apostelgeschichte, dieser für die Geschichte des Urchristenthums so
wichtigen und reichen Quelle. Die dort handelnd auftretenden Personen,
Herodes Agrippa, sowie die Landpfleger Felix und Festus, an welche sich
die chronologischen Erörterungen zur Bestimmung der in der Apostel=
geschichte erwähnten Thatsachen und Verhältnisse anlehnen muß, erhalten
selbst ihre genauere Feststellung durch die Profangeschichte; freilich nicht
gleichmäßig und nicht immer mit der wünschenswerthen Vollständigkeit
und Sicherheit, indem bei den Historikern und anderen Profanschrift=
stellern jener Zeit gar zu oft die gleiche Eigenthümlichkeit sich zeigt, die
auch in den geschichtlichen Nachrichten der neutestamentlichen Bücher wahr=
zunehmen ist, daß die Mittheilungen aus der lebendigen Gegenwart ohne
Rücksicht auf geschichtliche Pragmatik und ohne Rücksicht auf die Bedürf=
nisse späterer Zeit erfolgen, und daß sie gerade deßhalb bisweilen auch
nicht unerhebliche Differenzen aufweisen, sobald man mehrere über die=
selben Ereignisse vergleicht, wie dies z. B. in Betreff des Landpflegers
Felix zwischen Josephus uud Tacitus der Fall ist.

Die didactischen Schriften des N. T. und unter ihnen besonders die
paulinischen Briefe erhalten gleichfalls durch Nachrichten aus Profan=
schriftstellern manche Aufhellung, jedoch nicht immer im erwünschten
Maße. Das letzte Kapitel des nach der gewöhnlichen Annahme im
Jahre 58 n. Chr. verfaßten Römerbriefes beweist durch die namentliche
Aufführung einer bedeutenden Zahl in Rom lebender Christen, daß der
Apostel Paulus, welcher sich, als er den Brief schrieb, in Corinth befand,
mif guten Nachrichten über die Christen und christliche Zustände in Rom
wohl versehen war. Wenn sich nun einige dieser Personen auch bei dem

Annalisten Tacitus und bei anderen Historikern nachweisen ließen, so würde dies jedenfalls von Interesse, selbst für den Nachweis der Aechtheit und für die Auslegung nicht ohne Bedeutung sein. Allein will man sich nicht in leeren Vermuthungen ergehen, so wird man auf einen solchen Nachweis verzichten müssen. Nur zwei Namen unter den Vielen geben einen geringen Anhalt zur Vergleichung. Paulus grüßt nämlich a. a. D. K. 16, 10 u. 11 diejenigen von den Leuten des Aristobulus und des Narciffus, welche im Herrn sind. Nicht Aristobulus und Narciffus selbst sind Christen, sondern unter ihren Leuten, d. h. unter ihrer Dienerschaft befanden sich auch Christen, ebenso wie sich Christen unter der kaiserlichen Leibwache und im Palaste des Kaisers Nero befanden. Narciffus und Aristobul waren vornehme Römer, welche eine zahlreiche Dienerschaft besaßen. Den Namen Narciffus führte ein Freigelassener des Kaisers Claudius. Er genoß unter diesem Kaiser bedeutendes Ansehen und Einfluß, aber schon im Jahre 55 n. Chr. wurde er durch Nero getödtet. Ein anderer Narciffus, nicht von gleicher Macht, aber doch von Einfluß und Ansehen, wurde bald nach Nero's Tod unter Galba hingerichtet (Dio Hist. Rom. lib. 64 c. 3). Da es nicht wahrscheinlich ist, daß Paulus im Jahre 58 n. Chr. a. a. D. von den Leuten des bereits vor drei Jahren getödteten Narciffus redet, so ist wohl an den anderen, um 68 n. Chr. getödteten Narciffus zu denken. Eine Sicherheit in der Annahme ist aber nicht zu erzielen. Noch weniger ist dies bei Aristobulus der Fall. Unter Nero wurde ein Aristobulus, Sohn des Herodes von Chalcis, über Klein-Armenien als Herrscher gesetzt (vgl. Jos. Bell. lib. 2 c. 13 n. 2. Antiq. lib. 20 c. 5 n. 2, c. 8 n. 4). So wie Herodes, Herodes Agrippa und andere von Rom abhängige Regenten, mochte er Bevollmächtigte zur Besorgung seiner Geschäfte in Rom haben, und vielleicht sind diese Leute des Aristobulus diejenigen, welche Paulus grüßen läßt. Ueber dieses vielleicht hinaus können wir aber nicht kommen. Am mißlichsten aber würde es sein, wenn man versuchen wollte, einzelne Angaben aus dem prophetischen Buche der Apokalypse, wie manche Interpreten gewohnt sind, durch specielle Berichte aus den Profanscribenten, z. B. über die römischen Kaiser rc., erklären, d. h. historisch deuten zu wollen. Diesen Bemühungen entzieht sich der Boden so sehr, daß ihnen selbst der geringere Grad von Wahrscheinlichkeit abgeht. Sit modus in rebus.

VI.
Unterfuchungen über den göttlichen Logos.

Vorbemerkungen.

§. 1.

Die Offenbarungslehre über den göttlichen Logos in dem Prologe des johanneischen Evangeliums war theils um ihrer Natur willen, theils wegen der Art und Weise ihrer Mittheilung sehr geeignet, die Schrift= forscher verschiedener Zeiten zu beschäftigen. In engster Verbindung mit den Untersuchungen über die Logoslehre und gleichsam mit gegeben war die Frage nach dem Zwecke, welchen Johannes bei der Abfassung seines Evangeliums hatte. War derselbe ein polemischer, war das Evangelium vorzugsweise zur Bekämpfung gewisser Irrlehren geschrieben, namentlich solcher, welche über den göttlichen Logos, über seine Gottheit und über seine Menschwerdung, Irriges und Gefährliches enthielten: so erklärte es sich leicht, warum Johannes ohne die zum Verständnisse nöthigen Vorder= sätze seine erhabene Lehre über den Logos beginnt. Diesem Umstande ist es wohl hauptsächlich zuzuschreiben, daß sich die Annahme eines polemi= schen Charakters des vierten Evangeliums am frühesten Geltung erwarb [1] und daß dieselbe noch jetzt als die richtige festgehalten wird.

Lösen sich so mit Leichtigkeit die Schwierigkeiten, welche die Art und Weise bietet, worin Johannes die Lehre vom göttlichen Logos vortrug; so entstehen neue Fragen, wenn man auf den Inhalt dieser Lehre selbst sieht. Auffallen muß besonders die Aehnlichkeit, welche zwischen dem johannei= schen Logos und dem νοῦς des Plato; noch mehr aber zwischen ihm und dem götttlichen Logos des alexandrinischen Juden Philo Statt findet·

---

[1] Iren. adv. Haer. III. c. 11 n. 1. Hieron. Comment. in Matth. prooem.

Sehr nahe gelegt durch diese Bemerkung war es, nach den Quellen zu forschen, aus welchen Plato, Philo, und aus welcher Johannes seine Lehre geschöpft habe. Den älteren christlichen Lehrern der Kirche, welche annahmen, daß Plato aus den mosaischen Schriften geschöpft habe, konnte die Beantwortung dieser Frage nicht schwer fallen. Die Lehre des heiligen Johannes galt ihnen als göttliche Offenbarung, und mit der obigen Annahme war auch die Quelle für die Lehre der Philosophen ermittelt.

Anders verhält es sich mit diesem Gegenstande in der Gegenwart, wo Einerseits sich das Unhaltbare, oder mindestens das Unerweisliche jener Annahme über die Quelle der heidnisch= und theilweise auch der jüdisch= philosophischen Lehre über den νοῦς und λόγος ergeben hat, und wo man Anderseits auch von der Ansicht abgekommen ist, welche eine historische Quelle unterstellt, woraus Johannes seine Logoslehre in den Grundzügen entnommen und entwickelt habe.

Als Beitrag zur Vermittelung eines richtigen Urtheils in dieser Sache wurde von uns die philonische Logoslehre entwickelt und ihre Unterschiede von dem göttlichen Logos bei Johannes hervorgehoben [1]).

Die Untersuchungen konnten damit begreiflicher Weise noch nicht geschlossen sein. Das philonische Theologoumenon über den Logos ist so ausgebildet, daß dasselbe nicht ohne Vorgänger in dieser Lehre gewesen sein kann. Es hat mit dem platonischen Nous soviel Aehnliches, daß es in engster Verbindung damit aufgefaßt werden muß. Es enthält aber zugleich auch soviel Eigenthümliches und davon Verschiedenes, daß bei dem bekannten Eclectizismus Philo's auf andere Quellen zu schließen ist.

Selbst auch die platonische Lehre vom göttlichen Nous hat ihre Anfänge in früher vorhandenen Philosophemen, so daß die bei Philo auf ihren Culminationspunkt gebrachte Logoslehre sich durch einen langen Zeitraum der Geschichte hindurch zieht und in verschiedenen Abzweigungen und Formen offenbart.

Daß ein vollständiges, richtiges Urtheil über das Verhältniß des geoffenbarten Logos bei Johannes zu der in der jüdisch=alexandrinischen Religionsphilosophie gegebenen Logoslehre von einer genauen Erkenntniß jener Logoslehre in ihren ersten Anfängen, in ihren verschiedenen Erschei=

---

[1]) S. Bonner Zeitschrift f. Phil. u. kath. Theol. H. 28. Bonn 1838.

ungen und weiteren Fortbildungen in bedeutendem Grade abhängig sei,
ist leicht zu begreifen. Dieses Urtheil zu bewirken sollen die gegenwärtigen
Untersuchungen dienen. Es soll darin zunächst die Entstehung und Fort=
bildung der Logoslehre im Bereiche der philosophischen Bestrebungen
aufgezeigt und auf ihre verschiedenen Quellen zurückgegangen werden.
Eine Vergleichung mit der Logoslehre des heil. Apostels Johannes wird
sodann den Abschluß bilden.

§. 2.

Jede Erkenntniß und geistige Bildung entwickelt sich unter den Men=
schen nach und nach, ausgehend von kleinen Anfängen und so sich stufen=
weise erhebend. Diese Erscheinung zeigt sich in allen menschlichen, geisti=
gen Bestrebungen und drückt so denselben den Typus des Menschlichen
auf zum Unterschiede von Mittheilungen der Gottheit an das Menschen=
geschlecht, welche gleich als fertige und vollendete dastehen, und wodurch
der Haltpunkt gegeben ist, das Göttliche aus der Menge des Irdischen
heraus zu erkennen. Zur Annahme einer dem ersten Menschengeschlechte
gewordenen göttlichen Offenbarung werden wir in Uebereinstimmung mit
der Lehre der heiligen Urkunden durch eben diese Bemerkung geführt.
Während man nämlich nach dem obigen empirischen Grundsatze ein
allmäliges Erreichen wahrer Erkenntnisse über Gott und göttliche Dinge
erwarten und in der Geschichte auffinden sollte, finden wir, daß das Ur=
geschlecht der Menschen eine richtigere, reinere und solidere Gotteserkennt=
niß besaß als die Späterlebenden. Die Religionen der verschiedenen
Völker des Alterthums im zweiten Stadium zeigen uns überall Trümmer
einer früher dagewesenen besseren Gotteserkenntniß, sie zeigen uns den
Abfall von der Wahrheit und das merkwürdige Resultat, daß die späteren
Bestrebungen nicht im Stande waren jenen früheren Zustand wieder zu
erreichen, daß sie vielmehr die alte Wahrheit immer mehr verhüllten und
verwischten.

Diejenigen, welche einen früheren, vollkommeneren Zustand der ersten
Menschen im Gegensatze zu den Offenbarungsurkunden leugnen, sind nicht
im Stande jene Erscheinung zu erklären. Sie vermögen keinen Aufschluß
zu geben über das einzelne Wahre in den Volksreligionen der alten Welt,
welches außer einem inneren Zusammenhange mit den übrigen religiösen

Ideen derselben steht, gleichsam wie ein Schluß ohne Prämissen. Noch weniger vermögen diese zu erklären, wie es gekommen, daß im Fortgange der Zeit die religiösen Ideen sich mehr und mehr von der im höheren Alterthum geglaubten Wahrheit entfernten, daß endlich durch die Philosophen des Alterthums ein neuer allmälig wachsender Bau aufgeführt wurde, der überall das Zeichen des Menschlichen an sich trägt und auf seinen Höhepunkten dennoch die früher dagewesene einfache Wahrheit nicht zu erreichen vermochte.

Wer dagegen in Uebereinstimmung mit der heil. Schrift eine den ersten Menschen mitgetheilte göttliche Offenbarung und einen Abfall der Stammeltern annimmt, dem erklärt sich das obige Phänomen leicht. Er begreift ohne Mühe, wie sich bei den ersten Nachkommen der Ureltern eine reinere Gotteserkenntniß vorfinden konnte; wie sie allmälig immer mehr abhanden kam, sich nur bei Einem Geschlechte durch besonderes, fortgesetztes göttliches Wirken erhielt, während Alles um sie herum in die unwürdigste Abgötterei versank, worin sich nur noch einzelne Spuren und Anklänge an frühere, bessere Gotteserkenntniß erhielten.

Waren die Menschen im Anfange über Gott und göttliche Dinge übernatürlich belehrt, so muß zugleich auch angenommen werden, daß ihnen uranfänglich eine Kraft angeschaffen war, wodurch es ihnen möglich ward, das Göttliche zu erkennen, und gemäß derselben mitgetheilte Kenntnisse als solche aufzunehmen. Es mußte ihnen auch das Vermögen eingeboren sein, sich durch die Betrachtung des Sinnlichen zum Uebersinnlichen zu erheben und so die Existenz eines Gottes zu erkennen, indem diese jeder göttlichen Offenbarung als nothwendige Voraussetzung dient.

Dieses dem Menschen angeschaffene Vermögen das Uebersinnliche aus dem Sinnlichen zu erkennen, verbunden mit dem inwohnenden Verlangen, den Urheber der Dinge zu finden, war nach dem Sündenfalle, als die menschliche Erkenntniß getrübter vorhanden war, der Ausgangspunkt und die Quelle der verschiedensten religiösen Ideen und Meinungen unter den Völkern, zu welchen sich bei einzelnen noch Bruchstücke der Ur-Religion mehr oder weniger gesellen mochten. Kein Volk ward bis jetzt gefunden, welches ohne allen Glauben an überirdische Dinge und an einen Schöpfer gewesen wäre, keine Zeit war, wo die Menschen nicht mit dem Göttlichen in ihrer Weise sich beschäftigt hätten. Die Religionen sind so alt wie die Welt, das Philosophiren über göttliche Dinge ist so weit verbreitet wie die bewohnte Erde: denn das inwohnende Verlangen trieb die Edelsten und Besten der Nationen unablässig zur Beschäftigung mit dem Höheren. Sie stellten sich ohne Unterlaß darüber ihre Probleme, deren Lösung stets nahe lag, ohne doch je von ihnen erreicht zu werden. Einzelne, die das Alterthum mit Recht Freunde der Weisheit, Philosophen, nannte, kamen der Wahrheit näher, während jedoch die Masse stets offener den Abfall vom Göttlichen in ihrem Glauben manifestirte.

Ob es das „Verwundern," wie Plato und Aristoteles glaubten [1]), gewesen, was die Philosophen zuerst angetrieben, sich zur Gotteserkenntniß zu erheben, wollen wir nicht näher erwägen; sie gingen auf dem ihnen von Natur gewiesenen Wege, indem sie bei Betrachtung der sinnlichen Dinge ihre Vernunft gebrauchten und so zu einem gewissen Grade von Gotteserkenntniß gelangten. Von den kleinsten Anfängen stieg man aufwärts und gelangte zu den subtileren Fragen über das Göttliche.

Die ersten Fragen drehten sich um der Welt Ursprung. Man erkannte bald ihre wunderbare Ordnung und Zweckmäßigkeit, die Bewegung des Universums, das Ineinandergreifen seiner verschiedenen Theile und erhob die Frage, wie und wann dies alles geworden? Thales, der älteste der bekannten griechischen Philosophen, war gewiß nicht der erste, welcher sich dieses Räthsel zu lösen suchte. Wie wenig Aufschluß man aber noch bis auf Thales darüber erhalten hatte, dies beweist sein Satz, daß die Welt aus dem Wasser entstanden sei. Bald jedoch folgten bessere Ansichten nach und subtilere Untersuchungen begannen. Mit Gott als dem Weltbildner beschäftigte man sich bald vorzugsweise. Man fragte, ob Gott aus einem vorhandenen Stoffe die Welt gebildet habe. Man fragte nach der Qualität dieses Stoffes und nach der des Schöpfers. Allmälig gelangte man zu einzelnen Ideen, welche die Späteren wegen ihrer Aehnlichkeit mit gewissen geoffenbarten Lehren überraschten, weil der Irrthum der Wahrheit bisweilen so ähnlich sieht, daß er nur durch den Beobachter der tieferen und feineren Unterschiede herausgefunden wird. So gelangte

---

[1]) Plato Theaetet. p. 155 D. μάλα γὰρ φιλόσοφον τοῦτο τὸ πάθος τὸ θαυμάζειν οὐ γὰρ ἄλλη ἀρχὴ φιλοσοφίας ἢ αὕτη. Aristot. Metaph. I, 2: διὰ γὰρ τὸ θαυμάζειν οἱ ἄνθρωποι καὶ νῦν καὶ τὸ πρῶτον ἤρξαντο φιλοσοφεῖν.

enblich auch die Ansicht zur Geltung, daß Gott nicht selbst die Welt
gebildet habe; sondern ein mit Gott in Verbindung stehendes Wesen, der
Demiurgos, welcher als göttlicher νοῦς und λόγος erscheint.

Das Philosophem von einem solchen Demiurgos ist in seinen Anfängen uralt und erscheint in der Philosophie der Griechen wie in der
Religionslehre der Inder und Perser, wenn auch stets in eigenthümlicher
Ausprägung. Da wo sie auftritt, nimmt unsere gegenwärtige Unter-
suchung ihren Anfang.

I. Anfänge der Logosidee bei den Griechen.

§. 3.

Wir beginnen mit den Griechen, dem wichtigsten Volke des Alterthums, über dessen Philosophie wir die reichsten Nachrichten haben, wenn
auch die Lehre von dem schaffenden Worte im Parsismus früher vorhanden gewesen sein mag.

Die Frage nach einem Weltschöpfer, welcher den Willen Gottes, die
Welt zu schaffen realisirte, setzt die Beantwortung anderer voraus und
fällt darum begreiflicher Weise nicht in die erste Epoche des Philosophirens.
Bei den Griechen zeigt sich der Anfang dieses Philosophems da, wo man
anfing die Gottheit von der Materie und der sichtbaren Welt als intelligentes Wesen auszuscheiden, jener das Geschäft der Weltschöpfung zu
vindiziren und mit dem Namen νοῦς und λόγος zu benennen.

Es macht sich hierin eine doppelte Weise bemerkbar, entweder man
confundirte den weltschaffenden νοῦς oder λόγος mit der obersten Gottheit
selbst, oder schied ihn als ein Mittelwesen von derselben aus. Jenes war
die frühere, dieses die spätere Form.

Die ersten Spuren dieser Lehre in der älteren Form finden sich bei
Thales von Milet, dem ältesten und ehrwürdigsten der griechischen
Philosophen. Er war es nach dem Zeugnisse der Alten, welcher den Gott
der Welt als νοῦς, als intelligentes Wesen faßte, das aus dem Wasser,
der ewigen Urmaterie, Alles gebildet habe [1].

---

[1] Cic. de nat. Deor. I. 10: Thales Milesius, qui primus de talibus rebus
quaesivit, aquam dixit esse initium rerum, Deum autem eam mentem, quae
ex aqua cuncta fingeret. Vgl. Acad. II, 37. Plut. Plac. philos. I, 7. Stob. Ecl.

Jedoch enthält dieſe Lehre des Thales eben auch nur die erſten Spuren ːner Lehre, indem es noch immer gegründetem Zweifel unterliegt, ob ʒhales Gott von der Materie getrennt habe, oder nicht. Ariſtoteles ʋenigſtens rechnet Thales zu jenen Philoſophen, welche eine weltſchaffende on der Materie getrennte Kraft nicht annahmen (Metaph. 1, 4), wäh=ːnb bei Cicero der Epikuräer Vellejus von Ariſtoteles abweichend ſagt: ʒott, oder der göttliche νοῦς, habe aus dem Waſſer Alles gebildet. ʓbenſo behauptet über ihn Minucius Felix, Thales habe gelehrt, Alles ːi aus dem Waſſer geworden; Gott aber ſei der νοῦς, der aus dem Baſſer alles gebildet habe. Seine Anſicht beſtimmt er noch ſchärfer durch ie Worte: Ita materiam omnium rerum posuit in humore, princi-ːium causamque nascendi posuit in Deo. Noch beſtimmter ſpricht ːieſe Meinung Lactantius aus [1]).

Aus den letzteren Zeugniſſen, welche jedoch auf dem einzigen Vellejus ʋ beruhen ſcheinen, ließe ſich ſchließen, Thales habe den göttlichen νοῦς ːls weltſchaffende Urſache von der Welt als Wirkung und ſelbſt auch von ːer Weltmaterie geſchieden, da aus ihr die Welt durch Gott und nicht die ːöttliche Kraft zur Welt gebildet wurde. Aber, was ſchon Tiedemann ʋ ſeiner Schrift: Griechenlands erſte Philoſophen S. 138 bemerkt hat, ːie Meinung des Vellejus über Thales darf man mit gutem Rechte für ʋerdächtig halten, da derſelbe Vellejus im Widerſpruch mit ſeiner Ausſage ʋald darauf ſagt: Anaxagoras ſei der erſte geweſen, welcher die Einrich=ung und Ordnung aller Dinge dem unendlichen νοῦς zugelegt habe [2]). Daſſelbe behaupten Clemens von Alexandrien und Euſebius [3]).

---

phys. I, 3. 28: Θαλῆς νοῦν τοῦ κόσμου τὸν θεόν Athenag. legat. c. 21: . . . θεὸν μὲν τὸν νοῦν τοῦ κόσμου ἄγει. Minuc. Felix. Octav. c. 19. Lactant. Divin. instit. I, 5.

[1] Divin. instit. a. a. O.: Thales Milesius, qui unus e numero septem sapientum fuit, qui primus omnium quaesisse de causis naturalibus traditur, aquam esse dixit, a qua nata sunt omnia. Deum aùtem esse mentem, qui ex aqua cuncta formaverit. Ita materiam omnium rerum posuit in humore, principium causamque nascendi posuit in Deo.

[2] Vgl. Brandis: Handbuch der Geſch. der Griech. Röm. Philoſ. I, 118. Kriſche: die theol. Lehren ꝛc. I, 39.

[3] Strom. II. p. 435. Ἀναξαγόρας πρῶτος ἐπέστησε τὸν νοῦν τοῖς πράγμασι. Euseb. Praep. Evang. p. 504 ed. Col.

Es muß daher wenigstens im Ungewissen bleiben, welches Verhältniß des νοῦς zur Materie Thales sich gedacht, ob er beide von einander getrennt, oder mit einander verbunden habe. Auf das Ansehen des Aristoteles hin würden wir uns zu dem Letztern entscheiden, wenn nicht von demselben Thales einzelne philosophische Meinungen beigebracht würden, welche jene wiederum nicht zuzulassen scheinen. So soll er gelehrt haben, Gott sei die unveränderliche Ur=Ursache der Welt; aber das elementarisch Feuchte, oder die Materie sei Anfangs unbewegt, jedoch beweglich und veränderlich gewesen, so daß es jede Gestalt habe annehmen können. Das Erstere folgt aus seiner Bezeichnung des νοῦς als δύναμις κινητική, nach Stobäus; das andere giebt Plutarch (Placit. 1, 9) als Lehre der Anhänger des Thales und Pythagoras so wie der Stoiker an. Eben so unvereinbar mit der obigen Annahme sind seine weiteren Lehren: Gott habe die Welt aus der Materie geschaffen; er selbst aber sei ohne allen Anfang und Ende, das älteste und ungeschaffene aller Wesen; die Welt dagegen sei das Schönste, weil sie ein Geschöpf Gottes sei (Diog. Laert. I. p. 9 (edit. Lond. 1664.) Clem. Alex. Strom. V. p. 704 [595]).

Wenn endlich Thales nach Aristoteles[1]) lehrte, Alles sei angefüllt mit Göttern, so trennte er die Götter von dem All der Materie nach, indem das räumliche Nebeneinander die Identität ausschließt, wenn er auch noch so sehr eine gewisse Verbindung des Göttlichen und der Materie annimmt und dadurch der Vater des Pantheismus wird.

Aus dieser Darstellung der thaletischen Lehre erhellt für uns so viel, daß Thales den Weltschöpfer νοῦς nannte, und mit ihm das Philosophem über die göttliche Vernunft als intelligentes, weltschaffendes Wesen beginnt. Doch trennte Thales — so viel ist nämlich sicher — diesen νοῦς weder von Gott, noch auch von der Materie so, daß sie dem Göttlichen entgegengesetzt wurde.

§. 4.

Was Thales über den göttlichen νοῦς gelehrt, scheint durch Pythagoras, den andern Koryphäen unter den Philosophen Griechenlands, nicht wesentlich verändert worden zu sein. Pythagoras nämlich und seine

---

[1]) De Anima I, 5. S. 411. vgl. Stob. a. a. O. I, 3. 28: τὸ δὲ πᾶν ἔμψυχον ἅμα καὶ θεῶν πλῆρες. Diog. Laert. I, 7.

Schüler förderten das Philosophem über den intelligenten, weltschaffenden Gott nicht weiter, obgleich sie über denselben Gegenstand philosophirten. Aus den wenigen auf uns gekommenen Sentenzen des Pythagoras wissen wir nur, daß er lehrte, die Einheit, oder Monade, sei das höchste Prinzip der Dinge, sei Gottheit und Lebensquelle. Dieser Gott sei nur Einer, der innerhalb der Ordnung der Dinge [1]); er sei von Natur gut und eitße νοῦς [2]). Derselbe sei die wirkende und einzige Ursache; die Materie dagegen sei das passive, die sichtbare Welt [3]).

Wird man hierdurch zu meinen versucht, Pythagoras habe das gött= liche Prinzip von der Materie und der Welt getrennt, so wird man bald eines Andern belehrt durch die weitere ihm zugeschriebene Lehre, wornach er Gott für die Weltseele hält, die durch das Weltall verbreitet sei, die Menschenseelen dagegen für Theile dieser Weltseele erklärt [4]). So weit wir aus den Bruchstücken seine Lehre zu beurtheilen vermögen, blieb sich Pythagoras in derselben nicht einmal immer gleich. Dahin gehört, wenn er weiter sagt: die Welt sei dem Untergange unterworfen [5]); falls er hier nicht zwischen der Materie und der sichtbaren Welt unterscheidet, die er doch für identisch erklärte. Gott nannte er in Bezug auf die Welt= schöpfung den Demiurgen [6]), der aber so wenig eine freie That vollbrachte, daß sein Anhänger Philolaus im Gegentheil lehrt, alles geschehe durch die Nothwendigkeit und Harmonie [7]).

§. 5.

Auch der Philosoph von Ephesus, Heraklit, philosophirte über den welt= schöpferischen Gott. Und zwar war er, nach dem Zeugnisse des Stobäus, der erste der griechischen Philosophen, welcher lehrte, der Logos in Gott,

---

[1]) Clem. Alex. Cohort. p. 62 (47).

[2]) Diog. Laert. VIII. p. 220. Plutarch. Plac. p. 25 (ed. Florent. 1750).

[3]) σπεύδει δὲ αὐτῷ τῶν ἀρχῶν ἡ μὲν ἐπὶ τὸ ποιητικὸν αἴτιον καὶ ἀΐδιον, ὅπερ ἐστὶν ὁ νοῦς, ὁ θεὸς δὲ ἐπὶ τὸ παϑητικόν τε καὶ ὑλικόν, ὅπερ ἐστὶν ὁ ὁρατὸς κόσμος. Stob. Ecl. Phys. p. 300. vgl. Plut. I, 9.

[4]) Cic. de Nat. D. I. 11. §. 27 et 28. de Senect. c. 21. 78. Minuc. Fel. c. 19. Lact. Div. Inst. lib. I. c. 5.

[5]) Plut. a. a. O. 3. 4. Tim. Locr. apud. Plat. I. §. 8.

[6]) Stob. a. a. O. S. 353.

[7]) Diog. Laert. VIII. p. 85.

als die schlechthinige Vorherbestimmtheit, sei der Weltschöpfer, Demiurg, gewesen [1]). Im Zusammenhange lautet seine Lehre folgendermaßen: Die Materie, oder das Universum hat weder einer der Götter noch der Menschen gemacht; sondern sie war und bleibt ewig, ein ewig lebendes Feuer, entzündet nach einem gewissen Gesetze, durch das sie auch nur untergehen kann [2]). Deßhalb ist die Welt nicht mit der Zeit und durch den Gedanken entstanden. Alle Dinge sind daher eine Einheit, der Grund des Werdens aber ist das Feuer [3]).

Darnach hielt Heraklit das Feuer für das Elementarwesen und für unzerstörbar, für Gott und den Samen der Dinge [4]).

Ueber die Weltbildung lehrte er ferner: Gott habe dieselbe durch den Gedanken gemacht und sie sei durch eine Veränderung des Elementar= feuers entstanden; könne daher auch wieder vergehen, ohne jedoch die Exi= stenz des Elementarwesens zu gefährden, was immer bestehe, weshalb man auch sagen könnte πάντα εἶναι καὶ μὴ εἶναι [5]).

Der κοινὸς λόγος ist das Gesetz, nach welchem die Veränderung des Elementarfeuers vor sich geht; es ist in Gott, der Elementar=Vernunft, und so ist er zugleich Weltbildner.

Heraklit hat demnach die Lehre vom Logos insoweit gefördert, daß er die Vernunft als eine wesentliche Qualität in Gott von Gott im Wege der Emanation zu trennen beginnt. Jedoch trennte er Gott von der Ur= Materie nicht; erklärte vielmehr Gott und Materie für eins und dasselbe, und die Welt für nichts anderes als eine Emanation und Veränderung des göttlichen Wesens.

§. 6.

Von Heraklit bis auf Anaxagoras stand, soviel bekannt ist, kein Phi= losoph auf, der über den Weltschöpfer etwas, das unsere Sache weiter führte, gelehrt hätte. Um so mehr aber ist Anaxagoras von Bedeutung,

---

1) a. a. O. I. p. 58 u. 60: Ἡράκλειτος τὸ περιόδικον πῦρ ἀίδιον θεὸν ἀπεφήνατο, εἱμαρμένην δὲ λόγον ἐκ τῆς ἐναντιοδρομιάς, δημιουργὸν τῶν ὄντων. vgl. das. S. 178.

2) Clem. Alex. Strom. V, 711. Stob. Ecl. Phys. (599) I. p. 304.

3) Stob. a. a. O. Plut. Plac. I, 2. 23.

4) Plut. a. a. O. I, 28. de Heracl. apud Delphos S. 388.

5) Vgl. Herakleitos v. Schleiermacher, im Museum der Alterthums=Wissensch. I, 3.

er, der schon bei seinen Zeitgenossen den ehrenden Beinamen Νοῦς erhielt[1]). Als Grund dieser Benennung führt Plutarch (in Pericle T. IV, p. 278) an; entweder weil man seinen besondern und ausgezeichneten Scharfsinn in Erforschung der Natur bewundert habe, oder weil er dem Universum nicht den Zufall oder das Fatum als Sonderungs-Prinzip vorgesetzt habe, sondern den νοῦς. Wahrscheinlich war es die letztere Beziehung, welche ihm obigen Beinamen erwarb, wodurch auch die Meinung entstehen konnte, Anaxagoras habe die Lehre vom göttlichen νοῦς erfunden, wohin Cicero zu rechnen ist, wenn er (Nat. D. I, 11) schreibt: Primus omnium (Anaxagoras) rerum descriptionem et motum mentis infinitae vi ac ratione designari et confici voluit. Ferner Klemens von Alexandrien, welcher über ihn sagt (Strom. I, 435) Ἀναξαγόρας πρῶτος ἐπέστησε τὸν νοῦν τοῖς πράγμασιν, und ähnlich Eusebius[2]).

Aus dem Obigen erhellt jedoch, daß diese Meinung über Anaxagoras nicht völlig richtig ist, die übrigens auch schon im früheren Alterthume nicht getheilt wurde. Aristoteles wenigstens sagt, daß Hermotimus aus Klazomene hierin schon des Anaxagoras Vorgänger gewesen sei, indem er Gott von der Natur getrennt, die Natur für die ungeordnete, chaotische, aus unendlich kleinen Theilchen bestehende Materie, Gott aber als den sie ordnenden νοῦς erklärt habe. Jedoch bleibt dem Anaxagoras der Ruhm, daß er zuerst in einer mehr einfachen und zusagenden Weise den νοῦς mit der Natur in Verbindung bringt, daß er denselben von der Materie nicht nur scharf scheidet, sondern sogar damit in Gegensatz bringt, so daß er die Materie als eine ewige in chaotischem Zustande befindliche Elementar-Masse, den νοῦς dagegen als das gleich ewige Prinzip, durch welches die Welt in der Zeit geschaffen worden, aufführt[3]).

Wegen der Bedeutsamkeit dieses Philosophen wäre es sehr zu wünschen, daß wir mehr als Fragmente von seiner Lehre besäßen. Doch sind diese so wie seine übrigen Lehren größtentheils von guten Gewährsmännern

---

1) Diog. L. II, 6. Plut. in Pericle T. IV. p. 278.
2) Praep. Evangel. p. 504 (ed. Col.).
3) Metaph. I, 3. Eine gewöhnliche Meinung ist, daß Hermotimus des Anaxagoras Lehrer gewesen sei. Vgl. dagegen die Bemerkung von Brandis Handbuch der Gesch. der Griechisch-Römischen Philosophie I. S. 235.

mitgetheilt unb auch so zahlreich, baß sich seine Lehre über ben νοῦς ziem=
lich vollständig erkennen unb barstellen läßt [1].

Die wichtigsten Zeugen für die Lehre bes Anaxagoras finb Plato unb
Aristoteles, obgleich sie sparsamer in ber Lobeserhebung bieses Philosophen
sind als spätere Schriftsteller. Aristoteles entzieht ihm die Ehre ber Er=
finder bes νοῦς zu sein [2]); Plato's Sokrates tabelt sogar seinen philoso=
phischen Scharfsinn, indem er sagt: Durch die Lehre ber Eleaten bewogen,
sich bem Stubium ber Philosophie mehr zu wibmen, habe er die Mei=
nungen Anderer zu erforschen gesucht unb sich vorzüglich zur Doctrin bes
Anaxagoras gewendet. Balb habe er aber die Hoffnung aufgeben müssen,
bie er gehegt, durch ihn die Ursache aller Dinge zu erkennen. Jener habe
zwar gelehrt, baß alles durch ben νοῦς geordnet sei unb von ihm mit
großer Weißheit regiert werde. Aber in Entwickelung unb Begründung
seiner Meinung sei er so wenig consequent gewesen, baß er ber Luft, bem
Wasser, ber Erde unb endlich ben Dingen selbst, deren Ursachen er habe
erforschen wollen, bas Meiste zugeeignet unb sich fast gar nicht um jenen
νοῦς bekümmert habe, ben er boch bem All ber Dinge vorgesetzt [3]).

Da Plato die Schriften bes Anaxagoras zu Gebote standen, so bürfen
wir sein ober bes Sokrates Urtheil über Anaxagoras für richtig halten,
ohne baß ihm baburch die gebührende Ehre entzogen würde. Immer
bleibt er ber, welcher zuerst ben göttlichen Verstand bem von ihm verschie=
benen Universum vorsetzte, wenn er auch in ber Durchführung bieser Idee
Manches vermissen ließ.

Wir lassen nunmehr die Lehre bes Anaxagoras über Gott und die
Welt folgen, um aus bem Zusammenhange seine Ansicht über das welt=
schaffende Prinzip zu ersehen.

---

[1]) Fr. Aug. Carus de Anaxagorae Cosmo-theologiae fontibus Lips. 1797.
Anaxagoras Clazomenius, de vita atque philosophia eius disquisitio auct.
Hemsen. Götting. 1821. — Gerh. Eilers: Commentatio de Anaxagorae sen-
tentia: τὸν νοῦν εἶναι πάντων αἴτιον. Francof. 1822. — Anaxagorae Clazom.
fragmenta coll. et illustr. ab Ed. Schaubach Lips. 1827. — Wilh. Schorn
Anaxagorae Clazomenii et Diog. Apolloniatae fragmenta etc. Bonnae 1829.
[2]) a. a. O.
[3]) Vgl. Plat. Phaedo p. 97 (I. p. X. ed. Stallb,) de Leg. XII. p. 967. vgl.
Clem. Al. Strom. II, 364.

Anaxagoras anerkannte bereits mit seinen Zeitgenossen Empedokles und Leucippus den Satz: „Aus Nichts wird Nichts[1])"; darum nahm er von der Materie an, daß sie aus ähnlichen kleinen, unbewegten und deßhalb unsichtbaren Theilchen (ὁμοιομερῆ) bestehe[2]), welche in chaotischer Masse die Urbestandtheile der Dinge enthielten[3]).

So konnte die Materie das Causalprinzip, um die Ordnung und Ein=richtung aller Dinge zu bewirken und demnach zu erhalten, nicht sein. Denn die Materie hat keine Kraft sich selbst zu bewegen und zu ordnen; es bedurfte vielmehr eines Prinzips, gleich wie die Materie, jedoch von ihr verschieden und außer ihr befindlich, welches auf die kleinen, ordnungs=losen, unbewegten Homoiomeren wirkte und unter ihnen Ordnung schuf[4]).

Dieses bewegende Prinzip war der νοῦς, oder der göttliche Verstand, welcher die ungetheilte, ungeordnete und unbewegte Materie in Bewegung zu setzen und so zu ordnen begann. So ward durch den νοῦς die Welt erschaffen, weßhalb er auch κοσμοποιός, Weltschöpfer, und Ursache aller Dinge genannt wird[5]).

Diese göttliche Vernunft ist von der Materie verschieden κατ᾽ οὐσίαν und κατ᾽ ἐνέργειαν, in ihrem Wesen und in ihrem Wirken. Das erstere, denn sie verhält sich zur Materie, wie das durch sich seiende, unvermischte, reine Prinzip zur chaotischen, trägen Elementar=Masse. Auch ist sie in ihrer Wirksamkeit verschieden, wie der bewegte Gegenstand von dem, durch welchen er bewegt wird[6]).

---

1) Simpl. in Phys. f. 34. b: τὸ δὲ γίνεσθαι καὶ ἀπόλλυσθαι οὐκ ὀρθῶς νομίζουσιν οἱ Ἕλληνες· οὐδὲν γὰρ χρῆμα οὐδὲ γίνεται οὐδὲ ἀπόλλυται, ἀλλ᾽ ἀπὸ ἐόντων χρημάτων συμμίσγεταί τε καὶ διακρίνεται καὶ οὕτως ἂν ὀρθῶς καλοῖεν τό τε γίνεσθαι συμμίσγεσθαι καὶ τὸ ἀπόλλυσθαι διακρίνεσθαι.

2) Simpl. a. a. D. f. 33 c. Cic. Acad. Q. IV, 37. Sext. Emp. adv. Math. X, 318. vgl. Brandis a. a. D. I, 245.

3) Plato Phaed. p. 72. Aristot. de Xenoph. Gorg. et Zen. c. 2. Phys. ausc. I, 4 (p. 187. 37). Simpl. a. a. D. u. fol. 8.

4) Aristot. Phys. ausc. III, 5 (p. 205, b.). Cic. Acad. Quaest. IV, 37. vgl. Eilers a. a. D. S. 18.

5) Plat. Phaed. p. 97: Ἀναξαγόρου λέγοντος ὡς ἄρα νοῦς ἐστιν ὁ δια-κοσμῶν τε καὶ πάντων αἴτιος.

6) Die Hauptstelle steht bei Simpl. a. a. D. 35, a. τὰ μὲν ἄλλα παντὸς μοῖραν μετέχει, νόος δέ ἐστι ἄπειρον καὶ αὐτοκρατὲς καὶ μίμικται οὐδενὶ χρήματι,

Da der göttliche νοῦς demnach von der Materie ganz und gar ver=
schieden ist, lehrt Anaxagoras weiter, und nichts mit den übrigen Dingen
gemein hat, so muß er unkörperlich sein und geistig [1]). Er bedarf keines
Dinges, sondern ist durch sich, unendlich, unvermischt, einfach, unbewegt,
keiner fremden Einwirkung unterworfen und frei. Er ist der Verstand
κατ᾽ ἐξοχήν, durchschaut mit Weisheit jedes Ding und äußert seinen Ein=
fluß auf Alles, was Leben hat [2]). So und als das feinste und reinste
aller Wesen verdient er denn auch mit Recht Weltseele, Natur und
Seele aller Dinge zu heißen [3]). Die Einsicht dieses νοῦς durchdringt
Alles und ist allwissend. Er weiß das Vergangene, das Gegenwärtige
und das Zukünftige [4]). Ferner besitzt er eine unendliche Macht und ist
reine, unendliche, immaterielle Thätigkeit [5]).

Die Welt ist durch den νοῦς nach und nach geschaffen worden und
zwar durch die Kreisbewegung, durch Trennung und Verbindung der
Elementar=Bestandtheile, und so wurde der νοῦς der Demiurg, und
κοσμοποιός [6]), die Ursache von Allem [7]).

Anaxagoras nennt diesen νοῦς nirgends ausdrücklich Gott, bestimmt
ihn aber als Theil der Gottheit [8]), begabte ihn mit göttlichen Eigen=

ἀλλὰ μοῦνον αὐτὸ ἐφ᾽ ἑωυτοῦ ἐστιν. Εἰ μὴ γὰρ ἐφ᾽ ἑωυτοῦ ἦν, ἀλλά τεῳ
ἐμέμικτο ἄλλῳ, μετεῖχεν ἂν ἁπάντως χρημάτων, εἰ ἐμέμικτό τεῳ· ἐν παντὶ
γὰρ παντὸς μοῖρα ἔνεστιν. ὥσπερ ἐν τοῖσι πρόσθεν μοι λέλεκται· καὶ ἂν ἐκώ-
λυεν αὐτὸν τὰ συμμεμιγμένα, ὥστε μηδενὸς χρήματος κρατέειν ὁμοίως, ὡς
καὶ μοῦνον ἐόντα ἐφ᾽ ἑωυτοῦ. Vgl. Aristot. Phys. Ausc. VIII, 5 (p. 256). ·
Plato Cratyl. 413. C. Arist. Metaph. I, 7.

[1]) Aristot. de Anima p. 9: τοῦτον τὸν νοῦν καθαρὸν ἔλεγε καὶ ἀμιγὴ καὶ
ἀπαθῆ τουτεστιν ἀσώματον.

[2]) Simpl. a. a. O.

[3]) Plato Cratyl. I, p. 53: τὴν τῶν ἄλλων ἁπάντων φύσιν νοῦν καὶ ψυχὴν
εἶναι τὴν διοίκουσαν καὶ ἔχουσαν. Simpl. in Phys. fol. 38 a.

[4]) Plato Cratyl. 413: αὐτοκράτορα γὰρ αὐτὸν (νοῦν) ὄντα καὶ οὐδενὶ
μεμιγμένον παντὶ φησὶν αὐτὸν κοσμεῖο τὰ πράγματα διὰ παντῶν ἰόντα. vgl.
Simpl. 33. b. Schorn a. a. O. S. 24.

[5]) Aristot. de Anima p. 9.

[6]) Aristot. Phys. Ausc. III, 4; VIII, 1. Plat. Plac. I, 3. Diog. Laert. II. 6.
Euseb. Praep. E. p. 504. Cic. Acad. Q. IV, 37. Stob. Ecl. Phys. p. 56. Simpl.
Phys. fol. 8. c. d. et f. 67.

[7]) Plat. Phaedo p. 150. c. 46: ὡς ἄρα νοῦς ἐστιν ὁ διακοσμῶν τε καὶ πάντων αἴτιος. Aristot. Phys. III. c. 4. Diog. Laert. II. 6. Simpl. Phys. p. 33 b.

[8]) Vgl. Suidas: θεὸν mentem Anaxagoras non appellavit licet tradat Plu-
tarchus. — Carus a. a. O. S. 13.

schaften als ewig, unveränderlich, allmächtig, allwissend, immateriell ꝛc., und hält ihn für ein absolutes Wesen [1]). Darum trägt auch Aristoteles kein Bedenken, diesen νοῦς des Anaxagoras Gott zu nennen [2]), noch bestimmter nennt ihn Stobäus den θεὸς κοσμοποιός [3]).

Das also muß dem Anaxagoras eingeräumt werden, daß er die Natur des weltschaffenden Gottes schärfer aufgefaßt und durchdrungen habe als Einer der griechischen Philosophen vor ihm. Dennoch konnte er dem Tadel des Aristoteles nicht entgehen, der ihm vorwirft, daß er sich des νοῦς zuviel als bloßer Maschine bedient habe. Er sagt nämlich über ihn (Metaph I, 4): „Anaxagoras bedient sich des νοῦς als Maschine Behufs Bildung der Welt, und wenn er zweifelt an einer nothwendigen Ursache, so bringt er den νοῦς herbei; im Uebrigen aber unterstellt er eher alles Andere, denn den νοῦς als die Ursache dessen, was wird [4])."

Aber gerade darum ist Anaxagoras hauptsächlich als Erster und an der Spitze der Idee von dem νοῦς oder λόγος, wie sie sich nach und nach entwickelt hat, stehend zu betrachten. Denn in der ganzen späteren philo= sophischen Entwickelung der Logoslehre gestaltet sich der göttliche Logos immer mehr zu einer Maschine, deren sich Gott zur Weltbildung bedient. Und wenn es richtig ist, was Plutarch von Anaxagoras sagt, daß er den νοῦς als Bestandtheil der Gottheit aufgefaßt habe, woran nach dem Obigen noch kaum gezweifelt werden kann, so tritt er der späteren Logos= lehre nur noch näher.

Der Hauptfortschritt des Anaxagoras in der Lehre von dem göttlichen νοῦς besteht darin, daß er denselben von der Materie völlig trennt, und derselben als bewegende Ursache vorsetzt. Seine weiteren Bestimmungen dieses νοῦς waren nur naturgemäße und durch jene Sonderung mit gege= bene Forderungen an dieses göttliche Prinzip der Dinge. Wie er zu dieser Lehre gekommen, weist Aristoteles nach [5]). Schon die Anhänger des Pythagoras unterschieden das bewegende Prinzip von dem, was bewegt

---

[1]) Vgl. Hegel, Gesch. der Philos. I, 392 ꝛc.
[2]) Phys. Ausc. III, 4.
[3]) Ecl. Phys. p. 56: νοῦν κοσμοποιὸν τὸν θεὸν (ἀπεφήνατο). Themist. orat. 26. p. 317. vgl. Brandis, Handb. der Gesch. ꝛc. S. 248.
[4]) Vgl. Plato Phaed. II, p. 97.
[5]) De Anima I, 2.

wirb. Anaxagoras soll dieselbe Unterscheidung gemacht haben als er bemerkte, daß die Seele in den Thieren dasjenige sei, was ihnen Bewegung gebe. Später sonderte er jedoch die Seele von dem νοῦς genau ab und hielt diesen für das höchste Prinzip aller Dinge [1]), indem er behauptete, der νοῦς allein sei von allen Dingen das Einfache, Unvermischte und Reine, nur der νοῦς sei ἀπαθής und habe mit Allem Andern nichts gemein [2]). Was er so von dem Verstande der lebenden Wesen gedacht, übertrug er später auf den νοῦς als das Prinzip der Dinge, legte ihm Erkenntniß und Bewegung bei und stellte endlich die Behauptung auf, daß er das Universum in Bewegung gesetzt habe.

Nach dieser Darstellung der Lehre des Anaxagoras braucht kaum mehr bemerkt zu werden, wie irrig die zuerst von Josephus [3]) aufgestellte Behauptung sei, daß Anaxagoras seine Weisheit von den Juden erhalten habe. Wenn er Vorgänger hatte, so waren es die Pythagoräer und sein Lehrer Hermotimus.

§. 7.

Die nachherigen Anhänger der Lehre des Anaxagoras haben, soviel die Zeugnisse der Alten beweisen, keinen Fortschritt in der Lehre über den νοῦς bewirkt. Nach der Aussage des alexandrinischen Clemens lehrte zwar auch Archelaos von Athen, oder Milet, daß der νοῦς aus der Materie die Welt gebildet habe [4]). Jedoch, wie Stobäus bemerkt, nahm er ihn nicht als eigentlich weltschaffend (κοσμοποιός) an, und er hielt eben so sehr die

---

[1]) Aristot. a. a. O. Metaph. I, 7.

[2]) Aristot. de Anima a. a. O.

[3]) Contra Apion. II, 16. Clemens Alex. behauptet dasselbe schon von Pythagoras, welcher von den Aegyptern, Moses und Zoroaster seine Weisheit entlehnt haben soll. Strom. I, 356 u. 358. V, 662 u. 663.

[4]) Cohort. p. 57 (44): οἱ μὲν αὐτῶν τὸ ἄπειρον καθύμνησαν, ὧν Ἀναξί-μανδρος ὁ Μιλήσιος ἦν, καὶ Ἀναξαγόρας ὁ Κλαζομένιος, καὶ ὁ Ἀθηναῖος Ἀρχέλαος· τούτω μέν γε ἄμφω τὸν νοῦν ἐπεστησάτην τῇ ἀπειρίᾳ. Vgl. August. de civ. D. VIII, 2: Anaxagorae successit auditor eius Archelaus; etiam ipse de particulis inter se dissimilibus, quibus singula quaeque fierent, ita omnia constare putavit, ut inesse etiam mentem diceret, quae corpora dissimilia i. e. illas particulas, coniungendo et dissipando ageret omnia.

Luft für Gott als ben νοῦς selbst [1]). Seine Lehre war, wie Fries bemerkt, nichts anderes als der Idealismus [2]).

Der Eleate Parmenides betrachtete das Sein, die Einheit, als das Prinzip aller Dinge, als ungeworden und unvergänglich, unbegrenzt und unveränderlich, und sprach ihr als weitere Consequenz den Verstand und Göttlichkeit zu [3]). Aber er setzte weder das Intelligible an die Spitze des Universums, noch leitete er den Ursprung der Welt von ihm ab [4]). Er soll jedoch zwischen einer intelligibeln und sensibeln Welt unterschieden haben. In diesem Falle war er der Vorgänger der Lehre über die intelligible Welt, welcher wir später in der Logoslehre begegnen. Ebenso bahnte er auch dem Plato den Weg für seine Ideenlehre.

Erst mit Plato, ungefähr siebenzig Jahre nach Anaxagoras, beginnt ein neuer und eigenthümlicher Fortschritt der Lehre über den göttlichen Verstand. Dieser gefeierte Philosoph Griechenlands griff die von Anaxagoras angebahnte Idee über den νοῦς wieder auf und brachte sie durch sein Genie zu einer gewissen Vollendung.

II. Plato's Lehre vom göttlichen νοῦς.

§. 8.

Plato bildete die Lehre des Klazomeniers Anaxagoras über den göttlichen νοῦς weiter aus und ward, indem er seine Ideenlehre und sein Philosophem vom κόσμος νοητός damit in Verbindung setzte, für die spätere Entwickelung der Logoslehre in der jüdisch=alexandrinischen Religionsphilosophie von so großer Bedeutung, daß Spätere die Autorschaft Plato's bei dem Alexandriner Philo sogar bis zum Extrem durchführen zu können glaubten.

Obwohl Plato im Allgemeinen genial und sehr selbständig philo-

---

1) Stob. Eclog. Phys. p. 56 f. Ἀρχέλαος ἀέρα καὶ νοῦν τὸν θεόν, οὐ μέντοι κοσμοποιὸν τὸν νοῦν. Sext. Emp. adv. Math. IX, 360.

2) Gesch. b. Philos. S. 295 u. 306.

3) Dachte es wenigstens, wenn er dies auch nicht ausdrücklich ausgesprochen. Vgl. Brandis a. a. O. I, 382. Plut. Soph. p. 242. Vgl. Fülleborn Fragm. des Parm. Comment. El. S. 136 2c. — Simpl. f. 31, a, v. 58 etc.

4) Simpl. Phys. f. 31.

sophirte, so hatte er dennoch die Prinzipien seiner Philosophie bereits vor-
gefunden. So wie seine Lehre vom göttlichen νοῦς auf der Philosophie
des Anaxagoras ruht, so war auch die Lehre von den Ideen und der
intelligibeln Welt bei Parmenides ihren Anfängen nach vorhanden [1]).

In wiefern Plato zur Ausbildung der Lehre vom göttlichen Logos,
deren Anfänge wir bereits aufgezeigt haben, durch seine Philosopheme beigetragen habe, wird sich durch die nähere Erörterung der obigen Lehr-
punkte ergeben.

§. 9.

Plato unterscheidet im Allgemeinen zwei sich entgegengesetzte Prinzipien: das ewig Seiende, oder die Welt der Ideen und das ewig Werdende,
oder die Welt der Erscheinungen [2]). Das erstere ist die freie Ursache der
Weltwerdung und zerfällt in das Urwesen, Gott, welcher alle Dinge
geschaffen hat, und die Ideen, nach welchen dieselben geschaffen worden
sind. Das zweite Prinzip ist die ewige Materie, aus welcher die sichtbare
Welt gebildet ist.

Dies ist der Haupt-Inhalt der platonischen Kosmologie, eine Lehre,
die von Plutarch und Stobäus so gefaßt wird, als habe Plato drei
Prinzipien der Dinge gelehrt, nämlich: eine Ursache aller Veränderung,
oder Gott; ein Veränderliches und stets Verändertes, die Materie, und
ein Unveränderliches, nach welchem verändert wird, die Ideen [3]). Dionysius Laertes dagegen unterscheidet in der platonischen Lehre nur zwei
Anfänge aller Dinge, Gott und die Materie [4]). Beide Ansichten finden

---

1) Vgl. Ritter fragm. VI. p. 50. Brandis Handb. d. Gesch. d. Röm. Philos.
I, 394 ff. Die Ideenlehre findet sich angedeutet in dem Fragmente des Parmenides:
Χρή τὸ λέγειν, τὸ νοεῖν, τὸ ἓν ἔμμεναι· ἔστι γὰρ εἶναι. Wenn Plutarch Plac.
Philos. p. 14 u. 25 sagt, Plato habe über die Prinzipien der Dinge eben so gedacht
wie Sokrates; so ist es sehr schwer, hierüber etwas Sicheres aufzustellen, da
Sokrates keine Schriften hinterlassen hat. Plutarchs Meinung kann leicht lediglich
darauf beruhen, daß Plato seine eigenen Gedanken dem Sokrates in den Mund zu
legen pflegte.

2) Brandis a. a. O. II, 356.

3) Plut. Plac. lib. I. c. 3. (p. 14 ed. Florent.) . . Πλάτων . . τρεῖς ἀρχάς,
τὸν θεόν, τὴν ὕλην, τὴν ἰδέαν, Ibid. c. 11. p. 29: Ηλάτων τριχῶς τὸ αἴτιον,
φησὶ γὰρ ὑφ᾽ οὗ, ἐξ οὗ, πρὸς ὅ. Stob. ecl. phys. Lib. I. c. 11. (p. 309 ed.
Heeren). Vgl. Tiedemann Bd. II. S. 97.

4) Diog. Laert. Lib. III. p. 85: δύο δὲ τῶν πάντων ἀπέφηνεν ἀρχάς, θεὸν
καὶ ὕλην, ὃν καὶ νοῦν προσαγορεύει καὶ αἴτιον.

in dem Obigen ihre Erklärung. Nur unterscheidet Plutarch richtiger als Dionysius Laertes, weßhalb denn dieser auch bald genöthigt ist, von drei Prinzipien Plato's zu reden [1]).

Das erste Prinzip, oder die Ursache von Allem zu finden, hält Plato für eine schwere Sache, für unmöglich gar von dem gefundenen Gott für Alle verständlich zu reden [2]). Demnach beruht das Schwierige an der Sache in den Beweisen für das Dasein Gottes und Plato mißtraut an seinen vorgebrachten Beweisen der vollen Beweiskraft für Andere. Sehen wir auf seine Beweise selbst, so ist ihm die Annahme eines Gottes ein Postulat der Vernunft. Er folgert so: Dasjenige was sich bewegt ist früher als das was bewegt wird. Unwandelbare Prinzipien liegen daher dem Bewegten, Wandelbaren zu Grunde [3]). Ferner: Jedes Prinzip, jede Kraft, unterstellt wieder ein Höheres. Die Vernunft ist aber die höchste Kraft. Darum ist Alles aus einer mit Vernunft begabten Ursache abzuleiten. Diese ist Gott, das Wesen, welches alle Einsicht und jede Art der Tugend in sich vereinigt und daher auch Vernunft schlechthin heißt [4]).

Im Timäus schließt er so: Die Welt ist sichtbar und tastbar, als solche ist sie körperlich. Darum muß sie geworden, und zwar, wie alles Gewordene, durch eine Ursache geworden sein, und nach einem Urbilde. Diese Ursache ist eine vernünftig und mit Wissenschaft wirkende, keine blinde Naturkraft [5]).

Seinen Beweis bildet er auch so: Nichts kann sich verändern ohne Ursache. An der Welt gewahren wir aber Veränderung, ein Zunehmen und Abnehmen, Bewegung und Aenderung der Qualität. Hierdurch wird eine Ursache unterstellt, welche die Veränderungen hervorbringt. Diese ist Gott [6]). Dasselbe ergiebt sich auch aus dem Umstande, daß jede Form in der Welt gleichsam durch Zufall so geworden ist. Ferner: Es existirt ein Begrenztes und ein Unbegrenztes; darum wird ein Wesen

---

[1]) a. a. O. p. 86.

[2]) Tim. p. 28, c. Vgl. Brandis a. a. O. S. 358. Clem. Alex. p. 20 (ed. Sylb.).

[3]) de Legg. X, 893, b. Epinom. 251.

[4]) Phileb. 28, c. 22, a. Prot. 352, a. Soph. 266, c. Vgl. Ritter Gesch. d. Phil. II. S. 278.

[5]) Tim. 28, a. Vgl. Brandis a. a. O. 357. Phileb. 28, c. Phaedo p. 99, b.

[6]) Tim. p. 28, de Legg. X, 893, b.

gefordert, was beides, das Begrenzte und Unbegrenzte verbunden hat. Dieses Wesen ist Gott[1]). Endlich im Timäus: Die Materie ist von Natur ungeordnet; darum muß es ein mit Weisheit begabtes, ordnendes Wesen geben.

So suchte Plato auf mannichfache Weise, wie die Gelegenheit sich darbot, und aus dem Geiste seiner philosophischen Anschauung heraus das Dasein eines höchsten Gottes zu beweisen. Das Mangelhafte seiner Beweisführung sah er jedoch selbst ein, ohne daß er es unternahm einen Schritt weiter zu gehen und seine Beweisführungen dialektisch durch= zubilden. Hätte er dies unternommen, er wäre, wie Brandis[2]) sehr wahr bemerkt, der Begründer des ontologischen, des kosmologischen und des physikotheologischen Beweises geworden.

Nach allen diesen Erweisen des Daseins Gottes, so wie nach ausdrück= lichen mit Beweis hingestellten Lehren Plato's, erscheint Gott als das erste und höchste Prinzip, als die oberste Ursache, durch welche die sichtbare Welt geworden, durch welche sie in stetem Wechsel begriffen ist und wodurch sie erhalten wird. Als ewiger Urgrund aller Dinge umfaßt er Anfang, Ende und Mitte derselben und ist das Maß aller Dinge, die Seele des All, dem eine königliche Seele und eine königliche Vernunft inwohnt[3]).

Gottes Wesenheit und Eigenschaften werden von unserem Philosophen noch ferner also bestimmt:

Gott ist Einer, ungezeugt, weil aus sich selbst erzeugt, in Raum und Zeit nicht eingeschlossen. Daher ist er auch unveränderlich und als solcher frei von Schmerz und Lust. Er ist von der Materie verschieden, immateriell, geistig, unsterblich und ewig[4]).

Der Vollkommenheit seines Wesens entsprechen eben so vollkommene Eigenschaften. Gott allein ist gut, während es der sterblichen Natur nur vergönnt ist, gut zu werden. Er hat keinen Theil am Bösen. Er ist über

---

1) Vgl. Brandis a. a. O. S. 332.
2) Brandis S. 331.
3) Plutarch Plac. I, c. 11. de Legg. IV, 715 u. 716. Clem. Alexandr. p. 20. (ed. Sylb.). Phileb. 28, c.
4) Die Beweisstellen f. im Timäus. Tim. 37, c. 52, a. Plut. Plac. p. 25. Stob. Eclog. Phys. I. p. 65. de Legg. Lib. X (p. 230 ed. Bip.).

alles mächtig, voll von Weisheit und Erkenntniß, der vollkommenste absolute Geist ¹).

Was die Erkenntniß Gottes von Seiten des Menschen betrifft, so bemerkt Plato, daß wir Gott nur, so weit es dem sterblichen Auge des Menschen möglich sei, daß wir ihn nur im Bilde zu erkennen vermögen ²). Dem Menschen sei jedoch die Idee der Gottheit eingeboren und unvertilg= bar, obgleich die ungebildete Menge im Schauen des Göttlichen nicht auszuharren vermöge.

Außer diesem höchsten Gotte spricht Plato auch noch von mehreren Göttern; jedoch nur da, wo ihm entweder daran liegt, dem Volksglauben möglichst eng sich anzuschließen, wie in den Gesetzen; oder wo er die beseelten Weltkörper damit bezeichnet, wie z. B. im Timäus (p. 40, b.). Sie sind ihm gewordene und sichtbare Götter als die unmittelbaren Wir= kungen und Aeußerungen der göttlichen Kraftthätigkeit. Sie sind darum natürlich dem höchsten Gott untergeordnet (Tim. 41, a. b. de Legg. VII. p. 821, a.).

Gott, das höchste Wesen erscheint auch bei Plato unter dem Namen νοῦς. Jedoch steht diese Benennung und die damit zusammenhängende Lehre Plato's in so enger Verbindung mit der platonischen Ansicht von der Weltschöpfung, daß wir zum näheren Verständnisse diese in ihren Grundzügen nothwendig vorausschicken müssen.

§. 10.

Außer Gott, dem ersten und höchsten Prinzipe, existirt ein anderes, aus welchem die sichtbare Welt geworden ist, nämlich das αἴτιον ἐξ οὗ, die Urmaterie, welche selbst gestalt= und qualitätslos für jeden Eindruck empfänglich und in jeder Art veränderlich war ³).

Diese Urmaterie ist ewig, denn sie ist ein Prinzip der Dinge. Dieselbe ist auch unvergänglich. Nicht zwar in dem Sinne, als ob sie gar nicht

---

¹) Phileb. p. 30, d. de Legg. VII. p. 517, b. Prot. p. 344, b. de Legg. II. p. 379. c. X, 617, e. Tim. p. 68, d. Epinom. p. 260.

²) Vgl. Brandis a. a. O. S. 342 u. 343.

³) Plut. L. III, c. 11. Stob. L. I, c. 11. Tim. p. 49, a etc. p. 53, b. Vgl. Brandis a. a. O. S. 301 ff. Diog. Laert. p. 85 sqq.

untergehen könnte; aber sie kann nicht in Nichts vergehen, sondern sich nur in ihre unendlich theilbaren Atome auflösen ¹).

Die dritte Eigenschaft der Urmaterie ist die Unkörperlichkeit. Als formlos und unsichtbar, als ewig, obgleich im höchsten Grade veränderlich, kann sie kein Körper sein; aber aus ihr werden alle Körper gebildet²).

Daraus folgt von selbst, daß diese form= und qualitätslose ὕλη von der sichtbaren Welt verschieden ist. Diese ist aus jener in der Zeit gewor= den, und zwar so, daß Gott der Materie Gestalt und Qualität verlieh. Auf diese Weise entstand die Körperwelt in dreifacher Zusammensetzung, aus Verstand, Seele und Körper. Weil nämlich Gott der beste ist, so hat er der Seele Verstand und dem Körper eine Seele gegeben. Die Welt ist daher ein vernünftiges, beseeltes Wesen. Die Weltseele reicht durch das All³).

Die Körperwelt ist der schaffenden Ursache, jenem unkörperlichen Ver= stande, der nur dem Geiste erreichbar ist, so ähnlich gemacht worden, als sie es ihrer Natur nach werden konnte; darum ist sie auch weder der Zeit noch den Leidenheiten unterworfen⁴).

§. 11.

Um die Welt zu schaffen folgte Gott einem ewigen Archetyp. Dieses ist die intelligible oder Ideenwelt, das dritte Prinzip, αἴτιον δι' οὗ, auch νοητὸς τόπος genannt, welches gleichfalls ewig und nicht erzeugt, aber ein Produkt der göttlichen Intelligenz ist⁵).

Die intelligible oder Ideenwelt ist gebildet aus den einzelnen Ideen. Diese sind die Muster, die ewigen Urbilder der Dinge. Die Dinge in der Welt sind die verwirklichten Ideen und enthalten alle Merkmale der= selben⁶). Die Seelen in der wirklichen Welt haben daher Aehnlichkeit

---

1) Cic. Acad. I, c. 6. vgl. Stallbaum not. ad Tim. 49, a. Brucker hist. P. II. lib. II. c. 6. §. 18, 1.
2) Cic. l. c. Stob. Ecl. c. 14 (p. 29).
3) Tim. I. c. p. 50, d. sqq.; p. 34, b.; 28, b. de Leg. X. 896, e.
4) Tim. p. 50, d. sqq.
5) Tim. p. 28, a. 79 sqq. de Republ. VI. p. 506, a sqq. VII. p. 517, b.
6) Tim. p. 28, a. 29, 30, a.

mit den Ideen ¹). Von der Materie sind sie geschieden und bestehen in den Gedanken und in der Einbildung Gottes (Plut. Plac. I. c. 10).

Suchen wir weiter das Wesen dieser Ideen nach platonischer An= schauung zu faffen, so sind sie, wie uns Aristoteles darüber belehrt ²), für sich bestehende, unräumliche Substanzen, welche das Wesen alles Seienden ausmachen. Sie können nicht angeschaut, sondern nur gedacht werden. Sie sind demnach die realen Begriffe von dem Wesen der Dinge. Es giebt nichts, von dem nicht eine reale Idee existirte ³).

Die Ideen sind von Gott verschieden, ausgenommen die Idee des höchsten Guten; denn diese ist Gott selbst. Darum heißt Gott auch die höchste Idee, welche alle anderen an Dignität übertrifft und umfaßt ⁴).

Obwohl ewig und nicht erzeugt, werden diese Ideen dennoch auf Gott der Art bezogen, daß Gott der Schöpfer derselben genannt wird. Ihre Entstehung verdanken sie der Einwirkung der Gottheit auf die ὕλη, so daß sie als nothwendige Mittelglieder zwischen Gott und der Materie erscheinen ⁵). Sie sind Produkte der göttlichen Intelligenz, enthalten und umfaßt von dem göttlichen νοῦς.

Anmerkung. Ehe wir nunmehr zur Darstellung der platonischen Lehre von dem göttlichen νοῦς selbst übergehen, sei es uns vorher vergönnt, noch eine Frage zu beantworten. Es ist diese: Wie kam Plato zu seinem Philosophem von den göttlichen Ideen?

Auf vielfache, sehr verschiedene Weisen hat man diese Frage schon zu beantworten versucht. In der Lehre des Zoroaster spielen die Frawaschis dieselbe Rolle, wie die Ideen bei Plato; auch sie sind Urbilder der Dinge. Ob Plato dieselben gekannt und benutzt habe, läßt sich wenigstens nicht erweisen, ebensowenig als daß die Philosophie des Pythagoras ihm Ver= anlassung zur Ideenlehre gegeben habe, oder endlich daß dieselbe seinen

---

1) Phileb. p. 244 et 247. Soph. p. 266. de Legg. X, p. 89. Epinom. p. 252.

2) Phys. Ausc. III, 4. p. 203, 8. Metaph. I, 9. p. 990, b, 15 u. Alex. Schol. 566, 1. vgl. Brandis a. a. O. S. 220 ff.

3) S. Zeller platon. Studien S. 229 ff.

4) de Republ. VI. p. 506, a sq. VII. p. 517 b. Stallbaum prolegg. ad Phileb. p. 77 sq. 90 sq.

5) de Republ. X, p. 287 u. 288. vgl. 30).

Streitigkeiten mit den Sophisten ihren Ursprung verdanke. Nach Aristoteles sind die Ideen Plato's das gemeinsame Produkt der heraklitischen Ansicht vom Flusse alles Sinnlichen und der sokratischen Methode der Begriffs=Entwickelung (vgl. Zeller a. a. O. S. 233.). Was der Eleate Parmenides für einen Einfluß auf Plato's Ideenlehre gehabt, und daß er in gewisser Beziehung als der Vorgänger Plato's hierin anzusehen ist, dies wurde bereits oben von uns hervorgehoben. Wichtig ist übrigens in dieser Hinsicht die Stelle im Phädo (c. 46 p. 150), wo Plato sagt, es sei ihm ein Buch des Anaxagoras zu Händen gekommen, und er habe gehofft, daraus die Ursachen aller Dinge kennen zu lernen. Jedoch habe er sich sehr getäuscht gefunden, da Anaxagoras sich des Nous als eines Gottes ex machina bediene und der Luft, dem Wasser, der Erde und selbst den Dingen, deren Ursachen zu erforschen gewesen, das Meiste zulege und sich dabei um jenen Nous, welchen er dem All der Dinge vorgesetzt, fast weiter gar nicht kümmere. Hieraus folgert wenigstens Stallbaum [1]), und zwar nicht ganz mit Unrecht, daß Plato im Gegensatz gegen das Verfahren des Anaxagoras seine Lehre von den Ideen ausgedacht habe. Und es ist allerdings bemerkenswerth, daß Plato überall da seine Ideen setzt, wo Anaxagoras die Elemente setzte. Auf diese Weise entging er dem Vorwurfe, welcher den Anaxagoras traf, indem sich jene Ideen im Nous selbst befinden, und Produkte der göttlichen Intelligenz sind.

§. 12.

So vorbereitet können wir die Grundzüge der platonischen Lehre über den göttlichen νοῦς entwickeln. Schwer ist dieselbe hauptsächlich darum, weil Plato stets nur gelegentlich und nur vermittelt seine Ansicht über den νοῦς vorbringt. Sodann, weil er größtentheils figürlich von demselben redet, wodurch ein sicheres Urtheil nicht leicht zu gewinnen ist, und weßhalb sogar von Einigen die Meinung aufgestellt worden ist, Plato habe entweder nicht verstanden werden wollen, oder er habe seine eigene Lehre selbst nicht verstanden. Wir werden dasjenige hauptsächlich hervorheben, was sich als platonische Lehre unzweifelhaft ergiebt.

Das Wort νοῦς hat bei Plato hauptsächlich die drei Bedeutungen:

---

[1]) S. b. prolegg. in Phaed.

ralio, mens, intelligentia, und bezeichnet insbesondere das vernunft=
mäßige Gesetz, was in der Natur erscheint, und was eine Wirkung der
Gottheit ist [1]).

Sodann bezeichnet νοῦς auch die Ursache dieser Wirkung, oder den
göttlichen Verstand; auch Gott selbst, sobald er als Weltschöpfer aufgefaßt
wird [2]). Aufs Bestimmteste spricht Plato dies aus im Philebus, wenn er
sagt: Im Universum ist etwas Unendliches und etwas Bestimmendes,
und über beide noch eine vollkommnere Ursache: Weisheit und Verstand.
Sie können nie ohne Seele sein. Im Wesen des Jupiters ist also eine
königliche Seele und ein königlicher νοῦς, weil er eine kraftvolle
Ursache ist [3]).

Plato dachte sich den Verstand im Menschen als der Seele eingegossen
und scheint dieses gedachte Verhältniß auf Gott übertragen zu haben.
Andeutungen dieser Ansicht finden sich in verschiedenen Stellen seiner
Schriften, namentlich de Legg. X, p. 218 u. 221. Phaedr. 247. c.
Crat. 400, a.

Der Nous ist Weltschöpfer, und als solcher die göttliche Ursache aller
Dinge [4]). Wo Gott unter dem Namen νοῦς erscheint, da wird er stets in
einer Manifestation nach Außen gefaßt. Denn gerade die philosophische
Weltanschauung und die Erwägung, daß die Vernunft das höchste sei und
die größte Kraft, brachte Plato dahin, eine Vernunft in Gott als schaffen=
des Prinzip anzunehmen [5]).

§. 13.

Es fragt sich nun: Betrachtet Plato den νοῦς in Gott lediglich als
en Gott inwohnenden, von seiner Wesenheit und Persönlichkeit unzertrenn=
lichen Verstand, oder trennt er ihn auch, wie Anaxagoras that, von Gott
ab, sei es nun wesentlich, oder doch der Person nach?

Plato kannte die Lehre des Anaxagoras über den νοῦς und fand sie,
wie er selbst im Phädo erzählt [6]), ungenügend, und zwar hauptsächlich

---

1) Vgl. Astii lex. Plat. u. d. W. — Crat. 400, a.
2) Plut. a. a. O. p. 25. Stob. I. p. 65.
3) Phileb. p. 30, d. vgl. Paul. Memorab. I. Stck. S. 55.
4) Phaedo p. 97, c. Soph. 266, b. Polit. 269, a. b.
5) Soph. p. 266, c. Phileb. 28, c. Prot. 352, a. sqq. vgl. Ritter Gesch. d.
Philos. II. 278.
6) Phaedo c. 46. p. 150.

darum, weil Anaxagoras die Mittel mit den Ursachen verwechselt habe, und weil darum sein νοῦς eine oft müßige Rolle spiele.

Diesem suchte Plato hauptsächlich dadurch zu entgehen, daß er seine Lehre von den Ideen aufstellte, welche die wahren Prinzipien der Dinge sein sollten. Mit dem νοῦς setzte er sie in solche Verbindung, daß dieselben sämmtlich, ausgenommen die Idee des höchsten Guten, welche Gott selbst ist, als Produkte des νοῦς erscheinen und von ihm umfaßt werden[1]). So entging Plato dem an Anaxagoras gerügten Verstoße, daß er einzelne Elemente als Ursachen von Dingen aufführte. Dabei behielt der νοῦς seine volle Wirksamkeit, weil die Ideen von ihm umfaßt sind. Plato würde aber die an Anaxagoras getadelte Inconsequenz bei sich nur weiter hinausgeschoben, nicht aufgelöst haben, wenn er den νοῦς von Gott wesentlich geschieden hätte. Darum findet sich auch für diese Annahme keine einzige beweisende Stelle bei Plato; vielmehr zeigt sich überall, daß der νοῦς in Gott enthalten, eine von ihm unzertrennliche Kraft ist. An eine persönliche Trennung des νοῦς von Gott ist schon darum nicht zu denken, weil es überhaupt keine leichte Sache sein dürfte, an dem platoni= schen höchsten Gotte die sämmtlichen Merkmale der Persönlichkeit heraus= zufinden und aufzuweisen. Ackermann behauptet sogar gerade zu, Plato habe den Begriff des persönlichen Gottes nicht gekannt[2]).

Dennoch kommt der göttliche νοῦς nur in zweifacher Bedeutung des Wortes bei Plato vor: Einmal als Gott selbst, insofern er Schöpfer, Erhalter und Regierer der Welt ist, und insofern er die intelligible Welt, den νοητὸς τόπος, in sich faßt. In diesen Fällen steht der νοῦς lediglich für Gott selbst, ist nur ein anderer, bezeichnender Name Gottes. Sodann wird das Wort νοῦς angewendet, um eine Kraft in Gott, die göttliche, königliche Vernunft des Zeus (Phileb. b. 30, d.), zu bezeichnen, welche selbst personifizirt wird, z. B. im Philebus (p. 28 c.), wo der νοῦς König des Himmels und der Erde genannt wird, oder in den Gesetzen, wornach er in den Sternen wohnt (X. p. 230), und von welchem der Mensch einen Theil erlangt (das. p. 265), weßhalb auch der νοῦς im Menschen unsterb=

---

1) de Republ. VI, p. 506, a. VII, p. 517, b sqq. Stallb. prolegg. ad Phileb. p. 77 et 90. Paul Memorab. Stck. I. p. 48.
2) Ackermann: das christliche in Plato S. 298.

lich und göttlich ist [1]). Auf diese Weise begreift sich, wie Gott die höchste Idee, die Idee des höchsten Guten genannt werden kann, und wie dasselbe auch vom νοῦς ausgesagt zu werden vermag [2]).

Den göttlichen νοῦς außerdem noch als eine göttliche, vom höchsten Gott verschiedene Substanz anzunehmen, die nur darum mit Gott so enge verbunden ist, weil Weisheit und Vernunft nicht ohne Seele sein können, wie Plato im Philebus sagt (p. 30, d.), hierfür finden wir keinen Beweis, weder in den Schriften Plato's selbst, noch bei späteren gültigen Zeugen.

§. 14.

Der Nous in Gott umfaßt die Ideen und enthält sie als Produkte in sich. Somit ist er der eigentliche νοητὸς τόπος und hat zu den Ideen dieselbe Stellung, wie bei dem späteren Alexandriner Philo der λόγος als κόσμος νοητὸς betrachtet.

In dieser Beziehung, wie auch insofern der νοῦς den weltschaffenden Gott bei Plato bezeichnet, hat der platonische νοῦς Aehnlichkeit mit dem λόγος bei den früheren und späteren Philosophen. Auch kommen bei Plato einzelne Stellen vor, wo Gott, insofern er die Welt geschaffen hat, ausdrücklich λόγος genannt wird. Dahin rechnen wir Cratyl. 396, a: λόγος τὸ τοῦ Διὸς ὄνομα. Ferner den λόγος θεῖος im Phädrus p. 85, b. Sodann die Stelle im Timäus (p. 318 ed. Bip.): ἐξ οὖν λόγου καὶ διανοίας θεοῦ τοιαύτης πρὸ Χρόνου γένεσιν, ἵνα γεννήθη Χρόνος ἥλιος καὶ σελήνη καὶ πέντε ἄλλα ἄστρα γέγονε. Besonders Epinom. II p. 986, c: ὃν (κόσμον) ἔταξε λόγος ὁ πάντων θειότατος ὁρατόν. Soph. (II, 299): τὴν φύσιν αὐτὰ γεννᾶν ἀπό τινος αἰτίας αὐτομάτης καὶ ἄνευ διανοίας φύσης· ἢ μετὰ λόγου τε καί τινος αἰτίας αὐτομάτης καὶ ἄνευ διανοίας φύσης· ἢ μετὰ λόγου τε καὶ ἐπιστήμης θείας ἀπὸ θεοῦ γιγνομένης.

In diesen und ähnlichen Stellen Plato's bedeutet λόγος theils die göttliche Vernunft selbst, theils in Gott die realen Gedanken, welche sich im Worte kund geben, ohne daß jedoch gesagt werden kann, Plato gebrauche λόγος mit νοῦς ganz gleichbedeutend, wogegen besonders die Stelle Cratyl. 408, a. zu sprechen scheint. Aber die Art und Weise, wie

---

1) Vgl. Soph. p. 265, b. Hörstel de Deo Plat. p. 5. Phileb. p. 30, d.
2) Vgl. Stallbaum prolegg. ad Phileb. p. 77 u. 90.

Plato dabei von dem λόγος redet, zeigt die Anfänge von Personifikationen des göttlichen Wortes [1]) und konnte den Neuplatonikern, wie auch einzelnen Kirchen = Schriftstellern, eine theilweise Veranlassung zu ihren Behauptungen geben, nicht nur daß Plato über den Logos als göttliches und von Gott persönlich geschiedenes Wesen philosophirt habe, sondern auch, daß er über den zweiten Gott, oder über den Sohn Gottes so gedacht habe, daß seine Lehre in vielen Punkten mit der christlichen übereinstimme. Die Hauptveranlassung zu dieser Ansicht liegt jedoch in einigen auffallenderen Stellen solcher Schriften, welche Plato früher ohne alles Bedenken zugeschrieben wurden, deren Unechtheit jetzt aber eben so allgemein angenommen wird [2]).

Die Art und Weise, wie man hierbei zu Werke ging, ersehen wir am besten aus Eusebius. Derselbe führt Praep. Evangel. lib. XI. c. 16. die oben bereits angegebene Stelle Plato's im Epinomis (T. II. p. 986) [3]) an zu dem Zwecke, daß daraus Plato's Ansicht von dem zweiten Prinzip der Dinge erhelle. Zu gleichem Zwecke citirt er sodann den sechsten Brief Plato's an Hermias, Erastus und Coriscus, die bekannte Stelle ταύτην δὲ κ. τ. λ., und bezieht daselbst die Worte: „καὶ τὸν τῶν πάντων θεὸν ἡγέμονα τῶν τε ὄντων, καὶ τῶν μελλόντων, τοῦτε ἡγέμονος καὶ αἰτίου πατέρα κύριον πόμνυντας, ὅν, ἐὰν ὀρθῶς φιλοσόφωμεν, εἰσόμεθα πάντες σαφῶς εἰς δύναμιν ἀνθρώπων εὐδαιμόνων" auf das zweite Prinzip. Darauf hin behauptet er sodann, Plato stimme mit den Hebräern überein, nur durch die Kenntniß ihrer Schriften habe er dahin gelangen können, den andern Gott „Vater", und diesen Vater des Weltschöpfers mit dem Namen „Herrn" zu benennen.

---

1) Vgl. Phaedr. p. 264, c: δεῖν πάντα λόγον ὥσπερ ζῶον συνίστασθαι. 276, a: τὸν τοῦ εἰδότος λόγον λέγεις ζῶντα. 87, a: τί οὖν ἂν φαίη ὁ λόγος ἔτι ἀπίστεις.

2) S. Brandis a. a. O. S. 180 ff.

3) In demselben Sinne behandelt diese Stelle Dacier in seiner bibliothèque des anciens philosophes T. III. p. 192, Paris 1771. Er übersetzt dabei die Stelle im Epinomis: ὃν ἔταξε λόγος ὁ πάντων θειότατος ὁρατὸν ὃν ὁ μὲν εὐδαίμων πρῶτον μεν ἐθαύμασεν κ. τ. λ." also: „le verbe trèsdivin a arrangé et rendu visible cet univers. Celui qui est bienheureux, admire premièrement le verbe. Er schließt sodann: nach der Meinung Plato's führe die Erkenntniß des Wortes zu allen höheren Erkenntnissen. In gleicher Weise deutet er auch die andere Stelle bei Plato in dem sechsten Briefe.

Sobann führt er (K. 20) die bekannte dunkle Stelle Plato's aus dem zweiten Briefe an Dionyſius [1]) an. Die Stelle lautet: περὶ τῶν πάντων βασιλέα πάντ' ἔστι καὶ ἐκείνου ἕνεκα πάντα· καὶ ἐκεῖνο αἴτιον ἁπάντων τῶν καλῶν. δεύτερον δὲ, περὶ τὰ δεύτερα, καὶ τρίτον περὶ τὰ τρίτα. Wie der Verfaſſer des Briefes ſelbſt ſagt, will er hier ein Räthſel ſprechen: Euſebius aber bemerkt, daß die Erklärer Plato's dieſe Worte auf den erſten Gott bezogen, auf das Prinzip, ſo wie auf das dritte, die Weltſeele, welche man auch für den dritten Gott halte.

Derſelbe Euſebius bezieht ſich lib. XIII, c. 13 abermals auf den Brief an Eraſtus und Coriſcus, wo Plato deutlich genug den Vater und den Sohn aus den hebräiſchen Schriften offenbar mache. Er erwähnt ſobann den Timäus, wo Plato Gott den Vater nenne, und mit Rückſicht auf die ſibyllinische Stelle Plato's bemerkt er, wie er dieſelbe von der heiligen Trias verſtehe, und zwar unter dem dritten den heiligen Geiſt, unter dem zweiten den Sohn.

Im 15ten Kap. deſſelben Buches kommt Euſebius wiederum auf Plato zu ſprechen und ſagt, die Annahme Plato's von mehreren Göttern ſeien nach Plato nur Ergebniſſe des erſten und zweiten Prinzips.

Endlich in der Rede auf Conſtantin (p. 1068) bemerkt er von Plato, daß er gelehrt habe: Gott ſei über jeglicher Subſtanz (nach Tim. 28). Der Zahl nach habe er zwei Subſtanzen (in Gott) unterſchieden, einen erſten und zweiten Gott. Der erſte ſei der Schöpfer und Regierer; der zweite folge den Geboten des erſten und laſſe den erſten Gott als Urſache aller Dinge erſcheinen. Was wir ſo bei Euſebius ausführlich ausgeſprochen finden, dies leſen wir, nur kürzer, auch bei Clemens von Alexandrien. Auch dieſer hält dafür, daß Plato die Lehre von Gott dem Vater und dem Sohne in dem Briefe an Eraſtus und Coriſcus ausgeſprochen, und daß er im Timäus (p. 41, d: θεοὶ θεῶν ὧν ἐγὼ πατὴρ δημιουργός τε ἔργων) den Demiurgen Vater nenne [2]). Daſſelbe thut Origenes gegen Celſus, und ſelbſt ſchon Juſtin der Märtyrer deutet in dem zweiten Briefe

---

[1]) Epist. II. p. 312.
[2]) Strom. L. V c. XIV p. 255 Sylb.

die Worte: τὰ δὲ τρίτα περὶ τὸν τρίτον von der dritten Person in der Gottheit [1]).

Bei solchen Auffassungen ist darum die Meinung jener kirchlichen Schriftsteller nicht mehr auffallend, wenn sie behaupten, Plato habe die heiligen Schriften der Hebräer gekannt und aus denselben seine Weisheit, insofern sie das Christenthum berührte, geschöpft.

Selbst der Neu=Platoniker Numenius erklärte Plato für einen Moses in attischer Sprache. Clemens Alexandrinus nennt ihn den hebräischen Philosophen, nach ihm behaupten Eusebius und Lactantius dasselbe [2]), und suchen ihre Ansicht insbesondere darauf zu gründen, daß Plato bekanntlich weite Reisen gemacht und in Egypten gewesen sei [3]).

Diese Meinungen beruhten, wie schon oben bemerkt worden, auf einigen dunklen Stellen in den unechten Briefen, so wie auf einigen anderen in den echten platonischen Schriften, welche aber einfach und richtig gefaßt nichts von alle dem enthalten, was man in dieselben hinein= legte. Plato nennt nirgends den göttlichen νοῦς oder den λόγος zweiten Gott, selbst nicht wenn wir die Echtheit des zweiten Briefes annehmen wollten: denn auch dort können die Schlagworte nur auf die Natur des ersten Gottes bezogen werden; wobei der Verfasser noch unterstellt, daß es auch noch andere, zweite und dritte Wesen gebe, die entweder geringer als Gott seien, oder von Gott verschieden. Die Stelle in dem sechsten Briefe enthält eine Personifikation des höchsten Prinzips, der weltschaf= fenden Ursache, und beweist wiederum nicht was sie beweisen soll [4]).

Was die alte und weit verbreitete Ansicht betrifft, daß Plato aus den Schriften der Juden geschöpft habe, so braucht dieselbe, da zu ihrem Erweise auch gar nichts Haltbares zu Grunde liegt, hier nicht weiter erörtert zu werden. Wer nähere Auskunft über diese Sachlage wünscht, den verweisen wir am Einfachsten auf die Schrift von Martin: études sur le Timée de Platon Tom. II. Die platonische Lehre stimmt in

---

1) Justin Apol. I, 87. vgl. Martin études sur le Timée II, 51 sq. Clem. Alex. Strom. I, 321. Paedag. p. 176.

2) Euseb. Praep. Ev. L. IX, c. 3. L. XIII, c. 7. Lact. Div. Inst. Lib. IV c. 2.

3) Vgl. Cic. de Finib. L. V. Valer. Max. Lib. VIII c. 7.

4) Vgl. Paulus Memorabil. I. S. 59 ff.

keiner Weise mit der biblischen überein, vielmehr ist sie nichts als in einigen Theilen ein consequenter Fortbau vorhandener Philosopheme, selbst seine Lehre von den Ideen nicht ausgenommen.

Fragen wir nun zum Schlusse, was Plato in der Lehre vom göttlichen Logos, als weltschaffenden Gotte, zum Fortbau dieses Philosophems beigetragen habe? so ist der Hauptmoment in seine Ideenlehre und in das Verhältniß des göttlichen νοῦς zu derselben zu setzen. Er trennte Gott von der Materie ab, was aber auch schon vor ihm Anaxagoras that. Er nennt Gott mit dem Namen νοῦς und λόγος; das erstere that schon Anaxagoras, das andere Heraklit. Plato ging aber auch hier keinen Schritt weiter, weder daß er den νοῦς und λόγος von Gott weiter abtrennte oder näher bestimmte, noch daß er ihn in eine andere Verbindung zur Weltschöpfung setzte, als schon vor ihm geschehen. Durch die Benennungen des νοῦς mit den Namen λογισμός, wie im Timäus, und λόγος leitet er aber von der Lehre des νοῦς zur Logoslehre über, und insofern der λόγος auch die Ideen umfaßt, ist die philonische Lehre von dem κόσμος νοητὸς vorbereitet.

§. 15.

Für die Entwickelung der Lehre vom göttlichen Logos geschah von den zunächst nach Plato auftretenden griechischen Philosophen nichts Bemerkenswerthes. Selbst Aristoteles kann keine Stelle hier finden. Er unterwarf die platonische Lehre einer Kritik und wies einen Theil derselben als unhaltbar nach, ohne selbstständig über dieses Philosophem nachzudenken.

Eine weitere Ausbildung erlangte aber die Logoslehre in dem alexandrinischen Gelehrten Philo. Mit diesem müssen wir uns nun zunächst beschäftigen. Jedoch werden wir aus der Darlegung der philonischen Lehre auch ersehen, daß der Fortschritt bei Philo, aus dem Standpunkte, wie er bis auf Plato gewesen, allein nicht zu begreifen ist, daß vielmehr weitere Quellen dieser Lehre außerhalb der griechischen Philosophie zu suchen sind.

III. Die Logos=Idee des Juden Philo
und ihr Verhältniß zu dem Logos der Offenbarung nach
dem Evangelium des heil. Johannes.

§. 16.

Die jüdisch=alexandrinische Religionsphilosophie erreichte ihren Höhe=
punkt in dem berühmten Juden Philo aus Alexandrien, welcher etwa
zwanzig Jahre vor der christlichen Zeitrechnung geboren, bis über die
Mitte des ersten Jahrhunderts lebte, und die Achtung, in welcher er bei
seinen Zeitgenossen stand, durch eine bedeutende Zahl von Schriften[1]
auf die Nachwelt pflanzte. Um die dem Schriftforscher nöthigen theo=
sophischen Ansichten jener Zeit, worin der Weltheiland erschien, kennen
zu lernen, zu verstehen und zu würdigen, ist Philo eine Hauptquelle. Es
ist daher in der Natur der Sache begründet, daß dieser alte, berühmte
Alexandriner nach verschiedenen Richtungen hin Gegenstand mehrfacher
Untersuchungen wurde[2]. Namentlich aber war es die philonische Lehre
über den göttlichen Logos, welche die Aufmerksamkeit der Exegeten und
anderer Gelehrten fesselte. Jedoch ungeachtet dieser rühmlichen Bearbei=
tungen und bisher angestellten Untersuchungen ist, theils der Schwierig=
keit der Sache wegen, theils auch mitunter, weil bei Einem oder dem
Andern gewisse Lieblings=Ideen dem wissenschaftlichen Ergebnisse nicht
wenig hindernd im Wege standen, ein abermaliges Erfassen dieses Gegen=
standes noch keineswegs überflüssig geworden. In den hier folgenden
Erörterungen wollen wir die philonische Lehre über den Logos zunächst
in einem Abriß, aber unter Hinweisung auf die Quelle dieser Lehre, dar=
stellen und ihr Verhältniß zum johanneischen Logos berücksichtigen.

---

[1] Diejenigen, welche auf uns gekommen sind, füllen nach der Ausgabe von
Mangey (wornach wir citiren), London 1742. zwei Bände in fol. Aufgefunden
wurden in neuerer Zeit noch bisher verloren gewesene Schriften von Aucher, vid.
Philonis Iudaei Paralipomena Armen. Venet. 1826. 4°. Ferner: Philonis
Iudaei opera in Armenia conservata. 1822. 4. — Von Angelo Mai, vid. Col-
lectio Classicorum auctorum e. Vatican. cod. Rom. 1831. Tom. IV. auch
besonders gedruckt: Philonis Iudaei de Cophini festo etc. Mediolani 1828. 8°.

[2] Vgl. Eichhorn's allgemeine Bibliothek der bibl. Literatur. Bd. 4. Stück 5.
Großmann, Quaest. Philoneae, Leipzig 1829. A. Fr. Gfrörer, kritische Ge=
schichte des Urchristenthums. I. Bd. 1. und 2. Abth. Stuttg. 1835. 2. Aufl. Dähne,
Jüdisch. alex. Relig. Philosophie. Halle 1834. Lutterbeck, die N. T. Lehrbegriffe.
Mainz 1852.

Philo's Lehre über den göttlichen Logos.

Die philonische Logoslehre ist bedingt durch das Verhältniß Gottes zur Materie, woraus die sichtbare Welt gebildet wurde. Gott hatte gemäß seiner Güte den Willen eine Welt zu bilden und so aus dem Verborgensein in die Offenbarung herauszutreten. Er selbst aber durfte mit der form= und qualitätlosen Materie, der ἄπειρος καὶ πεφυρμένη ὕλη, in keine Berührung kommen, deshalb bediente er sich hierzu seiner Kräfte (δυνάμεις), deren er unzählige um sich hat, und deren eigentlicher Name Ideen ist. Diese Ideen constituiren die intelligible, körperlose Welt, den κόσμος νοητός, das Vorbild der sichtbaren Welt.

Alle diese Ideen wohnen im göttlichen Logos. Er ist der Träger und Umfasser dieser göttlichen Kräfte. Darum ist er auch der Ort der Ideen (τόπος τῶν ἰδεῶν), die ἰδέα ἰδεῶν, und als solcher die intelligible Welt selbst [1]).

Auf diese Weise ist der philonische Logos einerseits das nothwendige, verbindende Mittelglied zwischen Gott und der Welt, andererseits ist er das Vorbild der sichtbaren Welt.

Der Logos ist ferner ein doppelter. Der eine ist um die Ideen (περὶ τῶν ἀσωμάτων καὶ παραδειγματικῶν ἰδεῶν), welche die intelligible Welt constituiren; der andere ist um die sichtbare Welt (περὶ τῶν ὁρατῶν), welche die Nachahmung und der Abglanz jener Ideen ist (II. Mang. p. 154 de Mose 3.).

Nachdem so die Existenz des philonischen Logos und seine Stellung zwischen Gott und der Welt nachgewiesen worden, gelangen wir zur Darstellung seines wesentlichen und eigenschaftlichen Seins, seines Verhältnisses zu Gott, zu der Welt und den Menschen.

Der Logos ist eine unkörperliche Substanz, nicht durch Grenzen eingeschränkt, vielmehr Alles umgebend, überall und allenthalben im Raume des Universums befindlich. Er besitzt eine große Erkenntniß und Einsicht, hinreichend um alle Dinge zu durchschauen und die Herzen der Menschen zu erforschen. Er weiß Zukünftiges, wenn er auf Gottes Befehl den Menschen das, was kommen wird, verkündigt. Ferner ist er ein mit

---

1) Die Hauptstellen hierzu sind: Mangey Vol. I. p. 5. de m. opif. Vol. II. de sacrif. p. 261. Vol. I. de confus. linguarum p. 431.

freiem Willen begabtes, persönliches Wesen [1]), gütig, mitleidvoll, unsündig, heilig (ἱερώτατος) [2]).

Von Gott ist er aber verschieden, geringer als er und eigentlich gar nicht Gott zu nennen (I. pag. 655. de somn.), ihm jedoch zunächst= stehend; so daß sich zwischen ihm und Gott nichts in der Mitte befindet (μηδενὸς ὄντος μεθορίου διαστήματος). Er ist Bild Gottes und heißt zweiter Gott (δεύτερος θεός), auch Gott der Unvollkommenen. Sein Name ist Sohn Gottes: denn Gott hat ihn gezeugt, nicht nach mensch= licher Weise, aber sich ähnlich, unsterblich zwar, jedoch nicht von Ewigkeit her und dem Vater nicht gleichalterig, gezeugt vor aller Creatur [3]). Der Zweck seines Gezeugtwerdens war in der Mitte zu stehen zwischen Gott und seiner Schöpfung, Vorbild der sichtbaren Welt zu sein und Instru= ment, wodurch die sichtbare Welt gebildet wurde; weßhalb ihn Gott aus= gefüllt hat mit jenen unzähligen göttlichen weltbildenden Kräften oder Ideen, aus welchen die intelligible Welt, welche das Archetyp der sicht= baren ist, besteht [4]).

---

[1]) Die Persönlichkeit wurde und wird dem philonischen Logos öfters abge= sprochen; deshalb möge folgender Nachweis hier eine Stelle finden: Der Logos wird von Philo dargestellt als fürbittender und insofern als in Gegensatz mit dem göttlichen Willen tretender Mittler zwischen Gott und den Menschen, und so als Hoherpriester, ähnlich dem im alten Bunde. vgl. I. Mang. p. 427. de confus. ling. — Ferner wird er als Bild vorgeführt, dem die Menschen ähnlich werden sollen. Würden diese sämmtlichen Behauptungen nicht alles Sinnes entbehren, wenn dem Logos die Persönlichkeit fehlte? Sodann wird I. Mang. p. 446. de migr. Abrah. der Logos Lenker und Regierer der Menschen genannt wie Moses. Wie könnte er das ohne ein persönliches Wesen zu sein? Der Logos wird höher gestellt als alle Kräfte, als alle Engel und alle Menschen. Aber falls ihm die Persönlichkeit fehlte, so stände der Mensch unzweifelhaft höher als er.

[2]) Mang. I. p. 277 quod Deus immutab. pag. 561. de profugis. II. p. 655. fragmt. I. 647. quod a Deo mitt. somn. p. 120. ss. leg. Alleg. lib. 3. p. 308. de Agricult. pag. 501. et 502. quis rer. div. haer. II. p. 155 cet. de Moso lib. 3. p. 91 id. lib. 2, p. 123 de Mose. I. 562 de profugis. 427 de confus. ling.

[3]) Mang. I. 631 de somn. p. 561 de profugis p. 82. ss. leg. Alleg. lib. 2. Angelo Mai. (1831) in Exod. pag. 438. Mang. I. 427 de confus. ling. pag. 690. de somn. II. p. 625. fragm. p. 225. de Monarch. 2. Angelo Mai (1831) pag. 439. quaest. in Exod. I. Mang. 632. quod a Deo mitt. p. 414. de confus. ling. p. 128. ss. leg. Alleg. 3. et pag. 121 id. p. 561 et 563 de profugis. p. 580 de nom. mutat.

[4]) Mang. II. p. 225. de Monarch. lib. 2. I. 162 de Cherub. cet. Aucher. Armen. pag. 12. Mang. 1, 630. quod a Deo mitt. somn.

Der Logos ist älter, vorzüglicher und erhaben über alle Engel und Kräfte, selbst über die beiden höchsten, zu beiden Seiten Gottes und in Gott sich befindenden, nämlich über die Macht habende, schaffende (ἡ ποιητική) und über die Herrschaft habende (ἀρχική). Er ist das Mittel unter den höchsten Kräften, verbindet, umfaßt sie, verleiht ihnen den Ursprung gleich einer Quelle, in Weise der Emanirung. Sie sind wirkend durch ihn, und so offenbart sich Gott mittelst des Logos durch seine Kräfte und ist gut und mächtig.

Gott thut nur das Gute, seine Ideen vollführen das Böse. Der Logos aber thut das Gute und Böse; darum ist auch sein Name Ur=Idee und Erzengel.

Die sichtbare Welt hat der Logos aus der vorhandenen form= und qualitätlosen Materie gebildet, indem er, nachahmend die Urbilder im κόσμος νοητός, ihr Form und Qualität durch die Ideen gab. Er ist aber nicht bloß Schöpfer, sondern auch Erhalter und Regierer der Welt, indem er nach Gottes Befehlen thätig ist und dieselbe nach dessen Willen und die Ideen gebrauchend lenkt; daher heißt er auch Gesetz, Band, Stütze und Lenker der Welt, Engel und Diener Gottes [1]).

Eine ganz vorzügliche Sorge widmet der göttliche Logos dem Men=schengeschlechte, welches nach seinem Bilde gemacht ist und, weil der Logos selbst ein Bild Gottes ist, darum auch drittes Bild des Vaters heißt. Der Mensch wurde aber deswegen nach dem Bilde des Logos gemacht, weil Gott selbst nichts Sterbliches ähnlich gemacht werden konnte.

Der Logos trägt auch den Namen Vater der Menschen. Er ist ihr Lehrer, Ermahner, ihr Ankläger im Innern; daher er auch vorkommt als das Gewissen. Zugleich aber ist er auch ihr Fürbitter und Mittler bei Gott und insofern Hoherpriester. So wie er die Guten unterstützt und ihnen in allen Lebenslagen beisteht, ebenso furchtbar ist er den Bösen. Dieses doppelte Amt übte er aus, als er bei dem Zuge der Israeliten aus Egypten in eine Heersäule gehüllt zwischen den Kindern Jacobs und dem

---

1) Mang. I. 143 et 144 de Cherub. Angelo Mai. quaest. in Exod. p. 439 Mang. I. 145 de Cherub. etc. p. 501. quis rer. div. haeres. II. pag. 225. de Monarch. 2. I. 492 quis rer. div. haer. p. 547. de profug. p. 162. de Cherub. pag. 106. ss. leg. Alleg. 3. Aucher. Serm. I. de provid. p. 12. Mang. I. 330 et 331 de plantat. Noe. p. 561 de profugis.

egyptischen Heere schwebte. Er ist ferner Gesetz für die Menschen; ihm
sollen sie ähnlich werden. Jedoch können die Vollkommneren derselben
sich über ihn zu dem wahren Gott selbst erheben, und so von Gott selbst
genährt werden, wie der Erzvater Jacob that, während der Logos Speise
(d. h. Weisheits=Spender, nach dem Context) ¹) für die Unvollkommneren
ist. Aus Liebe gegen die Menschen steigt er mit Gott zu ihnen hernieder,
vermehrt ihre Erkenntniß, unterstützt ihr Wissen, und spendet ihnen was
wahrhaft gut ist. Zugleich ist er das Licht, welches den Menschen den
Weg zu Gott zeigt. Auch ist er Gesandter Gottes an die Menschen, sein
Dollmetscher und Willens=Vollstrecker. Als Gesandter erschien er dem
Abraham und in der Wüste der verstoßenen Agar; als Prophet dem
Abraham, Moses und Bileam, zu welchem Behufe er sich mit den Ele=
menten der Erde bekleidet und so sichtbarlich erscheint. Gegen die Israe=
liten, das geliebte Geschlecht Gottes, war stets seine Wirksamkeit und
Sorgfalt ganz besonders, weshalb er auch ὁρῶν Ἰσραὴλ genannt wird ²).

Der Logos erscheint auch als die Weisheit, personificirt und hypostasirt.
Außerdem erwähnt Philo eines πνεῦμα τοῦ θεοῦ, welchem er bei der
Weltbildung und Regierung einige Verrichtungen wie dem Logos selbst
zulegt ³).

§. 17.

Ueber die Quellen, woraus Philo seine Lehre schöpfte.

Der Geschichtschreiber Eusebius erzählt Hist. Eccles. II. c. 4 von
Philo, daß derselbe der pythagoräischen und platonischen Philosophie

---

¹) Der Context Mang. I. 566 de profug. und die Parallelstellen p. 484. quis
rer. div. haer. p. 121 et 122. ss. leg. Alleg. lib. 3 sind zwingend für diese Erklä=
rung. Hieraus ergiebt sich, wie sehr das hier vom philonischen Logos prädicirte
verschieden ist von dem, was der Messias Joh. 6, 32—51 von sich aussagt, und
wovon Gfrörer Urchristenth. 1. Thl. 1. Abth. pag. 202 behauptet, daß Christus
hier beinahe dasselbe sage wie Philo über seinen Logos.

²) Mang. I. 427. de confus. ling. II. 625. fragm. I. 505. et 501. quis rer.
div. haer. id. pag. 503. II. 155. cet. de Mose 3. I, 292. quod Deus immutab.
p. 249. de posterit. Cain. p. 413 de confus. ling. p. 122 et 128 ss. leg. Alleg. 3.
p. 643 de somn. p. 456 de migrat. Abrah. p. 219. quod det. pot. insid. p. 520.
de congressu. p. 427. de confus. ling.

³) Mang. I, 56. ss. leg. Alleg. lib. 1. p. 202. quod det. pot. insid. p. 562.
de profugis. p. 518. quis rer. div. haeres. cet. — Mang. I. 336. de plantat.
Noe. p. 265. de gigantibus. p. 270 ibid. cet.

vorzüglich gefolgt sei (ὅτι καὶ μάλιστα τὴν κατὰ Πλάτωνα καὶ Πυθαγόραν ἐζηλωκὼς ἀγωγὴν, διενεγκεῖν ἅπαντας τοὺς καθ' ἑαυτὸν ἱστορεῖται). Falls wir dies auch aus dieser Quelle nicht wüßten, so würden wir es doch mit aller Sicherheit aus Philo's Schriften selbst entnehmen. Dieselben zeigen uns Philo als Eclectiker, namentlich den Philosophien des Pythagoras, Plato und Zeno huldigend; jedoch keineswegs auf eigenes Urtheil hierbei Verzicht leistend. Zugleich zeigen uns dieselben ihn auch als Juden, und keinem entgehen leicht die vielen Versöhnungsversuche und Mischungen des Mosaismus mit den Philosophumenen und Theosophumenen jener Philosophen. Wir fragen hier aber über seine Logos-Idee, woher er sie entnommen, ob von jenen oder anderen Philosophen, oder aus den Büchern des alten Bundes, oder ob vielleicht aus beiden, oder aus keinem von allen, sondern lediglich aus sich selbst?

Daß Philo wenigstens einige Resultate über seinen Logos aus sich selbst geschöpft habe, sagt er oftmals unzweideutig, ja sogar ausdrücklich, indem er einleitet mit den Worten: ἔλεγε δέ μοι ψυχή (ἐμή). Daß er auch aus mosaischen Schriften Ideen zu seinem Logos hergenommen, führt er vielfach ebenso unzweideutig an, einmal sogar, indem er hinzufügt: Μωϋσέως ἐστὶ τὸ δόγμα τοῦτο οὐκ ἐμόν. Aber es handelt sich hier nicht sowohl um die Fortbildung und Ausschmückung des philonischen Logos, als vielmehr um die Auffindung der leitenden Idee und des Haupt-Materials.

Es drängt sich uns nun zuerst die Frage auf, ob Philo die Theosophie Plato's benutzt habe?

Der Noῦς des Plato, sein mit demselben vielfach identisch angewandter Gebrauch der σοφία, haben mit dem philonischen Logos so viele Aehnlichkeit, und dieser ist in seinem Verhältnisse zu den Ideen, zu dem κόσμος νοητός, und zur Weltbildung so sehr der platonischen Lehre nachgebildet, daß ein Einfluß Plato's auf den philonischen Logos wohl unverkennbar ist. Jedoch gehen andern Theils und in den wichtigsten Beziehungen der Logos Philo's und der Noῦς des Plato so sehr auseinander, daß wir Plato nicht als die eigentliche Quelle des philonischen Logos annehmen können. Philo spricht wie Plato auch von einem Noῦς, aber als immanenter Kraft Gottes, und hat insofern Aehnlichkeit mit dem platonischen. Der Logos aber wird von Philo mit diesem Noῦς nirgends vermengt. Der philonische Logos ist nicht immanent in Gott wie der Nous Plato's, er ist vielmehr völlig von Gott geschieden, ganz anderer Natur, ein für sich bestehendes, freies, persönliches Wesen. Darum ist aber auch der Logos Philo's von dem Nous Plato's gleichfalls wesentlich verschieden. Nimmt man dazu noch die gänzliche Namens=Verschiedenheit (Plato gebraucht auch das Wort λόγος, jedoch in einer der philonischen völlig fremden Bedeutung); so kann um dieser Namens= und Wesens=Verschiedenheit willen wohl mit Sicherheit gefolgert werden, daß Plato höchstens in zwei Stücken Antheil am philonischen Logos haben kann: Einmal, daß er die Auffindung desselben aus einer andern Quelle erleichterte, auch wohl herbeiführte; dann, daß er zur Fortbildung der so gefundenen Logos=Idee beitrug. Plato ist demnach nur theilweise Quelle für den philonischen Logos, und wir werden von ihm weg auf eine andere, Philo sehr nahe gelegene Quelle hingewiesen, nämlich auf die Schriften des alten Testaments.

Stellen wir uns einen Philosophen vor, Jude seinem Bekenntnisse nach, und darum mit den Quellen seiner Religion wohl vertraut; übrigens das anscheinend Gute nehmend, wo er es findet; eingeweiht in die philosophischen Systeme, so vor ihm gewesen, und emsig bemüht, den alten Mosaismus mit den Erzeugnissen des philosophischen Denkens zu versöhnen. Der Aufflug hebräischer Poesie schafft kühne Bilder, selbst die höhere Prosa ist von Personifikationen nirgends frei. Es ist dies dem feurigen Orientalen eigenthümlich und namentlich kann die Poesie auch bei anderen Völkern ihrer kaum entbehren. Wenn es daher in der einfachen Geschichts=Erzählung der Weltschöpfung hieß: „Und Gott sprach ..... und also geschah es," so singt der Psalmist Ps. 32, 4: „Denn recht ist Jehoven's Wort," und V. 6: „Durch des Herrn Wort sind die Himmel gemacht." Den Vers 4 übersetzen die Septuaginta: ὅτι εὐθὴς ὁ λόγος τοῦ κυρίου, und V. 6: τῷ λόγῳ τοῦ κυρίου οἱ οὐρανοὶ ἐστερεώθησαν. Für den unbefangenen Leser hat dies Alles gar nichts Auffallendes; anders aber verhält es sich bei Philo, der an das Hypostasiren der Griechen gewöhnt war, in Plato's Nous eine Idee kannte, die mit dem Sprechen Jehovah's in den heiligen Büchern und mit den kühnen Personifikationen der göttlichen Weisheit daselbst so manche Aehnlichkeit an sich trug, der endlich um seine Lieblings=Idee, nämlich die Aussöhnung des Mosaismus mit philosophischen Ansichten, ohne Hinderniß durchführen zu können, sich bereits den allegorischen Deutungen in die Arme geworfen hatte. Ihm konnten diese und ähnliche Stellen, deren wir auch viel kühnere im A. T. besißen, z. B. Pf. 104, 19: μέχρι τοῦ ἐλθεῖν τὸν λόγον αὐτοῦ. Weißh. 16, 12; 18, 15: ὁ παντοδύναμός σου λόγος ἀπ᾽ οὐρανῶν ἐκ θρόνων βασιλειῶν, ἀπότομος πολεμιστής, εἰς μέσον τῆς ὀλεθρίας ἥλατο γῆς, und B. 16: ξίφος ὀξὺ τὴν ἀνυπόκριτον ἐπιταγήν σου φέρων, καὶ στὰς ἐπλήρωσε τὰ πάντα θανάτου· καὶ οὐρανοῦ μὲν ἥπτετο, βεβήκει δ᾽ ἐπὶ γῆς. Es ist hier eine der kühnsten Personifikationen des λόγος τοῦ θεοῦ, indem das göttliche Wort vorgestellt wird als Würgengel, wie es die Erstgeburt der Egypter schlug, und so nun der bewirkende Ausspruch Gottes als handelnd erscheint:

„Es fuhr dein allmächtiges Wort vom Himmel herab, von königlichen Sißen, als unerbittlicher Krieger, mitten auf die dem Verderben geweihte Erde; tragend ein scharfes Schwert, deinen unwiderruflichen Befehl, und es stand da und erfüllte alles mit Tod; und an den Himmel reicht' es, doch stand es auf der Erde."

Diese und ähnliche Stellen [1]), sage ich, konnten Philo, um nicht mehr zu sagen, die kräftigsten Winke und Fingerzeige geben; ja wenn er ein dem platonischen Nous Entsprechendes im alten Bunde suchte, so mußte er seinen λόγος und seine σοφία dort finden. Bei so reichlich vorliegendem Material, in einer für Philo so angesehenen und bekannten Quelle, den Ursprung seiner Logos=Idee anderswo vermuthen, hieße auf die größte Wahrscheinlichkeit verzichten, um sich auf dem ungemessenen Felde der Vermuthungen ergehen zu können. Dazu kommt noch, daß sich eine gewissermaßen genetische Entwickelung des Stoffes zu dieser Idee so ziemlich nachweisen läßt. Das Sprechen Gottes an den Schöpfungstagen, wo durch sein Wort, welches zugleich schaffend war, die Welt ward, die Weisheit, welche aus seinen Werken hervorleuchtete, war für die Verfasser der heiligen Schriften zu wichtig, als daß sie nicht oft und viel darauf zurück gekommen wären. Der kühne Schwung der hebräischen

---

[1]) Die Bekanntschaft Philo's mit dem Buche der Weisheit, wie mit den meisten sogenannten deuterokanonischen Büchern des A. T. kann, bei Rücksichtnahme auf Ort und Zeit ihrer Abfassung, wohl nicht in Abrede gestellt werden.

Dichter personificirte das schaffende Wort und die ordnende Weisheit. Solche Personifikationen, aber auch nicht mehr, treffen wir in den späteren Schriften des A. T. kühner und häufiger an.

Das Wort Gottes erschien hierdurch als vermittelndes Prinzip zwischen Gott und dem, was durch das Wort geschah. Diese Idee findet sich bei den alexandrinischen Juden und selbst in Paläſtina feſtgehalten und fortgebildet, so daß sie in die Sprache als ſtehender Typus übergegangen zu sein scheint; doch keineswegs der Art, daß man den λόγος τοῦ θεοῦ als für sich beſtehend und als nicht immanent in Gott gedacht hätte. Eine solche Auffassung läßt sich vielmehr nirgends mit Sicherheit nachweisen, obgleich dies von nicht Wenigen behauptet wird.

Was vorerſt den Sprachgebrauch bei den chaldäischen Paraphraſten betrifft, wornach Gott in seiner Selbſt = Manifeſtation nach Außen מֵימְרָא דִי׳׳ genannt wird (Onkelos ad Lev. 26, 30); so deutet zwar dieser Gebrauch auf das Vorhandenſein unserer eben angeführten Idee, wornach das Wort Gottes als vermittelnd zwischen dem wirkenden Gott und dem Gewirkten vorgeſtellt wird; zugleich aber beweiſt dieser Gebrauch auch, daß man dieses Wort Gottes nicht als für sich beſtehend, sondern durchaus immanent in Gott dachte; vgl. Targum. 2. Chron. 16, 13, wo מֵימְרָא דִי יְהֹוָה ausdrücklich für Jehovah ſteht.

Mehr läßt sich auch unseres Erachtens aus der griechischen Interpretation durch die Siebenzig nicht entnehmen. Gfrörer aber glaubt aus den Septuaginta nachgewiesen zu haben, daß in ihr jene Meinung Philo's angetroffen werde, wornach Gott nicht auf die Weise sichtbar erscheinen könne, wie das alte Teſtament lehre [1].

Was nun vorerſt die Haupt=Stelle Exod. 24, 10—11 betrifft, so iſt nicht zu beſtreiten, daß die Septuaginta das „Gott schauen" in einer Weise überſetzen, daß absichtliche Aenderung, um die Ausſagen „und sie sahen Gott" zu umgehen, sehr wahrscheinlich iſt; denn die Septuaginta überſetzen das וַיִּרְאוּ אֵת אֱלֹהֵי יִשְׂרָאֵל mit καὶ εἶδον τὸν τόπον οὗ εἱστήκει ὁ θεὸς τοῦ Ἰσραήλ, und V. 11 das וַיֶּחֱזוּ אֶת ־הָאֱלֹהִים mit καὶ ὤφθησαν ἐν τῷ τόπῳ τοῦ θεοῦ. Daß aber die Septuaginta hier nicht im Geiſte des alten Teſtaments, sondern nach einem jüdiſch=alexan-

---

[1] A. a. O. 2te Abtheilung. S. 9 u. folgb.

drinifchen Theofophumenon paraphrafirten, wie Gfrörer will, kann von
uns nicht zugegeben werden.　Denn das alte Teſtament hat ausdrücklich
jene Lehre, daß Gott von Menſchen in dieſem Leben nicht geſchaut werden
könne; vgl. Exod. 33, 20.　Es ſagt hier Gott zu Moſes: „Du kannſt
mich nicht ſehen: denn mich ſieht kein Menſch und lebet.“　Sollte ſich
nun Moſes in demſelben Buche in einem kurzen Zwiſchenraume ſo ſehr
widerſprochen haben? und wie hätte der Herr zu Moſes ſagen können:
„kein Menſch kann mich ſehen,“ falls ihn Moſes wirklich ſchon geſehen
hätte?　Darum muß die Stelle Exod. 24, 10—11 ganz anders erklärt
werden, als wie Gfrörer thut, nämlich mit Feſthaltung von Exod. 33, 20.
Sie findet auch ihre Erläuterung bei Ezechiel K. 1, und richtig ſetzt
Onkelos hier ſeine שְׁכִינָה (die Herrlichkeit Gottes), und ſo erhellt, daß
ganz im Geiſte des alten Teſtamentes die Septuaginta obige Paraphraſe
gegeben, ſei es nun mit ausdrücklicher Rückſicht auf Exod. 33, 20, oder
weil ſie bereits an der betreffenden Stelle eine abweichende Leſeart vor-
fanden.　Daß ſie aber hier nicht nach einem durch nichtteſtamentliche,
philoſophiſche Anſicht beſtimmten Plane geändert haben, wird wahrſcheinlich gemacht, wenn wir ihre Ueberſetzung der Stelle Geneſ. 32, 30 vergleichen.　Dort ſagt nämlich Jacob: „Denn ich habe Gott geſehen von
Angeſicht zu Angeſicht,“ und die Septuaginta überſetzen ganz wörtlich:
„εἶδον γὰρ θεόν, πρόσωπον πρὸς πρόσωπον.“　Solcher wortgetreuen
Ueberſetzungen finden wir noch mehrere bei den Siebenzig, ſo daß jene
alexandriniſche Anſicht aus ihr nicht mit Sicherheit zu entnehmen iſt,
vielmehr nur eine altteſtamentliche Lehre, ſei es nun durch eine vorhanden
geweſene Leſeart, oder aus freiem Antriebe, in allen hierher bezüglichen
Stellen gefunden wird.

　　Die Septuaginta, obgleich aus ihrer Ueberſetzung auf eine vorhanden
geweſene Annahme von göttlichen Mittelweſen demnach nicht geſchloſſen
werden kann, mochten aber dennoch durch ihre ſtete Einführung des Logos,
wenn Perſonifikationen des göttlichen Wortes vorkamen, und die ſicht-
liche Unterſcheidung des τὸ ῥῆμα und τὸ λογίον von jenem Logos für
Philo eine Weiterführung und ein nicht unbedeutender Fingerzeig zu ſeiner
Logoslehre ſein, wie bereits bemerkt worden iſt; auch finden wir eben in
ihrem gewählten Gebrauche des λόγος eine Spur genetiſcher Entwickelung
der ſpäteren Lehre.

Eine Fortbildung, wiewohl in ausartender Weise, von jener Idee
eines vermittelnden Princips zwischen Gott und seiner Offenbarung findet
sich auch in den von Clemens Alexandrinus und bei Eusebius aufbewahr-
ten Fragmenten Aristobuls, der etwa 150 Jahre v. Chr. zu Alexandrien
lebte.   Er schildert die göttliche Weisheit als Kraft Gottes, als weltschaffend und ewig, mit Beziehung auf die Proverbien des A. T.

Schon bei Aristobul ist das Festhalten an jener in den späteren Büchern
des alten Bundes so vielfach vorkommenden Idee des göttlichen Wortes übrigens nicht mehr mit Sicherheit zu erkennen; auch können wir
von ihm bis auf Philo in den auf uns gekommenen profanen Denkmalen
über jene Zeit keine sicheren Spuren mehr finden, wiewohl Anfänge und
Verbreitung anderer jüdisch-alexandrinischer Theosophumenen, wie sie sich
weiter ausgebildet bei Philo finden, uns erhalten sind.   Der Faden aber
führt sich selbst im alten Testamente weit genug fort, um zu erkennen, daß
der vom Platonismus erfüllte Philo keinen großen Sprung zu seiner
Logoslehre mehr zu thun hatte; und obgleich wir in ihm die erste sichere
Quelle des Hypostasirens des Logos haben, so lassen sich doch die Anfänge
weit hinauf verfolgen, freilich vorerst als bloße Personifikationen von
Seiten der Hebräer, während die Gewohnheit des Hypostasirens vom
Griechenthum herüberkam, so daß in Philo beide Elemente in einander
über und zusammenströmten, woraus sich als Product sein Logos bildete.

§. 18.

Lehre des h. Apostels Johannes über den Logos.

Der Logos ist eine persönliche[1]) von Ewigkeit her seiende Substanz,
Gottes eingeborner Sohn (Joh. 1, 14), selbst Gott wie der Vater (V. 1),
d. h. von gleicher Wesenheit mit dem Vater, jedoch von demselben persönlich geschieden (V. 2).

Anmerkung.   Daraus, daß der Logos Gott ist, folgt, daß alles in
Gottes Wesenheit gegründete Sein und alle göttlichen Eigenschaften, wie
dieselben die göttliche Offenbarung zu erkennen giebt, dem Logos zukommen.

---

[1]) Joh. I, 1: καὶ ὁ λόγος ἦν πρὸς τὸν θεόν. Vgl. Chrysostomus zu dieser
Stelle, homil. Tom. V. edit. Montfaucon.

Er lebt in innigster Vereinigung mit dem Vater (V. 18), und durch ihn ist der seiner Wesenheit nach für uns hier auf Erden unsichtbare Gott, den Niemand unmittelbar zu erkennen, zu schauen vermag, uns verkündigt worden [1]).

Der Logos ist Schöpfer aller Dinge (V. 3) und Lebensquelle, d. h. alles eben im Universum, das animalische wie das geistige, das physische wie das ethische hat seinen Grund und Ursprung im Logos. Die Welt ist darum sein Eigenthum, und er ist zugleich die Quelle alles Lichtes, des göttlichen Lebens im Gegensatze zum Leben der mit Sünde behafteten Welt, aller Erkenntniß die zu Gott und seinem Reiche führt und die deshalb in die Finsterniß hineinleuchtet, das Treiben der Welt, die Unwissenheit in den Heilssachen zerstreut (V. 4).

Ferner ist der Logos Heiland der Menschen (V. 4); aber diese erkannten ihn als solchen nicht allgemein an und glaubten nicht an ihn (V. 10 u. 11). Allen aber, die ihn gläubig anerkannten, gab er die Macht Gott gefällig zu werden (V. 12); und so ist er Quelle der göttlichen Gnade und der wahren, zum Heile führenden Lehre.

Das Wort nahm die menschliche Natur an, erschien auf Erden in der Person Jesu Christi, welcher war Gottessohn und Menschensohn, der verheißene Messias (vgl. V. 14 und K. 3, 13; K. 4, 27); und das fleischgewordene Wort wandelte unter den Menschen, so daß dieselben ihn und seine göttliche Herrlichkeit sahen (V. 14).

Johannes der Täufer trat auf, gesandt von Gott, um Zeugniß zu geben von dem Logos als Heiland und Sohn Gottes, und von seiner Messiaswürde. Johannes der Evangelist selbst zeugt für sich und seine Zeitgenossen, daß sie den Logos, die Quelle des Lebens, gesehen (V. 14). Derselbe Evangelist setzt den Logos mit dem in der Person Jesu auf Erden erschienenen Messias ausdrücklich in Verbindung. Da nun Ein Geist durch die Schriften der Apostel und Evangelisten weht, da Ein Auftrag ihr Lehren und Wirken bewegte, da die Eine göttliche Heils-Oekonomie die sämmtlichen Schriften des alten und neuen Bundes durchdringt: so gilt von dem göttlichen Worte in seiner Manifestation alles was die

---

[1]) V. 18. Es ist hier dasselbe gesagt wie Matth. 11, 27: „Niemand kennt den Vater als nur der Sohn und wem es der Sohn will offenbaren." Vgl. 1. Joh. 3, 2.

gesammte göttliche Offenbarung von ihm als solchem aussagt. Der Logos
ist darum der in die Welt gekommene Erlöser, selbst Gott, die zweite
Person der Gottheit, der Messias, von dem Moses geschrieben und die
Propheten, von dem seine Lehren und Thaten und der Vater zeugen.
Es ist derselbe, welcher für die Sünden der Welt litt und starb, welcher
auferstand von den Todten, gen Himmel fuhr, zur Rechten des Vaters
sitzt und einst wiederkommen wird zum Gerichte.

§. 19.

Die Differenzen zwischen dem philonischen und johanneischen Logos.

Sehen wir vorerst auf die Quellen, woraus Beide schöpften, so haben
wir bereits über Philo dieselben nachzuweisen uns bestrebt.

Daß nun Johannes nicht aus Philo geschöpft habe, ist außer Zweifel;
Einmal weil die Schriften Philo's in Betracht der damaligen Verhältnisse
sowohl, als namentlich der Art und Weise der Bücher=Verbreitung,
dem heil. Apostel ihrem Inhalte nach schwerlich bekannt sein konnten;
dann aber auch, weil der Apostel einen ganz andern Beruf hatte, als sein
Evangelium durch Plünderung der geistigen Erzeugnisse eines alexan=
brinischen Philosophen zu bereichern, oder gar aufzubauen. Er hatte viel=
mehr eine Offenbarung zu verkündigen, von deren Göttlichkeit er erfüllt
war, hatte zu lehren was er vom Heilande gesehen und gehört, und was
dieser ihm zu verkündigen aufgetragen hatte, nichts Anderes.

Um dieses seines Berufes und Zweckes willen ist auch nicht anzuneh=
men, daß Johannes seine Logoslehre aus der jüdisch=alexandrinischen
Theosophie überhaupt geschöpft habe.   Denn so wäre seine Lehre immer=
hin keine Offenbarungslehre, welches Gepräge sie doch ganz und gar
trägt; sondern nichts anders als eine philosophische Abstraction und Com=
bination, was der Apostel nicht vorbringen konnte und wollte.

Ebensowenig kann der johanneische Logos eine Fortbildung der
Personifikationen des A. T. über das schaffende und wirkende Wort Gottes
sein. Er fiele dann unter die eben berührte Klasse und wäre mit Rücksicht
auf die Quelle und Art und Weise der Fortbildung nicht nur des heil.
Apostels und seines Berufes unwürdig, sondern auch an und für sich

falsch, indem von dichterischer Personifikation zur Hypostasirung und Für=
wahrannahme dieses Gebildes ein unverzeihlicher Sprung ist.

Was die Benennung „Logos" betrifft, so könnte man nun wohl sagen,
daß der Apostel diese, um seines dogmatisch=polemischen Zweckes Willen, den
er bei Abfassung seines Evangeliums nach dem wichtigen Zeugnisse des
heil. Irenäus (adv. Haer. lib. III. c. 11 u. 16) hatte, und womit sowohl
K. 20, 31., als auch die ganze Anlage des Buches stimmt, vielleicht aus
dem Sprachgebrauche seiner Gegner entnommen habe, und daß man
somit auf eine mit Philo gemeinsame Quelle, nämlich den damals herr=
schenden Sprachgebrauch geführt würde. Dieses aber läßt sich auf keine
Art nachweisen, selbst nicht, daß ein solcher Gebrauch des Wortes „Logos"
geherrscht habe, welchem gemäß Johannes dasselbe daher hätte entlehnen
können; vielmehr haben wir bei Philo die erste sichere Spur einer Hypo=
stasirung des Logos, und des demnach besonderen Gebrauches dieses
Wortes. Allerdings der Mangel an Nachrichten schließt das wirklich
Vorhandengewesensein noch nicht aus, und einen Anknüpfungspunkt für's
Verständniß mußte der Apostel wohl gehabt haben.

Wie dem auch sei, soviel läßt sich behaupten: Nie würde der Apostel
dem Messias aus Accommodation einen Namen beigelegt haben, der ihm
nicht um seiner Natur willen zukäme, und die Vermuthung, daß ihm
dieser Name auf anderen, untrüglichen Wegen kund geworden, wenigstens
aus sicheren Quellen erschlossen worden sei, gewinnt darum wohl Platz;
wobei jedoch bestehen bleibt, daß eine derartige Bekanntwerdung mit
dem einigermaßen schon herrschenden Profan=Gebrauche dieses Wortes
zusammentreffen konnte.

Vergleichen wir Apocal. 19, 11, wo vom Sohne Gottes ausdrücklich
gesagt wird, daß sein wahrer Name „Logos" sei, so finden wir hier die
Bestätigung dessen, daß der Hauptgrund, warum der Apostel den Heiland
unter dem Namen „Logos" einführte, nicht Accommodation war, und wir
können sagen: nicht darum nannte ihn der Apostel so, weil man mit
diesem Namen ein himmlisches Wesen, einen Aeon oder höchsten Engel
benannte; sondern weil er die wahre Bezeichnung für die zweite Person
in der Gottheit war.

Während also Philo auf philosophischem Grunde und Boden seine
Logos=Idee erwarb, werden wir bei unserm Evangelisten mit zwingender

Gewalt auf das Gebiet der Offenbarung gewiesen. Name und Substrat des Logos sind nicht rein menschliches Gebilde, sondern verknüpfen unverkennbar mit dem forschenden Gedanken eine hehre Gotteskraft.

Wir stehen nun daran die Substrate selber zu vergleichen, welche der Apostel und Philo dem Namen „Logos" unterlegen:

Philo trägt in seiner Theosophie ein unverkennbares Moment, welches ein gemeinsamer Zug sämmtlicher orientalischen Systeme ist. Darnach kann Gott nicht selbst erscheinen und wirksam sein unmittelbar, sondern nur sein Logos. Dieser ist das nothwendige Verbindungsglied, die Kette zwischen Gott und der sichtbaren Welt. Es besteht demnach ein Gegensatz zwischen Gott als immanentem Wesen und dessen Offenbarung. Dieser Gegensatz ist ausgesprochen durch das εἶναι und λέγεσθαι, woher ὁ Ὤν (Gott selbst) und ὁ Λόγος. Andeutungen hierzu konnte ein von orientalischer Weisheit erfüllter Philosoph wohl in der alttestamentlichen Schöpfungsgeschichte finden, wornach auf Gottes Wort alles außer ihm sichtbar und unsichtbar Seiende in die Wirklichkeit trat. Der Logos ist demnach bei Philo die allgemeine Offenbarung des Ὤν, das allgemeine εἶπων τοῦ Ὄντός. Er ist ein doppelter, nach dem Bedürfnisse des Urbildes (κόσμος νοητός), welches die erste Offenbarung war, und des Abbildes, nämlich der sichtbaren Welt.

Nicht so bei dem Apostel. Gott ist es, welcher das Universum aus dem Nichts hervorgerufen, Gott war es, welcher im alten Bunde redete und wirkte; die eine, ungetheilte Wesenheit Gottes ist es, welche in die Welt gekommen. Der Logos ist kein Mittelglied, er ist die Urkraft und die Verbindung. Zwischen Gott und dem Logos findet nur ein personaler Unterschied Statt, der Wesenheit nach ist er zugleich ὁ Ὤν. Er ist nur Einer, nicht getheilt. Derselbe Logos, welcher beim Vater und zugleich mit dem Vater ist, durch den Alles ward, derselbe ist auch den Menschen erschienen; es ist und bleibt derselbe Logos, selbst Gott, die zweite Person der Gottheit, der die menschliche Natur annahm.

Die Duplicität des philonischen Logos betreffend, so führt Philo über denselben, insofern er um den κόσμος νοητός und der κόσμος νοητός selbst ist, eine unentwickelte, dunkle, fast zweideutige Sprache, welche anzeigt, daß hier die Durchbildung seiner Idee noch mangelhaft war. Bald erwähnt er ihn als Idee der Ideen, als τόπος τῶν ἰδεῶν, als um den κόσμος νοητὸς befindlich), als durch die Ideen conftituirt, bald als der κόσμος νοητὸς felbft feiend, bald als denfelben wohnend in fich. Hiermit hat der johanneifche Logos fchlechterdings gar nichts gemein.

Der Logos bei Johannes ift göttlicher Wefenheit und felbft Gott. Der philonifche Logos dagegen befteht aus einer von der göttlichen Wefenheit gänzlich verfchiedenen Subftanz. Wenn ferner der Logos bei Johannes nothwendiger Weife als gleich ewig wie der Vater dargeftellt wird, fo kann dem philonifchen Logos nur eine Unfterblichkeit vindicirt werden, nicht aber ein Sein von Ewigkeit her. Er ift vielmehr ein in oder mit der Zeit gewordenes Gefchöpf des Vaters, von Gott verfchieden, geringer als Gott, nur Gott ähnlich und Gottes Bild. Der johanneifche Logos dagegen ift felbft Gott, Gott ganz gleich, nur feiner Perfönlichkeit nach vom Vater unterfchieden. Es theilt demnach diefes göttliche Wort alle in Gottes Wefenheit gegründeten Attribute. Der philonifche Logos dagegen entbehrt diefer alle, und die ihm zugelegten, als da find: Unkörperlichkeit, große Erkenntniß und Einficht, freier Wille, Güte, Mitleid, Unfündigkeit, fehr große Heiligkeit, diefe find ihm eigen feiner Natur nach, und nicht als göttlicher Natur.

Daraus, daß der philonifche Logos nicht von Ewigkeit ift, auch nicht aus göttlicher Wefenheit vom Vater gezeugt, folgt, daß er von demfelben auch auf eine ganz verfchiedene Weife gezeugt fei als der Logos bei Johannes. Denn anders ift die Zeugung von Ewigkeit her, anders die, welche entweder in der Zeit, oder zugleich mit der Zeit gefchah; anders ift die Zeugung, fo Gott aus feinem Wefen ein göttliches Wefen zeugt, fich gewiffermaßen felbft fetzt; eine andere ift fie, wenn er aus nicht eigener Subftanz eine Creatur bildet, die geringer als er felbft ift und fein muß. Und gerade hier öffnet fich die gewaltige Kluft, welche die Anlehnungs= punkte des einen und des anderen Logos himmelweit auseinander hält. Hieraus erhellt auch die Verfchiedenheit des Sinnes, der jedesmal in den Worten liegt, wo Johannes Aehnliches wie Philo zu fagen fcheint. Wir werden hier gewahr, wie fich vom gleichen Namen, den Philo und Johannes gebrauchen, bei diefem alles Begriffliche, fo Philo mit feinem Logos verbindet, ganz und gar wegftreift, fo daß hiervon nichts mehr übrig bleibt als der gleiche Klang der Worte. Wenn es demnach bei Philo heißt, der Logos fei Sohn Gottes, er fei vor aller Creatur, Gott

zunächst stehend, zwischen ihm und Gott sei nichts in der Mitte; so gilt
dies auch vom johanneischen Logos, aber in anderer Bedeutung. Der
Logos der Offenbarung ist auch Sohn Gottes, aber gezeugt von Ewigkeit,
von göttlichem Wesen, selbst Gott, wovon nichts mit dem philonischen
Logos übereinstimmt. Das göttliche Wort bei Johannes ist auch der
Erstgeborne aller Creatur (Coloss. 1, 15), weil er nämlich vor aller
Creatur war; aber er ist nicht selbst Creatur, indem er Gott ist, wogegen
der philonische Logos Creatur, aber erstgeborne, ist. Zwischen Gott und
dem Logos der Offenbarung liegt auch keine Creatur in der Mitte, und
theils in dieser Beziehung, als auch mit Rücksicht auf das Geheimniß der
Incarnation, kann derselbe heißen proximus Deo. Es ist dies aber keine
Rangbeziehung zwischen ihm und Gott. Der philonische Logos dagegen
wird gerade mit Rücksicht auf seine wesentliche Verschiedenheit von Gott,
als Creatur, in Beziehung zu Gott gestellt, und nur wegen seines hohen
Ranges, den er vor der übrigen Creatur einnimmt, als Gott zunächst
stehend angeführt [1]).

Der Zweck, wozu der philonische Logos gezeugt wurde, ruht in dem
Verhältnisse Gottes zur Materie. Weil Gott die Welt bilden wollte,
selbst aber mit der Materie nicht in Berührung kommen durfte, darum
zeugte Gott den Logos. Er ist das Instrument, womit Gott die Welt
bildete, er ist auch der Diener Gottes, welcher die Welt erhält und regiert,
weil Gott es so will.

Ganz anders verhält es sich mit dem johanneischen Logos: Er ist kein
Instrument und kein Diener Gottes, und sein ewiges Gezeugtsein war
nicht Bedingung zur Weltwerdung. Gott offenbarte sich selbst im Logos.
Zwar ward Gott uns Menschen durch den Menschgewordenen Logos verkündigt, aber nicht dies war der Grund und Zweck, weßhalb der Logos
gezeugt wurde. Dazu kömmt noch, daß der Logos Philo's nur die sichtbare
Welt, nicht die intelligible, somit auch nicht das Universum geschaffen, daß
er die sichtbare Welt zudem aus vorhandener Materie geschaffen, oder
vielmehr blos gebildet hat auf Befehl Gottes. Der Logos der Offen-

---

[1]) Die Aeußerungen in der heil. Schrift, worin der Heiland verbunden mit der
Menschheit aufgefaßt wird, und sodann in Rücksicht auf seine menschliche Natur
Aussagen erfolgen, können hier offenbar nicht als Einwendungen vorgebracht
werden.

barung dagegen schuf alles Seiende, in freiem Wollen aus Nichts, ohne vorhandene Materie. Er wirkte demnach eigentlich schöpferisch, als Gott, aber als zweite Person der Gottheit, welche die schaffende ist. Auch schuf er nicht ein Urbild nachahmend, wie der philonische Logos nach einem vorhandenen Archetype bildete. Dieser ist auch nicht Quelle alles Lebens, wie aus dem Vorhergehenden folgt: denn er hat den κόσμος νοητὸς nicht gemacht, überhaupt gar nicht eigentlich geschaffen; und dürfte er auch, wiewohl immer uneigenthümlich, vielleicht Quelle des niederen, animalischen Lebens genannt werden; so ist er doch keineswegs Quelle des höheren Lebens; sondern Gott ist der eigentlich lebendig machende, weßhalb gerade der Logos bei Johannes im wahren Sinne des Wortes Quelle alles Lebens heißt.

Nach Johannes ist die Welt ein Eigenthum des Logos (εἰς τὰ ἴδια ἦλθε)[1], weil sie sein Geschöpf ist. Der philonische Logos dagegen, da er nur ein Instrument Gottes bei der Weltbildung war, kann die Welt nicht sein nennen, auch selbst das israelitische Volk ist nicht sein; sondern es ist das geliebte Volk Gottes (τοῦ δὲ ἡγεμόνος τὸ ἐπίλεκτον γένος Ἰσραήλ, (I. Mang. 242 de posterit. Caini), und die Welt ist Gottes Eigenthum.

Wenn der Logos bei Philo eine zu Gott führende Leuchte, wenn er Lehrer der Menschen, Speise der Seelen, und somit gleichsam Heiland der Menschen genannt wird: so unterscheidet er sich von ähnlichen Beziehungen des johanneischen Logos zu den Menschen darin, daß dieser die Erkenntniß und das Heil giebt nicht als Werkzeug in Gottes Hand, nicht als ein Gott untergeordneter Diener, wie der philonische Logos; sondern daß er als selbst Gott, wahrhaft Heiland, weil selbst Gnadenquelle ist. Außerdem werden die Menschen, wenn sie dem Logos der Offenbarung sich ähnlich machen, auch Gott selbst ähnlich: denn der Logos ist kein Bild Gottes, sondern selbst Gott. Er ist die einzig wahre und wirkliche Seelenspeise, Niemand kommt zum Vater als durch ihn, Niemand kann sich über ihn hinaus erheben, weil dies eine Erhebung über Gott selbst hinaus wäre. Philo dagegen unterscheidet zwischen den Menschen, welche

---

[1] Bei Erklärung des εἰς τὰ ἴδια schließen wir uns den älteren Interpreten an, und nehmen es gleich εἰς τὸν κόσμον, weil im ganzen Prologe der Logos nicht in Beziehung auf ein besonderes Land und Volk; sondern in der allgemeinen Beziehung zur Welt und den Menschen insgesammt dargestellt wird.

sich dem Logos ähnlich machen und denen, so Kinder Gottes sind, d. h.
sich zu Gott selbst und über den Logos hinaus erheben. Jene sind die
Unvollkommenen, die Vollkommneren haben als Beispiel den Erzvater
Jacob, welcher sich über den Logos erhob, so daß dieser seine Seelenspeise
nicht mehr war, sondern von Gott selbst genährt wurde. Der philonische
Logos also, abgesehen davon, daß er nicht Seelenspeise ist in dem Sinne,
wie der Logos der Offenbarung, ist auch nicht einmal Seelenspeise für alle
Menschen, sondern blos für die Unvollkommneren.

Nach Johannes ist der Logos in die Welt gekommen, aber von der
Welt als Heiland und Spender des Lichtes nicht anerkannt und aufgenommen worden. Nun heißt es zwar auch bei Philo Leg. Alleg.
p. 121: daß die Väter der Israeliten auf ihrer Reise aus Egypten den
Logos als Seelenspeise nicht gekannt und deßhalb gesagt hätten: „Lasset
uns umkehren zu den Gelüsten Egyptens;" aber abgesehen davon, daß
wir hier in einer ziemlich dunkeln Allegorie uns bewegen, so kann sich
die Stelle hier auch schon deßhalb nicht geltend machen, weil von einer
Erscheinung des Logos in der Welt gar nicht Rede ist.

Ferner sagt Johannes, der Logos sei in die Welt gekommen, habe die
menschliche Natur angenommen und sei unter den Menschen, um sie zu
Gottes-Kindern zu machen, gewandelt. Von solcher Menschwerdung
und Erscheinung des Logos unter den Menschen findet sich nicht nur nichts
Aehnliches bei Philo; sondern dieses wiederstreitet sogar seinen Vorstellungen und Lehren über den Logos, über das Verhältniß des Uebersinnlichen zum Sinnlichen, der Materie zu dem höheren Pneumatischen
ganz und gar. Oefters zwar erfahren wir bei Philo, der Logos sei den
Menschen erschienen; nie aber finden wir ihn wandelnd in Mitte der
Menschen, mit ihnen in Herablassung verkehrend, geschweige daß er die
menschliche Natur angenommen hätte. Das Hylische betrachtet er vielmehr bereits in gnostischer Weise als das Unreine, Bösartige, als das
Unwürdige, weil Qualitätlose, womit sich Ueberirdisches, Himmlisches
nicht vermischen dürfe. Zwar erscheint der Logos umkleidet mit den
Elementen der Erde; dieses aber dient mehr ihn von den Menschen fern
zu halten und wesentlich unerkannt zu lassen, als ihn mit dem Irdischen
zu verbinden. Er verweilt nur da, wo es rein und unsündig ist,

nur die Seelen des guten Menschen bewohnt er, erleuchtet und belehret sie.

Der Mensch gewordene Logos ist nach Johannes der verheißene Messias, der in die Welt kommen sollte zur Erlösung des sündigen Menschengeschlechts. Als sein Vorläufer tritt Johannes der Täufer auf und giebt Zeugniß von ihm. Der Logos ist bereits als Messias erschienen, hat Thaten verrichtet und die Menschen über das Gottesreich belehrt. Der ganze Heilsactus, die Erlösung ist vollendet; der Mensch gewordene Logos ist zum Vater wieder aufgestiegen, angethan mit Macht und Herrlichkeit, die Verheißung seiner Wiederkunft lebt unter den Menschen, eine bleibende Einrichtung hat er gegründet, die Welt ist durch ihn umgewandelt, und das Alles hat Johannes selbst gesehen und bezeugt es.

Um Aehnliches bei Philo aufzufinden, wenden wir vergeblich alle Blätter um. Jene Heilsökonomie, wie selbe sich durch die heilige Geschichte bewährt, ist ihm völlig fremd. Zwar das Menschengeschlecht nimmt zu an Verderbtheit, und dies ist ein Zeichen eines eintretenden Umschwungs; aber Philo kennt den Ursprung jener Verderbtheit nicht, er kennt nicht die Ohnmacht des unter der Sünde seufzenden Menschengeschlechts. Darum erheben sich nach seiner Ansicht die Menschen im Verlaufe der Zeit durch eigene Kraft, angeregt durch einzelne tugendhafte Männer und das Hereinbrechen schrecklicher Strafen, die schon im alten Bunde prophezeit sind. Auch ein Heiland wird dem Volke Israels erstehen. Dieser ist ein gewaltiger Herrscher und Held, welcher an den Heiden Rache nehmen und sein Schwert das Blut der Feinde trinken lassen wird. Die Heiden werden Sklaven der Juden werden, und über sie wird jener Messias in Gerechtigkeit herrschen. Philo hatte demnach die grob sinnliche Auffassung des im alten Testamente geschilderten messianischen Reiches. Sein Messias ist einer aus dem jüdischen Volke und hat mit dem göttlichen Logos gar keine Gemeinschaft. Der Logos selbst verändert seine Stellung zwischen Gott und der Welt und sein früheres Verhältniß zu den Menschen nicht; aber in jener Zeit, wo durch einzelne Fromme unter den Juden und durch die schweren Strafen, die Gott senden wird, sich das Herz der Israeliten wieder zu Gott wendet, dann wird sie der Logos, wie einst aus Egypten, wiederum ins Land der

Verheißung führen, wo alsdann die oben angegebene messianische Zeit eintritt.

Kaum ist nöthig schließlich zu bemerken, daß mit den Identifizirungen des philonischen Logos mit der σοφία und dem πνεῦμα τοῦ θεοῦ, mit dem vermittelten Wirken des Logos durch die Ideen, und mit jener gnostischen Emanation der himmlischen Kräfte, der Logos der Offenbarung gar nichts gemein habe.

Das Gewand für das philonische Theosophumenon ist größtentheils die Allegorie; seine Logoslehre schreitet einher in fast stets figürlicher Rede, ausgeschmückt mit zahlreichen Metaphern und Bildern. Auch hierin unterscheidet sich gar sehr der Evangelist. Seine Rede haucht den Athem des Evangeliums, der Gotteslehre. Er sucht keine Dunkelheit: denn sein Zweck war es, die sinnbethörenden Schwärmereien seiner Zeit zu vernichten. Sein Styl ist übrigens erhaben, wie der keines Anderen; dennoch befleißigt er sich der möglichst einfachen Rede und Deutlichkeit.

Inhalt.